Lynsay Sands a un diplôme de psychologue. Elle écrit depuis qu'elle est enfant et aime lire de la littérature sentimentale autant que de l'horreur. Elle aurait aimé être un vampire. À défaut de boire du sang, elle est toujours à la recherche d'un régime qui fonctionne.

Du même auteur, chez Milady :

Les Vampires Argeneau :

1. *En-cas d'urgence*
2. *L'amour m'a tuée*
3. *JF cherche vampire*

www.milady.fr

Lynsay Sands

L'amour m'a tuée

Les Vampires Argeneau – 2

Traduit de l'anglais (États-Unis) par Lionel Évrard

Milady

Milady est un label des éditions Bragelonne

Titre original : *Love Bites*

Suivi d'un extrait de : *Single White Vampire*

ISBN : 978-2-8112-0467-9

Bragelonne – Milady
60-62, rue d'Hauteville – 75010 Paris

E-mail : info@milady.fr
Site Internet : www.milady.fr

À Deborah MacGillvray, une bonne amie et aussi celle qui a trouvé l'excellent titre Single White Vampire *pour le tome 3.*

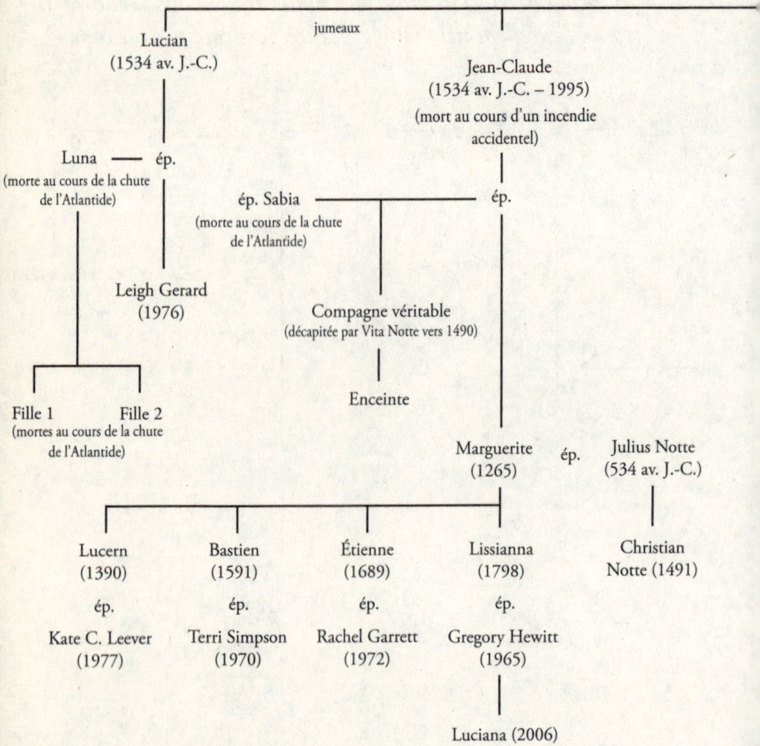
jumeaux
Lucian
(1534 av. J.-C.)
Jean-Claude
(1534 av. J.-C. – 1995)
(mort au cours d'un incendie accidentel)
Luna — ép.
(morte au cours de la chute de l'Atlantide)
ép. Sabia
(morte au cours de la chute de l'Atlantide)
ép.
Leigh Gerard
(1976)
Compagne véritable
(décapitée par Vita Notte vers 1490)
Enceinte
Fille 1
Fille 2
(mortes au cours de la chute de l'Atlantide)
Marguerite
(1265)
ép.
Julius Notte
(534 av. J.-C.)
Lucern
(1390)
ép.
Kate C. Leever
(1977)
Bastien
(1591)
ép.
Terri Simpson
(1970)
Étienne
(1689)
ép.
Rachel Garrett
(1972)
Lissianna
(1798)
ép.
Gregory Hewitt
(1965)
Luciana (2006)
Christian
Notte (1491)

Arbre généalogique de la famille Argeneau

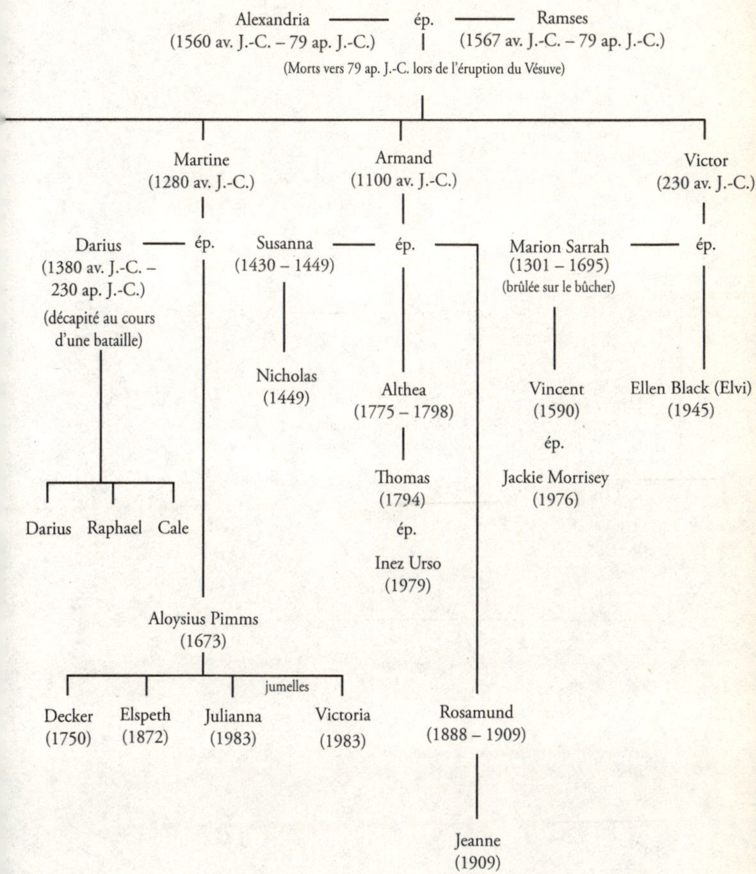

Prologue

Pudge colla l'œil au viseur du fusil. Il avait choisi ce qui se fait de meilleur et de plus précis : un Tac Ops Tango 51 de 110 centimètres pour 5 kilos, avec une marge d'erreur infime de 0,25 minute d'angle et une crosse à encoche de préhension…

Pudge interrompit son énumération mentale des caractéristiques de l'arme et l'examina. Une encoche de préhension ? Ça paraissait presque sexy… *Une encoche de préhension… Encoche. Préhension. En gros, un trou qu'on agrippe !* En fait, toute la notice technique du flingue sentait le sexe. Par exemple, ce « double renflement palmaire » dont il était supposé être équipé. Il ne savait pas non plus ce que ça pouvait être, mais ça lui faisait irrésistiblement penser à des nichons. Bien sûr, beaucoup de choses lui faisaient penser à ça.

N'empêche qu'il agrippait l'encoche et le double renflement palmaire dans une main… *Putain !*

Un coup de klaxon le fit sursauter. Après avoir failli lâcher son arme, il la serra précautionneusement contre lui pour inspecter, en contrebas, la rue plongée dans le noir. Il avait choisi le toit de cet immeuble parce qu'il lui offrait une vue dégagée sur le parking d'en face. Il ne lui était pas venu à l'idée qu'à défaut de pouvoir y trouver un abri, il y ferait aussi froid qu'en Alaska en plein hiver. Si Étienne ne se magnait pas un peu, Pudge allait finir par geler sur place. Quand ce crétin allait-il se décider à sortir ? Il était déjà plus de minuit et c'était…

— Merde !

Pudge laissa tomber le cure-dents qu'il mâchonnait en voyant celui qu'il guettait s'engager dans le parking. Il s'agissait bien d'Étienne Argeneau, et il était seul.

Après s'être figé un instant, Pudge se mit en position, visa mais marqua une pause en s'apercevant qu'il avait le souffle court, comme s'il venait de courir un cent mètres. En dépit du froid polaire, il suait à grosses gouttes. Norman Pudge Renberger s'apprêtait à tuer un homme, mais pas n'importe quel homme : Étienne Argeneau, son pire ennemi.

— Salaud ! murmura-t-il.

Arborant un mince sourire, il pointa sa visée laser sur la poitrine de sa cible. Il n'y eut pas le moindre bruit quand il appuya sur la détente. Il avait équipé son Tango 51 d'un filtre Tac Ops 30 – un silencieux – de telle sorte que l'arme n'émit qu'un faible soupir pneumatique. Seul le recul du fusil entre ses mains lui prouva qu'il avait bel et bien tiré.

Pudge s'empressa de coller de nouveau l'œil au viseur et se concentra sur Étienne, qui avait stoppé net et observait sa poitrine. L'avait-il atteint ? L'espace d'un instant, il put croire que non. Puis il remarqua le sang qui poissait sa chemise.

Étienne Argeneau leva la tête. Ses yeux d'un gris argenté se posèrent brièvement à l'endroit du toit où Pudge se trouvait. Ensuite, son regard s'éteignit et il s'écroula d'un bloc, face contre terre.

— Waouh ! s'exclama Pudge dans un souffle.

Avec un sourire tremblant, il entreprit maladroitement de démonter son arme et de ranger les différentes pièces dans leur étui en s'efforçant d'ignorer le tremblement qui s'était emparé de ses membres. Son Tango 51, si sexy avec son encoche de préhension et son double renflement palmaire, lui avait coûté près de cinq mille dollars, mais il en valait jusqu'au dernier sou.

Chapitre premier

— Yo, Rach ! Je vais me chercher un kawa. Tu veux quelque chose ?

Rachel Garrett se redressa, s'épongea le front avec le dos de sa main gantée et jeta un vague coup d'œil à son assistant. Depuis qu'elle était arrivée au boulot, deux heures plus tôt, bouffées de chaleur et frissons alternaient. Pour l'instant, c'était la fièvre qui prévalait. Un filet de sueur sinuait le long de sa nuque et de son échine. Manifestement, elle couvait quelque chose.

Son regard glissa jusqu'à la pendule. Pas loin d'une heure du matin : deux heures de passées, encore six à tirer. Un gémissement faillit lui échapper. Si cette saleté de virus achevait de lui tomber dessus, comme cela semblait être le cas, elle aurait de la chance de tenir le coup jusqu'à quatre heures.

— Hé, Rach ! T'es sûre que ça va ? T'as une tête de zombie.

Son assistant vint poser la main sur le front de Rachel, qui grimaça. *De zombie ?* Les hommes et leur délicatesse…

— Ton front est moite, constata-t-il. Et glacé. (Les sourcils froncés, il s'enquit :) De la fièvre ? Des frissons ?

— Mais non ! s'impatienta-t-elle. Tout va bien. (Irritée autant qu'embarrassée, Rachel fouilla sa poche à la recherche de petite monnaie.) Si tu veux, reprit-elle, rapporte-moi un jus de fruit. Merci, Tony…

— Oh oui, tout va bien…, répéta-t-il en la regardant faire. Je vois ça, en effet.

Rachel se figea, s'apercevant soudain qu'elle avait écarté le pan de sa blouse et plongé la main dans la poche de son pantalon sans ôter son gant ensanglanté. *Super…*

— Tu ferais peut-être mieux de…

— Je t'assure que je vais bien, l'interrompit-elle. Ne t'inquiète pas pour moi et va !

Après avoir hésité un instant, Tony haussa les épaules.

— D'accord, maugréa-t-il. N'empêche que tu devrais t'asseoir en attendant mon retour.

Rachel préféra ne pas tenir compte du conseil et retourna à son cadavre en cours dès que son assistant fut sorti. Tony était sympa, quoiqu'un peu bizarre peut-être. Par exemple, il s'obstinait à prendre cet accent du Bronx alors qu'il était né à Toronto et n'avait jamais vécu ailleurs. Il n'était même pas italien, et Tony n'était pas son vrai prénom. Pour l'état civil, il s'appelait Teodozjusz Schweinberger. Rachel pouvait comprendre l'intérêt du pseudo, mais pas celui de l'accent débile qu'il prenait pour l'occasion.

— Chaud devant !

Rachel leva les yeux sur l'entrée de la morgue. Reposant son scalpel, elle défit son gant chirurgical et se porta à la rencontre des deux hommes qui poussaient un chariot à l'intérieur. Dale et Fred, eux aussi, étaient de chics types, mais elle ne les voyait que rarement. Ils ramenaient généralement leurs clients en vie à l'hôpital. Bien sûr, il arrivait tout de même à ceux-ci de décéder de temps à autre, mais après le départ des ambulanciers. Celui qu'ils convoyaient devait être mort en route.

— Salut, Rachel ! T'as l'air… en pleine forme.

Tony s'étant déjà chargé de lui dire à quoi elle ressemblait, elle ignora poliment le ton dubitatif de Dale et interrogea :

— Qu'est-ce que nous avons là ?

Après lui avoir tendu une écritoire à pince garnie de différentes paperasses, il répondit :

— Blessure par balle. On pensait avoir encore un léger pouls sur la scène du crime, mais on a pu se tromper. Il a été déclaré mort pendant le transport. Doc Westin l'a vu à l'arrivée et nous a demandé de te l'amener. Ils veulent un rapport complet, avec extraction de la balle et tout le toutim.

Rachel laissa retomber la paperasse qu'elle feuilletait et alla chercher l'un des chariots en acier réservés aux autopsies, qu'elle leur rapporta.

— Vous pouvez le mettre là-dessus pendant que je remplis le dossier ?

— Bien sûr !

— Merci.

Elle les laissa faire leur boulot et alla chercher un stylo sur son bureau, dans un coin de la pièce. Après avoir rempli et signé tous les documents nécessaires, elle rejoignit les ambulanciers qui achevaient de transférer le corps. Le drap qui l'avait recouvert dans les couloirs de l'hôpital avait été retiré. Rachel s'immobilisa en examinant de plus près son dernier pensionnaire en date.

C'était un homme séduisant d'une trentaine d'années, aux cheveux châtain clair mêlés de mèches plus foncées. Elle remarqua ses traits pâles et ciselés, regrettant de n'avoir pu le connaître en vie et les yeux ouverts. Il lui arrivait rarement de voir en ses clients les êtres humains animés d'un souffle de vie qu'ils n'étaient plus. Cela lui aurait compliqué la tâche de se dire qu'ils avaient eux aussi été mère, frère, sœur, époux ou grand-père. Il lui était cependant impossible de ne pas prêter attention à celui qu'on venait de lui amener, de ne pas se le représenter souriant ou éclatant de rire. Quant à ses yeux, elle les imaginait d'un gris argenté, comme elle n'en avait jamais vu.

— Rachel ?

Surprise de se retrouver soudain assise, Rachel cligna des paupières et leva les yeux sur Dale. Les deux hommes avaient apparemment avancé le fauteuil de bureau pour l'y installer. Penchés sur elle, ils scrutaient son visage, l'œil inquiet.

— Je pense que tu as failli tourner de l'œil, expliqua Dale. D'un seul coup, tu t'es mise à vaciller, blanche comme un linge. Comment te sens-tu ?

Rachel eut un petit rire gêné, balaya leur inquiétude d'un geste de la main et haussa les épaules.

— Oh ! Je vais bien…, assura-t-elle. Vraiment. Mais je dois couver quelque chose. J'ai chaud, j'ai froid…

Dale posa le dos de la main sur son front.

— Tu ferais peut-être mieux de rentrer chez toi, suggéra-t-il en fronçant les sourcils. Tu es brûlante…

Elle imita son geste, un peu honteuse de constater qu'il avait raison. Restait à espérer que la vitesse à laquelle ce virus lui tombait dessus n'était pas un présage de sa virulence, et, si c'était le cas, qu'il s'en irait aussi vite qu'il était arrivé. Elle détestait être malade.

— Rachel ?

— Hum ?

Avisant les mines inquiètes des ambulanciers, elle se força à se remettre debout.

— Oh, oui ! Désolée… Je rentrerai peut-être chez moi dès que Tony sera de retour et que j'en aurai terminé avec les formalités d'admission.

Après avoir récupéré les documents qu'elle devait conserver, elle leur rendit le reste de la liasse. Dale se saisit de l'écritoire en échangeant avec son collègue un regard perplexe. Ils paraissaient l'un comme l'autre réticents à la laisser seule.

— Je vais bien, je vous assure ! insista-t-elle. Et Tony est juste parti nous chercher un truc à boire. Il ne devrait pas tarder. Vous deux, allez-y…

— D'accord, soupira Dale avec réticence. Mais fais-nous le plaisir de garder les fesses sur ce fauteuil tant qu'il ne sera pas revenu. OK ? Si tu tombais de nouveau dans les vapes et que tu te cognais la tête…

Rachel acquiesça d'un signe de tête.

— Bien sûr. Faites ce que vous avez à faire. Je vais me reposer jusqu'à ce que Tony revienne.

Dale ne parut pas convaincu par sa bonne volonté affichée, mais elle ne lui laissait pas le choix. Il suivit son collègue jusqu'à la porte.

— Très bien ! conclut-il. On débarrasse le plancher.

— À plus…, marmonna Fred.

Rachel les regarda sortir et tint sa promesse de se reposer un instant, mais son impatience ne tarda pas à l'emporter. Elle n'était pas habituée à rester inactive. Son attention revint se fixer sur le chariot et celui qui s'y trouvait. Une victime par balle. Autant dire une rareté… Ce qui signifiait qu'un tireur fou se baladait en liberté dans les rues de Toronto, et que son nouveau client devenait pour elle une brûlante priorité. Les enquêteurs allaient avoir besoin le plus rapidement possible du projectile pour le confier aux techniciens de la police scientifique. Elle ne rentrerait donc pas chez elle quand Tony serait revenu. Il lui faudrait attendre d'avoir extrait cette balle. Une autopsie plus poussée ne serait pas pratiquée avant le lendemain, mais, en tant que légiste de garde, la responsabilité de cette extraction lui incombait.

Rachel redressa les épaules, se releva difficilement et rejoignit le chariot.

— Tu as choisi une drôle de nuit pour te faire tirer dessus, l'ami…, murmura-t-elle en dévisageant le cadavre.

Ce type avait vraiment valu le coup d'œil. Sa mort représentait un véritable gâchis. Mais n'était-ce pas le cas pour tout un chacun ? Repoussant ces considérations, Rachel fit rouler jusqu'à elle son petit chariot d'instruments. Avant de se mettre au travail, elle s'accorda un dernier regard au corps.

Dale et Fred avaient déchiré l'avant de la chemise, dont les deux pans étaient à présent rassemblés sur la poitrine. L'homme était habillé d'un costume de créateur plutôt chic et sans doute hors de prix.

—Jolies fringues…, commenta-t-elle en admirant l'esthétique du complet autant que celle du corps qu'il habillait. Tu devais être un homme de goût, et qui ne manquait pas de moyens. Hélas, je vais devoir ruiner tout ça…

Rachel s'empara de ses ciseaux sur le plateau. Avec autant de rapidité que d'habileté, elle eut tôt fait de tailler en pièces la chemise et le veston. Cela fait, elle marqua une pause, fixa les yeux sur le torse qu'elle venait de dénuder. En temps normal, elle aurait poursuivi sa tâche, mais son état fiévreux affectait ses capacités physiques. Elle n'avait plus aucune force dans les bras et ses doigts lui semblaient gourds. Un petit accroc à la routine, décida-t-elle, ne pourrait lui faire de mal. Elle allait procéder à l'enregistrement de ses constatations sur la moitié supérieure avant de passer au reste du corps. Avec un peu de chance, Tony serait de retour pour lui donner un coup de main quand il lui faudrait s'attaquer au pantalon.

Reposant les ciseaux, elle tendit le bras pour allumer la lampe d'examen. Puis elle posa son dictaphone directement sur la poitrine, avant de le mettre en marche.

—Le sujet, un homme du nom de… Oh, mince!

Rachel arrêta l'enregistrement et parcourut du regard les paperasses laissées par les ambulanciers. Les sourcils froncés, il lui fallut bien vite se rendre à l'évidence: nulle part il n'y était fait mention de l'identité de l'inconnu. Elle avait donc affaire à un M. X, parfaitement habillé mais totalement anonyme. Fallait-il y voir le motif du crime? Peut-être son agresseur l'avait-il flingué pour lui dérober son portefeuille ? D'un œil songeur, elle examina de nouveau l'homme mort. Qu'il ait pu être tué pour quelques dollars rendait ce meurtre encore plus odieux. *Quel monde de dingues…*

Après avoir réenclenché l'enregistrement, Rachel reposa les documents et commença à dicter :

— Examen de M. X, victime d'une blessure par balle, réalisé par le docteur Garrett. Le sujet est un homme blanc mesurant approximativement un mètre quatre-vingt-cinq. (Elle préférait estimer la taille et la vérifier plus tard.) Il semble en parfaite condition physique.

De nouveau, elle interrompit l'enregistrement et prit le temps d'examiner plus attentivement son client. C'était peu de dire qu'il était en forme. M. X avait tout d'un véritable athlète : ventre plat, large poitrine et bras musclés pour compléter son si séduisant visage. Rachel souleva chacun des bras, l'un après l'autre, et en examina la face interne. L'absence totale de marques de naissance ou de cicatrices la rendit perplexe. Aucun signe distinctif pour aider à identifier le bel inconnu. Il n'y avait que la plaie d'entrée de la balle, au-dessus du cœur, pour gâcher sa perfection physique. Même ses doigts étaient parfaits.

— Étrange…, murmura-t-elle pour elle-même.

Habituellement, elle parvenait toujours à dénicher au minimum une cicatrice d'appendicite, ou de plus discrètes laissées par d'anciennes blessures. Là, l'épiderme était aussi uni et sans défaut que celui d'un nouveau-né. De même, impossible de dénicher la moindre callosité sur ses doigts ou sur ses paumes. Un riche oisif, peut-être ? Elle examina de nouveau ce visage d'une beauté classique, dépourvu de tout bronzage. Les membres de la jet-set ne restent-ils pas perpétuellement bronzés, par la grâce des paradis ensoleillés qu'ils visitent ou par celle d'une cabine d'UV ?

Se rendant compte qu'elle perdait son temps en suppositions oiseuses, Rachel secoua la tête et remit le dictaphone en marche.

— Sur la face antérieure du corps, poursuivit-elle, pas de cicatrices ni de signes distinctifs dans la moitié supérieure, mise à part la plaie d'entrée de la balle. La mort, selon les premières constatations, paraît être due à une exsanguination consécutive à la blessure susmentionnée.

Elle alla choisir dans ses instruments une pince pour procéder à l'extraction de la balle, en laissant cette fois l'enregistreur allumé. De toute façon, il était doté d'une fonction qui lui permettait de ne s'activer qu'au son de la voix. Plus tard, elle se servirait de l'enregistrement pour taper son rapport, en laissant de côté les marmonnements et les commentaires superflus.

Rachel mesura et décrivit la plaie en indiquant précisément son emplacement sur le corps. Puis elle introduisit avec précaution l'extrémité de la pince dans l'orifice, enfonçant lentement et prudemment l'instrument pour être sûre de ne pas dévier de la trajectoire de la balle dans le corps. Un instant plus tard, elle avait atteint le projectile et l'avait extrait sans encombre.

— Ah, ah ! murmura-t-elle triomphalement en se redressant, brandissant sa prise.

Elle se tourna vers son plateau d'instruments et se figea en s'apercevant avec irritation qu'il ne s'y trouvait aucun flacon à indice où l'y déposer. Il n'était pas nécessaire d'en avoir toujours sous la main, et elle n'avait pas pensé à en sortir un avant de se mettre au travail. Maudissant tout bas son manque de prévoyance, Rachel tourna le dos au chariot de dissection pour chercher ce dont elle avait besoin dans un alignement de tiroirs et de placards.

Elle se demanda où pouvait bien être passé Tony. Sa petite escapade à la cafèt' avait tendance à s'éterniser. Elle subodorait qu'une certaine infirmière du cinquième étage devait en être responsable. Tony avait flashé sur elle et connaissait son emploi du temps mieux que sa poche. Il s'arrangeait la plupart du temps pour prendre ses pauses en même temps qu'elle. S'il l'avait rejointe à la cafétéria, Rachel se doutait qu'elle ne le reverrait pas de sitôt, mais elle s'en fichait. Il pouvait prendre tout son temps de pause maintenant, si ça lui chantait. Si elle devait retourner chez elle après son retour, il ne pourrait plus s'absenter jusqu'à la fin de son service.

Après avoir trouvé ce qui lui manquait, Rachel y déposa la balle et porta le tout à son bureau pour libeller l'échantillon. Faute d'être dûment répertorié, cet élément de preuve ne pouvait servir à grand-chose. Bien sûr, il lui fut impossible de mettre la main tout de suite sur les étiquettes adéquates et elle perdit plusieurs minutes à les chercher. Ensuite, elle dut en jeter trois pour parvenir à en remplir une seule correctement. Autant de preuves, s'il lui en fallait encore, qu'elle n'était pas dans son assiette cette nuit-là et que rentrer chez elle pouvait s'avérer une bonne idée. Une perfectionniste comme elle ne pouvait que trouver agaçants – pour ne pas dire humiliants – de tels tâtonnements.

Furieuse contre elle-même autant que contre son état de faiblesse, Rachel colla soigneusement l'étiquette en place et se figea en surprenant du coin de l'œil un mouvement dans la pièce. Elle tourna la tête, s'attendant à voir Tony de retour, mais elle était toujours seule. Il n'y avait qu'elle ici, et M. X sur son chariot. Son esprit enfiévré commençait à lui jouer des tours.

Rachel secoua la tête et se leva. Elle avait les jambes tremblantes, ce qui ne fut pas pour la rassurer. Sa fièvre atteignait de nouveaux sommets. On aurait dit qu'un thermostat venait de se mettre en marche en elle, la faisant passer instantanément d'un désert glacé à une fournaise d'enfer.

Un froissement ramena son attention au chariot d'autopsie. Cette main droite était-elle bien là où elle se trouvait, la dernière fois qu'elle l'avait vue ? Rachel aurait juré qu'elle l'avait reposée paume en bas après avoir procédé à la recherche de marques et de cicatrices. Pourtant, à présent elle se trouvait paume en l'air, les doigts relâchés.

Son regard remonta le long du bras, jusqu'au visage, qui lui fit froncer les sourcils. Les traits de l'homme étaient restés figés sur l'expression de surprise hébétée qu'il avait eue en mourant. N'arborait-il pas davantage une grimace de souffrance, maintenant ? Sans doute se faisait-elle des idées, décida-t-elle. Elle ne pouvait que se faire des idées… Ce type était mort. Il ne pouvait avoir bougé la main ou modifié l'expression de son visage.

— Ma vieille, tu te tapes le service de nuit depuis trop longtemps…, maugréa-t-elle tout bas.

Lentement, elle retourna près du chariot. Il lui fallait achever de dénuder le corps et procéder à l'examen de la partie inférieure.

Naturellement, elle aurait besoin de l'aide de Tony pour le retourner. Elle pouvait également différer le reste de son examen, mais elle préféra s'y mettre tout de suite. Plus vite elle en aurait terminé, plus vite elle pourrait regagner son appartement et son lit. Mieux valait en faire le plus possible sans attendre le retour de son assistant. Ce qui impliquait de débarrasser M. X de son pantalon en le découpant. Elle se saisit de ses ciseaux sur le plateau, puis se ravisa en constatant qu'elle n'avait pas vérifié la présence de plaies à la tête.

Il paraissait douteux que la victime ait pu recevoir une balle ailleurs qu'en plein cœur. Elle n'avait rien constaté de tel au premier coup d'œil, et, si cela avait été le cas, Dale et Fred lui en auraient parlé. En dépit de leur impression d'avoir fugitivement perçu un pouls sur la scène du crime, la mort avait dû être instantanée dès que le projectile avait atteint le cœur. Pourtant, il lui fallait vérifier.

Rachel reposa les ciseaux et alla se camper au sommet du chariot où elle examina rapidement la tête du cadavre. L'homme avait eu de très jolis cheveux châtain clair, les plus sains qu'elle ait jamais vus. Elle aurait bien aimé pouvoir en dire autant de sa propre tignasse rousse. N'ayant rien découvert de plus significatif – pas la plus petite éraflure –, elle reposa doucement la tête et retourna se placer sur le côté du chariot.

Après avoir repris ses ciseaux, elle l'actionna dans le vide en observant la ceinture du pantalon, sans parvenir à se résoudre de la découper. Curieusement, elle hésitait à le faire. Elle ne s'était pas sentie aussi intimidée à l'idée de mettre un homme à nu depuis ses débuts en fac de médecine. Elle n'avait pas la moindre idée de ce qui pouvait lui faire cet effet-là.

Elle posa de nouveau les yeux sur la poitrine de l'homme. Elle fut une fois encore impressionnée par sa carrure. Il était à parier que ses jambes devaient être aussi musclées, et elle fut effarée de constater qu'elle était assez curieuse de le vérifier. Ainsi devaient s'expliquer ses réticences à se mettre au travail, décida-t-elle. Elle n'avait pas l'habitude, en présence d'un sujet, de se laisser aller à de telles indiscrétions. C'était embarrassant. La fièvre lui mettait décidément la tête à l'envers...

Même pâle et sans vie, M. X restait un homme séduisant. Pour ne rien arranger, il ne paraissait pas aussi raide et livide que ses habituels sujets d'examen. À le voir, on aurait pu croire qu'il piquait simplement un somme.

Rachel laissa ses yeux remonter jusqu'à son visage. Elle le trouvait réellement attirant, ce qui était plutôt inquiétant. Avoir le béguin pour un homme mort n'était pas très sain.

Elle se rassura en songeant que sa vie affective quasi inexistante devait expliquer le phénomène. Ses horaires de travail ne l'aidaient pas à sortir. Quand la plupart des gens partaient prendre du bon temps, elle se trouvait déjà au boulot. Oui, le service de nuit avait bien mis un frein à sa vie amoureuse.

Même si celle-ci, pour dire la vérité, n'avait jamais été très florissante… Rachel avait grandi d'un coup à la préadolescence et était demeurée beaucoup plus grande que tous ceux de sa tranche d'âge durant tout le lycée. Rien de mieux pour finir timide et complexée et pour chercher à se fondre dans le décor. Obtenir ce job à la morgue en service de nuit n'avait fait qu'aggraver ses difficultés. Mais cela lui fournissait également une bonne excuse : quand les gens s'étonnaient de son célibat prolongé, il lui était facile d'invoquer sa carrière.

Les choses n'allaient pas en s'arrangeant, cependant, si elle commençait à être attirée par des cadavres. Sans doute était-ce une bonne chose de chercher à ne plus travailler de nuit. Tout ce temps passé dans la solitude allait finir par la rendre dingue.

Détournant le regard du trop séduisant visage, Rachel posa les yeux sur ses instruments de travail. Difficile de comprendre pour quelle raison elle avait choisi ce domaine d'activité… Elle avait toujours détesté tout ce qui se rapportait aux médecins et au monde médical. La vue d'une seringue était un cauchemar pour elle et elle ne supportait pas la souffrance : une vraie mauviette. Aussi, naturellement, avait-elle cherché à travailler à la morgue d'un hôpital où ces deux composantes ne pouvaient être ignorées. Elle suspectait une rébellion de son inconscient refusant de laisser ses peurs irrationnelles lui mettre des bâtons dans les roues.

Sans pouvoir s'en empêcher, Rachel reporta son attention sur le torse de M. X. Rêvait-elle ou la plaie s'était-elle réellement amenuisée depuis qu'elle l'avait examinée ?

Elle la regarda fixement, en silence, puis cligna des paupières pour chasser l'impression troublante que la poitrine se soulevait et s'abaissait lentement.

— Mes yeux me jouent des tours…, murmura-t-elle en se forçant à regarder ailleurs.

Elle venait d'extraire une balle du cœur de ce type. Il était on ne peut plus mort, et les morts ne respirent plus. Décidée à en terminer avec lui aussi vite que possible pour pouvoir le réfrigérer et cesser d'imaginer des choses à son sujet, Rachel s'empara de ses ciseaux et glissa une lame sous la ceinture du pantalon.

— Désolée, s'excusa-t-elle. Je déteste devoir massacrer un si beau fute, mais…

Haussant les épaules, elle commença à découper le tissu.

— Mais quoi ? s'enquit une voix masculine.

Rachel se figea et tourna vivement la tête. L'homme allongé sur le chariot la regardait… La vue de ses yeux – indéniablement ouverts et rivés sur elle – la fit crier et bondir en arrière. Ses jambes tremblantes la portaient à peine. Elle faillit s'étaler sur le sol. Horrifiée, elle regardait le cadavre ressuscité, bouche bée, et celui-ci soutenait tranquillement son regard.

Elle ferma les yeux, mais quand elle les rouvrit l'homme allongé sur son chariot la regardait toujours.

— Ce n'est pas bon…, murmura-t-elle. Pas bon du tout.

— Qu'est-ce qui n'est pas bon ? demanda-t-il avec intérêt.

Sa voix était un peu faible, mais, pour un type mort, parler même faiblement représentait un sacré tour de force…

— Qu'est-ce qui n'est pas bon ? insista-t-il, d'une voix un peu plus assurée cette fois.

— Que j'hallucine, répondit obligeamment Rachel.

Puis elle remarqua les yeux de l'étranger et il lui fut impossible de ne pas les admirer. Jamais elle n'en avait vu d'aussi beaux. Comme elle l'avait précédemment imaginé, ils étaient d'une teinte gris-bleu aux reflets argentés quelle rencontrait pour la première fois. En fait, si on lui avait demandé son point de vue, elle aurait répondu qu'il était scientifiquement impossible d'avoir des iris d'une telle couleur.

Rachel se détendit et sentit la peur et la tension qui l'habitaient refluer. Si elle n'avait jamais vu d'yeux de cette couleur, c'était parce qu'ils n'existaient pas. Un peu plus tôt, elle s'était imaginé que l'homme devait avoir des yeux argentés. Et de toute évidence, elle s'imaginait à présent que ses yeux étaient ouverts et de cette même couleur. Elle n'avait plus le moindre doute : elle était en train d'halluciner à cause de la fièvre, et, pour produire cet effet, celle-ci devait avoir atteint un niveau dangereusement élevé.

Le cadavre vivant se redressa et resta assis sur le chariot, attirant de nouveau à lui l'attention de Rachel. À voix haute, elle tenta de se convaincre :

— C'est une hallucination. À cause de la fièvre.

M. X plissa les paupières.

— Vous avez de la fièvre ? s'étonna-t-il. Ça explique tout.

— Ça explique quoi ? répliqua Rachel.

Puis elle grimaça en s'apercevant qu'elle venait de parler à une hallucination. Ce qui, après tout, n'était peut-être pas pire que de parler à des cadavres, or elle le faisait tout le temps. En outre, ce macchabée avait une très jolie voix, aussi chaude et douce que le whisky. Rachel n'aurait rien eu contre un bon verre : thé, citron, miel et whisky. Oui, un bon grog était décidément ce dont elle avait besoin pour étouffer cette hallucination dans l'œuf. Ou pour simplement ne plus se laisser autant impressionner par elle. Dans un cas comme dans l'autre, cela lui allait.

— Pourquoi ne venez-vous pas à moi ?

Rachel soutint le regard du mort sans ciller. Ce qu'il racontait n'avait aucun sens, mais pouvait-on reprocher à une hallucination son manque de cohérence ? Néanmoins, elle tenta d'argumenter :

— Pourquoi le ferais-je ? Je suis juste en train d'imaginer que vous êtes assis et que vous me parlez. Vous n'êtes pas réel.

— Je ne suis pas réel ?

— Non, absolument pas. J'imagine seulement que vous l'êtes. En réalité, vous êtes toujours allongé sur ce chariot, bel et bien mort.

Un sourire fleurit sur ses lèvres, tout aussi charmant que le reste de sa personne.

— Comment le savez-vous ? demanda-t-il.

— Les morts ne se redressent pas pour parler, expliqua-t-elle patiemment. S'il vous plaît, rallongez-vous à présent. Je sens que la tête commence à me tourner.

— Mais si, après tout, je n'étais pas mort ?

Cela la laissa un instant sans voix. Puis Rachel se rappela qu'elle était fiévreuse et qu'il ne pouvait être réellement assis sur son chariot. Elle décida de le lui prouver en s'avançant vers lui pour lui décocher un coup de poing, s'attendant à ne rencontrer que le vide. Au lieu de cela, ses phalanges percutèrent un menton bien dur et on ne peut plus réel. Le mort lâcha un cri de surprise et de douleur mêlées, mais elle le remarqua à peine, trop occupée qu'elle était à bondir de nouveau en arrière en criant de plus belle. Sa main lui faisait mal mais elle s'en fichait. Le cadavre vivant était en train de s'asseoir sur le bord du chariot.

La pièce, qui s'était mise quelques instants plus tôt à tourner autour de Rachel, s'immobilisa aussitôt. Progressivement, elle s'obscurcit à ses yeux.

— Bon sang, je vais m'évanouir ! s'aperçut-elle avec horreur. (Puis elle ajouta à l'intention du cadavre, en s'excusant presque :) Je ne m'évanouis jamais, vous savez. Je vous jure…

Étienne regarda la grande rousse glisser au sol, puis se leva du chariot métallique glacial sur lequel il avait été allongé pour observer les alentours. Se rendre compte qu'il se trouvait dans une morgue le fit grimacer. En trois cents ans d'existence, il n'avait jamais aspiré à visiter ce genre d'endroit.

Un frisson le secoua lorsqu'il se pencha pour examiner la jeune femme. Dès qu'il eut posé la main sur son front, le monde parut se mettre à tourner autour de lui. Son état de faiblesse suffisait à expliquer la chose. Il avait perdu beaucoup trop de sang – d'abord à cause de sa blessure au thorax, puis en raison des efforts fournis par son corps pour y remédier. Il lui faudrait compenser cette perte dès que possible, mais il ne pourrait le faire grâce à cette femme. Elle était visiblement malade, ce qui signifiait que son sang ne pourrait lui être d'aucune utilité. Il lui faudrait trouver une autre source, et sans tarder. Mais, pour le moment, il devait reléguer au second plan son épuisement et ses besoins. De plus urgentes obligations l'attendaient.

Étienne repoussa du visage de la jeune femme quelques mèches rousses et remarqua son extrême pâleur. Sa tête avait heurté le sol avec un bruit inquiétant. Il ne fut pas surpris, en passant la main sous son crâne, d'y trouver une écorchure sous laquelle pointait une bosse en formation. Elle se réveillerait avec un terrible mal de crâne, mais sa chute n'aurait pas d'autre conséquence. Rassuré sur son sort, il se concentra pour faire en sorte qu'elle ne se rappelle rien de ce qui venait de se passer. Ses souvenirs, combinés à la disparition de la morgue d'un corps qu'on y avait amené, pouvaient entraîner toutes sortes de complications dont il préférait se passer. Mais lorsqu'il se focalisa sur son esprit, il le trouva étrangement insaisissable et il lui fut impossible de se glisser dans ses pensées.

La tournure prise par les événements le fit se rembrunir. Il lisait dans la plupart des esprits à livre ouvert et n'avait jamais rencontré ce genre de problème auparavant. À l'exception de Pudge, dut-il admettre à regret. Il n'avait pu plonger dans le maelström de souffrance et de confusion qui baignait en permanence l'esprit de ce garçon pour y effacer tout ce qu'il savait de compromettant sur la famille d'Étienne. En eût-il été capable, la situation n'aurait jamais dégénéré ainsi.

Il se blâmait de ce qui était arrivé et considérait comme un échec personnel de n'avoir pu passer outre à la confusion mentale de Pudge. Environ six mois plus tôt, celui-ci avait souffert de la perte brutale de Rebecca, qu'il aimait et s'apprêtait à épouser. Étienne avait bien connu cette informaticienne de premier ordre, aussi douce et lumineuse qu'un jour d'été. Un être à part, dont la disparition dans un accident de voiture avait suffi à chambouler le monde de Pudge. La mort peu de temps après de sa mère avait fini de le plonger dans un abîme de souffrance.

Étienne devait reconnaître qu'il n'avait pas la force de souffrir avec lui. La seule fois où il s'y était risqué, il n'avait pas supporté le déchirement intime qu'il subissait en permanence. Il lui semblait impossible de vivre dans cet état de perpétuelle affliction sans perdre la tête. Il n'avait fait qu'effleurer son esprit, mais il en était ressorti déprimé, en proie à une insondable tristesse. Pudge, lui, endurait cet état quotidiennement. Dans ces conditions, Étienne comprenait qu'il se soit emparé de ce qu'il savait d'étrange à son sujet pour se donner un but dans l'existence. Il était devenu une obsession pour lui, ce qui fournissait un dérivatif à sa souffrance.

Étienne avait éprouvé tant de compassion pour lui qu'il avait fini par renoncer à s'introduire dans sa mémoire afin d'y éliminer les souvenirs les plus dangereux. En conséquence, il s'était placé en position de faiblesse vis-à-vis de lui, ce qui n'était pas la meilleure des solutions, comme le prouvait cette dernière tentative de meurtre. Le temps était venu de tenter une autre approche. Le problème, c'est qu'il ne savait pas quoi faire. Éliminer Pudge paraissait le moyen le plus facile de l'empêcher de nuire, mais de telles extrémités n'étaient envisageables qu'en dernier recours. De toute façon, Étienne ne supportait pas l'idée de tuer quelqu'un qui souffrait à ce point. Autant donner un coup de pied à un chien déjà blessé…

Haussant les épaules pour balayer ces pensées dérangeantes, Étienne reporta son attention sur la jeune femme rousse. Pourquoi ne parvenait-il pas à s'introduire dans son esprit ? Le deuil et la douleur psychique confinant à la folie n'étaient pas dans son cas ce qui l'en empêchait. Tout ce qu'il ressentait en la sondant, c'était une infinie solitude, sensation dont il était lui-même coutumier.

S'il éprouvait des difficultés, décida-t-il, c'était parce qu'il était diminué physiquement. Peut-être la fièvre de cette femme, combinée au choc qu'elle avait reçu à la tête, suffiraient-ils à lui faire croire qu'elle avait halluciné. N'était-ce pas ce dont elle avait cherché à se convaincre, quand elle était encore consciente ? Restait à espérer que cela suffirait.

Quand il eut reposé sur le sol la tête de l'inconnue inanimée, Étienne retira sa main poissée de son sang. Après avoir hésité un instant, il porta ses doigts à ses narines, renifla la douce odeur qui s'en élevait et risqua un petit coup de langue qui lui fit plisser le nez. La pauvre avait besoin au minimum de quelques vitamines. Elle était au bord de l'anémie. Ou peut-être n'était-ce que le résultat de sa maladie.

Malgré lui, Étienne se surprit à poser le regard sur son cou. Il était tellement assoiffé qu'il lui fallut lutter pied à pied contre la tentation de la mordre. Il avait décidément besoin de sang, mais celui d'une malade ne lui servirait à rien. Et malade, cette femme l'était incontestablement.

Il avait senti sa peau brûlante sous la paume de sa main. Le sang empourprait son visage. Les effluves d'hémoglobine qui émanaient d'elle le rendaient fou de désir et la soif lui tordait le ventre. Son corps se fichait de savoir que ce sang-là n'était pas sain et ne lui ferait aucun bien. Alléché par l'odeur, il en voulait sa part.

Vaille que vaille, il parvint à repousser ses instincts primaires et à se redresser en s'accrochant au chariot. La pièce recommençait à tourner autour de lui. Il s'était résigné à attendre que ses jambes retrouvent quelque force quand la double porte battit brusquement. Étienne tourna lentement la tête. Un homme venait d'entrer et s'était figé sur le seuil de la pièce.

— Qui êtes… (Le nouveau venu laissa sa phrase en suspens. Il le dévisagea longuement, puis son regard se porta sur la jeune femme effondrée sur le sol avant de revenir se fixer à la poitrine ensanglantée d'Étienne). La vache ! s'exclama-t-il enfin. (Il jeta alentour quelques regards affolés, avant de brandir devant lui, au grand amusement d'Étienne, le gobelet de café brûlant qu'il portait, comme une arme dissuasive.) Qu'avez-vous fait à Rach ? reprit-il. Qu'est-ce que vous foutez là ?

— Rach ?

Étienne baissa les yeux sur la femme qui se trouvait à terre. Rach : diminutif de Rachel, sans doute. Un joli nom pour une jolie dame. Une jolie dame malade, selon toute vraisemblance. Elle aurait mieux fait d'être au lit. S'adressant au nouveau venu, il demanda :

— Vous êtes malade, vous aussi ?

— Malade ? (Le jeune type se redressa, le visage perplexe. Apparemment, c'était la dernière chose à laquelle il s'était attendu.) Non.

Étienne hocha la tête d'un air satisfait.

— Tant mieux. Venez ici.

— Je…

Les lèvres de l'homme se figèrent sur le refus qu'il avait été sur le point de lui opposer. Puis il baissa les bras et s'avança lentement, comme s'il y était contraint, ce qui était naturellement le cas. Un jus d'orange dans une main et un café dans l'autre, il continua à avancer jusqu'à se retrouver nez à nez avec Étienne.

— J'ai besoin de votre sang, expliqua-t-il. J'ai même besoin de beaucoup de sang, mais je ne vous en prendrai qu'une petite quantité.

Il n'était pas nécessaire de lui expliquer quoi que ce soit, ni même de lui demander sa permission. L'homme se tenait devant lui, silencieux et soumis, les yeux dans le vague.

Néanmoins, Étienne hésita. Il n'avait plus mordu personne depuis très longtemps ; des années, en fait. Avoir recours à de telles méthodes n'était pas bien vu, parmi les siens, à présent qu'existaient des banques du sang. Mais il s'agissait d'une urgence. Il avait subi une importante hémorragie qui l'avait gravement affaibli. Il avait besoin de se nourrir pour retrouver quelques forces afin de pouvoir rentrer chez lui.

Il lança à sa victime un regard d'excuse et plaça sa main contre sa nuque pour l'inciter à pencher la tête, exposant joliment son cou. L'homme se raidit et émit un petit gémissement lorsque les dents d'Étienne percèrent son épiderme, mais il se détendit avec un petit soupir quand il commença à boire. Le sang était chaud, riche et nourrissant. Il se révélait plus goûteux que celui sous poche plastifiée auquel il avait dû s'habituer. Il rappelait à Étienne une époque depuis longtemps révolue, et il en préleva une dose bien plus importante qu'il n'en avait eu l'intention. Il ne se résigna à arrêter qu'en sentant son donneur vaciller et s'effondrer contre lui. Après l'avoir déposé sur le siège roulant abandonné près de la femme inanimée, il vérifia qu'il ne lui avait pas infligé de dommages irrémédiables. Ce qui heureusement n'était pas le cas.

Rassuré d'avoir trouvé sous ses doigts un pouls régulier et puissant, Étienne prit le temps de vider la mémoire de l'homme. Ensuite, il se redressa et repéra sur le bureau un petit flacon porteur d'une étiquette. Il reconnut immédiatement ce qui s'y trouvait : une balle. Machinalement, il porta la main à son torse où la plaie finissait de se refermer. Puis il s'empara du flacon et vérifia ce qui était inscrit sur l'étiquette.

Il s'agissait bien de la balle qui lui avait arrêté le cœur. En la retirant, celle qui gisait sur le sol avait permis à son corps d'entamer le processus de guérison qui lui avait rendu la vie. Autrement, il serait resté inanimé sur cette table. Cette preuve de son existence et de son passage à la morgue ne pouvait être laissée derrière lui.

Étienne empocha l'échantillon et se lança dans une rapide fouille de la pièce. Il ne lui fut pas difficile de mettre la main sur les formulaires d'admission délivrés par les ambulanciers. Il s'aperçut alors qu'il lui faudrait les retrouver, eux aussi, afin d'effacer de leurs mémoires tout souvenir compromettant. Sans doute y aurait-il également de leur côté des paperasses à récupérer. Sans parler des rapports de police et autres joyeusetés dont il lui faudrait s'occuper. En somme, une corvée bien trop importante à son goût. Il allait avoir besoin d'aide, et cette prise de conscience le fit grimacer. Il allait devoir faire appel à Bastien, ce qui signifiait que la famille allait être mise au courant. Hélas, il lui était impossible de faire autrement. Toute trace de l'incident devait être effacée de la mémoire collective.

Résigné à ce qui l'attendait, Étienne rassembla les morceaux épars de sa chemise et de son veston et fit un rapide et dernier tour d'horizon de la pièce pour être sûr de ne rien oublier. Puis il emprunta une blouse de laborantin pendue près de la porte. Il l'enfila, mit la main sur un sac-poubelle dans lequel il fourra ses vêtements déchirés et la balle, et sortit rapidement de la morgue.

Bastien devrait être appelé à la rescousse pour achever de faire le ménage. Étienne espérait simplement que son frère aîné n'en parlerait pas à leur mère. Marguerite allait piquer une crise, si elle avait vent de tout cela. Elle avait eu un aperçu de la souffrance de Pudge en sondant l'esprit d'Étienne peu de temps après qu'il eut effectué sa tentative mentale pour neutraliser ses souvenirs. Femme au cœur tendre, elle était tombée d'accord avec lui pour dire que Pudge ne pouvait être éliminé. Mais elle n'avait pu lui fournir d'alternative, et le fait qu'il ne parvienne pas non plus à concevoir d'idée lumineuse pour régler le problème l'avait agacée.

Le visage sombre, Étienne traversa rapidement le sous-sol de l'hôpital pour en sortir au plus vite. Il détestait l'échec, sous toutes ses formes.

Chapitre 2

— C'était plutôt déprimant..., constata Étienne.

Il avait pris la tête pour sortir du théâtre bondé.

— C'était censé être une comédie ! protesta Marguerite. Du moins, c'est ce que prétendait la réclame.

— Ah oui ? Alors c'était raté. (Après avoir assené une tape dans le dos de Bastien, il ajouta :) Joyeux anniversaire quand même, frérot !

— Merci.

Son frère paraissait fort peu enthousiaste, mais Étienne ne pouvait l'en blâmer. À plus de quatre cents ans, continuer à célébrer son anniversaire devait représenter une corvée. Lui-même, après seulement trois siècles, aurait volontiers passé son tour. Il savait pourtant n'avoir pas plus de chance que Bastien d'y échapper. Leur mère tenait à fêter leur naissance chaque année, sans tenir compte de leur longévité. Marguerite Argeneau adorait ses enfants. Elle était heureuse de les avoir mis au monde et croyait fermement que la vie devait être célébrée. Étienne aurait sans doute dû lui en être reconnaissant. C'était bon d'avoir une famille.

— Mon Dieu, il pleut ! s'exclama Marguerite tandis qu'ils se mêlaient au flot des spectateurs déjà abrités sous l'auvent du théâtre.

Ceux-ci ne paraissaient pas pressés de braver l'averse.

Étienne observa distraitement la rue derrière le rideau de pluie. Son regard glissa sans s'attarder sur les voitures qui passaient au ralenti. L'une d'elles, garée de l'autre côté de la chaussée, attira soudain son attention. Il la reconnut au premier coup d'œil et cela lui fit un choc. Elle ressemblait furieusement à celle avec laquelle Pudge l'avait renversé. L'incident s'était produit une ou deux semaines avant le coup de feu et ne lui avait pas infligé autant de dégâts. Il s'en était tiré avec un fémur brisé et une fracture du crâne auxquels son corps avait rapidement remédié. Par chance, ni l'attaque ni sa guérison miraculeuse n'avaient eu de témoins.

Le moteur se mit en marche, les phares s'allumèrent et le véhicule s'engagea dans le trafic alors même qu'il l'observait.

— C'était lui ? s'enquit Marguerite.

Étienne, qui commençait juste à se détendre, sentit sa tension renaître instantanément.

Sa mère était au courant de tout. Depuis la tentative de meurtre par arme à feu, elle se faisait un sang d'encre. Après qu'elle lui eut plusieurs fois demandé ce qu'il comptait faire, il avait été forcé d'admettre qu'il n'en savait rien. Il avait tenté de la rassurer en lui promettant de redoubler de prudence et en lui expliquant que tout cela était finalement assez amusant, mais elle n'avait pas eu l'air de trouver ça drôle du tout. Et voilà que Pudge était de retour, plus que jamais décidé, sans doute, à lui pourrir la vie.

— Non, je suis sûr que ce n'était pas lui, répondit-il. (Puis, dans l'espoir d'éviter de se faire une nouvelle fois chapitrer, il se hâta d'ajouter :) Vous deux, attendez-moi ici. Je vais chercher la voiture.

Sans leur laisser le temps de le contredire, il s'élança sous la pluie. Le théâtre n'offrait pas à sa clientèle les services d'un voiturier, mais Étienne avait été assez chanceux pour trouver à se garer à peine un demi-bloc plus loin. Pressé comme il l'était d'échapper aux remontrances maternelles, il ne lui déplaisait pas à présent de se mouiller un peu pour aller récupérer sa voiture. Il salua le gardien de parking d'un signe de tête en passant devant sa guérite et fonça vers son véhicule, déverrouillant les portes à distance. Ensuite, il actionna le bouton qui démarrait le moteur, un gadget assez classe qu'il avait fait installer la semaine précédente en prévision de la mauvaise saison à venir. Les hivers au Canada peuvent être mortellement froids, et il ne connaissait rien de pire que de devoir s'installer dans un habitacle glacé.

Il mit le contact alors qu'il n'était plus qu'à quelques pas. Il tendait la main vers la poignée de la portière quand le moteur s'éveilla, ce qui suffit à lui sauver la vie. S'il s'était trouvé à l'intérieur, l'explosion aurait définitivement mis un terme à son existence. Le souffle de celle-ci le percuta néanmoins de plein fouet, vague d'un rouge brûlant qui s'empara de lui pour le projeter quelques mètres plus loin. Étienne sentit l'odeur de chair brûlée. Une douleur intense le traversa. Puis il ne sentit ni ne perçut plus rien.

— Hé ! Te voilà de retour ?

Rachel leva les yeux d'une pile de paperasses en retard et sourit à Dale et Fred, qui venaient d'entrer dans la morgue en poussant un chariot couvert d'un drap. C'était sa première nuit de travail depuis celle où elle avait été si malade qu'elle s'était évanouie pendant le service. En reprenant conscience quelques instants plus tard, elle avait trouvé Tony penché sur elle. Pâle et faible, il avait affirmé qu'il avait dû attraper la même chose qu'elle, car il ne se sentait pas très bien lui non plus.

Rachel ne se rappelait pas grand-chose de ce qui s'était passé avant l'évanouissement. Elle gardait un vague souvenir d'avoir vu Dale et Fred lui amener un nouveau client, mais rien de plus précis. Et, quand elle s'était réveillée, il n'y avait aucun nouveau corps dans la morgue. Elle avait donc conclu que la fièvre lui avait joué un mauvais tour et qu'il valait mieux pour elle se faire remplacer et rejoindre son lit au plus vite. Elle avait demandé à Tony s'il voulait également un remplaçant, mais il s'était senti mieux rapidement et avait insisté pour rester à son poste.

Elle était restée malade comme un chien durant toute une semaine. Elle avait également fait une série de rêves étranges dans lesquels un séduisant cadavre aux yeux couleur d'argent se redressait sur son chariot pour lui parler, mais ils avaient cessé dès qu'elle avait commencé à se sentir mieux. Et, pour la première fois depuis qu'elle avait obtenu ce poste à la morgue de l'hôpital, Rachel avait été contente d'aller travailler ce soir-là.

Enfin… presque. Elle était du matin et détestait sincèrement le travail de nuit. La lumière du jour était son élément. Travailler toute une nuit et dormir le jour représentait pour elle une corvée qui lui donnait le cafard. Elle ne parvenait pas à dormir en soirée. Il n'y avait qu'à l'issue de son service, quand elle rentrait chez elle épuisée, qu'elle était capable de sombrer dans un sommeil agité au cours duquel elle ne cessait de se réveiller et de se rendormir.

— J'ai entendu dire que t'as été salement malade, reprit Dale tandis que Rachel lui apportait un chariot d'autopsie. Désolé… Comme cadeau de bienvenue, on fait mieux.

— Qu'est-ce que c'est ? s'enquit-elle avec curiosité.

— De la viande grillée.

Fred tira le drap, révélant un corps humain calciné.

Rachel fit la grimace et demanda :

— Incendie ?

— Explosion de véhicule, rectifia Dale. Il a été cueilli par le souffle.

— Ouais, approuva son collègue en observant le cadavre d'un œil perplexe. Le plus marrant, c'est qu'on a cru capter un pouls sur place. Arrivés à l'ambulance : plus rien. Puis, à mi-parcours, rebelote ! Ensuite : *nada* ! On aurait dit que le pauvre gars ne parvenait pas à décider s'il voulait vivre ou non… Mais le doc l'a déclaré mort pour le compte à notre arrivée ici.

Rachel étudia le corps avec intérêt avant de saisir l'écritoire que Dale lui tendait.

— Tony n'est pas là ? s'étonna-t-il en la regardant signer les formulaires.

— Malade, répondit-elle.

— Tu lui as fait cadeau de ton virus, hein ! plaisanta Fred.

— Pas moi : sa petite amie infirmière du cinquième.

Rachel regarda les ambulanciers transférer le corps sur le plateau en acier du chariot d'autopsie avant de leur rendre l'écritoire. Dale s'en empara et reprit d'un ton joyeux :

— Alors ? J'ai entendu dire qu'on ne verrait plus ta jolie frimousse dans les parages la nuit ? Félicitations !

— Félicitations ? répéta-t-elle en le dévisageant, interloquée.

— Pour ta promotion…, précisa-t-il. Te voilà assistante du grand chef. C'est Tony qui nous a annoncé la nouvelle à notre dernière visite.

Rachel en resta pantoise un instant.

— Quoi ? couina-t-elle faiblement.

Fred et Dale échangèrent un regard gêné. Ce fut ce dernier qui se décida à expliquer :

— Euh… Tony disait que Bob comptait te l'annoncer dès ton retour au boulot. Il ne t'en a pas parlé ?

Elle le dévisagea sans lui répondre. « Bob » n'était autre que Robert Clayton, son chef de service. Bien qu'étant de l'équipe de jour, il passait souvent dans la soirée donner ses instructions et discuter des dossiers en cours. Ce qu'il n'avait pas fait ce soir-là.

— Jenny m'a dit qu'il avait appelé aujourd'hui, déclara-t-elle enfin. Je crois que c'est son tour d'avoir la grippe.

— Oh, merde ! se lamenta Dale en regardant son collègue. Là, je crois qu'on a gaffé…

Rachel continuait à le dévisager en silence, mais avec un sourire radieux cette fois. Elle y était arrivée ! Sa demande de mutation dans l'équipe de jour avait été acceptée. Fini, pour elle, le travail de nuit !

— Je n'arrive pas à y croire, les gars ! s'exclama-t-elle, tout excitée. (Un doute la saisit, qui lui fit ajouter d'un ton suspicieux :) Ce n'est pas une blague, au moins ? Vous n'êtes pas en train de me faire marcher ?

Les deux hommes secouèrent négativement la tête en lui souriant timidement, l'air contrit.

— Non, répondit Dale. Tu as le job. Essaie simplement de paraître surprise quand Bob te l'annoncera. Ça m'embêterait que Tony ait des ennuis.

Un grognement de surprise lui échappa quand elle se jeta à son cou pour le serrer dans ses bras en riant.

— J'ai le job ! Merci, mille fois merci de me l'avoir dit, les gars. Pour une nouvelle… Plus de nuits pour moi ! Plus besoin d'essayer de dormir pendant que le voisin tond sa pelouse ! Et je vais pouvoir recommencer à sortir le soir avec des amis. C'est… magnifique !

— Je suppose donc que tu es heureuse ? plaisanta Fred tandis qu'elle l'embrassait à son tour.

— Tu ne peux pas savoir…, soupira-t-elle avec ravissement. Je déteste – et c'est peu de le dire – devoir travailler de nuit.

— Tu nous manqueras, conclut Dale d'un air résigné. Mais ça ne nous empêche pas d'être contents pour toi.

— Ouais, ajouta Fred en tapotant gentiment l'épaule de Rachel. Mais n'oublie pas de jouer les innocentes quand Bob te le dira. (Puis, se tournant vers Dale :) Faudrait qu'on y aille, tu crois pas ?

Le sourire aux lèvres, Rachel regarda les ambulanciers quitter la morgue avant de reporter son attention sur le cadavre calciné. Elle allait devoir le débarrasser de ses effets personnels – du moins, de ce qui en restait – avant de le déshabiller, de lui passer un bracelet d'identification et de le mettre au frais. Mais, pour cela, il allait lui falloir bouger le corps et elle allait avoir besoin d'aide.

Elle vérifia l'heure d'un coup d'œil à sa montre : bientôt minuit. Beth, qui faisait office de remplaçante quand un membre de l'équipe était malade, n'allait pas tarder à arriver. Ces temps-ci, elle ne chômait pas... D'habitude, c'était un élément fiable et courageux, qui acceptait de commencer tôt et de finir tard. Mais ce soir-là, elle avait eu un problème de voiture et avait appelé Rachel pour la prévenir qu'elle serait en retard. Elle attendait un ami qui devait la conduire à l'hôpital.

D'ici à une demi-heure, Beth serait là et pourrait l'aider à déshabiller le cadavre. Mais, en l'attendant, rien ne l'empêchait de récupérer ses possessions et de lui passer un bracelet. Rachel baissa les yeux sur le malheureux confié à ses soins et se figea. Soudain, il ne lui paraissait plus en aussi mauvais état qu'au premier regard. En fait, il semblait même en bien meilleure condition... De prime abord, il lui avait paru entièrement calciné, de la tête aux pieds. À présent, des îlots de chair semblaient avoir échappé à la combustion. En fait, s'aperçut-elle en y regardant de plus près, des croûtes carbonisées se détachaient et tombaient sur l'acier du chariot. Du bout des doigts, elle balaya la surface du corps, fascinée de voir apparaître des plages d'épiderme sain. Elle n'avait jamais rien vu de semblable. Ce type se dépouillait de ses peaux mortes comme un serpent se débarrasse de sa mue...

Le cœur battant, Rachel se redressa, les yeux rivés sur l'étrange phénomène. Comment une telle chose était-elle possible ? Mais peut-être ne s'agissait-il pas de ce qu'elle croyait. Ces croûtes noirâtres pouvaient être autre chose que des lambeaux de chair brûlée : un quelconque produit de combustion, par exemple, projeté sur la victime au moment de l'explosion. Et si ce type n'avait en fait pas été brûlé du tout, comme il en donnait l'apparence ? Rachel savait que l'hypothèse ne tenait pas debout. Dale et Fred étaient d'excellents ambulanciers. Pourtant, elle se surprit à chercher un pouls au poignet du cadavre. Puis, de peur d'être gênée par l'effritement de la chair calcinée sous ses doigts, elle préféra poser directement l'oreille au niveau de la poitrine. Elle avait l'impression de se conduire comme une idiote, à chercher le pouls d'un homme mort. Mais lorsqu'elle perçut un battement de cœur – et un seul –, elle se redressa, ébahie. Puis, de nouveau, elle approcha l'oreille. Au terme d'un très long silence, un nouveau battement sourd se fit entendre.

La porte battit bruyamment derrière elle, la tirant brutalement de la stupéfaction dans laquelle l'avait plongée sa découverte.

— Éloignez-vous de lui ! cria un homme excité. C'est un vampire !

Rachel se redressa vivement et fit volte-face. Un homme se tenait à l'entrée de la morgue. Bien plus qu'énervé, il avait l'air complètement fou. Cette impression n'était pas due qu'au treillis de surplus militaire qu'il portait sous un trench-coat, dont il venait d'ouvrir les deux pans. Elle ne tenait pas non plus qu'au fusil qui apparaissait dessous, pendu sous son bras par une lanière accrochée à l'épaule, ou à la hache fixée de la même manière de l'autre côté. C'était tout cela, en plus de son regard halluciné, qui lui donnait une allure d'échappé de l'asile.

Tout en le surveillant prudemment, Rachel dressa une main devant elle, en un geste de conciliation.

— Écoutez..., dit-elle d'une voix raisonnable.

Il ne lui fut pas possible d'ajouter quoi que ce soit. L'homme se rua sur elle et l'écarta sans ménagement en criant de plus belle :

— Vous ne comprenez pas ? Éloignez-vous, m'dame, éloignez-vous ! C'est un vampire ! Un monstre ! Un prédateur nocturne ! De l'engeance de démon ! Un putain de suceur de sang ! Je dois l'éliminer…

Rachel s'agrippa au chariot pour ne pas tomber. Les yeux écarquillés, elle vit l'homme sortir sa hache de sous son bras et la brandir au-dessus de sa tête. Ce dément, se rendit-elle compte soudain, avait réellement l'intention de décapiter le cadavre. Si l'homme calciné était vraiment mort… Elle avait entendu son cœur battre. D'un rapide coup d'œil, elle vit que l'étrange mue se poursuivait. Les débris noirs s'accumulaient autour du corps. Déjà, les traits du visage réapparaissaient. Elle fut surprise de constater qu'ils ne lui étaient pas totalement étrangers.

Sans réfléchir à ce qu'elle faisait, Rachel s'interposa entre le corps et la hache en hurlant :

— Non !

Elle comprit l'erreur qu'elle venait de commettre en voyant la lame fondre sur elle. Elle eut le temps de songer qu'il eût été préférable de chercher à empêcher ce dingue de nuire en le poussant, ou par tout autre moyen. Rien ne pouvait plus briser l'élan donné à l'arme ou dévier sa trajectoire. Rachel poussa un râle étouffé quand la lame se planta profondément dans sa poitrine. Tout s'était passé si vite qu'elle avait eu à peine le temps de ressentir la douleur.

En voyant ce qui venait de se passer, l'homme poussa un cri d'horreur et désengagea bien vite sa hache, mais il était trop tard. Rachel devina en s'effondrant sur le chariot que le coup était mortel. Très rapidement, elle allait mourir en se vidant de son sang.

— Je… désolé ! s'excusa le dément, comme un gamin piteux d'avoir fait une bêtise. Je ne vous voulais aucun mal. Pourquoi avez-vous fait ça ? C'était lui que je…

Un grincement familier aux oreilles de Rachel le fit taire. Elle avait reconnu le bruit que faisait la porte extérieure en s'ouvrant. Au petit cri que poussa son agresseur – sans parler de son expression de panique intense – elle devina qu'elle ne s'était pas trompée. Le grincement se fit de nouveau entendre tandis que la porte se fermait, puis le bruit de talons frappant le carrelage du hall en rythme.

— Désolé…, répéta-t-il, le visage tordu par l'angoisse. Je suis *vraiment* désolé. Je ne voulais pas vous faire de mal. Les secours arrivent, mais je dois vous laisser. Ne bougez surtout pas ! (À reculons, il fit précipitamment retraite vers la porte en ajoutant :) Et surtout, ne mourez pas ! J'aurais du mal à vivre avec ça sur la conscience.

Rachel aurait voulu crier, mais elle n'en eut pas la force. Un gémissement, derrière elle, la fit instinctivement se retourner. Elle y parvint, mais ses forces l'abandonnèrent d'un coup et elle ne put rien faire de plus. Elle s'effondra sur l'homme victime de l'explosion.

Étienne soupira de bonheur en laissant le sang doux et chaud dévaler sa gorge. Il calmait la douleur atroce qui assiégeait son corps. Il avait un besoin vital du fluide nourricier. Même la culpabilité qu'il ressentait à l'égard de cette femme qui avait pris le coup de hache à sa place ne parvenait pas à gâcher sa joie. Il avait désespérément besoin de son sang et il lui était reconnaissant de le lui offrir.

— Étienne !

Il reconnut la voix de sa mère mais il fut incapable d'en déterminer l'origine. Puis le corps chaud effondré au-dessus de lui fut soudain retiré. En guise de protestation indignée, il ouvrit les yeux et vit Marguerite penchée au-dessus de lui.

— Est-ce que ça va, mon chéri ? (L'inquiétude se lisait sur ses traits. Tendrement, elle lui caressa la joue et ordonna :) Donne-moi une de ces poches de sang, Bastien. (Puis, à son intention, elle expliqua :) Ton frère a insisté pour faire une halte au bureau en chemin afin d'en prendre quelques-unes. Heureusement qu'il y a pensé !

À l'aide de l'ongle long de son index, elle perça la poche de sang et la maintint au-dessus de la bouche ouverte d'Étienne. Elle recommença trois fois l'opération avant qu'il puisse se sentir suffisamment bien pour s'asseoir.

La vue de sa chair qui partait en lambeaux calcinés lui arracha une grimace. Il fit basculer ses jambes par-dessus le rebord du chariot et tenta de se lever, mais il était encore trop faible. Il n'avait pas perdu beaucoup de sang lors de l'explosion, mais son corps en avait consommé de grosses quantités pour réparer les dégâts occasionnés. Encore une ou deux poches de sang, décida-t-il, et tout irait mieux. Il accepta celle que sa mère lui tendait et la descendit presque d'un trait. Tandis qu'elle perçait la dernière pour lui, Étienne vit la jeune femme à côté de laquelle Bastien était accroupi et demanda :

— Va-t-elle s'en tirer ?

La mine sombre, son frère secoua négativement la tête et répondit :

— Elle est mourante.

— Elle ne doit pas mourir ! protesta-t-il. Elle m'a sauvé la vie.

Étienne repoussa la poche de sang que sa mère lui tendait et se força à se mettre debout.

— Assieds-toi donc ! ordonna-t-elle sèchement. Tu n'as pas encore suffisamment récupéré pour pouvoir te lever.

— Je vais bien.

Il alla s'accroupir à son tour près de la blessée, sans tenir compte des marmonnements de Marguerite.

— Je vais sûrement te croire… Tout comme je t'ai cru quand tu m'as dit que Pokey ne constituait pas une réelle menace et que tout cela n'était qu'un jeu.

— Pudge, rectifia machinalement Étienne. Pas « Pokey ».

Il tendit le bras pour saisir le poignet de la jeune femme et chercher son pouls. Il la reconnaissait : c'était elle qui s'était occupée de lui lors de son précédent passage à la morgue. Elle était magnifique et tout aussi pâle à présent qu'elle l'avait été alors. Mais, cette fois, ce n'était pas à cause d'une maladie… Il était parfaitement conscient que c'était le sang issu de sa blessure qui avait coulé dans sa gorge. Tout comme il savait que c'était elle qui lui avait sauvé la vie. Lorsque Pudge avait fait irruption, il avait été trop faible pour bouger mais pas pour la voir s'interposer entre lui et la hache que ce fou brandissait.

—J'ai tenté d'arrêter l'hémorragie, expliqua doucement Bastien, mais j'ai bien peur qu'il soit trop tard. Nous ne pouvons rien faire pour la sauver.

—Moi, je peux faire quelque chose ! répliqua Étienne.

Il fit une tentative pour rouler sa manche, mais le tissu s'effrita sous ses doigts. Alors il se contenta de l'arracher.

—Qu'est-ce que tu fais ? protesta sa mère. Tu ne vas tout de même pas l'infanter !

—Cette femme m'a sauvé la vie, répéta-t-il simplement.

—Nous avons des règles pour ces choses-là ! Tu ne peux pas faire ça au petit bonheur la chance, et surtout pas sans autorisation.

—J'ai le droit d'infanter une compagne.

—Une compagne !

Marguerite semblait bien plus excitée qu'ennuyée à cette perspective. Bastien, lui, paraissait inquiet.

—Mais tu ne la connais même pas ! tenta-t-il d'argumenter. Et si jamais tu ne l'aimais pas ?

—Alors, je devrai me passer de compagne à jamais.

—Tu te priverais de celle qui pourrait partager ta vie pour cette femme ? insista Bastien.

Étienne marqua une pause, avant de répondre par l'affirmative d'un hochement de tête.

—Sans elle, ajouta-t-il, je n'aurais plus de vie à partager avec quiconque.

Puis, sans hésiter, il porta son avant-bras à sa bouche et le mordit vigoureusement. Dès que le sang coula suffisamment, il retira ses dents et pressa la blessure sanglante contre les lèvres de celle qui était en train de mourir.

— Et voilà. Nous ne pouvons désormais rien faire d'autre qu'attendre. (Marguerite se redressa et ajouta en se tournant vers son fils :) À présent, nous allons pouvoir nous occuper de toi.

— Moi, ça va..., marmonna distraitement Étienne.

Il ne quittait pas du regard la jeune femme couchée dans son lit. Ils avaient réussi à lui faire quitter discrètement l'hôpital pour la ramener chez lui. Sa mère s'était chargée de la déshabiller, avec l'aide de Bastien, et l'avait attachée au lit avant de la mettre sous perfusion, afin de lui apporter tout le sang dont elle aurait besoin pour faciliter l'infantement. N'ayant jamais assisté à un tel processus, Étienne ne savait pas à quoi s'attendre. La jeune femme était restée muette et tranquille lorsqu'il lui avait donné son sang, mais dans la voiture, en chemin, elle avait commencé à gémir et à s'agiter. Il n'était pas encore tout à fait sûr de ne pas avoir agi trop tard, mais il commençait à reprendre espoir.

— Tu ne vas pas bien du tout ! protesta Marguerite. Tu continues à perdre ta peau brûlée et tu es terriblement pâle. Tu as besoin de repos et de sang.

— Je peux avoir tout le sang nécessaire sans bouger d'ici.

— Tu dois t'allonger. Tu ne tiens pas sur tes jambes.

— Je vais m'occuper de lui, intervint Bastien en prenant son frère par le bras.

Étienne envisagea un instant de ne pas se laisser faire, mais il n'en avait pas l'énergie. Aussi se laissa-t-il entraîner sans protester.

— Quelle chambre ? demanda Bastien dans le couloir. Tu as fini d'aménager toutes les pièces ?

—Non, répondit Étienne en grimaçant. Mais j'ai installé mon cercueil dans mon bureau.

—Doux Jésus ! Tu as toujours cette chose ? (Bastien frissonna de dégoût et précisa :) Je me suis débarrassé du mien dès l'instant où ils nous sont devenus inutiles. Je ne comprends pas comment tu peux supporter de garder ça chez toi.

—Il m'aide à me concentrer. J'y ai trouvé quelques-unes de mes meilleures idées.

—Mouais…

Sans insister, Bastien aida son frère à remonter le couloir, à descendre au rez-de-chaussée et à gagner l'arrière de la maison. L'escalier menant à la cave débouchait dans un coin de la cuisine. Étienne se laissa guider pour le descendre, Bastien passant un bras autour de sa taille afin de le soutenir. Il l'aida rapidement à s'installer dans le cercueil.

—Je reviens tout de suite, annonça-t-il.

Étienne murmura une vague réponse et ferma les yeux. Il se sentait épuisé et la douleur atteignait de nouveaux sommets. Il avait besoin de davantage de sang et il savait que Bastien était parti en chercher.

En dépit des souffrances que son corps subissait en s'épuisant à chercher l'hémoglobine dont il avait besoin, il finit par s'assoupir. La sensation d'une piqûre dans son avant-bras l'éveilla quelques instants plus tard. Il ouvrit les yeux et vit son frère, penché sur lui, qui enfonçait l'aiguille d'une intraveineuse dans une veine saillant au pli de son coude.

—Est-ce que je ressemble à Lissianna, selon toi ? maugréa-t-il.

Il fit une tentative pour retirer son bras, mais Bastien le maintenait fermement.

—Non, tu ne lui ressembles pas : son visage à elle ne pèle pas, répondit-il, pince-sans-rire. Je t'aurais bien ramené dix vierges désirables pour te régaler, mais je n'ai pu en trouver aucune. Tu sais comme les vierges sont devenues une denrée rare de nos jours…

Étienne laissa fuser un rire las et se détendit.

— Plus sérieusement, reprit Bastien en s'activant, tu as besoin d'une grande quantité de sang et de beaucoup de sommeil. Ce sera plus facile ainsi : je pourrai remplacer les poches vides sans te réveiller. Et, demain matin, tu auras retrouvé figure humaine.

Étienne acquiesça d'un hochement de tête et demanda :

— Tu penses que la fille vivra ?

Bastien garda le silence un moment, puis soupira.

— Il faut attendre pour le savoir. Je te réveillerais si… s'il se passait quoi que ce soit.

— Tu voulais dire : « si elle mourait », rectifia Étienne avec tristesse, en fermant les yeux. Et, si elle meurt, ce sera ma faute. J'aurais dû faire quelque chose pour neutraliser Pudge.

— Tu ne dois pas t'accuser de tous les maux. Difficile de savoir que faire avec un type pareil. Je n'ai moi-même rien trouvé, et je n'arrête pas d'y penser depuis qu'il t'a tiré dessus. Mais il va vraiment falloir qu'on fasse quelque chose… (En se redressant, il conclut :) Je vais appeler Lucern pour lui demander s'il aurait une idée. Nous y réfléchirons tous ensemble plus tard, quand tu te sentiras mieux. Pour l'instant, n'y pense plus et repose-toi.

Étienne s'éveilla le matin venu. Il se sentait de nouveau lui-même à cent pour cent et en pleine possession de ses moyens. Allongé dans les ténèbres accueillantes du cercueil, il percevait la présence de sa mère et de son frère à l'étage. Mais il pouvait également sentir celle de la jeune femme, ce qui signifiait qu'elle vivait encore.

Après avoir émergé de son cercueil, il retira de son bras l'aiguille de l'intraveineuse, récupéra le support mobile de celle-ci et le remonta avec lui. Il le rangea dans un placard de la cuisine où il le conservait toujours, en cas d'urgence ou pour servir à sa sœur quand elle lui rendait visite. Cela fait, il traversa la maison obscure et silencieuse et s'engagea dans l'escalier.

Il trouva sa mère et son frère dans sa chambre, au chevet de la jeune femme.

Elle s'agitait et gémissait sur le lit. Ses cheveux humides et emmêlés encadraient son visage rouge de fièvre.

— Qu'est-ce qui ne va pas ? demanda-t-il anxieusement.

— L'infantement est en cours, répondit sa mère calmement.

L'attitude sereine et posée de Marguerite le rassura quelque peu. Ensuite, il remarqua les poches de sang vides amoncelées sur la table de chevet. Il devait y en avoir une dizaine. Alors qu'il remarquait cela, sa mère se leva et commença à en enlever une autre du support mobile de la perfusion. Comme s'ils répétaient un scénario bien rodé au cours de la nuit – ce qui était manifestement le cas –, Bastien se leva à son tour et se dirigea vers le petit réfrigérateur installé dans un coin de la chambre. Il en revint avec une poche pleine.

— Pourquoi en faut-il autant ? s'inquiéta Étienne.

— La blessure était grave, répondit sa mère. Elle avait perdu beaucoup de sang, mais il y a également les dommages causés par trente années d'existence à réparer.

De nouveau, Étienne se sentit rassuré.

— Combien de temps cela va-t-il prendre ? s'enquit-il.

Marguerite haussa les épaules.

— Cela dépend.

— De quoi ?

— De l'étendue des dommages à réparer.

Étienne se renfrogna.

— Elle paraît plutôt en bonne santé, protesta-t-il. Peut-être légèrement anémiée, mais...

— Mais son organisme peut receler n'importe quelle maladie, latente ou non, l'interrompit gentiment sa mère.

Cancer, leucémie, etc. L'apparence physique ne veut pas dire grand-chose.

Tranquillisé, Étienne alla s'installer sur un coin du lit.

— Tu as l'air d'aller mieux, commenta Bastien. Comment te sens-tu ?

— Bien. (Étienne regarda ses mains. Toute trace de chair calcinée y avait disparu. Une peau rose et fraîche les recouvrait, de même que ses avant-bras. Il savait qu'il en allait de même pour le reste de son corps. Mais comme il avait abandonné la plus grande partie de sa mue de grand brûlé à l'intérieur de son cercueil, il lui faudrait penser à le nettoyer ultérieurement.) As-tu réussi à joindre Lucern ?

Bastien lui répondit d'un hochement de tête et précisa :

— Il passera ce soir pour notre *brainstorming*. Par la même occasion, nous verrons ce qu'il convient de faire pour réparer les dommages collatéraux.

— De quoi parles-tu ? s'étonna Étienne en arquant les sourcils.

— Notre amie ici présente a eu les honneurs de la presse. Apparemment, quelqu'un a aperçu Pudge à la morgue avant qu'il s'enfuie et est allé chercher de l'aide. L'aide en question est arrivée sur les lieux après que nous vous ayons récupérés tous les deux, car le reportage indiquait qu'un « homme fortement armé en tenue de camouflage » était soupçonné de l'avoir enlevée. Ils ont diffusé un portrait-robot ressemblant fortement à Pudge. Ils ne savent pas qui il est, mais ils le recherchent.

— Cela pourrait jouer en notre faveur, fit remarquer Étienne.

— Oui. Si nous parvenons à la convaincre de confirmer cette histoire de kidnapping, cela pourrait résoudre le problème que te pose Pudge.

Étienne acquiesça d'un signe de tête, puis reporta son attention sur sa mère. Elle dodelinait de la tête, les yeux mi-clos, dans son fauteuil. La matinée était déjà bien avancée. Normalement, elle aurait dû être couchée depuis longtemps.

— Je peux m'occuper d'elle, maintenant, assura-t-il. Vous deux, allez vous reposer.

— D'accord, approuva Bastien en se levant. (Il alla aider leur mère récalcitrante à se remettre debout et ajouta en la poussant gentiment vers la porte :) Nous reviendrons ce soir.

Avant de sortir, Marguerite se tourna vers son fils cadet et lui dit, les yeux ensommeillés :

— Elle ne devrait plus avoir besoin de beaucoup de sang. Peut-être une poche ou deux, mais pas plus. La fièvre devrait bientôt tomber. Je pense que le processus d'infantement sera bientôt achevé. Sa blessure est quasiment guérie. Elle s'éveillera sans doute ce soir au plus tard.

— C'est noté, mère…, assura Étienne en la rejoignant à la porte.

— Et n'oublie pas de la libérer de ses liens avant qu'elle se réveille. Il ne manquerait plus que la pauvre revienne à elle en s'imaginant prisonnière.

— Oui. Naturellement.

— Étienne…, ajouta-t-elle d'un ton solennel qui lui fit comprendre l'importance de ce qu'elle s'apprêtait à lui dire. Tu n'as jamais assisté à un infantement auparavant, aussi dois-je te prévenir… Rachel risque d'avoir l'esprit passablement embrumé dans les heures qui suivront son réveil.

— Que veux-tu dire ?

— Les infantés fraîchement éveillés ont tendance à avoir l'esprit confus et à refuser la réalité de ce qui leur arrive. Ils ont du mal à accepter les preuves de leur nouvel état qu'on leur présente et les combattent de toutes leurs forces. Leur esprit se retrouve dans une telle tourmente que leurs facultés de raisonnement battent un peu la campagne. Ne t'étonne pas si elle invente un tas d'hypothèses plus farfelues les unes que les autres pour expliquer ce qui lui arrive. Sois patient avec elle jusqu'à ce que les brumes se dissipent sous son crâne et qu'elle soit prête à accepter l'évidence. Ne la brusque surtout pas.

Étienne hocha lentement la tête en assimilant les informations délivrées par sa mère.

— D'accord, je ferai de mon mieux, promit-il.

— J'en suis convaincue, mon fils… (Elle tapota la joue d'Étienne avec tendresse, puis rejoignit Bastien dans le couloir. Avant que la porte se referme derrière elle, il eut le temps de l'entendre conclure :) Nous reviendrons pour t'aider en tout début de soirée.

Étienne se surprit à sourire tout seul. Oui, décidément, il était bon d'avoir une famille, songea-t-il en retournant au chevet de sa patiente.

Chapitre 3

Rachel avait mal partout. Son corps n'était qu'une masse douloureuse. L'espace d'un instant, elle songea qu'elle avait dû être victime d'une rechute de la grippe qui l'avait terrassée la semaine précédente. Puis elle ouvrit les yeux et constata au premier coup d'œil qu'elle n'était pas couchée dans son lit, et qu'elle n'avait jamais vu la chambre dans laquelle elle se trouvait.

Elle luttait toujours pour comprendre ce qu'elle faisait là – et où pouvait bien être ce « là » – lorsque la mémoire lui revint par bribes. Des souvenirs confus et désordonnés l'assaillaient. Un homme blond, penché au-dessus d'elle, qui la redressait entre ses bras et lui ordonnait de boire, bien qu'il ne lui présentât aucun verre pour cela. Pourtant, elle se souvenait d'un fluide épais et chaud, sur sa langue. Rachel eut également un flash-back d'un dingue en treillis et trench-coat armé d'une hache faisant irruption dans la morgue. Elle se souvint aussi d'une atroce douleur à la poitrine, et tout de suite après, de Dale et Fred lui annonçant qu'elle allait avoir sa promotion et quitter prochainement le service de nuit. Rien de tout cela ne paraissait être dans le bon ordre, mais ce dernier souvenir était agréable et la fit sourire et sombrer de nouveau dans un demi-sommeil. Ensuite, des réminiscences lui vinrent d'une conversation confuse qu'elle avait entendue. Sur le moment, celle-ci n'avait eu aucun sens pour elle et elle n'en comprenait toujours pas la signification. Il y était question d'une « compagne » et d'un certain « infantement ». Mais qui était cette « compagne » et ce que pouvait être cet « infantement » demeuraient un mystère. L'un dans l'autre, tous ces souvenirs paraissaient épars et dépourvus de sens.

Rachel ouvrit de nouveau les yeux et observa la pièce. Elle était peinte en bleu et décorée dans un style moderne qui témoignait d'un goût certain. Des peintures abstraites ornaient les murs et deux lampes de chevet en argent encadraient le lit. Elle n'avait toujours pas la moindre idée de l'endroit où elle se trouvait et ignorait totalement comment elle avait fait pour arriver là, mais elle était si épuisée qu'elle préféra s'en ficher et chercher refuge dans le sommeil. À peine eut-elle laissé ses paupières se refermer que l'image de la lame d'une hache fondant sur elle s'imposa à son esprit.

Bien vite, elle rouvrit les yeux, en proie à la terreur. Elle avait pris un coup de hache en pleine poitrine, et elle avait tout de suite été certaine qu'il lui serait fatal. Du moins, sans aide médicale immédiate, il aurait dû l'être. Rachel ne gardait qu'un vague souvenir de son agresseur. Elle se souvenait en revanche assez bien d'un homme aux yeux couleur d'argent, penché sur elle, qui lui disait de ne pas bouger pour garder ses forces pendant qu'il examinait sa blessure. Il ressemblait à celui qui avait hanté ses rêves pendant qu'elle avait la grippe, mais au lieu d'être blonds, ses cheveux étaient foncés.

Il fallait donc en conclure que l'aide dont elle avait eu besoin pour survivre était arrivée. Rachel aurait simplement apprécié avoir l'esprit un peu moins embrumé. Le souvenir d'avoir reçu un coup de hache expliquait la vive douleur qu'elle ressentait à la poitrine, mais pas celles dont tout son corps était perclus. Il n'expliquait pas non plus où elle se trouvait. Dans son état, elle aurait dû être à l'hôpital, mais cet endroit n'y ressemblait vraiment pas.

Rachel tourna les yeux vers les stores occultant les fenêtres. Un rai de lumière s'infiltrant tout autour prouvait qu'il faisait grand jour. Elle regrettait qu'ils n'aient pas été laissés ouverts, ce qui lui aurait peut-être permis de deviner où elle était.

Repoussant les couvertures qui la couvraient, elle lutta pour se redresser en position assise sur le lit puis baissa les yeux pour s'examiner. Elle était entièrement nue, ce qui ne manquait pas d'intérêt. Elle ne dormait jamais dans le plus simple appareil et les hôpitaux fournissaient d'ordinaire à leurs patients ces affreuses blouses qui se fermaient dans le dos. Cela constituait donc un indice... bien qu'elle ignorât comment l'interpréter.

Ne sachant que faire, elle s'agita un moment sur son lit avant de remarquer que quelque chose lui entravait le bras. La vue d'une aiguille d'intraveineuse enfoncée dans le pli de son coude la fit se figer. Elle suivit du regard le tuyau transparent qui y menait jusqu'à la poche en plastique pendue à un support roulant. Celle-ci était plate et vide, mais quelques gouttes y demeuraient d'un liquide qu'elle reconnut immédiatement comme étant du sang. Apparemment, elle avait eu besoin d'une transfusion.

Ce constat lui fit baisser de nouveau les yeux sur sa poitrine, à la recherche de sa blessure. Elle se rappelait distinctement que la hache l'avait heurtée de plein fouet, pourtant elle ne portait ni bandage ni trace d'aucune plaie, à part une fine cicatrice partant de la clavicule pour s'achever à la pointe du sein. Rachel écarquilla les yeux tandis que les implications de cette découverte s'imposaient à elle : des semaines – voire des mois – s'étaient écoulés depuis l'attaque dont elle avait été victime.

— Seigneur Dieu ! lança-t-elle dans un souffle.

Combien de temps était-elle demeurée inconsciente ? Était-elle restée dans le coma ? Avait-elle été placée dans un service réservé aux comateux de longue durée ? Elle trouva cette hypothèse presque rassurante jusqu'à ce que lui revienne en mémoire la promotion qu'elle venait d'obtenir au boulot. Si son coma avait duré des mois, elle pouvait dire adieu à sa nouvelle situation. Bon sang ! Sans doute avait-elle même perdu son emploi à l'heure qu'il était... Mais si cette hypothèse se vérifiait, pourquoi venait-on de lui faire une perfusion sanguine ? Elle pouvait en comprendre la nécessité juste après l'attaque dont elle avait été victime, mais si celle-ci remontait à des mois, une transfusion n'avait plus de raison d'être.

L'esprit bourdonnant de questions, Rachel libéra le tube de la perfusion sans enlever l'aiguille de son bras et fit passer ses jambes sur le côté du lit pour tenter de se lever. Il lui fallut fournir de tels efforts pour y parvenir qu'une fois debout, faible et essoufflée, elle faillit renoncer à son projet. Pourtant, son découragement fut de courte durée. Tout autant que son corps avait besoin de s'enfouir au fond du lit pour dormir et récupérer, elle semblait avide de tout autre chose, que le sommeil ne pourrait lui fournir. Elle ignorait totalement quelle était la nature de cet appétit, mais elle en sentait l'urgence avec une acuité presque effrayante. Même si elle avait pu faire en sorte d'ignorer ce besoin aussi impérieux que mystérieux – ce dont elle doutait –, son esprit était en proie quant à lui à une exigence tout aussi tyrannique. Il voulait découvrir où diable elle pouvait être, mais d'autres questions sans réponse le hantaient. Qu'était devenu l'homme qui l'avait agressée ? Celui qu'elle avait cherché à protéger sur la table d'autopsie avait-il réellement été encore en vie, comme elle l'avait suspecté, ou n'avait-elle risqué sa vie que pour un cadavre ?

Cela aurait été un comble de se retrouver grièvement blessée, de perdre des mois de vie dans le coma, et d'en garder pour toujours une cicatrice disgracieuse, tout cela pour les beaux yeux d'un homme mort. Irritée par une telle possibilité, Rachel recouvra un peu d'énergie et se dirigea vers la porte avant de se figer en se rappelant qu'elle n'était pas habillée. Difficile de déambuler dans un lieu inconnu complètement nue…

Un coup d'œil dans le tiroir de la table de chevet la plus proche ne révéla rien d'autre que quelques livres qu'elle avait déjà lus. Elle songea que quelqu'un, ici, avait bon goût ; ou du moins des goûts comparables aux siens.

Elle parcourut du regard les murs de la pièce obscurcie et s'arrêta sur les trois portes qui s'y trouvaient. Il y en avait une à sa droite, dans le mur contre lequel le lit était adossé, et une autre dans celui parallèle au lit, toutes deux de taille normale. Mais dans le mur qui faisait face au pied du lit, une double porte ressemblait furieusement à celle d'une penderie. Hélas pour elle, celle-ci était trop éloignée. Elle aurait eu la force d'y parvenir, mais elle ne voulait pas prendre le risque que quelqu'un entre avant qu'elle ait pu l'atteindre. De plus, elle n'avait aucune certitude d'y trouver des vêtements.

Après avoir réfléchi un instant à la situation, Rachel tira le drap et l'entoura autour d'elle pour en faire une sorte de toge. Puis, présumant que la porte du mur parallèle au lit était celle qui pouvait la mener, hors de cette chambre, jusqu'aux réponses qu'elle cherchait, elle alla l'ouvrir.

Comme elle l'avait espéré, elle déboucha dans un couloir, qui ne ressemblait décidément pas à un corridor d'hôpital. Selon toute vraisemblance, elle se trouvait dans une maison d'habitation plutôt coquette et décorée avec goût. Elle remarqua avec satisfaction les teintes minérales neutres utilisées. Elle avait employé les mêmes pour décorer son appartement, parce qu'elle les trouvait à la fois accueillantes et chaleureuses.

Mais perdre son temps à admirer le décor n'allait pas l'aider à trouver les réponses qu'elle cherchait. Sa chambre se trouvait à l'extrémité du couloir. D'autres portes donnaient sur celui-ci, mais il n'y avait aucun signe d'une quelconque présence. Rachel se dandina d'un pied sur l'autre sur le seuil de la pièce en se demandant que faire. Il lui fallut conclure que ses choix étaient limités. Soit elle attendait où elle se trouvait qu'on vienne la voir, soit elle partait en exploration dans l'espoir de trouver quelqu'un susceptible de la renseigner.

Cette soif étrange qui la tenaillait décida pour elle. Rachel laissa la porte de sa chambre derrière elle et remonta le couloir. Elle ne fit pas une tentative pour ouvrir les portes devant lesquelles elle passait. Un tel silence s'appesantissait sur la maison qu'il paraissait vain d'y chercher qui que ce soit, du moins à cet étage.

Elle n'eut pas beaucoup plus d'espoirs en atteignant le palier. Penchée sur la rambarde, elle examina en contrebas un hall d'entrée vide, sombre et silencieux. Elle ne pouvait tout de même pas être seule ici, songea-t-elle en fronçant les sourcils. Quelqu'un avait dû être là pour changer les poches de sang de sa perfusion.

Les jambes toujours un peu tremblantes, Rachel parvint à descendre l'escalier sans encombre. Parvenue dans le hall, elle examina les alentours avec attention. Des stores baissés occultaient toutes les fenêtres. Comme sa chambre, cette partie de la maison était soigneusement protégée de la lumière du soleil. Instinctivement, elle tenta d'ouvrir ce qui devait être la porte d'entrée mais la trouva fermée. La serrure était un modèle ancien qui ne pouvait s'ouvrir qu'avec une clé, mais elle n'en vit aucune dans les parages, y compris sur un guéridon voisin qu'elle prit le temps de fouiller.

Laissant la porte derrière elle, Rachel reprit son exploration dans l'espoir de tomber enfin sur quelqu'un – n'importe qui – susceptible de lui expliquer ce qu'elle faisait là. Elle passa devant des pièces pleines de mystère et de ténèbres mais manifestement vides de toute présence humaine. Au bout du hall, elle ouvrit une porte qui débouchait dans ce qui devait être une cuisine. Elle s'immobilisa le temps de repérer dans le noir les formes familières d'un réfrigérateur, d'une cuisinière, d'une table entourée de chaises. Elle était sur le point de se contenter de ce coup d'œil sommaire quand elle remarqua un rai de lumière, au bas d'une porte, de l'autre côté de la pièce.

Ce premier signe d'une présence autre que la sienne dans la maison lui procura un frisson d'excitation bientôt supplanté par une certaine appréhension, qu'elle décida d'ignorer. Lentement, elle gagna la porte pour découvrir, avec consternation, qu'elle donnait sur une autre volée de marches s'enfonçant dans le sol. Un plafonnier inondait de lumière la cage d'escalier. Rachel hésita sur le palier, ne sachant que faire. Ses forces semblaient de nouveau décroître et des crampes lui nouaient tous les muscles. Ce malaise ressemblait à la grippe, mais à la puissance dix, et généralisé à tout son corps.

— Y a quelqu'un ? lança-t-elle d'une voix pleine d'espoir.

Naturellement, aucune réponse. Personne ne se précipita pour lui expliquer la situation ou lui venir en aide. Rachel déambulait à travers une maison sombre et vide, traînant un drap derrière elle comme quelque fantôme à la mode d'autrefois.

— Me voilà débarquée en plein roman gothique…, marmonna-t-elle pour elle-même, avec un amusement dégoûté qui ne la fit pas rire.

Ça avait l'air tellement vrai qu'il lui venait à l'esprit toutes sortes d'idées bizarres et pas drôles du tout. Peut-être était-elle morte et se retrouvait-elle en enfer. Ou au paradis. Rachel était à peu près certaine de n'avoir rien fait au cours de son existence qui puisse lui valoir une descente aux enfers. À moins que… Peut-être s'y retrouvait-elle parce qu'on ne lui avait pas administré les derniers sacrements ? Les prêtres affirmaient que sans eux…

Rachel décida de mettre de côté des idées si déprimantes et s'engagea dans l'escalier. Autant savoir de quoi il retournait. Se cantonner dans l'ignorance n'apportait jamais rien de bon.

Elle parvint avec bien du mal au bas des marches. La douleur et la faiblesse ne lui laissaient aucun répit. En débouchant dans le sous-sol moquetté, elle eut l'impression d'avoir des jambes en caoutchouc. Cela ne pouvait être l'enfer, décida-t-elle en sentant ses pieds s'enfoncer dans l'épaisse moquette. Le séjour des damnés ne pouvait être aussi luxueusement aménagé.

Peut-être rêvait-elle. Peut-être ne s'était-elle pas encore véritablement réveillée… Une telle idée était plus facile à accepter, et elle plaisait même à Rachel. Cela valait toujours mieux que d'être morte. Un rêve peut être amusant. Aussi longtemps qu'il ne vire pas au cauchemar.

Elle écarta cette idée dérangeante d'un haussement d'épaules et laissa son regard courir sur les trois portes qui se présentaient à elle. La première était ouverte et révélait ce qui ressemblait, dans la lumière venue du couloir, à une buanderie. La deuxième s'ouvrit sur ce qui avait tout l'air d'une cave à vin et d'un cellier. Ce qui ne lui laissait que la troisième porte, la seule sous laquelle filtrait un rai de lumière.

Après avoir pris une profonde inspiration, Rachel se décida à l'ouvrir. Au premier regard, la pièce ressemblait à une salle de contrôle de vidéosurveillance. Le grand bureau en L qui longeait deux murs en coin était couvert de matériel informatique. Il y avait là au moins quatre ordinateurs et autant de moniteurs, mais, en constatant que les images qui s'y affichaient ne montraient aucune des pièces de cette maison, elle comprit qu'il s'agissait de tout autre chose que d'un poste de contrôle.

Rachel pénétra dans la pièce pour mieux observer les écrans. Un arrêt sur image d'une lugubre forêt en pleine nuit s'affichait sur l'un d'eux. Sur un autre on pouvait voir l'intérieur d'une vieille maison plus sinistre encore. Sur le troisième, une capture d'écran représentait une magnifique jeune femme apeurée brandissant devant elle une croix comme pour se protéger du démon. Le dernier moniteur était éteint.

Fascinée par la jeune femme, Rachel décida de ne pas se préoccuper du reste de la pièce et alla se camper devant cet écran. Avec ses longs cheveux noirs et ses grands yeux argentés, elle était magnifique. Elle lui paraissait également familière.

— Je te connais…, murmura-t-elle à l'intention de l'image. Où t'ai-je déjà vue ? (Cette femme semblait faire partie des derniers souvenirs confus qui lui encombraient l'esprit.) Où t'ai-je déjà rencontrée ? ajouta-t-elle, un peu plus fort cette fois, comme si la capture d'écran avait pu lui répondre.

Ce ne fut évidemment pas le cas, mais un léger grincement derrière elle se fit entendre. Les cheveux dressés sur la nuque, Rachel fit volte-face. Il y avait, posé le long du mur dans lequel s'ouvrait la porte, un cercueil d'allure ancienne qu'elle n'avait pas remarqué. Son couvercle était lentement en train de se relever et laissait apparaître la main pâle qui le repoussait de l'intérieur. Sans cesser d'émettre son funèbre grincement, le cercueil s'ouvrit davantage, révélant au bout de la main un poignet, un bras et enfin une épaule.

Quelques secondes s'écoulèrent, qui lui parurent durer des heures. Rachel sentit ses poumons se vider d'un coup et ses jambes se dérober sous elle tandis que l'occupant du cercueil s'asseyait dans celui-ci. Elle se retrouva à genoux sur le sol, le souffle coupé, à regarder l'homme blond de ses rêves observer les alentours jusqu'à ce qu'il l'ait repérée.

— Oh ! s'exclama-t-il, apparemment surpris de la trouver là. Bonjour ! Il m'avait semblé entendre quelqu'un, mais je n'avais pas senti votre présence, alors je n'étais pas sûr de n'avoir pas rêvé. J'aurais dû me douter… J'avais craint que vous puissiez vous réveiller seule et avoir peur.

—Oh, flûte ! lança-t-elle dans un souffle, tandis que la pièce se mettait à tourner autour d'elle. Je vais m'évanouir…

—Vraiment ? s'étonna-t-il. Vous paraissez faire ça souvent.

Les muscles de ses jambes la lâchèrent et Rachel partit à la renverse, tombant sur les fesses avec un bruit mat. Pourtant, elle parvint à ne pas s'évanouir et, au bout d'un moment, le monde retrouva sa stabilité coutumière autour d'elle. Elle parvint même à demander :

—Qui êtes-vous ?

L'homme fit la grimace et sauta d'un bond tout en souplesse hors du cercueil, dont il laissa retomber le couvercle.

—Désolé de ne pas m'être présenté, s'excusa-t-il. Je suis votre hôte, Étienne Argeneau, à votre service.

Pour parachever ces présentations, il s'inclina devant elle.

—C'est vous le cadavre de la morgue ! s'étrangla Rachel en le voyant s'approcher.

Elle avait reconnu ses yeux couleur d'argent.

—Vous vous souvenez de moi…, constata-t-il.

Il paraissait enchanté de l'apprendre, même si elle ne pouvait comprendre pourquoi.

Elle n'était pas ravie, quant à elle, de se retrouver à faire la conversation à un homme mort ; à un homme, comprit-elle soudain, qui était même mort deux fois. Il était facile de reconnaître en lui le type abattu d'une balle en plein cœur, même si elle était parvenue à se convaincre qu'il n'avait existé que dans les rêves induits par la fièvre. Mais il lui avait fallu un peu plus de temps pour voir en lui également le grand brûlé de la nuit précédente… ou de celle d'il y avait quelques mois, celui à qui le dingue à la hache voulait couper la tête. En se rappelant ce qui s'était passé, elle sentit son visage se décomposer.

« *Éloignez-vous de lui !* » avait-il crié en faisant irruption dans la morgue. « *C'est un vampire !* »

Le regard de Rachel se porta sur le cercueil, avant d'en revenir à son « hôte » autoproclamé. Les vampires n'existaient pas. Pourtant, ce type venait d'émerger d'un cercueil et s'était selon toute vraisemblance relevé deux fois d'entre les morts.

— Un vampire ? répéta-t-il avec une note d'amusement dans la voix, faisant prendre conscience à Rachel qu'elle avait pensé tout haut. Qu'est-ce qui peut bien vous faire croire que je suis un vampire ?

Rachel le dévisagea, bouche bée, puis risqua un regard en direction du cercueil. En voyant ce qu'elle regardait, il expliqua, l'air penaud :

— Eh bien… Je suis très conscient que dormir dans un cercueil peut paraître un peu bizarre, mais cela m'aide à clarifier mes idées. De toute façon, vous occupiez mon lit, et je ne pense pas que vous auriez apprécié que je vous y rejoigne.

Elle lui répondit en secouant négativement la tête. Elle n'aurait pas apprécié de se réveiller à côté d'un étranger au lit avec elle, surtout d'un étranger mort deux fois. Ramener du travail à la maison, en ce qui la concernait, c'était pousser un peu trop loin la conscience professionnelle. Même si techniquement elle n'était pas chez elle.

— Où suis-je ?

À ce stade, cela lui parut la meilleure question à poser.

— Chez moi, lui répondit son hôte. Mère voulait vous accueillir dans le manoir familial, mais j'ai insisté pour qu'on vous amène ici.

— Ah ! (Rachel hocha la tête comme s'il avait répondu à sa question puis ajouta :) Votre mère ?

Les vampires avaient donc des parents ? Il fallait croire que oui. Après tout, ils étaient conçus, comme les humains. Ils ne sortaient pas d'un incubateur. Mais étaient-ils davantage *engendrés* que *conçus* ? Rachel n'avait pas les idées très nettes sur ce point.

Consciente qu'il continuait à s'approcher, elle chercha à saisir le petit crucifix en or qu'elle portait habituellement à son cou. Naturellement, il ne s'y trouvait plus. C'était idiot, de sa part, d'avoir imaginé qu'il ait pu y rester. Son « hôte » ne pouvait tolérer une telle entrave à son bien-être. Privée de sa croix, elle en improvisa une en brandissant devant elle ses deux index croisés à angle droit et fut stupéfaite de constater l'efficacité de son stratagème. L'homme se figea.

Il ne paraissait pourtant pas horrifié, comme il aurait dû l'être. La tête penchée sur le côté, il l'observait avec davantage de curiosité que de crainte.

— N'ayez pas peur, déclara-t-il. Je me suis simplement dit que vous seriez mieux sur une chaise. (En définitive insensible à son repoussoir de fortune, il la souleva dans ses bras et d'un mouvement du pied attira le fauteuil à roulettes vers lui. Avant que Rachel ait pu retrouver son souffle et ses esprits pour crier ou protester, il l'y installa et recula pour prendre appui contre le bureau.) Bien…, reprit-il comme s'il s'agissait de faire la conversation. Si vous m'en disiez un peu plus sur vous ? Je sais que vous vous appelez Rachel Garrett et que vous travaillez à la morgue de l'hôpital, mais…

— Comment le savez-vous ? l'interrompit-elle sèchement.

— C'était inscrit sur votre badge d'identification.

— Oh ! fit-elle, les yeux mi-clos. Comment suis-je arrivée ici ?

— Nous vous y avons amenée.

— Pour quelle raison ?

La question de Rachel parut le prendre de court.

— Eh bien…, répondit-il d'un ton hésitant. On n'aurait rien pu faire pour vous à l'hôpital, et nous savions que vous auriez besoin de temps pour vous habituer.

— M'habituer à quoi ?

— Au changement.

— Au changement ? répéta-t-elle d'une petite voix. (Rachel commençait à avoir un très mauvais pressentiment. Sans lui laisser le temps de répondre, elle s'empressa de poursuivre :) Un dingue m'a donné un coup de hache.

Son hôte hocha solennellement la tête et expliqua :

— Vous m'avez sauvé la vie en vous interposant entre lui et moi. Je vous en remercie. Et je ne pouvais pas faire moins en retour.

— Faire moins ?

Les sourcils froncés, Rachel eut envie de lui demander comment il s'y était pris pour lui sauver la vie. Mais soudain, elle ne fut plus sûre du tout d'avoir envie de l'apprendre. Après tout, ce type n'avait pas nié être un vampire…

Surprise par la tournure ridicule prise par ses pensées, elle secoua la tête. Les vampires n'existaient pas. Et même si de telles choses étaient possibles… mais c'était déjà pure folie que d'en envisager la possibilité.

— Quand cela s'est-il produit ? préféra-t-elle demander. L'attaque, je veux dire.

— La nuit dernière.

En proie à la plus totale confusion, Rachel cligna des yeux.

— Quoi, la nuit dernière ? demanda-t-elle.

— C'est la nuit dernière que vous avez été blessée, répondit-il patiemment.

Il avait à peine achevé sa phrase qu'elle commençait déjà à secouer la tête pour mieux nier ses propos. C'était impossible : la plaie avait eu le temps de cicatriser. Baissant les yeux, elle écarta la simili-toge, juste pour s'assurer qu'elle n'avait pas rêvé. La surprise la fit tressaillir. La cicatrice avait disparu… Du bout des doigts, elle parcourut le tracé où elle aurait dû se trouver, comme si cela avait pu suffire à la faire réapparaître, mais la peau sous ses doigts demeurait parfaitement égale. Plus aucune trace de cicatrice n'y était visible.

— Nous guérissons plus vite que les mortels, expliqua son hôte.

— Nous ? s'écria Rachel en écho. Les mortels ?

Sa langue, épaisse et sèche, lui paraissait encombrante dans sa bouche. Pourtant, elle avait dû réussir à articuler correctement, car il parut la comprendre.

— Oui, dit-il. J'ai bien peur de ne pas avoir eu le choix pour vous sauver. Et même si nous préférons généralement en recevoir la permission pour transformer quelqu'un, vous n'étiez pas en état de donner votre avis. En outre, je ne pouvais tout simplement pas vous laisser mourir alors que vous vous étiez sacrifiée pour me sauver la vie.

— Je me suis sacrifiée pour vous ?

Cette fois, Rachel avait l'impression que sa langue était en coton.

— Oui, répondit-il tranquillement. Vous avez donné votre vie pour moi.

— Et vous m'avez « transformée » ?

— Oui.

— Transformée en quoi, exactement ?

Avec sa langue en coton, cela donnait quelque chose comme : « enhomée enhoua éhahehent ? ». Pourtant, une fois encore, il parut saisir le sens de sa question.

— En immortelle.

Immortelle… Sur le coup, Rachel se sentit étrangement soulagée. Elle avait redouté de l'entendre répondre qu'il l'avait transformée en vampire. « Immortelle » était bien plus chouette. *Immortelle…* Ce mot lui faisait penser à un vieux film, dans lequel jouait cet acteur – quel était son nom, déjà ? – au physique aussi plaisant que son charmant accent. Sean Connery jouait un autre immortel… Ah, oui ! Elle y était : l'acteur s'appelait Christophe Lambert et le film, *Highlander*. Les immortels qu'ils incarnaient n'avaient rien à voir avec des démons de l'enfer suceurs de sang. Ils étaient simplement… eh bien… immortels. Elle se rappelait tout de même qu'ils se battaient contre d'autres représentants de leur espèce bien moins sympathiques. Et ils ressentaient ce besoin dégoûtant de se couper la tête les uns aux autres pour s'éliminer, ainsi que quelque absurdité sur le fait qu'au final il ne devait en rester qu'un. La perspective de finir la tête tranchée n'était pas spécialement pour lui plaire…

— Nous ne sommes pas immortels comme Christophe Lambert et Sean Connery le sont dans *Highlander*, précisa son hôte sans se départir de sa patience. (Apparemment, elle avait une fois de plus pensé tout haut.) Notre immortalité se rapproche davantage de celle des… eh bien… le terme le plus proche que vous pourriez comprendre serait celui de… « vampires ».

— Oh, Seigneur !

Rachel fut soudain sur ses pieds et prête à fuir. Il était temps pour elle de partir. Elle en avait assez entendu. Ce qui avait commencé comme un rêve innocent virait dorénavant au cauchemar. Malheureusement, ses jambes n'étaient pas plus solides et la trahirent à mi-chemin de la porte. Sa tête recommença à tourner. Soudain toute molle, elle se sentit partir en arrière.

Son hôte se précipita pour la cueillir au creux de ses bras et l'empêcher de tomber. En lui disant quelque chose à propos de la nécessité pour elle d'aller se coucher, il l'entraîna hors de la pièce et à l'étage. Tout ce que Rachel fut capable d'articuler sur un ton plaintif, ce fut :

— Mais je ne veux pas être un démon de l'enfer suceur de sang, moi ! Et comment vais-je pouvoir me maquiller si je n'ai plus de reflet ?

Il lui fit une réponse que Rachel n'écouta pas. Elle songeait à ces épisodes de *Buffy contre les vampires* qu'elle avait pu regarder au vol en se préparant pour aller bosser.

— Ces déformations faciales et ces bosses sont vraiment laides, gémit-elle de plus belle.

— Quelles déformations ? s'étonna-t-il. Quelles bosses ?

Rachel scruta le visage de celui qui l'emportait sans effort vers l'étage. Il ne ressemblait à rien de ce à quoi, dans son imagination, aurait dû ressembler un vampire. Il n'était même pas d'une pâleur cadavérique. Tout à l'heure, dans la pièce remplie d'ordinateurs, c'était l'éclairage qui avait dû lui donner cette impression. Ici, dans la cage d'escalier bien éclairée, sa peau avait une couleur naturelle ; il avait même un teint rose des plus sains. En tout et pour tout, il ressemblait à un homme lambda en pleine santé. Quant à l'odeur discrète qui s'exhalait de lui, c'était bien plus celle d'une coûteuse eau de toilette que celle d'un cadavre en décomposition.

— De quelles déformations parlez-vous ? insista-t-il.

— Celles que subissent Angel et Spike et tous les autres vampires à la télé, expliqua-t-elle d'une voix absente. Leur visage se remodèle et se transforme en face de démon vraiment très laide.

Rachel se demanda si elle n'avait pas affaire à un fou. Il était de notoriété publique que les vampires n'existaient pas, et pourtant il était persuadé d'en être un. D'un autre côté, elle se rappelait parfaitement qu'une hache lui avait fendu la poitrine… Pourtant, il ne restait déjà plus aucune trace de cette blessure. Mais avait-elle réellement été blessée ? Tout à l'heure, dans la chambre, peut-être avait-elle imaginé avoir vu cette cicatrice. Ou peut-être tout ce qu'elle était en train de vivre n'était-il qu'un rêve…

— Votre visage ne se déformera pas, assura-t-il. Vous ne ressemblerez jamais à un démon.

— Dans ce cas, comment vos crocs font-ils pour pousser ?

C'était un test, pur et simple, pour vérifier s'il était fou.

— Comme ceci, répondit-il.

Il ouvrit la bouche, mais Rachel ne découvrit pas le faux dentier en plastique auquel elle s'était attendue. En fait, il semblait avoir des dents parfaitement normales. Du moins, l'espace d'un instant. Puis, d'un coup, ses canines s'allongèrent, comme si elles avaient été télescopiques.

Rachel gémit et ferma les yeux.

— Ce n'est qu'un rêve, tenta-t-elle de se convaincre tandis qu'ils débouchaient dans la cuisine. Rien qu'un rêve.

— Oui, susurra-t-il contre son oreille, d'une voix chaude et apaisante. Rien qu'un rêve…

À ces mots, elle se détendit un tout petit peu. Elle se laissa entraîner dans ses bras en haut de la seconde volée de marches et dans le couloir menant à sa chambre. Puis il la déposa en douceur dans le lit qu'elle avait si brièvement quitté.

Rachel ouvrit les yeux, agrippa les couvertures et les remonta jusqu'à son menton, même si elle n'avait apparemment pas besoin de se protéger. Le soi-disant vampire paraissait n'avoir aucune intention de s'en prendre à elle. Elle le vit marcher jusqu'à un petit réfrigérateur, dont il ouvrit la porte pour en tirer ce qui ne pouvait être qu'une poche de sang.

Les yeux plissés par la méfiance, elle le regarda revenir vers elle et accrocher la poche au support de la perfusion.

— Que faites-vous ? s'enquit-elle.

Elle fit une tentative pour lui soustraire son bras quand il s'en empara, mais il était bien plus fort qu'elle. Avec l'habileté d'une infirmière, il remit en place le tuyau de la perfusion et expliqua :

— Vous en avez besoin. Votre corps est en train de connaître de profonds bouleversements et réclame énormément de sang pour guérir tout à fait de votre blessure. La perfusion calmera les crampes que vous ressentez et vous permettra de dormir.

Rachel aurait voulu protester, mais dès l'instant où le sang dévala le tuyau transparent pour se déverser en elle, l'étrange douleur qu'elle ressentait depuis son réveil cessa. Manifestement, c'était bien cette soif-là que son corps avait eu besoin d'étancher.

—À présent, vous allez dormir.

Dans la bouche de son hôte, c'était davantage un ordre qu'une suggestion. Accepter de se faire dicter sa conduite n'était pas du tout le genre de Rachel. De nouveau, elle eut envie de protester… mais elle se sentait trop fatiguée pour y parvenir. Son épuisement et sa lassitude grandissaient au fur et à mesure que le sang s'écoulait dans l'intraveineuse. Elle se sentait aussi satisfaite et repue qu'après un de ces festins riches en protéines qu'elle s'autorisait parfois au cours de ses vacances.

—Ce n'est qu'un rêve. Vous vous rappelez ? lui dit son hôte d'un ton apaisant. Dormez, maintenant. Tout ira mieux quand vous vous réveillerez.

—Dormir…, murmura Rachel.

Oui, dormir ne pouvait que lui faire du bien. Et quand elle se réveillerait pour de bon, elle se retrouverait dans un hôpital, ou peut-être endormie à son bureau, dans celui où elle travaillait. Peut-être tout cela n'avait-il été qu'un rêve : le cadavre calciné, le dingue à la hache et tout le reste. Cela lui faisait tellement de bien de l'imaginer qu'elle ferma les yeux et se laissa glisser dans le sommeil. Elle n'eut qu'un regret avant de sombrer tout à fait : si tout cela n'était qu'un rêve, alors cet homme si plein de vie et si séduisant qui l'avait ramenée dans sa chambre en était un aussi. Et ça, c'était réellement dommage…

Étienne regarda le visage de Rachel se détendre dans le sommeil. C'était vraiment une très belle femme – presque aussi grande que lui, ce qu'il appréciait – mais elle avait mené de toute évidence une vie stressante. Il restait encore de petites rides dues à la tension autour de ses yeux et de sa bouche. Même si elles finiraient par disparaître dès que son corps aurait reçu suffisamment de sang, elles constituaient la preuve que son existence n'avait pas été des plus protégées. Du bout des doigts, il repoussa de sa joue une mèche rouge feu, souriant de la voir, le visage contracté par la contrariété, chasser sa main comme un insecte importun.

Oui, Rachel était une femme intéressante, qui faisait preuve d'un certain caractère et n'était pas exempte de susceptibilité. Il appréciait cela, et il aimait les défis.

Mais son sourire se figea sur ses lèvres lorsqu'il songea à la façon dont Rachel pourrait réagir à la découverte de son nouveau statut. D'abord, elle résisterait bec et ongles pour ne pas admettre la réalité de ce changement. Elle avait en outre toutes sortes d'idées préconçues sur les siens. Des visages déformés ? Des faces de démons suceurs de sang ? Il lui faudrait clarifier les choses à son prochain réveil. « Vampire » n'était pas un terme qu'il appréciait pour se définir lui-même, mais c'était un expédient commode, que la plupart des gens pouvaient comprendre. C'était un point de départ comme un autre dans la conversation qu'il leur faudrait avoir tous les deux.

Étienne étouffa un bâillement et laissa son regard courir à travers la pièce. Il aurait voulu rester près d'elle, ne pas la laisser seule, mais le sommeil commençait à le terrasser. À en juger d'après la pâleur de son visage, il estima qu'elle aurait encore besoin d'une poche de sang ou deux. Ses crampes allaient la reprendre lorsque celle qu'il venait d'installer serait vide. Il ne tenait pas à la voir déambuler comme une âme en peine dans la maison, pâle et faible, au risque de tomber et de se blesser.

Après avoir hésité longuement, Étienne alla s'allonger sur le lit à côté de Rachel. Les jambes croisées aux chevilles, il glissa ses mains derrière sa nuque et tourna la tête pour l'observer. Il resterait là pour piquer un petit somme et pouvoir changer la poche de sang lorsque ce serait nécessaire. Son agitation quand la perfusion arriverait à son terme suffirait à le réveiller.

Chapitre 4

La pièce était sombre et silencieuse, mais quelque chose finit par éveiller Rachel. Durant un long moment, elle demeura immobile, l'oreille aux aguets, rassemblant ses pensées. Le silence, en fait, n'était pas absolu, car le vent devait souffler au-dehors. Elle l'entendait siffler, se briser contre la maison et faire bruire le feuillage des arbres. Aucun autre son ne se faisait entendre, cependant. Il n'y avait rien pour lui indiquer où elle se trouvait. Rien, à part les souvenirs qui l'assaillaient.

Des souvenirs horribles – en plus d'être déconcertants – mais qui se présentaient à elle en bon ordre cette fois. Elle se rappelait distinctement l'arrivée de Dale et Fred, qui lui amenaient la victime d'une explosion de véhicule et qui lui révélaient qu'elle avait obtenu sa promotion tant espérée. Ensuite, il y avait eu son étonnement devant l'état du grand brûlé et l'intrusion d'un dément aux yeux fous dans la morgue. Le souvenir de sa hache se fichant dans son corps était plus clair encore. Pourtant, à cette minute, elle ne ressentait plus aucune douleur.

Elle aurait aimé croire qu'elle se sentait si bien parce qu'on lui avait administré d'excellents calmants, mais elle gardait également le souvenir de s'être déjà réveillée, précédemment, et d'avoir fait la connaissance de l'homme blond aux yeux d'argent. *Étienne…* C'était lui qui avait hanté ses rêves, lorsque la grippe l'avait terrassée, une semaine avant l'attaque du type à la hache. Elle se rappelait distinctement qu'il avait prétendu être un vampire et lui avait montré ses dents escamotables. Cela aurait dû suffire à la convaincre que tous ces pseudo-souvenirs faisaient partie d'un rêve, car les vampires n'existaient pas, non ?

Rachel se redressa précautionneusement. Elle s'attendait que la douleur à sa poitrine se réveille, mais rien de tel n'arriva. L'hôpital dans lequel elle se trouvait disposait décidément de médicaments très puissants… et qui devaient contribuer à son état de confusion mentale autant qu'à l'éradication de sa souffrance.

Oui, décida-t-elle, ces molécules modernes se révélaient vraiment étonnantes. Elle ne s'était pas sentie aussi forte ni en aussi bonne santé depuis des années. Du moins, pas depuis qu'elle avait commencé à travailler de nuit.

En économisant ses gestes pour éviter d'arracher la perfusion qu'elle sentait toujours à son bras, Rachel se redressa en position assise et cligna des yeux dans l'espoir de percer le mystère des formes sombres qui l'entouraient. La pièce dans laquelle elle se trouvait paraissait vaste – bien plus vaste qu'aurait dû l'être une chambre d'hôpital.

Ce constat lui fit froncer les sourcils, surtout lorsqu'elle s'aperçut qu'à en juger d'après ce que les ténèbres ambiantes lui permettaient de distinguer, cette pièce ressemblait beaucoup à celle de son rêve. Dans celui-ci, une lampe avait été allumée, révélant une décoration sobre et de bon goût dans des teintes de bleu. Elle se souvenait qu'en se réveillant – toujours en rêve – elle s'était faufilée en bas de la maison vide, jusqu'à un sous-sol où elle avait vu l'homme aux yeux d'argent sortir d'un cercueil.

Un rêve, donc, à n'en pas douter, conclut-elle.

Incapable de se voir dans le noir, Rachel laissa ses mains courir le long de son torse. Elle ne portait aucun vêtement et ne découvrit sous ses doigts aucune trace de blessure : exactement comme dans son rêve. Avait-elle même été véritablement blessée ? Où le rêve s'arrêtait-il et où commençait la réalité ?

— Oh, Seigneur !

En proie à un début de panique, Rachel rejeta la couverture et remarqua à peine que l'aiguille de la perfusion se désengageait de son bras. Elle tâtonna dans le noir, à la recherche du drap, avant de se rendre compte qu'elle avait dormi dessus, et non dessous. L'arrachant du lit, elle le drapa autour d'elle à la manière d'une toge. *Encore ?* Une étrange sensation de déjà-vu la poursuivait.

N'y pense même pas ! s'enjoignit-elle fermement. Soudain, rien ne fut plus urgent pour elle que de trouver quelqu'un – qui que cela puisse être – auprès de qui vérifier ce qui lui était arrivé. Elle gardait en mémoire la configuration des lieux, mais puisqu'elle avait décidé que cela ne pouvait être qu'en rêve, il ne fallait pas s'y fier... Elle préféra donc se diriger à tâtons vers le mur contre lequel le lit était adossé, les bras tendus devant elle. Quand elle l'eut atteint, elle le longea précautionneusement, à la recherche d'une porte.

La première chose qu'elle rencontra, ce fut un obstacle. Plus exactement, ce fut son genou qui fit cette rencontre, provoquant une vive douleur au sommet de son tibia. Rachel s'arrêta le temps de frotter sa jambe douloureuse et de découvrir sous ses doigts la forme d'une chaise.

— Drôle d'idée de la mettre là ! maugréa-t-elle avec mauvaise humeur.

En prenant une ample inspiration, elle se rendit compte qu'elle aurait mieux fait d'allumer une lampe, mais elle n'en avait trouvé aucune dans le noir, pas plus qu'une table de chevet. Sans doute était-ce dû au fait qu'elle avait avancé les bras tendus devant elle. Toute chambre d'hôpital digne de ce nom disposait d'une table de chevet et d'une lampe, non ?

Rachel envisagea brièvement de rebrousser chemin mais la distance à parcourir l'en dissuada. Après avoir contourné la chaise, elle continua à avancer prudemment, les mains plaquées au mur. Et lorsque ses doigts entrèrent soudain en contact avec un panneau de bois, elle retint son souffle. Rapidement, elle trouva la poignée, la tourna, et poussa la porte. Des ténèbres plus profondes encore que celles de la chambre l'attendaient de l'autre côté. Après avoir hésité un instant, elle tendit le bras et chercha près de l'encadrement de porte un interrupteur, qu'elle trouva et actionna.

Un flot de lumière vive se déversa du plafond, l'obligeant à fermer les yeux. Lorsqu'elle se risqua à les rouvrir, Rachel vit qu'elle se trouvait sur le seuil d'une salle de bains. Une grande baignoire à remous se trouvait devant elle. Il y avait également un W.-C. et un bidet. Le propriétaire des lieux aimait manifestement vivre à l'européenne, ce qui tendait à prouver qu'elle ne se trouvait pas dans un hôpital. Ou alors, dans un hôpital situé quelque part en Europe.

Une possibilité qui n'était pas à exclure, supposa-t-elle. Peut-être l'avait-on placée dans un établissement spécialisé dans les comas de longue durée, même si la salle de bains paraissait plus grande et mieux équipée que celle dont disposent généralement les malades hospitalisés. Elle ne pensait pas non plus qu'une clinique – même européenne et luxueuse – gaspillerait autant d'espace et de confort pour un comateux au long cours. De toute façon, sa compagnie d'assurances n'aurait jamais accepté de couvrir des frais aussi dispendieux, et elle était issue d'une famille de la classe moyenne qui ne pouvait se permettre de telles extravagances.

Plus troublée encore qu'auparavant, Rachel s'apprêta à quitter la pièce mais se figea en découvrant son reflet dans le miroir. Fascinée, elle s'approcha lentement, jusqu'à venir buter contre le meuble du lavabo.

Les yeux écarquillés, elle s'examina de longues minutes avec ravissement. Elle avait bonne mine. Elle se trouvait même sacrément belle ! Ses cheveux lustrés avaient l'air en pleine santé. D'un beau roux éclatant, ils étaient animés d'un mouvement de vague naturel. Rien à voir avec les mèches raides et d'un rouge orangé fatigué, en mal d'un bon traitement, auxquelles elle s'était habituée. Elle avait l'impression de ne pas avoir été autant à son avantage depuis l'adolescence. La vie stressante et bien remplie qu'elle avait menée à l'université, puis celle plus impitoyable encore du monde du travail, ne lui avait pas fait de cadeaux. Mais, à présent, son visage épanoui rayonnait de santé. Ce n'était décidément pas la tête de quelqu'un qui vient de réchapper à une grave blessure au thorax. Ni celle, pâle et décharnée, d'une non-morte. Un sourire ironique flotta sur ses lèvres. Les vampires ne pouvaient pas se voir dans un miroir. Elle n'en était donc pas une.

Non pas qu'elle ait cru une seule seconde en être devenue une, tenta-t-elle de se convaincre. Avec une grimace comique, Rachel dut admettre à voix haute :

— D'accord. L'espace d'une minute, j'ai bien cru que ce type aux yeux d'argent m'expliquant qu'il avait dû m'« infanter » pour me sauver avait réellement existé. Espèce de stupide gamine ! se réprimanda-t-elle. (Mais elle ne put s'empêcher de retrousser les lèvres pour examiner ses dents. En les découvrant parfaitement normales, elle en aurait sangloté de soulagement.) Merci, mon Dieu ! conclut-elle dans un souffle.

Après avoir pris une profonde inspiration pour se donner du courage, Rachel dénoua lentement le drap pour le test final. Dans le miroir, elle découvrit le haut de son torse et les rondeurs de ses seins parfaitement lisses et sans défaut. Zut ! Non pas qu'elle eût aimé se découvrir affligée d'une blessure ou d'une cicatrice, mais cela aurait été préférable pour ôter toute validité à ce qui devait n'être qu'un rêve.

Rachel remarqua alors seulement que le drap dans lequel elle s'était enroulée était du même bleu pâle que celui dont elle avait rêvé. La panique, de nouveau, menaça de la submerger mais elle se força à la dominer.

— D'accord. Reste calme ! s'enjoignit-elle. Il doit y avoir une explication parfaitement logique et raisonnable à tout cela. Il te suffit de la découvrir.

Un peu rassurée d'entendre le son de sa voix, elle tourna le dos à son reflet. Sur le seuil de la salle de bains, elle examina la chambre à présent visible dans la lumière. Elle sentit son cœur sombrer dans sa poitrine en découvrant l'ameublement et la configuration des lieux : incontestablement, c'était la même pièce que celle de son rêve.

Son regard s'arrêta sur le support mobile de la perfusion. La poche en plastique qui y pendait était vide, mais, comme précédemment, il y demeurait quelques gouttes d'un liquide rouge : du sang.

— Oh, Seigneur !

Rachel se dandina d'une jambe sur l'autre avant de se décider à rejoindre la porte et à quitter la chambre. Il lui fallait savoir ce qui se trouvait au-delà. Sûrement pas la même chose que dans son rêve ?

— Bon sang ! s'exclama-t-elle en voyant la porte s'ouvrir sur le long couloir désert dont elle se rappelait si bien.

Cela commençait à devenir effrayant. S'obligeant à respirer calmement, elle s'efforça de mettre de l'ordre dans ses pensées. D'accord : le couloir – et même la chambre – ressemblaient en tout point au souvenir qu'elle gardait de son rêve. Cela pouvait s'expliquer facilement. Peut-être n'avait-elle pas été *totalement* comateuse quand elle avait été transférée là. Peut-être avait-elle été à demi consciente, ou ravagée par la fièvre, ou quoi que ce soit d'autre, mais avait-elle tout de même vu suffisamment du couloir et de la chambre pour en garder le souvenir.

Préférant ignorer les failles de ce raisonnement, Rachel remonta le couloir et s'arrêta sur le palier. Dans ce qu'elle croyait être un rêve, l'entrée qui se trouvait en contrebas avait été déserte et plongée dans le noir. Elle était toujours vide, mais cette fois il y faisait clair. De la lumière venue d'une des portes ouvertes qui y donnaient éclairait les lieux et un bruit de voix assourdies s'en élevait.

Après avoir hésité un instant, Rachel descendit l'escalier. En un effort inconscient pour se prouver qu'elle ne rêvait pas, elle crispa les doigts de pied au bord de chaque marche.

— Tu lui as laissé croire qu'elle rêvait ? (Rachel ralentit l'allure quand cette question angoissée lui parvint distinctement aux oreilles. La même voix de femme haut perchée poursuivit :) Étienne ! À quoi pensais-tu donc ?

— Je pensais qu'elle avait besoin de se reposer et que c'était le meilleur moyen de la calmer, répondit un homme légèrement sur la défensive. Elle était plutôt déboussolée, mère.

— Qui ne le serait pas ? (Celui qui venait de s'exprimer avait la même voix que le prétendu « hôte » de son rêve, mais plus profonde et d'une certaine manière plus solennelle, en dépit de l'amusement qu'elle trahissait pour l'heure.) Surtout, reprit-il, après t'avoir vu émerger de ton cercueil…

— Oh, Étienne ! s'exclama la même femme. Ne me dis pas que tu dors encore dans ce vieux machin dégoûtant !

— En temps normal, je n'y dors pas. (Celui qu'elle venait d'appeler Étienne paraissait tout à fait sur la défensive, à présent.) Mais quelques-unes de mes meilleures idées me sont venues à l'intérieur de ce cercueil. De toute façon, elle occupait mon lit.

— Tu dois bien avoir d'autres lits dans cette maison, mon fils… Tu as *tout de même* fini par avoir le temps de l'aménager, non ?

De là où elle se trouvait, Rachel ne put entendre la réponse du dénommé Étienne. S'apercevant qu'elle s'était arrêtée dans le hall, elle franchit les quelques pas qui la séparaient de la porte ouverte tout en restant à l'extérieur. Sa curiosité finit par vaincre sa prudence. Dès que la femme se remit à parler, elle risqua un coup d'œil à l'intérieur de la pièce pour voir qui s'y trouvait.

— Eh bien, tu vas avoir quelques sérieuses explications à lui fournir quand elle finira par descendre, Étienne. Et maintenant que tu lui as menti une fois, elle risque de ne plus rien croire de ce que tu lui diras.

Celle qui s'exprimait ainsi était agacée mais paraissait également inquiète, comprit Rachel en l'observant attentivement. Ce qui ne gâchait en rien sa parfaite beauté – le genre de beauté dont les autres femmes préfèrent se tenir éloignées… Elle était aussi le modèle vivant du personnage dont Rachel avait admiré le portrait sur l'un des écrans du sous-sol : de longs cheveux noirs ondulés, de grands yeux couleur argent, une bouche charnue et sensuelle.

Celui qui s'appelait Étienne ne venait-il pas de l'appeler « mère » ? Rachel secoua négativement la tête. Cette femme devait avoir une petite trentaine d'années, tout au plus. Elle ne pouvait être la mère de l'homme aux cheveux d'un blond châtain. « Mère » devait être un surnom, peut-être choisi parce qu'elle était une éternelle inquiète ayant pour habitude de faire une histoire de trois fois rien.

— Je sais, reconnut Étienne avec un temps de retard. (Rachel reporta son attention sur lui. La femme lui avait dit « mon fils ». Encore une fois, il était impossible qu'il le soit… Elle laissa son regard courir sur son visage parfait et ses cheveux couleur fauve. C'était bien l'homme de ses rêves : sexy, blond et costaud. Si rêve et réalité se confondaient, il avait grimpé deux escaliers en la portant dans ses bras comme si elle ne pesait rien. Oui, vraiment très, très fort…) En plus, ajouta-t-il, elle se fait des a priori très négatifs à notre sujet.

— Naturellement, renchérit le deuxième homme. (À part ses cheveux sombres, il ressemblait trait pour trait à Étienne et tous deux semblaient avoir le même âge.) C'est le cas de la plupart des gens.

— Négatifs à quel point ? s'enquit la jeune femme, sur ses gardes.

— Il me semble qu'elle a utilisé l'expression « démons suceurs de sang ».

— Oh, mon Dieu ! soupira-t-elle.

— Et elle s'imagine que nos visages se déforment comme dans *Buffy contre les vampires*.

L'homme aux cheveux sombres fit la grimace.

— Une bien mauvaise série, commenta-t-il. Qui nous donne le mauvais rôle.

— Tu connais, Bastien ?

Étienne paraissait surpris.

— Non, mais j'en ai entendu parler, répondit-il. Il y a quelques fans, au bureau. Et toi, tu connais ?

— Oui. Franchement, c'est assez distrayant. Et Buffy est un joli petit lot.

— Pourrions-nous en revenir au sujet en cours ? demanda la jeune femme d'un air malicieux. Étienne… Comment vas-tu t'y prendre pour lui expliquer ?

— Je lui dirai simplement que c'était le seul moyen pour la sauver. Ce qui est le cas. Je ne pouvais pas la laisser mourir alors qu'elle m'avait sauvé la vie.

« Mère » toussota d'un air dubitatif et se tourna vers Bastien.

— Tu t'es occupé du personnel de l'hôpital ?

— Je n'en ai pas eu besoin. Personne ne nous a vus. Nous avons de la chance qu'ils s'imaginent que Pudge est reparti avec elle.

— Et les documents officiels qui mentionnaient la prise en charge du corps d'Étienne sur les lieux de l'explosion ?

— Je les ai récupérés avant de partir, pendant qu'Étienne était occupé à infanter la fille. Tout ce que j'ai eu à faire, ce matin, c'est aider les ambulanciers à oublier son existence et à récupérer leurs propres exemplaires des formulaires. En plus d'un petit détour par le poste de police du secteur pour effacer toute trace de ce qui est arrivé à sa voiture.

— Rien que ça…, plaisanta la belle brune.

En réponse, Bastien haussa les épaules et dit :

— Cela aurait pu être bien pire, mère.

La jeune femme grimaça et reporta son attention sur Étienne.

— Tu dois vraiment faire quelque chose au sujet de ce Pudge, déclara-t-elle.

— Je sais, maugréa-t-il d'un air mécontent. Si tu as quelques suggestions, je serai heureux de les entendre.

L'expression de son interlocutrice se radoucit quelque peu. Elle lui tapota le genou, en un geste à la fois apaisant et affectueux.

— J'y réfléchirai, promit-elle. Nous allons tous y réfléchir. Et nous trouverons quelque chose.

— Exact, approuva Bastien. Lucern nous rejoindra un peu plus tard. À nous quatre, nous devrions arriver à trouver une solution.

— Quand arrive-t-il ? s'enquit Étienne.

— Dès qu'il pourra. Il est en train de revoir les épreuves de son dernier chef-d'œuvre, mais il a promis de passer après le dîner.

— Ce qui veut dire aux alentours de minuit, bougonna la jeune femme. En attendant, il me semble que nous pourrions offrir quelque chose à boire à notre invitée.

Rachel s'éloigna précipitamment de la porte, mais, ce faisant, elle réussit à surprendre l'expression d'étonnement intense qu'affichait le visage d'Étienne. Le cœur au bord des lèvres, elle se plaqua contre le mur. Aucun d'eux n'avait regardé dans sa direction, pourtant quelque chose avait dû trahir sa présence.

— Cela fait quelques minutes déjà qu'elle se tient de l'autre côté de cette porte, entendit-elle Bastien annoncer.

— Non ! répliqua Étienne. Impossible !

En quelques pas, il sortit dans l'entrée et prit Rachel par surprise. Sa réaction instinctive fut de chercher à fuir. Malheureusement, son corps paraissait d'un autre avis, car il refusa de lui obéir et resta figé.

— C'est donc vrai ! s'exclama-t-il en s'arrêtant devant elle pour la dévisager d'un air incrédule. Vous êtes levée…

Rachel soutint tant bien que mal son regard. Un couinement s'échappa de ses lèvres.

— Pourquoi ne l'ai-je pas sentie approcher ? demanda-t-il en tournant la tête pour poser la question aux deux autres par-dessus son épaule.

Ce moment d'inattention eut pour effet de libérer les membres de Rachel de leur étrange paralysie. Suffisamment, du moins, pour qu'elle puisse se glisser le long du mur jusqu'à venir buter contre une table. Parvenue là, elle s'immobilisa et sourit nerveusement à l'homme blond qui la regardait de nouveau. Restait à croiser les doigts pour qu'il ne remarque pas qu'elle avait bougé…

— Tu ne l'as pas sentie approcher ! s'exclama la jeune femme dans l'autre pièce. Comme c'est intéressant…

La fascination que ce détail semblait exercer sur elle ne fit qu'aggraver la nervosité de Rachel et parut agacer au plus haut point Étienne. Il se retourna pour foudroyer du regard celle qu'il appelait « mère ». Rachel en profita pour contourner la table et se faufiler vers la porte principale. Mais de nouveau elle se figea en l'entendant murmurer quelque chose derrière elle.

Il s'était retourné vers elle et s'était aperçu qu'elle se dirigeait vers la porte. Les sourcils froncés, il lui dit d'un ton bourru :

— Ce ne serait pas une bonne idée de sortir.

Rachel se renfrogna. D'un coup, la colère supplanta la panique en elle.

— Pourquoi ? demanda-t-elle d'un ton caustique. Parce que vous m'avez transformée en démon de l'enfer suceur de sang et que la lumière du jour risque de me tuer ?

Bien sûr, elle n'en croyait pas un mot. Pourtant, elle ne pouvait se défaire d'une crainte irrationnelle qu'en sortant… il lui arrive exactement cela.

— Il fait nuit…, fit-il remarquer gentiment. Mais il fait aussi inhabituellement froid pour une fin d'été. Trop froid pour errer dans les rues, uniquement vêtue d'un drap…

Soudain rappelée à l'inconvenance de sa tenue, Rachel poussa un petit cri et piqua un sprint en direction de l'escalier. Elle craignit que son hôte se lance à sa poursuite, mais à son grand soulagement elle parvint à l'étage sans encombre. Pourtant, elle ne ralentit pas l'allure et courut jusqu'à la chambre où elle s'était réveillée, dans laquelle elle s'enferma en claquant la porte derrière elle.

Une fois à l'intérieur, elle demeura figée, pantelante, au milieu de la pièce. Du regard, elle chercha de quoi se barricader. Malheureusement, elle n'avait pas beaucoup le choix. Elle envisagea un instant de pousser la commode contre la porte, puis elle songea que si elle avait la force de pousser le meuble, Étienne aurait probablement celle d'ouvrir quand même en le repoussant. Ce dont elle avait besoin, c'était d'un moyen de s'enfermer. Mais, naturellement, il n'y en avait aucun.

Renonçant à cette idée, elle s'éloigna de l'entrée de la chambre et se lança à la recherche d'une arme. Rachel ignorait où elle se trouvait et qui étaient ces gens, mais ils l'avaient enlevée de l'hôpital, avaient trafiqué des rapports de police, et au moins l'un d'eux prétendait être un vampire. Dans ces conditions, pouvoir assurer sa propre défense paraissait une priorité…

Les yeux rivés sur l'escalier, Étienne se rembrunit. Rachel ne paraissait pas prendre très bien la situation. Elle s'était conduite comme un lapin effrayé détalant vers son terrier, ce à quoi il ne s'était pas attendu. Les rousses avaient habituellement plus de cran, même si heureusement elle ne s'était pas mise à sangloter comme une hystérique ni rien de la sorte.

— Elle n'est pas tant effrayée que déboussolée et embarrassée, affirma sa mère.

Étienne jeta un regard courroucé dans sa direction. Elle le rejoignit dans l'entrée. Il détestait qu'elle lise dans ses pensées. Il n'aimait pas davantage qu'elle soit capable de lire dans celles de Rachel alors que lui ne l'était pas.

— Je vais devoir lui trouver quelque chose à porter et lui expliquer la situation, dit-il d'un air absent. J'ai un jogging qui devrait faire l'affaire pour le moment.

— Elle sera sûrement ravie de devoir porter ton jogging…, assura Marguerite, pince-sans-rire. C'est de ses propres affaires dont elle a besoin. Quelque chose de familier qui lui permette de se sentir un peu plus sûre d'elle. Bastien ? (Elle se tourna vers le frère d'Étienne, qui était resté dans l'autre pièce, avant d'ajouter :) Tu as bien récupéré son sac quand nous avons quitté l'hôpital, n'est-ce pas ?

— Oui, répondit-il en les rejoignant dans l'entrée. Je l'ai laissé dans la cuisine.

Marguerite acquiesça d'un air satisfait et conclut :

— File récupérer ses clés, dans ce cas, que nous puissions au moins fournir à cette pauvre fille des vêtements dignes de ce nom.

Étienne se détendit en entendant cela. La suggestion de sa mère allait lui permettre de passer un peu plus de temps seul avec Rachel. Suffisamment – c'était à espérer – pour au moins lui expliquer de quoi il retournait. Cela lui serait plus facile qu'en présence de sa mère et de son frère.

Au retour de Bastien avec les clés, Étienne les poussa gentiment vers la sortie. Puis il se retourna pour surveiller l'escalier.

Rachel… Rachel Garrett. Redressant les épaules, il se décida à gravir les marches pour aller lui fournir l'explication à laquelle elle avait droit. Il en était convaincu : en comprenant qu'il n'avait pas eu d'autre moyen de la sauver – et une fois qu'il lui aurait expliqué les bénéfices de la nouvelle vie qu'il lui offrait –, elle lui serait reconnaissante de ce qu'il avait fait.

Chapitre 5

— Vous avez fait quoi ?

Rachel lançait un regard ébahi à son hôte séduisant, serrant dans ses mains sous les couvertures une brosse pour le bain. C'était une arme assez pitoyable, mais c'était la seule qu'elle avait pu trouver. Songeant qu'une arme pitoyable valait mieux que pas d'arme du tout, elle était retournée se coucher en espérant que même une brosse à dos, lors d'une attaque surprise, suffirait à la protéger de tout désagrément. C'est là, tapie dans son lit, qu'elle avait entendu cogner du doigt contre sa porte.

— Oui ? avait-elle répondu, une note de surprise dans la voix.

Cette marque de courtoisie la surprenait. Elle s'était plutôt attendue à un débarquement en force.

Le dénommé Étienne était entré. Rachel l'avait surveillé d'un œil méfiant. À son grand soulagement, il était venu la voir seul. Ensuite, il s'était lancé dans une interminable histoire pour lui expliquer qu'il était bien le grand brûlé de la morgue, de même que le tué par balle. Dans un silence ébahi, elle l'avait écouté lui raconter qu'elle avait bien été victime d'un coup de hache malencontreux de Pudge-le-dingue en essayant de s'interposer. Et, parce qu'elle lui avait sauvé la vie, il avait sauvé la sienne en la transformant en vampire, comme lui et le reste de sa famille.

Pour répondre à son interrogation stupéfaite, Étienne répéta, une expression pleine d'espoir sur le visage :

— Je vous ai infantée pour vous sauver la vie.

S'attendait-il qu'elle lui dise merci ? Rachel le dévisagea d'un air absent un bon moment. Puis, renonçant à sa position défensive dans le lit, elle rejeta rageusement les couvertures et se dressa d'un bond.

Étienne Argeneau – selon les présentations qu'il avait faites – recula prudemment d'un pas. Vaine précaution : Rachel n'avait aucune intention de s'approcher de lui. De toute évidence, ce type était fou.

Magnifique, mais fou, songea-t-elle en se dirigeant vers la double porte de ce qu'elle espérait être une penderie. Quant à elle, elle n'avait rien d'un démon suceur de sang.

— Pas un démon suceur de sang…, confirma-t-il avec une patience exagérée, faisant prendre conscience à Rachel qu'elle avait une fois de plus pensé tout haut. Un vampire.

— Les vampires sont morts ! répliqua-t-elle sèchement. Des morts sans âme qui continuent à exister ! (D'un grand geste, elle ouvrit la double porte, qui se révéla effectivement être celle d'une penderie. En examinant son contenu, elle poursuivit sur sa lancée :) Les vampires sont des démons sans âme buveurs de sang. Et ils n'existent pas. Ils ne sont pas réels.

— Ce qui relève de la fiction, rectifia-t-il, c'est leur prétendue absence d'âme. Nous sommes… (Il s'interrompit pour demander :) Qu'êtes-vous en train de faire ?

Rachel passait en revue les vêtements pendus aux cintres.

— Ce que j'aurais dû faire depuis longtemps déjà, répondit-elle. Trouver quelque chose de décent à me mettre sur le dos.

Elle sortit de la penderie une des chemises d'Étienne, qu'elle étudia un instant, avant de la jeter sur le lit.

— Je pourrais…

— Restez où vous êtes ! le prévint-elle en faisant volte-face.

Elle le fixa du regard jusqu'à ce qu'il s'arrête. Puis, elle retourna à sa fouille en règle.

—Écoutez..., reprit-il d'un ton conciliant. J'ai conscience que tout cela est embêtant, compliqué et peut-être un peu...

Rachel pivota vivement sur ses talons.

—« Embêtant » ? l'interrompit-elle, ulcérée. « Compliqué » ? Je ne vois pas en quoi... Vous êtes un vampire, et un dingue veut vous faire la peau. Mais il n'est pas si fou que cela, parce qu'en fait vous êtes réellement un vampire. Oh ! Et n'oublions pas qu'il m'a accidentellement tuée d'un coup de hache en pensant vous atteindre, ce qui vous a obligé à me transformer en vampire à mon tour. À présent, je suis condamnée à demeurer une damnée privée d'âme qui hante la nuit pour sucer le sang des humains. (Levant les yeux au plafond, elle conclut :) Je dois vraiment sortir d'ici...

—Nous ne « suçons » pas le sang des humains, corrigea-t-il. (On aurait dit qu'il s'adressait à une gamine qui aurait sorti une énormité. Mais quand Rachel le dévisagea en arquant un sourcil, il ajouta de mauvaise grâce :) Enfin... pas beaucoup. Seulement en cas d'urgence. En fait... nous faisons tout pour l'éviter... Bien sûr, il peut arriver qu'un paria...

Manifestement à la peine, il n'en dit pas plus.

Rachel secoua la tête et murmura :

—Complètement fêlé. Bon pour l'asile...

—Bon, écoutez-moi..., reprit-il. Ce que je veux dire, c'est que nous avons tous investi dans les banques du sang à leur création. En fait, c'est l'un des nôtres qui a suggéré le principe de la transfusion sanguine. Il en a fait mention à Jean-Baptiste Denis, qui lui-même l'a essayé et... Peu importe. Ce qui compte, c'est que le sang dont nous avons besoin nous est *livré*. Vous comprenez ?

—Écoutez, je...

Rachel, qui se tournait vers lui, s'était figée. Son regard se posa sur le petit réfrigérateur qu'il venait d'ouvrir. Elle écarquilla les yeux en découvrant une bonne dizaine de poches de sang entreposées à l'intérieur.

— Bastien est passé reconstituer les stocks la nuit passée, expliqua Étienne. Pour vous et moi. Nous n'étions pas sûrs de la quantité de sang qui vous serait nécessaire pour l'infantement, la remise en état de votre organisme, ce genre de choses. Nous pensions que quatre ou cinq poches suffiraient pour vous guérir de tous vos maux, mais ce processus peut réserver quelques surprises. La quantité nécessaire varie en fonction de la gravité des dommages subis par votre corps au fil des ans. Vous paraissez en bonne santé, mais on ne peut jamais exclure chez l'individu le plus sain quelque maladie dormante ou quelque affection cardiaque, etc. (Un instant, il étudia avec circonspection l'expression stupéfaite de Rachel, et il ajouta après avoir sorti l'une des poches :) Ce n'est pas aussi plaisant qu'en se nourrissant à la source de sang frais et chaud, mais cela se consomme à peu près de la même façon.

Sous ses yeux ébahis, il éleva la poche à ses lèvres et ouvrit la bouche. Rachel poussa un petit cri d'horreur en voyant ses canines s'allonger et mordre dans le plastique. Le sang commença immédiatement à se vider, comme aspiré par les dents elles-mêmes.

Sans cesser de boire, Étienne se pencha et saisit une autre poche, qu'il lui tendit en grommelant :

— Umph ?

Ce qui ne pouvait être qu'une invitation. Rachel eut envie de se mettre à rire. Elle aurait voulu pouvoir hurler de rire de toute cette folie et retourner à sa fouille de la penderie, mais cet étrange appétit qu'elle avait ressenti à son réveil lui tenaillait de nouveau les tripes. Pire encore, quand le fumet douceâtre du sang parvint à ses narines, elle sentit s'opérer une curieuse transformation à l'intérieur de sa bouche. Il y eut une sorte de bouleversement, de pression interne, qui n'était pas douloureuse, mais la sensation était pour le moins étrange. Puis elle sentit un picotement de part et d'autre de sa langue. Alarmée, elle ouvrit la bouche et passa un doigt sur sa denture.

— Oh, mon Dieu! s'exclama-t-elle en sentant ses canines faire saillie au milieu de ses autres dents. (Laissant la penderie derrière elle, elle fonça à la salle de bains et se planta devant le miroir. Ce qu'elle y découvrit la fit frémir d'effroi.) Dites-moi que c'est une blague…, supplia-t-elle d'un ton désespéré.

— Ce n'est pas une blague, lui assura Étienne, qui l'avait suivie dans la salle de bains. Bastien a étudié la question aujourd'hui et a découvert que l'infantement peut survenir assez rapidement. Les dents constituent le premier changement majeur. Bientôt, votre vision nocturne s'améliorera, de même que votre ouïe et… d'autres choses encore, conclut-il vaguement.

Rachel posa les yeux sur le reflet d'Étienne dans le miroir et s'immobilisa, soudain consciente qu'il lui était possible de le voir. Il se tenait directement derrière elle. Ses épaules, son cou et sa tête lui étaient parfaitement visibles.

— Les vampires n'ont pas de reflet, objecta-t-elle.

Elle se raccrochait aux branches, mais dans sa position il ne lui restait pas grand-chose d'autre.

— Un mythe, répliqua-t-il en souriant. Vous voyez? Vous n'aurez aucun problème pour vous maquiller.

Sans trop savoir pourquoi, elle ne trouvait pas cela très rassurant. Loin de se détendre, Rachel se sentit sombrer dans un abîme de tristesse.

— Je suis morte…, gémit-elle.

— Vous n'êtes pas morte, rectifia patiemment Étienne. C'est pour vous *sauver la vie* que je vous ai infantée.

— Oh! Merci beaucoup, mon pote! s'emporta-t-elle. Parfaite logique masculine: me tuer pour me sauver… Je suppose que je dois quand même dire adieu à mes vacances à Hawaï. Mince ! Et moi qui venais de me trouver un petit maillot qui ne me fait pas ressembler à Godzilla…

— Je ne vous ai pas tuée, insista Étienne. C'est Pudge qui…

— Pudge ? l'interrompit-elle. Le type en treillis ? (Le souvenir de cet homme brandissant sa hache s'imposa à sa mémoire. Rachel fronça les sourcils et foudroya du regard le reflet de son hôte dans le miroir.) Seigneur ! reprit-elle. J'aurais dû le laisser vous couper la tête. Au moins, je ne serais pas à l'heure qu'il est morte et sans âme.

— Vous n'êtes pas privée de votre âme, corrigea-t-il. (Sa patience atteignait visiblement ses limites.) Pudge vous avait blessée mortellement. Pour vous sauver la vie, je devais vous infanter.

— Je n'ai pas l'impression d'avoir perdu mon âme…

Rachel se rapprocha du miroir et retroussa ses lèvres en une parodie de feulement, avant de tirer du bout des doigts sur une de ses nouvelles dents.

— Vous *n'avez pas* perdu votre âme, insista-t-il.

Rachel préféra l'ignorer et commença à fouiller les tiroirs du meuble de toilette. Ce dont elle avait besoin, c'était d'une pince, mais naturellement elle se doutait qu'elle n'en trouverait pas. Le mieux qu'elle put dénicher, ce fut une paire de coupe-ongles : un petit et un plus grand. S'emparant de ce dernier, elle se pencha de nouveau vers le miroir.

— Mais qu'est-ce que vous faites ! s'étrangla son hôte.

En hâte, il lui ôta le coupe-ongles des mains, sans lui laisser le temps d'emprisonner l'extrémité d'une de ses canines dans ses lames pour tenter l'extraction.

— Je ne veux pas être une vampire ! s'écria-t-elle.

Elle aurait bien voulu récupérer sa pince improvisée, mais il la maintenait hors de sa portée. Elle se rabattit sur le tiroir, y pêchant cette fois une lime à ongles. Puis elle en revint au miroir et s'en servit pour tenter de limer l'un de ses crocs.

— Elle repoussera d'elle-même..., expliqua Étienne, irrité. Et ce n'est pas si mal d'être une vampire.

— Ha ! Ha ! Ha ! commenta Rachel avant de se remettre à l'ouvrage.

— Vous ne vieillirez jamais..., fit-il valoir d'un ton plein d'espoir. Vous ne serez plus jamais malade et vous...

— ... ne verrez plus jamais la lumière du jour ! le coupa-t-elle rageusement. (En se tournant vers lui pour le fusiller du regard, elle demanda :) Savez-vous depuis combien de temps j'essaie de quitter le service de nuit ? *Trois ans !* Trois ans que je travaille jusqu'au matin, sans être capable de dormir correctement jusqu'au soir. Et juste au moment où j'obtiens enfin une promotion pour l'équipe de jour, vous me transformez en créature nocturne ! (À chaque nouvelle parole prononcée, sa voix avait grimpé d'un ton. Ce fut dans un cri qu'elle conclut :) Vous m'avez condamnée à un service de nuit éternel ! Je vous *hais* !

— Vous pourrez sortir durant le jour, affirma Étienne.

Mais il ne paraissait pas très sûr de lui. Rachel en conclut qu'il essayait simplement de la calmer. Elle ne prit pas la peine de le traiter de menteur. Son esprit passait déjà en revue d'autres plaisirs terrestres interdits aux vampires.

— L'ail ! riposta-t-elle en écarquillant les yeux. Il n'y a rien que j'aime autant que l'ail, et maintenant je ne pourrai...

— Vous pourrez manger autant d'ail que vous voudrez, l'interrompit-il. Ce n'est rien qu'un autre mythe, vraiment...

Elle aurait été incapable de dire s'il mentait ou non, aussi se contenta-t-elle de le scruter d'un œil suspicieux.

— Et l'église ? reprit-elle.

— L'église ? répéta-t-il, décontenancé.

— Pourrai-je aller à l'église ? articula-t-elle soigneusement, comme si elle s'adressait à un idiot. Depuis que je suis toute petite, j'assiste régulièrement à la messe en famille, mais les vampires...

— Vous pourrez aller à l'église, assura-t-il, apparemment soulagé. Un autre mythe. Les lieux et les articles consacrés à la religion n'ont aucun effet néfaste sur nous.

Il s'était manifestement attendu que cette nouvelle la réjouisse. Ce ne fut pas le cas. Les épaules de Rachel s'affaissèrent un peu plus.

— Super, dit-elle. Et moi qui espérais avoir une bonne excuse pour ne plus assister à la messe. Le père Antonelli est d'un rasoir… Même ma mère n'aurait pas insisté pour que j'assiste aux services si elle avait su que je risquais de partir en flammes comme une torche – ou quelque chose de tout aussi embarrassant – aussitôt passées les portes de l'église. (Rachel poussa un soupir dégoûté et conclut :) Il n'y a vraiment aucun aspect positif dans cette histoire.

Étienne se renfrogna. Rachel soupçonna qu'il la préférait en colère.

— Il y en a des tas, au contraire ! protesta-t-il. Vous êtes vivante. Et vous vivrez… eh bien, très longtemps. Et vous ne vieillirez pas, et vous…

— Vous l'avez déjà dit, l'interrompit-elle sèchement.

Sur ce, elle le contourna pour revenir dans la chambre.

— Où allez-vous ?

Il paraissait inquiet, cette fois, et il lui emboîta le pas.

— Chercher quelque chose à me mettre sur le dos. (Rachel se figea au milieu de la pièce et demanda :) À moins que mes propres vêtements se trouvent ici ?

Étienne secoua négativement la tête.

— Ils étaient trempés de sang, répondit-il. Irrécupérables, j'en ai peur.

— Mmmm… (Rachel retourna se planter devant la penderie et conclut :) Alors je vais devoir emprunter les vôtres. Je vous les rendrai.

Étienne fronça les sourcils et regarda Rachel mettre à sac sa garde-robe. Ayant apparemment oublié qu'elle en avait déjà choisi une, elle sortit une autre chemise à manches longues et un pantalon avant de regagner d'un pas décidé la salle de bains. D'instinct, il la suivit et faillit se faire briser le nez quand la porte se referma devant lui en claquant.

— Je vais attendre dehors, marmonna-t-il.

— Bonne idée ! répliqua-t-elle de l'intérieur.

Étienne regarda fixement la porte de sa salle de bains d'un air menaçant et entendit un froissement de tissu qui lui fit comprendre que Rachel se déshabillait. Un flash lui traversa l'esprit. Il la vit dénouer le drap qu'elle avait passé autour d'elle, laisser le tissu glisser sur ses pâles seins ronds, son ventre, ses hanches, son... Il lui fallut secouer la tête pour se reprendre.

Il savait exactement à quoi elle ressemblait nue. Il n'avait pas eu la force d'apporter son aide lorsqu'il avait fallu s'occuper d'elle à leur retour chez lui. Mais il n'avait pas eu non plus celle de détourner le regard lorsque Bastien, aidé de leur mère, avait déshabillé Rachel, soigné ses plaies et effectué une rapide toilette avant de la mettre au lit. Il avait donc une idée très précise de ce qui se passait à cette minute derrière cette porte. Son teint pâle et ses cheveux roux devaient se marier à merveille aux tons de bleu de la salle de bains. Ses muscles devaient jouer souplement sous sa peau tandis qu'elle se débarrassait du drap qui la couvrait pour enfiler sa chemise trop grande pour elle, et qui était sa préférée...

Entièrement absorbé par son cinéma intérieur, Étienne vit à peine la porte s'ouvrir devant lui. Rachel se figea brusquement et son visage s'assombrit quand elle le découvrit sur son chemin.

Il s'éclaircit la voix et lui dit avec un sourire piteux :

— Vous avez fait vite.

— Bougez-vous de là, rétorqua-t-elle simplement.

— Oui, bien entendu.

Étienne fit un pas de côté et la regarda passer. Le pantalon trop large pendait comme un sac à ses hanches. Pour le faire tenir, elle avait glissé les pans de la chemise à l'intérieur et noué la ceinture. Mais alors qu'elle se dirigeait de nouveau vers la penderie, le nœud se défit et le pantalon commença à glisser.

Étienne arqua les sourcils en le voyant tomber à terre. Rachel s'arrêta, et il ne put qu'imaginer sa mine contrariée quand elle baissa les yeux pour observer le pantalon répandu en une flaque de tissu à ses pieds. Lui-même n'était pas ravi. Non pas à cause de ce qui venait de se produire, mais parce que l'arrière de la chemise était immédiatement retombé, lui bloquant la vue. C'était plutôt décevant, mais il avait tout de même un bon aperçu d'une adorable paire de jambes.

Marmonnant tout bas, Rachel enjamba le pantalon et se remit en marche en annonçant :

— Je vais avoir besoin de chaussures.

— Non, vous n'en aurez pas besoin.

— Bien sûr que si, je vais en avoir besoin !

— Pour quoi faire ?

— Je peux difficilement rentrer chez moi pieds nus. Pourriez-vous m'appeler un taxi ?

Sur ce, elle se pencha pour examiner les paires de chaussures disposées au bas de la penderie.

— Non, répondit Étienne.

Rachel darda sur lui un regard noir et maugréa :

— Dans ce cas, j'en appellerai un moi-même.

— Ce que je veux dire, expliqua-t-il, c'est que vous ne pouvez pas partir.

Elle se redressa et se tourna pour lui faire face. Ses yeux réduits à deux fentes étroites témoignaient avec éloquence de sa mauvaise humeur.

— Écoutez…, reprit-elle d'une voix tendue. J'ai réfléchi en m'habillant.

— Vous réfléchissez vite.

Elle ignora le sarcasme et poursuivit :

— Vous savez quoi ? Vous avez failli m'avoir avec votre histoire. Mais j'ai fini par comprendre que rien de tout cela ne peut être vrai. Les carottes sont cuites. C'est terminé pour vous. Vous feriez aussi bien de me laisser partir.

— Qu'est-ce qui ne peut pas être vrai ? demanda-t-il, surpris.

— Cette histoire de vampires. Je ne peux pas être une vampire. Les vampires n'existent pas.

— Bien sûr que si, puisque j'en suis un.

— Non. *Vous êtes fou.* Vous vous imaginez être un vampire, comme ces gens qui se prennent pour des loups-garous alors qu'ils souffrent de lycanthropie. Vous êtes manifestement atteint du même genre de pathologie adaptée au mythe du vampire : en quelque sorte, la « vampiranthropie ».

Étienne leva les yeux au plafond.

— Je vois, dit-il. Et… que faites-vous de vos dents ?

La bouche pincée, Rachel parut ébranlée un instant.

Étienne décida de profiter de son avantage et alla chercher dans le réfrigérateur la poche de sang qu'il lui avait offerte un peu plus tôt. Avec l'ongle long de son auriculaire, il la perça et s'approcha d'elle.

Lorsque l'odeur du sang atteignit les narines de Rachel, ce qu'il avait prévu se produisit : ses canines grandirent d'un coup, venant pointer sur sa lèvre inférieure. D'après ce qu'il avait entendu dire, c'était une réaction très commune chez les vampires nouvellement convertis. Il faudrait un peu de temps à Rachel pour prendre le contrôle de ses nouveaux instincts et des réactions spontanées de son corps. Avec un petit cri, elle se couvrit la bouche de la main et courut jusqu'à la salle de bains.

Étienne la suivit. Il se tint derrière elle pour la regarder s'examiner dans le miroir, et il comprit que quelque chose clochait quand il la vit se détendre brusquement.

— Qu'est-ce qu'il y a ? demanda-t-il avec méfiance.

— Les vampires n'ont pas de reflet, répéta-t-elle. Mais moi, oui.

Leurs regards se croisèrent dans la glace. Elle lui sourit, et avec ses crocs qui pointaient l'effet produit était plutôt… diabolique.

— Un mythe, répliqua-t-il une fois encore.

— Non. C'est la preuve que je ne suis pas une vampire.

Elle paraissait inébranlable sur ce point.

— Et les dents ? objecta Étienne.

Ce détail parut la chagriner un instant, puis elle se détendit de nouveau ostensiblement.

— Je suis en train de rêver, répondit-elle. Rien de tout cela n'est vrai. (Elle se retourna et le regarda fixement, avec un sourire réjoui, avant d'ajouter :) Je rêve de vous parce que je vous ai trouvé attirant quand ils ont amené votre cadavre. Dans mon rêve, j'ai fait de vous un vampire parce qu'il n'y a aucun autre moyen pour qu'un homme mort continue à vivre. Enfin… en quelque sorte. (Ce paradoxe la rendit pensive un instant, puis elle poursuivit :) Quoi qu'il en soit, vous êtes le cadavre le plus séduisant sur lequel il m'ait été donné de travailler.

— Vraiment ?

Étienne était tout sourires. Personne, auparavant, ne lui avait jamais dit qu'il était un cadavre séduisant… Naturellement, il n'en était pas réellement un, et il songea qu'il aurait dû tout de suite le lui faire comprendre de la manière la plus nette.

— Eh bien…, reprit-elle dans un soupir. Que faisons-nous à présent ?

Étienne cligna des paupières et s'étonna :

— Pardon ?

— Oui… Que se passe-t-il ensuite dans mon rêve, expliqua-t-elle en l'examinant avec intérêt. Est-ce un rêve érotique ?

— Quoi ? s'exclama-t-il en ouvrant de grands yeux.

— Désolée… Je suppose que vous n'en savez pas davantage que moi, puisque vous n'êtes qu'une représentation mentale de mon esprit symbolisant l'attirance que j'éprouve pour vous. Mais je ne sais pas comment tout cela fonctionne. Je n'ai jamais eu de rêve érotique. Mon amie Sylvia, elle, en a tout le temps, mais moi pas. Du moins, je n'en ai pas dont je garde le souvenir. (Avec un sourire désabusé, elle expliqua :) Trop refoulée. Vous savez… j'ai été élevée dans la religion catholique. Devoir confesser des rêves érotiques au vieux père Antonelli aurait été tout simplement trop embarrassant. (La mine sévère, elle conclut :) Celui-ci lui aurait sans doute fait un effet bœuf ! Le pauvre vieux en aurait fait une attaque.

— Euh…

Mais Étienne, soudain incapable de parler, ne put en dire davantage. Rachel, quant à elle, n'avait pas ce problème.

— Ainsi, poursuivit-elle en jetant un coup d'œil au lit, puisque cette chambre constitue le décor principal de mon rêve, je dois en conclure qu'il s'agit *réellement* d'un rêve érotique. (Sans quitter des yeux la literie, elle poursuivit, songeuse :) Et je présume que c'est sur ce lit que se déroulera le principal de l'action. Un peu prosaïque, par rapport aux rêves que me raconte Sylvia, mais je suppose que puisque je suis néophyte, mon subconscient a décidé pour moi d'y aller mollo.

Étienne voulut intervenir, mais sa réponse demeura coincée dans sa gorge. Rachel poursuivit sur sa lancée en soupirant :

— Puisque vous ne prenez aucune initiative, vous devez représenter mon côté le moins agressif. (Cela parut la décevoir quelque peu, mais ce fut d'un ton plus enjoué qu'elle ajouta :) Au moins, ce n'est pas un rêve de viol : je ne pense pas être prête pour ça.

— Euh…, répéta Étienne.

— Oh, attendez ! reprit-elle vivement. Tout s'éclaire : dans la vie, je dois toujours être aux manettes et tout contrôler. Sans doute doit-il en être de même dans un rêve érotique. C'est sûrement le seul moyen pour moi de m'autoriser à en avoir un. (Après avoir jeté un nouveau coup d'œil au lit, elle acquiesça d'un hochement de tête.) Dans ce cas, allons-y, conclut-elle. J'ai hâte de pouvoir raconter tout ça à Sylvia. Elle est si fière de ses rêves érotiques… Le type sait à tous les coups ce qu'elle désire, et c'est toujours hyper excitant. Les meilleures parties de jambes en l'air. Les vrais hommes peuvent aller se rhabiller.

En prononçant ces mots, Rachel s'était avancée vers Étienne. Mais, quand elle le vit reculer nerveusement, elle parut désorientée et protesta sans chercher à masquer sa contrariété :

— Je sais que j'ai besoin d'être aux manettes, mais je n'aurais tout de même rien contre *un peu* d'agressivité de votre part.

— Je ne pense pas…

— Alors ne pensez pas, l'interrompit-elle.

Sans rien ajouter, elle se pencha pour l'embrasser.

Étienne se statufia au contact de ses douces lèvres sur les siennes. Une faim de loup se déclara en lui, mais il n'osa pas y laisser libre cours. Rachel avait l'esprit confus, elle s'imaginait être endormie. Il lui fallait la convaincre du contraire, même s'il lui en coûtait vraiment de le faire.

— J'ai bien compris que c'était à moi de prendre l'initiative, murmura-t-elle tout contre ses lèvres. (Renonçant à l'embrasser, elle lui prit la main et l'entraîna vers le lit avant d'ajouter :) En position horizontale, cela irait peut-être mieux.

— Je…

La protestation d'Étienne s'acheva en petit cri de surprise lorsque Rachel lui agrippa la chemise avant de le pousser sans ménagement sur le lit. Il n'avait eu le temps d'y rebondir qu'une fois quand elle l'y rejoignit en le chevauchant, à califourchon sur son entrejambe. Sans attendre, elle se pencha sur lui avec l'intention manifeste de l'embrasser de nouveau.

Étienne eut juste le temps de la retenir par les épaules, avec une urgence née du fait qu'il n'avait pas la moindre envie de la repousser.

— Non ! Attendez un peu ! s'écria-t-il. Ce n'est pas un rêve…

— Bien sûr que si, répliqua-t-elle. Vous êtes l'homme de mes rêves.

Il se sentit faiblir. Elle réussit à se pencher un peu plus vers lui, mais il se reprit à temps et l'arrêta de nouveau. Elle se libéra et il dut lutter pour ignorer l'effet que lui faisaient ses mains papillonnant sur son torse pour déboutonner sa chemise.

— Non, écoutez-moi ! protesta-t-il de plus belle. Vraiment, je… Oh, vous faites ça bien !

Le dernier bouton défait, Rachel laissait courir avidement ses mains sur sa poitrine.

— J'ai une longue expérience, expliqua-t-elle. Souvent, nous nous contentons de tailler à coups de ciseaux dans les vêtements, mais parfois il nous faut déshabiller les cadavres qui nous sont confiés. Waouh ! Vous avez un corps magnifique.

— Ah oui ? Merci…, marmonna Étienne, les yeux rivés à la paire de seins qui distendaient sa chemise. Le vôtre est très bien aussi.

Les trois boutons du haut s'étaient défaits, formant un décolleté plongeant sur la poitrine de Rachel. Ce qu'il y découvrait lui semblait plutôt mignon, et même *très* mignon… Étienne passa la langue sur ses lèvres, mais il aurait préféré les laisser courir sur les rondeurs de ces seins parfaitement dessinés sous la toile de la chemise.

— J'ignore si vous possédiez un torse aussi bien foutu dans la vraie vie, reprit-elle, mais dans mon rêve je le trouve parfait. (À peine Étienne eut-il le temps de se sentir flatté du compliment qu'il sentit les mains de Rachel s'envoler vers sa ceinture.) Vous devez aussi être bien équipé. Voyons ça…

— Non !

Renonçant à la maintenir aux épaules, il lui attrapa les mains.

Rachel le dévisagea avec un désappointement évident.

— Non ? Vous n'êtes pas bien monté ? gémit-elle. Mais… je veux que vous le soyez ! Et c'est mon rêve.

Elle paraissait tellement déçue qu'Étienne décida de la rassurer.

— Non, ce n'est pas cela…, rectifia-t-il. Les hommes, dans ma famille, sont tous… bien pourvus par la nature.

— Oh, chouette !

Rachel se débarrassa des mains qui l'entravaient et se remit à l'œuvre sur la ceinture de son pantalon.

— Mais… *nous ne pouvons pas faire ça !* parvint-il à dire. Son refus lui coûtait beaucoup.

— Bien sûr que si, nous le pouvons ! répliqua-t-elle d'un ton raisonnable. C'est mon rêve et je le veux.

— Naturellement, mais… Écoutez : je ne peux pas, en toute bonne conscience, vous laisser faire cela alors que vous êtes persuadée qu'il s'agit d'un rêve.

Rachel se figea et le regarda fixement. Puis elle fit voler d'un long soupir les mèches qui lui cachaient les yeux.

— Il fallait bien que ça tombe sur moi, maugréa-t-elle. Pour une fois que je fais un rêve cochon, il faut que le type de mes rêves me rembarre…

— Ce n'est pas un rêve, répéta Étienne. Et, si vous vouliez bien finir par l'accepter, nous pourrions…

— D'accord, l'interrompit-elle en souriant. Ce n'est pas un rêve.

— Que voulez-vous dire ? s'enquit-il en scrutant son visage avec méfiance.

— Ce n'est pas un rêve, répondit-elle, parce que c'est un cauchemar. Le meilleur bon sang de cauchemar que j'aie fait depuis longtemps…

— Non, ce n'est pas un cauchemar non plus.

— Bien sûr que si ! s'entêta-t-elle. C'est le cauchemar de toute femme : se réveiller dans le lit d'un homme sexy pour découvrir qu'il n'a aucun désir pour vous.

— Mais *j'ai* du désir pour vous ! protesta Étienne.

— Ah oui ? Super ! Dans ce cas, peut-être n'est-ce pas un cauchemar, après tout.

De nouveau, elle fit une tentative pour l'embrasser.

Et cette fois, Étienne dut s'avouer vaincu. Après un instant d'hésitation, il laissa libre cours au désir qui bouillonnait en lui. La passion qui naissait brusquement entre eux lui semblait presque effrayante.

Au cours de sa très longue existence, le sexe était devenu pour lui une vieille rengaine. En fait, son intérêt pour la plupart des plaisirs terrestres s'était émoussé avec le temps. Il avait fini par trouver la vie mortellement ennuyeuse, jusqu'à l'avènement récent des ordinateurs. Ces merveilleuses machines avaient réveillé son intérêt et suscité son enthousiasme comme aucune femme n'était parvenue à le faire depuis longtemps. Mais celle qu'il serrait dans ses bras avait réussi à susciter en lui des sensations qu'il pensait avoir oubliées depuis des siècles. Et tout cela d'un seul baiser…

Étienne fut si surpris par la réponse enthousiaste de son corps qu'il se laissa déborder, oubliant ses manières de gentleman pour se livrer à une concupiscence bien plus terre à terre. Lâchant les épaules de Rachel, il laissa ses mains couvrir son corps de caresses impatientes. Mécontent d'être entravé par ce qu'elle avait encore sur le dos, il tira sur le tissu avec un grognement rauque, sans se soucier d'arracher au passage plusieurs boutons de sa meilleure chemise. Comme il ne disposait d'aucun soutien-gorge en réserve dans sa penderie, Rachel n'en portait pas. Cela lui laissa toute latitude pour admirer tout d'abord, puis pour soupeser au creux de ses mains les globes ronds de ses seins.

Rachel abrégea leur baiser avec un grognement de plaisir et arqua le dos pour mieux se prêter à ses caresses.

— Oh, oui ! gémit-elle, la tête rejetée en arrière et les yeux clos. (Elle recouvrit ses mains avec les siennes et ajouta :) Oh, oui ! Que c'est bon !

— N'est-ce pas ? approuva Étienne avec un petit rire satisfait.

Il se redressa en position assise de manière à pouvoir atteindre son sein, avec sa bouche cette fois. Refermant ses lèvres sur le mamelon dressé, il le suçota longuement et le titilla du bout de la langue.

— Oh, mon Dieuuuuu ! Que c'est bon ! s'extasia Rachel d'une voix chavirée par l'émotion. (Elle se redressa dans son giron, plaquant avec urgence son pubis contre le sexe en érection d'Étienne moulé par son jean.) Sylvia disait vrai : un rêve érotique peut être tellement boooooon !

Étienne parvint rapidement à surmonter la culpabilité qui l'assaillait. Elle appréciait visiblement ce qu'elle pensait être un rêve, et il avait essayé de lui dire la vérité.

Sa tentative d'autojustification tourna court quand il sentit la main de Rachel descendre de nouveau vers sa ceinture. Cette fois, Étienne ne fit rien pour tenter de l'arrêter. Tous les muscles de son ventre contractés, il retint son souffle, dans l'attente anxieuse de ce qui allait suivre. Avec dextérité, elle défit le bouton et baissa la fermeture.

Ses doigts s'aventuraient enfin sous le pantalon quand la porte de la chambre s'ouvrit. Marguerite fit son entrée dans la pièce.

— Eh bien…, lança-t-elle d'un ton amusé. Je vois que vous vous entendez bien, tous les deux.

Étienne poussa un grognement sourd. Ses yeux se portèrent sur Rachel, qui s'était redressée et examinait sa mère d'un œil perplexe.

— Qu'est-ce que vous venez faire dans mon rêve érotique ? s'étonna-t-elle.

— Votre… rêve érotique ?

Marguerite Argeneau reporta son attention sur son fils, qui ne put que bredouiller faiblement :

— Euh…

Chapitre 6

— Tu étais censé la convaincre *qu'elle ne rêvait pas*, mon fils…

— Je sais, répliqua Étienne d'un ton apaisant.

Il n'avait jamais vu sa mère aussi ennuyée.

Elle s'était montrée aimable et gentille avec Rachel, ignorant le commentaire à propos du rêve érotique et agissant comme si elle ne les avait pas surpris dans une position embarrassante. Après lui avoir tendu un grand sac empli des effets qu'elle était allée chercher chez Rachel, Marguerite lui avait suggéré qu'elle serait plus à l'aise dans ses vêtements que dans ceux d'Étienne. Puis elle lui avait demandé de descendre lorsqu'elle serait prête.

Sans s'attarder davantage, elle avait ensuite entraîné son fils hors de la chambre. Son silence dans le couloir et l'escalier lui avait fait comprendre à quel point elle était fâchée contre lui. À présent, face à elle dans le salon, c'était difficilement qu'il tentait de se défendre.

— J'ai essayé de lui faire comprendre que ce n'était pas un rêve. J'ai vraiment essayé…

— Apparemment, tu as échoué ! lança sèchement Marguerite. Elle s'imagine vivre un rêve érotique, pour l'amour de Dieu !

— Un rêve érotique ? répéta Bastien en écho, mi-intrigué, mi-amusé.

— Fascinant…, commenta Lucern.

Copie conforme de Bastien – bien que de plus grande taille –, celui-ci tira un calepin et un stylo de sa poche pour y griffonner quelques notes.

Étienne lança un regard noir à ses frères plus âgés, avant d'inspirer à fond pour se calmer.

— Elle résiste tant qu'elle peut à l'idée d'être devenue une vampire. Et je t'assure, mère, que ce n'est pas qu'une façon de parler. Elle se tord les méninges et va chercher les explications les plus extravagantes pour éviter d'avoir à l'accepter.

— Peut-être ne lui as-tu pas présenté les choses de manière satisfaisante ?

La voix masculine et grave qui venait de s'exprimer attira l'attention d'Étienne en direction du bar. Il arqua un sourcil en découvrant le couple qui s'y trouvait. C'était l'homme qui avait parlé, mais ce fut sa sœur, qui l'accompagnait, qu'Étienne vit en premier. Sauf par le fait qu'elle était blonde, Lissianna ressemblait trait pour trait à une réplique de leur mère. Elle était toujours magnifique, mais en la voyant traverser la pièce pour le rejoindre, un verre à la main, il la trouva resplendissante. Manifestement, être amoureuse lui allait comme un gant.

Étienne observa le fiancé de Lissianna, qui lui emboîtait le pas. Gregory Hewitt, grand, les cheveux noirs, bel homme, le salua d'un sourire.

— J'ignorais que vous viendriez, dit Étienne. Je vous imaginais trop occupés avec vos préparatifs de mariage.

— Nous ne sommes jamais trop occupés pour la famille, murmura sa sœur en le serrant contre elle. Et puis… il me tardait de faire la connaissance de ta compagne.

Étienne se tassa sur lui-même. Sa compagne de toute une vie le repoussait de toutes ses forces. Quand il ne lui venait pas l'idée bizarre qu'il n'était que le fruit d'un de ses rêves érotiques et qu'elle n'en profitait pas pour lui sauter dessus.

— Oserai je me répéter ? intervint Gregory en passant un bras autour de la taille de sa fiancée. (Celle-ci lâcha Étienne et recula d'un pas.) Peut-être, simplement, ne lui as-tu pas présenté les choses sous un jour favorable.

— Bien sûr, qu'il ne l'a pas fait ! renchérit Lissianna, souriante. Une fois qu'elle aura conscience de tout ce qu'elle a à y gagner, elle s'y fera très bien.

— Je lui ai expliqué ce qu'elle a à y gagner, assura Étienne.

— Je parie que tu as dû oublier quelque chose…

Le sourire avec lequel sa sœur s'était exprimée atténua l'irritation qu'il ressentait de la voir mettre en doute ses capacités.

— Et moi, je parie que non ! répliqua-t-il.

— Nous verrons.

Lissianna haussa les épaules et sourit, mais son regard s'était envolé par-dessus l'épaule d'Étienne, l'informant de l'arrivée dans la pièce d'une nouvelle venue : Rachel, bien sûr. Il se retourna et ses yeux s'agrandirent sous l'effet de la surprise quand il vit ce qu'elle portait. Elle avait été habillée strictement d'une blouse blanche au-dessus d'un pantalon et d'un chemisier les deux fois qu'il l'avait vue à la morgue. Depuis qu'elle était arrivée chez lui, elle avait été soit nue, soit enroulée dans un drap. À présent, c'était dans un jean délavé et dans un tee-shirt moulant qui lui arrivait à peine au nombril qu'il la découvrait. Elle avait rassemblé ses cheveux en une queue-de-cheval et son visage était dépourvu de tout maquillage. L'un dans l'autre, elle ressemblait ainsi à une jeune fille de dix-huit ans. Une très sexy jeune fille…

Étienne était ébahi.

— Hum ! Ces vêtements ne sont pas… euh… (Rachel se dandina nerveusement, tirant sur le bord de son tee-shirt dans le vain espoir de cacher son ventre.) J'imagine, conclut-elle, que vous n'en avez pas apporté d'autres, n'est-ce pas ?

— Non, ma chère, désolée…, répondit Marguerite. Que se passe-t-il ? Ils ne vous conviennent pas ? Ils ne sont pas à vous ? Je les ai pourtant tirés de votre armoire. Je n'y ai d'ailleurs pas trouvé d'autres tenues décontractées.

— Si ! rétorqua vivement Rachel. Bien sûr que si, ils sont à moi. Mais… je ne les ai plus portés depuis l'université, et ils ne sont plus vraiment à ma taille. (Les sourcils froncés, elle baissa les yeux pour s'examiner et tira une nouvelle fois sur l'ourlet du tee-shirt.) J'aurais dû les jeter depuis longtemps. Je dois reconnaître que j'ai la manie de l'accumulation…

— Rassurez-vous, vous êtes ravissante. (Marguerite lui prit la main et la conduisit jusqu'à un divan. Lorsqu'elles y furent toutes deux assises, elle lui tapota gentiment la main et reprit :) D'après ce qu'Étienne nous a raconté, vous avez l'esprit un peu… confus.

— Ce n'est pas moi qui ai l'esprit confus ! protesta Rachel.

Mais elle n'en était plus tout à fait sûre. Ce rêve avait pris une tournure surréaliste qui la dépassait. Elle n'avait plus aucune certitude quant à ce qui était en train de lui arriver. Rêve ? Cauchemar ? Délire dû à la fièvre ? Effet secondaire de drogues trop puissantes ?

— Ah ! Bien… (Marguerite lui fit un grand sourire et ajouta :) Peut-être que si vous commenciez par me dire la dernière chose dont vous vous souvenez, nous pourrions progresser à partir de là.

— La dernière chose…, répéta Rachel, pensive.

Un peu de logique lui faisait du bien. Marguerite ne proclamait pas être une adepte du vampirisme et ne cherchait pas à la convaincre qu'elle en était une elle-même. Peut-être, en définitive, tout allait-il finir par s'expliquer raisonnablement.

En passant sa langue sur ses dents du haut, elle fut soulagée de les découvrir parfaitement normales. Tout cela devait décidément être le fruit de rêves hallucinatoires dus aux drogues. Elle porta machinalement la main à sa poitrine, où la hache s'était enfoncée sans laisser la moindre cicatrice. Elle était probablement à l'heure actuelle plongée dans le coma, au fond d'un lit d'hôpital, où quelque dérivé de morphine la faisait rêver. Les rêves qui en résultaient n'étaient pas forcément désagréables. Les quelques instants brûlants de passion qu'elle venait de vivre dans cette chambre ne lui avaient pas déplu. En fait, le plus pénible dans cette histoire, c'était qu'ils avaient pris fin si abruptement, au moment le plus intéressant et en la privant de l'extase finale.

— La dernière chose dont je me souviens..., répéta-t-elle en mettant de côté ces songeries. Je me trouvais au boulot, pour la première fois après une semaine d'arrêt maladie.

— Mmmm..., marmonna Marguerite en guise d'encouragement.

— Tony était absent et Beth était en retard. (En levant les yeux pour regarder son interlocutrice, elle expliqua :) Panne de voiture. (Marguerite émit un murmure en témoignage d'hypothétique sympathie pour la conductrice inconnue et son véhicule.) Fred et Dale, deux ambulanciers avec qui je travaille souvent, ont amené de la viande grillée.

— De la « viande grillée » ?

Rachel regarda l'homme assis en face d'elle. Bien qu'ayant les cheveux bruns – de même que celui qui s'était exprimé plus tôt – il ressemblait beaucoup à Étienne, en plus grognon. Il tenait un calepin sur lequel il était en train de prendre des notes. Elle le regarda faire avec étonnement et traduisit :

— Un cadavre carbonisé.

Bastien, l'autre brun sosie d'Étienne, se récria :

— Vous appelez ça de la « viande grillée » ?

Rachel réprima un soupir. Difficile d'expliquer à des gens qui n'étaient pas de la partie ce qui pouvait motiver une attitude en apparence aussi insensible. Elle s'y efforça tout de même.

— Le voisinage quotidien avec la mort peut être déprimant. Parfois, nous nous servons de termes aussi… désinvoltes pour nous protéger en prenant de la distance avec la tragédie. Et chaque cas sur lequel nous avons à travailler est tragique, qu'il s'agisse d'une victime de crise cardiaque ou d'incendie. Chaque individu est aimé ou apprécié de quelqu'un et sera pleuré ou regretté. Nous avons conscience de cela, mais il nous faut le mettre en arrière-plan, sans quoi nous ne pourrions jamais faire notre travail.

À en juger d'après l'expression de ceux qui l'entouraient, ils ne comprenaient pas vraiment. Rachel subodorait que nul ne le pouvait. Elle exerçait un métier difficile, à la fois sur le plan technique et émotionnel. Elle faisait de son mieux, de même que tous ses collègues, pour respecter les personnes décédées, mais elle comprenait que certaines de leurs stratégies de survie puissent choquer.

— Donc, intervint la jeune femme blonde, Fred et Dale vous ont amené un cadavre carbonisé.

— Exactement. (Rachel la compara rapidement à celle qui était allée lui chercher des vêtements. À la seule différence de leur couleur de cheveux, elles auraient pu être jumelles. Puis elle reporta son attention sur Étienne et sentit de nouveau une certaine confusion la gagner.) En fait, il s'agissait de la victime d'une explosion de véhicule, précisa-t-elle. Après le départ de Fred et Dale, j'ai commencé à m'en occuper, mais j'ai remarqué que des croûtes carbonisées se détachaient progressivement, comme s'il ne s'agissait pas de peau brûlée mais d'une substance projetée sur le corps lors de l'explosion. Puis… j'ai cru voir sa poitrine se soulever. Alors j'ai essayé de trouver un pouls, mais c'est à ce moment-là…

Rachel hésita. C'était là que le fil des événements devenait embrouillé. Non pas parce qu'elle ne gardait pas souvenir de ce qui s'était passé – elle n'oublierait jamais cette hache qui lui avait fendu la poitrine –, mais parce qu'il ne restait aucune cicatrice pour en témoigner, et que cela n'avait aucun sens.

— C'est à ce moment-là…, répéta l'homme qui prenait des notes pour l'encourager à poursuivre.

— La porte de la morgue s'est ouverte, se força-t-elle à raconter. Un homme est entré, vêtu d'un treillis et d'un trench-coat. Quand il a ouvert son manteau, j'ai vu qu'il avait un fusil accroché par une lanière sous un bras et une hache sous l'autre. Il s'est mis à me crier quelque chose. (De nouveau, son regard troublé se porta sur Étienne, avant de se détourner.) Il m'ordonnait de m'éloigner. Il disait que le cadavre calciné était un vampire. Puis il s'est précipité en brandissant sa hache. J'ai compris qu'il voulait décapiter le cadavre mais je ne pouvais pas le laisser faire. Je n'étais pas certaine que cet homme était réellement mort. Je me suis interposée, en espérant l'arrêter, mais il était trop tard. Il avait déjà pris son élan, et la hache…

Rachel laissa mourir sa phrase et passa machinalement la main sous sa clavicule. Un lourd silence retomba dans la pièce, au terme duquel elle poursuivit après s'être éclairci la voix :

— Il était horrifié de ce qu'il avait fait. Il a essayé de me venir en aide, mais j'étais sous le choc et morte de peur. Ensuite, un bruit de pas s'est fait entendre dans le couloir : quelqu'un arrivait. Il a pris peur, m'a dit que les secours n'allaient pas tarder, que je devais rester en vie, puis il s'est enfui.

— Le salaud ! lança Étienne dans un souffle. (En se tournant vers les autres, il ajouta :) Je suis vraiment d'avis qu'il faudrait appeler la police pour leur dire qu'il l'a kidnappée. Laissons-les le mettre sous clé.

— Mais… il ne m'a pas kidnappée ! protesta Rachel.

— Cela n'a aucune importance, répliqua-t-il. Ce sera sa parole contre la vôtre et quelqu'un l'a vu entrer dans cet hôpital armé jusqu'aux dents. Les flics vous croiront.

— Mais il ne m'a pas kidnappée, répéta-t-elle d'un air buté.

— Non, il a juste essayé de vous tuer ! rétorqua-t-il, caustique. (En prenant les autres à témoin, il poursuivit :) Nous pouvons faire en sorte qu'elle appelle d'une cabine près de chez lui en prétendant qu'elle vient juste de s'échapper, et…

— Je ne ferai rien de tel ! l'interrompit-elle sèchement. J'expliquerai à la police qu'il m'a blessée accidentellement avec sa hache alors qu'il vous visait, et qu'il a semblé le regretter tout de suite, mais je ne dirai jamais qu'il m'a enlevée. Ce serait un mensonge.

Son hôte lâcha un soupir exaspéré.

— Rachel…, reprit-il. Cet homme a tenté de vous *tuer*.

— En fait, ce n'est pas vraiment ainsi que les choses se sont passées, rectifia-t-elle calmement. C'était un accident.

— D'accord. Disons donc qu'il a tenté de *me* tuer.

— Eh bien… Si vous êtes réellement un démon sans âme suceur de sang, comme vous prétendez l'être, qui pourrait l'en blâmer ?

Un collectif sursaut d'effroi secoua l'assemblée. Puis Marguerite se mit à rire à gorge déployée.

— Mère ! protesta Étienne en la fusillant du regard. Comment peux-tu rire d'une chose pareille ?

— Pardon, mon chéri, mais elle est tellement délicieuse…, s'excusa-t-elle. (Elle se tourna vers Rachel et lui tapota gentiment la main en expliquant :) Mon fils n'est pas dépourvu d'âme, chère enfant. Aucun de nous ne l'est. Et vous ne l'êtes pas non plus.

Rachel ne paraissait pas décidée à la croire. Marguerite résolut apparemment de ne pas tenter de la convaincre et essaya une autre approche.

— Laissez-moi vous présenter mes enfants, dit-elle. Étienne, vous le connaissez déjà, naturellement.

Étienne adressa à Rachel un sourire engageant, mais il lui sembla qu'elle ne le remarquait même pas. Son regard glissa nerveusement sur lui, puis elle acquiesça de la tête et rougit.

— Et voici ma fille Lissianna, en compagnie de son fiancé, Gregory. (Tout sourires, Marguerite désigna le couple d'un geste de la main. Elle attendit que Lissi et Greg viennent serrer la main de Rachel et la saluer avant de se tourner vers ses deux autres fils plus âgés.) Enfin, conclut-elle, mes deux fils aînés, Bastien et Lucern. Arrêtez de sourire comme ça, les garçons. Vous mettez Rachel mal à l'aise.

Étienne tourna vivement la tête et se renfrogna en découvrant de quelle façon ses deux frères lorgnaient sur Rachel.

— Euh… excusez-moi, intervint celle-ci en posant sur Marguerite un regard troublé. Vous avez bien dit : « mes enfants » ?

— Oui, répondit-elle sans cesser de sourire.

— Mais vous êtes bien jeune pour…

— Merci, ma chère ! l'interrompit-elle en riant gaiement. Mais, voyez-vous, je suis beaucoup plus vieille que j'en ai l'air.

— Combien, exactement ? s'enquit Rachel en plissant les yeux.

— J'ai sept cent trente-six ans.

Rachel tiqua ostensiblement puis s'éclaircit la voix.

— Sept cent trente-six ans…, répéta-t-elle en écho.

— C'est bien cela, approuva Marguerite avec un hochement de tête.

Rachel, également, se mit à hocher la tête.

Tous l'imitèrent.

Puis Rachel parut se raviser. Elle secoua négativement la tête, ferma les yeux et Étienne l'entendit distinctement murmurer :

— Je suis toujours en train de rêver. Mais me voilà de nouveau plongée en plein cauchemar.

Au grand étonnement d'Étienne, Marguerite éclata de rire et tapota de plus belle la main de leur invitée.

— Ce n'est pas un rêve, assura-t-elle. Ni un cauchemar. Ni même un rêve érotique. Cela est réellement en train de vous arriver. Nous sommes – même si nous n'aimons pas ce terme – des vampires et j'ai réellement sept cent trente-six ans.

— Je vois.

Rachel acquiesça une nouvelle fois, avant de fermer les yeux pour recommencer à faire « non » de la tête.

Mais ses yeux se rouvrirent brusquement et elle poussa un cri de douleur lorsque Marguerite se pencha sur elle pour la pincer.

— Vous ne rêvez pas, répéta-t-elle. Si c'était le cas, ce pincement aurait suffi à vous réveiller. Vous vivez réellement tout cela. Nous sommes des vampires. Et vous en êtes une à présent, vous aussi.

— Vous dites cela comme si c'était une bonne chose, maugréa Rachel. (Puis elle ajouta :) C'est toute la famille qui est foldingue.

— Peut-être que si Bastien abordait le sujet sous un angle plus scientifique…, suggéra soudain Greg.

La sympathie qu'il témoignait à Rachel rappela à Étienne que le fiancé de Lissianna avait lui-même été placé dans cette situation il y avait peu encore.

— D'accord ! accepta Bastien en se levant pour rejoindre Rachel sur le divan.

Étienne regarda sa mère se lever, gagner le bar et ouvrir le réfrigérateur pour en examiner le contenu. Sans doute s'était-elle décidée à puiser dans son stock de sang pour se servir un verre. Il subodorait qu'aucun des membres de sa famille n'avait pris la peine de se nourrir avant de le rejoindre chez lui. Tous se sentaient très concernés par cette affaire. Ce que savait Pudge et l'obsession qu'il nourrissait constituaient une menace pour chacun d'eux.

— Voyez-vous, commença Bastien en prenant la main de Rachel et en lui souriant d'une manière qui ne plaisait guère à Étienne, « vampire » est un terme que nous n'avons pas choisi. Il nous a été imposé, et nous avons dû l'accepter par convenance quand nous avons affaire à des mortels… je veux dire à des êtres humains non adeptes du vampirisme. Il n'en demeure pas moins qu'il ne correspond pas à la réalité.

— Ah non ? s'étonna Rachel d'un air méfiant.

— Non. Du moins, nous n'avons rien à voir avec les vampires tels qu'on se les représente généralement, expliqua-t-il. Nous ne sommes pas ainsi par le fait d'une malédiction ou parce que Dieu s'est détourné de nous. C'est la raison pour laquelle les symboles religieux ne nous sont en rien préjudiciables.

— Je vois…, murmura lentement Rachel.

— Nous ne sommes pas possédés par des créatures démoniaques qui déforment nos traits et qui se nourrissent ou se distraient en torturant les gens.

— Mmmm…

— Il existe une explication scientifique à ce que nous sommes.

Cela eut le mérite d'attirer son attention. Enfin, elle écoutait, nota Étienne avec soulagement.

— Voyez-vous, nos ancêtres vivaient il y a très longtemps, expliqua Bastien. Avant le temps des Romains. Avant la naissance du Christ. En fait, avant même la naissance de l'histoire.

— Ah ?

De nouveau, Rachel avait l'air dubitatif.

— Oui, poursuivit-il néanmoins. Nous sommes originaires d'un endroit auquel certains ont donné le nom d'Atlantide.

— Oh !

Le ton sur lequel elle s'était exclamée fit comprendre à Étienne que Bastien avait de nouveau perdu son attention.

— Nos savants avaient une bonne longueur d'avance sur la science d'aujourd'hui. Ils avaient réussi à mettre au point… eh bien, ce qu'il est plus facile de qualifier de « nanos ».

— Des nanos ?

De retour sur un terrain purement scientifique, Rachel se détendit.

— Oui. Ils les ont associés à une sorte de délicate bio-ingénierie et ils ont mis au point une famille de nanos spécialisés agissant à la manière d'un parasite bénin.

— Un parasite ?

De toute évidence, Bastien avait réussi à la captiver. Étienne sentit l'espoir renaître en lui que Rachel finisse par accepter ce qui lui arrivait.

— Absolument. Ils se nourrissent du sang que nous produisons.

— Si je vous comprends bien, résuma-t-elle, vous êtes le fruit d'une expérience scientifique ayant échappé à tout contrôle. (Rachel se détendit davantage en voyant Bastien acquiescer d'un hochement de tête.) Mais…, ajouta-t-elle, troublée. Comment ces nanos se sont-ils introduits en vous ?

— Ils y ont été délibérément injectés, dut-il admettre. Voyez-vous… ils ont été conçus pour résider dans notre système sanguin afin d'aider nos organismes à réparer les dégâts qu'ils subissent. En quelque sorte, ils agissent comme une armée de chirurgiens microscopiques travaillant de l'intérieur. Mais une fois que ces nanos ont été injectés dans le sang de nos ancêtres, on a découvert qu'ils ne se contentent pas de réparer les tissus endommagés : ils les régénèrent également, et s'opposent au développement de toute pathologie.

— Je vois. Ainsi, ils réparent et régénèrent vos corps, ce qui a pour effet de vous garder constamment jeunes et en bonne santé. Et en échange, hasarda-t-elle en choisissant soigneusement ses mots, ils se nourrissent de votre sang.

— Exactement !

Bastien, fier de son élève, était tout sourires.

Perdue dans ses pensées, Rachel y réfléchit un moment avant d'ajouter :

— J'imagine qu'il faut une grande quantité de sang pour réparer et régénérer constamment les tissus.

— Oui, approuva-t-il. Plus que ce qu'un corps humain est capable de produire.

— D'où la nécessité d'aller sucer le sang des humains, suggéra Rachel.

Étienne s'éclaircit la voix en voyant tous les autres sursauter.

— Ne me regardez pas comme ça ! grommela-t-il tandis qu'ils lui jetaient un regard accusateur. Je ne suis pour rien dans cette formulation.

— Nous ne « suçons » plus le sang des humains, rectifia Lissianna d'une voix apaisante. (Après être allée s'asseoir à côté de Rachel, elle poursuivit :) Il est vrai que dans le passé, par nécessité, pour des raisons de santé ou à cause de… euh… certaines phobies, certains d'entre nous ont pu recourir à ces vieilles méthodes. (Elle jeta un coup d'œil à Greg, échangeant avec lui un sourire entendu.) Mais, ces exceptions mises à part, conclut-elle, avoir recours à la morsure est très mal vu chez les nôtres depuis l'avènement des banques du sang.

— Les banques du sang…, répéta Rachel en ouvrant de grands yeux. Seigneur ! De vrais fast-foods pour vous : le McDonald's des vampires…

— Plus un traiteur qu'un McDo, corrigea Lissianna. On n'y sert que des plats froids.

Ce disant, elle fit la grimace. À cause d'un cas sérieux d'hémophobie, elle n'avait cessé que très récemment de « sucer » le sang à la source. Il n'y avait rien de plus démoralisant pour un vampire que d'avoir la mauvaise fortune de s'évanouir à la vue de l'hémoglobine, ce dont Lissianna souffrait depuis l'enfance. Elle était guérie, à présent, mais Étienne savait qu'il lui fallait encore s'habituer aux poches de sang froid.

Rachel garda le silence un bon moment, une expression de dégoût clairement visible sur son visage.

— Et maintenant, dit-elle enfin, je suis comme vous ?

Lissianna lui prit la main de son côté, comme Bastien l'avait fait du sien.

— Oui, répondit-elle d'un ton solennel. Étienne vous a infantée pour vous sauver la vie. Vous êtes désormais une vampire.

Les épaules de Rachel s'affaissèrent.

— Mais... je n'aime même pas le boudin ou le steak saignant ! protesta-t-elle d'une petite voix. Si la viande reste ne serait-ce qu'un petit peu rose, je vomis. Je ne serai jamais capable de...

— Tout cela peut s'arranger, lui assura Lissianna. Si nécessaire, vous pourrez continuer à vous nourrir par intraveineuse, comme vous l'avez fait jusqu'à présent.

Cela ne parut pas être de nature à la rassurer.

— Mon dentiste va adorer ça..., gémit-elle de plus belle. À la prochaine radio qu'il me fera, il va grimper aux rideaux !

— Il ne faut pas vous inquiéter pour ça, intervint Bastien. Vous n'aurez plus à prendre rendez-vous chez aucun dentiste.

— Ah oui ? s'étonna-t-elle.

— Oui, confirma Lissianna. Ni chez aucun docteur non plus, d'ailleurs. Vous êtes à présent à l'abri des caries et des maladies. Votre sang remédiera à tout ça.

— Plus de vaccins contre la grippe et plus de roulette du dentiste ?

Lissianna se tourna vers Étienne et lui adressa un sourire victorieux.

— Je savais que tu ne lui avais pas présenté les choses correctement ! triompha-t-elle. Je parie que tu ne lui as rien dit non plus au sujet des orgasmes.

— Je lui ai dit qu'elle ne vieillirait pas et qu'elle resterait en bonne santé, répliqua-t-il avec irritation. Cela me semble plus important que de s'éviter quelques visites chez le médecin ou le dentiste.

— Sans doute, admit Rachel d'une voix distante. Pour quelqu'un qui n'a jamais eu à y aller. (Puis, se tournant vers Lissianna :) Vous parliez d'orgasmes ?

— C'est le moment de filer, décréta Greg en ramassant son verre et en se dirigeant vers la porte. Quand les femmes commencent à parler sexe…

Bastien tapota la main de Rachel et se leva à son tour.

— Oui, renchérit-il. Il me semble qu'il vaut mieux que vous discutiez entre femmes de cet aspect de la question.

Lucern émit un grognement approbateur, même s'il paraissait plutôt enclin à rester pour continuer à prendre des notes. Il se remit debout à contrecœur et gagna la porte à son tour, rejoignant Bastien à l'instant même où celui-ci parvenait au niveau d'Étienne. Comme s'ils s'étaient concertés mentalement – ce qui était probablement le cas –, ils le prirent chacun sous un bras pour l'entraîner vers la sortie.

— Suis-nous, petit frère…, ordonna Bastien. Tu pourras nous montrer les derniers développements de ton nouveau jeu.

Étienne n'émit pas la moindre protestation. Il ne lui aurait servi à rien de s'y risquer. Même le fait d'être un vampire ne lui était d'aucune utilité pour résister à deux frères aussi autoritaires que les siens.

— Les orgasmes…, dit enfin Marguerite tandis que la porte se refermait derrière les hommes de la famille.

Rachel regarda fixement la mère d'Étienne. La jeune femme – ou plus exactement la très vieille femme, s'il fallait croire qu'elle avait véritablement sept cent trente-six ans – lui souriait avec une joie non dénuée de malice.

— Vous verrez, vous aurez vous-même du mal à y croire, ajouta-t-elle.

L'enthousiasme de sa mère fit rire Lissianna, qui expliqua :

— Marguerite peut vous en parler mieux que moi. Je suis née de deux parents vampires et je n'ai jamais fait l'expérience d'une vie sexuelle de mortelle. Mère, en revanche, était humaine avant d'être infantée comme vous. Et, selon elle… la différence est époustouflante.

— Laissez-moi vous raconter quelque chose, reprit Marguerite. (Elle se passa la langue sur les dents et fit un bruit de succion satisfait avant de conclure :) Au cours de la première année, je me suis évanouie de plaisir chaque fois.

— Évanouie ? se récria Rachel. Toute la première année ?

— Oui, ma chère ! (Marguerite posa la main sur la sienne.) Difficile d'expliquer en quoi c'est différent. C'est juste… bouleversant. Vous entrez en empathie avec votre partenaire et ressentez son plaisir combiné au vôtre.

— Donc, cela double le plaisir ?

En secouant la tête, Marguerite lui répondit par la négative.

— Je dirais plutôt qu'il est vingt fois plus fort ! D'une manière ou d'une autre, notre sang rend nos sens beaucoup plus aiguisés. Votre odorat sera bientôt dix fois plus puissant qu'il ne l'a jamais été. Vous serez capable d'entendre bien mieux et de voir plus loin et vous deviendrez hypersensible au toucher.

— Les joies du sexe en vingt fois mieux ?

Rachel s'efforça de se faire une idée de la chose, mais elle ne put y parvenir. Avoir un peu plus d'expérience en la matière l'aurait sans doute aidée. Elle n'avait pas consacré beaucoup de temps ni d'énergie à développer ses relations sociales au cours des dernières années. Elle s'était fiancée, à l'université, mais, après avoir découvert son futur mari au lit avec sa voisine de chambre, elle avait décidé de se concentrer uniquement sur ses études.

—Avoir davantage d'expérience ne vous aiderait en rien, déclara Marguerite avec bienveillance. Vous comprendrez de quoi je veux parler après y avoir goûté.

Rachel la dévisagea longuement, troublée, puis s'éclaircit la voix et se décida à demander :

—Vous venez de lire dans mes pensées, n'est-ce pas ?

—J'en ai bien peur…, avoua-t-elle, penaude, en se mordant la lèvre. Désolée… C'est une très mauvaise habitude. J'essaierai à l'avenir de ne plus faire intrusion dans votre esprit.

Rachel haussa les épaules. Il lui suffirait de surveiller ses pensées, et bien d'autres sujets l'intéressaient pour l'instant.

—Je suis également devenue télépathe ? s'enquit-elle.

—Pas encore. Il vous faudra apprendre à exercer ce don. Mais il y aura également des tas de choses qu'il vous faudra apprendre.

—Par exemple ? insista-t-elle avec curiosité.

Marguerite prit le temps de la réflexion. Rachel se doutait qu'elle cherchait à déterminer ce qu'elle pouvait lui révéler sans risquer de la traumatiser. Enfin, elle se décida à répondre :

—Vous allez devenir beaucoup plus forte que vous ne l'avez jamais été. Vous serez également plus agile et rapide, aussi bien physiquement que mentalement. Vous serez capable de voir dans le noir.

—Comme un prédateur, suggéra Rachel.

—Oui. Vos yeux brilleront lorsque la lumière les frappera, comme ceux d'un animal nocturne.

Rachel éleva une main hésitante jusqu'à son visage et regarda alternativement Marguerite et Lissianna. Toutes deux avaient des yeux de cette couleur bleu argenté qu'arboraient également ceux d'Étienne.

— Mes yeux sont-ils de la même couleur que les vôtres ?

Elle n'y avait pas prêté attention lorsqu'elle s'était observée dans le miroir.

— Ils sont davantage d'un vert argenté, estima Marguerite. Ils étaient verts, à l'origine ?

— Oui.

À présent, Rachel mourait d'envie de le vérifier.

À peine y avait-elle songé que Lissianna se leva et alla ouvrir son sac à main posé sur le bar. Après avoir fouillé un instant à l'intérieur, elle revint avec un petit poudrier, qu'elle ouvrit et lui tendit.

— J'ai deux cent deux ans, dit-elle ce faisant.

Rachel lui renvoya un sourire embarrassé. Obtenir la réponse à une question qu'elle n'avait pas posée de vive voix lui rappelait qu'elle devait rester mentalement sur ses gardes dans cette famille. Puis elle se pencha vers le miroir pour examiner ses yeux.

— Waouh ! glissa-t-elle dans un souffle. (Oubliant illico toute inquiétude quant aux intrusions mentales, elle ajouta en fronçant les sourcils :) Voilà qui ne va pas être facile à expliquer à ma famille. (Elle releva les yeux juste à temps pour surprendre un échange de regards entre la mère et la fille.) Qu'est-ce qu'il y a ? s'inquiéta-t-elle.

Lissianna secoua la tête et répondit avec un sourire un peu contraint :

— Vous n'aurez qu'à leur dire qu'il s'agit de lentilles.

— Bonne idée ! approuva Marguerite. (Mais son entrain sonnait un peu faux et elle s'empressa de se dresser sur ses jambes avant de conclure :) Maintenant, il faut vous reposer. Vous êtes fatiguée.

Curieusement, dès l'instant où elle eut dit cela, Rachel se sentit soudain très lasse. Il lui vint comme une petite idée que lire dans les pensées n'était pas le seul talent caché dans cette famille.

— Vous parvenez à influencer les esprits ! lança-t-elle d'un ton accusateur.

— C'était un petit tour bien utile à l'époque lointaine où il nous fallait chasser, admit calmement Marguerite.

Au moins, songea Rachel avec résignation, elle n'essayait pas de lui mentir. Puis un autre soupçon lui vint, qu'elle s'empressa de formuler.

— Étienne m'influençait-il mentalement… tout à l'heure ?

Elle n'avait pas osé faire explicitement référence à leur étreinte passionnée, mais cela n'était pas utile : Marguerite n'était-elle pas censée être télépathe ?

— Par chance, répondit celle-ci, Étienne est incapable de lire dans vos pensées ou de contrôler votre esprit.

— En quoi est-ce une chance ? demanda Rachel.

Elle pensait quant à elle que c'en était une, mais pourquoi la mère d'Étienne partageait-elle cet avis ?

— En ceci qu'une compagne et un compagnon de vie ne peuvent se contrôler l'un l'autre. Autrement, ils n'entretiendraient plus une relation d'égal à égale mais celle qui unit un montreur de marionnettes à son pantin.

Ce commentaire parut pour le moins confus à Rachel, étant donné qu'elle connaissait à peine la famille Argeneau et qu'elle n'était la compagne de personne, mais une autre question lui vint à l'esprit.

— Quel âge a Étienne ?

— Trois cent douze ans.

— Trois cent douze ! répéta-t-elle avec effarement.

Rachel sentit son malaise renaître à l'idée qu'elle venait de se jeter au cou d'un tricentenaire. Autant dire d'un vieux débris.

— Ne vous tracassez pas, susurra Marguerite. (Sa voix avait la douceur d'un murmure. On aurait pu croire qu'elle n'avait pas prononcé ces mots mais qu'elle les avait soufflés, voire pensés avec insistance.) Tranquillisez-vous. Tout vous paraîtra moins angoissant quand vous aurez pris un peu de repos.

— Oui.

La réponse avait glissé des lèvres de Rachel presque d'elle-même. Peu lui importait à présent. Tout ce qui comptait pour elle, c'était qu'elle était fatiguée et qu'elle avait besoin de se reposer.

— Venez…, reprit Marguerite en l'entraînant par le bras.

Rachel se laissa faire sans résister.

Tout sourires, Bastien assena une tape dans le dos d'Étienne qui quittait le logiciel et s'exclama :

— Sensationnel ! Cette version va faire un encore plus gros carton que la précédente.

Lucern et Greg l'approuvèrent en hochant la tête.

— C'est si bon que ça ?

Les quatre hommes, surpris, se retournèrent vers la porte au son de la voix de Lissianna. Greg sourit en la découvrant sur le seuil et la rejoignit. Il glissa un bras autour de sa taille pour l'accueillir et déposa un baiser sur son front en demandant :

— Fini d'expliquer à Rachel les joies du sexe « à la vampire » ?

— Mmmm…

Lissianna lui rendit son sourire et son baiser avant de se tourner vers son plus jeune frère pour préciser :

— Elle est emballée, Étienne. Nous avons sans doute augmenté tes chances de succès.

— Ha ! Ha ! Ha ! (Étienne referma l'ordinateur et se redressa.) Où est mère ?

— Elle a conduit Rachel à l'étage pour la mettre au lit.

Étienne se mit à rire et s'étonna :

— Elle veut la border comme une enfant ?

— *C'est* une enfant, intervint Lucern en prenant la tête du groupe pour quitter le sous-sol.

— À tes yeux, plaisanta Lissianna, tout le monde fait figure d'enfant.

— Pas tout le monde, précisa-t-il. Juste tous ceux qui ont moins de quatre cents ans.

— Tu veux dire tout le monde sauf toi, mère, Bastien et peut-être une centaine des plus anciens vampires sur cette planète, protesta Étienne d'un air dégoûté.

À trois cent douze ans, il commençait à être un peu las d'être traité en enfant. Il lui arrivait même parfois de regretter de n'être pas humain, pour avoir une espérance de vie et une famille normales. Mais cela lui passait toujours.

— Alors ? demanda Greg sur le chemin du salon. Qu'allons-nous faire à propos de ton ami Pokey ?

— Pudge, rectifia Étienne.

— Ta mère soutient qu'il s'appelle Pokey.

— Elle semble faire un blocage mental sur son véritable nom.

— J'y ai réfléchi, annonça Bastien à la cantonade. (Tout le monde lui prêta l'oreille. Lorsque Lucern avait décidé de se livrer à l'écriture et autres activités créatives à la mort de leur père, plutôt que de gérer les affaires de la famille, c'était Bastien qui s'était dévoué et avait repris le flambeau. Il avait gagné leur respect pour cela, et pour l'effort qu'il fournissait en vue du bien commun.) Comme nous en avons déjà discuté, poursuivit-il, puisque la direction de l'hôpital et les policiers pensent déjà que Pudge a emmené Rachel avec lui, il pourrait être commode qu'elle accrédite cette version. Ils l'arrêteraient et le mettraient à l'ombre pour kidnapping. Étienne doit la convaincre de se résoudre à ce mensonge.

— Excellente idée, approuva Lucern. (Un sourcil arqué, il dévisagea Étienne et demanda :) Tu penses en être capable ?

— Je peux tenter le coup, répondit-il. (Puis, en souriant, il se hâta d'ajouter :) Je vais avoir tout le temps pour cela, puisqu'elle reste chez moi.

— Si elle est d'accord pour y rester, fit valoir Lissianna.

— Elle le sera.

— Rachel n'est pas un chien errant, Étienne…, intervint sèchement Marguerite en pénétrant dans la pièce. Tu ne peux pas la garder ici contre son gré à ta guise.

— Certes, elle n'a rien d'un chien errant, convint-il. Mais elle est l'une des nôtres, maintenant.

— Et alors ? reprit Lissianna. Cela ne signifie par pour autant que tu as le droit de la garder ici enchaînée. Elle voudra sans doute retrouver dès que possible sa propre vie.

— Mais elle aura besoin de se nourrir, protesta-t-il.

— Oui, naturellement, approuva Bastien. Et nous lui ouvrirons les portes de notre banque du sang si elle en a besoin.

Étienne tourna vivement la tête en direction de son frère.

— « Si elle en a besoin » ? répéta-t-il. Mais naturellement qu'elle en aura besoin !

— Pas nécessairement, commenta Greg. Elle travaille dans un hôpital. Elle peut probablement prendre soin d'elle-même toute seule.

Étienne ne répondit pas mais sentit sa bouche se pincer en une moue désapprobatrice. L'idée de pouvoir la perdre ne lui plaisait pas du tout. Brièvement, il se débattit avec les raisons obscures qui le poussaient à le redouter. La passion que lui inspirait Rachel lui embrouillait l'esprit. Il la connaissait à peine et n'aurait pas dû éprouver une telle attirance pour elle. Et pourtant, il l'éprouvait… Il aurait aimé pouvoir se dire que cela n'avait rien à voir avec la réponse explosive de son corps quand elle l'avait embrassé, ni avec le plaisir immédiat qui l'avait submergé quand elle l'avait chevauché.

Son regard dériva vers la porte ouverte et l'escalier qui se devinait au-delà tandis que sa famille continuait à discuter.

À cette minute, Rachel devait être endormie dans son lit. Marguerite avait dû y veiller. C'était mieux ainsi. Son corps avait souffert de multiples traumatismes, dernièrement : une blessure mortelle, l'infantement, la guérison. Mentalement, elle était également passée par l'enfer. Il ne devait pas être facile d'accepter un tel bouleversement de son existence.

Étienne se renfrogna. Sa propre vie venait de prendre un tournant soudain et inattendu avec celle de Rachel, et il se sentait lui-même pour le moins traumatisé. D'un coup, il se retrouvait confronté aux responsabilités et aux soucis d'avoir à veiller au bien-être d'un autre que lui. Ce qu'il avait ressenti de plus proche, c'était l'inquiétude que se fait un frère plus âgé pour sa sœur cadette lorsque Lissianna avait été petite. Mais ce qu'il ressentait aujourd'hui pour Rachel n'était pas comparable en intensité. Une connexion s'était établie entre lui et la femme qui dormait dans son lit, qu'il ne pouvait expliquer ni réellement comprendre. Peut-être était-ce en rapport avec le fait qu'il l'avait infantée ; peut-être cela créait-il un lien spécial entre eux, dont il n'avait pas été mis au courant. En tout cas, il sentait intuitivement que leurs vies étaient dorénavant entremêlées de bien des manières.

D'un autre côté, il se pouvait que le désert que constituait sa vie affective suffise à expliquer le phénomène. Cela ne pouvait être bon pour lui d'être resté célibataire aussi longtemps.

— Combien de temps, au juste ?

— Deux ou trois décennies. (Étienne avait satisfait à la curiosité de Marguerite de manière spontanée. En la fusillant du regard, il protesta :) C'est mal élevé de lire dans les pensées des autres, mère…

En réponse, elle se contenta de lui sourire tendrement. Elle était liée de manière très spéciale à chacun de ses enfants, et ce depuis leur naissance. Elle avait toujours été capable de lire dans leur esprit, mais la réciproque n'était pas vraie.

Chacun d'eux pouvait lire les pensées des humains. Du moins, la plupart du temps, songea Étienne en se rappelant que l'esprit de Rachel lui demeurait fermé. Ils pouvaient également exercer ce talent l'un sur l'autre, lorsqu'ils ne se tenaient pas sur leurs gardes, c'est-à-dire la plupart du temps. Mais aucun d'eux ne pouvait sonder l'esprit de leur mère.

— Il se fait tard et j'ai des choses à faire, annonça-t-elle en se levant. De toute façon, nous devrions laisser Étienne réfléchir à ce qu'il va devoir faire pour convaincre Rachel de se prêter à notre plan. Nous pourrons nous retrouver demain soir pour discuter de tout cela.

Au grand soulagement d'Étienne, tous se rangèrent à cet avis. Il les raccompagna à sa porte, ferma celle-ci derrière eux, puis se rendit à l'étage, dans sa chambre, incapable de s'en empêcher.

Son invitée dormait avec l'innocence d'un nouveau-né. En la découvrant ainsi lovée sous ses couvertures, dans son lit, rien n'aurait pu trahir la jeune femme intrépide aux appétits sensuels qu'elle était en réalité. Étienne se surprit à sourire au souvenir torride de leur étreinte dans ce même lit. Sous ses dehors trop sages couvait un incendie, comme sa chevelure d'un roux flamboyant semblait le suggérer. Quant à lui, il ne demandait pas mieux qu'à s'enflammer. Il lui tardait déjà que le soleil se couche pour qu'une nouvelle nuit puisse commencer.

Chapitre 7

Les chiffres rouges et lumineux de la pendulette posée sur la table de chevet indiquaient : 0 h 06. Au cœur de la nuit, Rachel fut surprise de constater qu'elle n'avait pas beaucoup dormi cette fois. Même si elle ne détestait rien tant que le service de nuit, celui-ci avait fini par chambouler ses habitudes de sommeil. Elle comprit immédiatement qu'il lui serait impossible de se rendormir. En temps ordinaire, à cette heure-ci, elle aurait été en plein travail… et en train de rêver de pouvoir intégrer l'équipe de jour.

Rachel se redressa en position assise, posa les pieds sur le sol et tendit le bras pour attraper les vêtements disposés au bas du lit. Elle gardait le vague souvenir que Marguerite lui avait promis d'aller chercher d'autres vêtements chez elle. Elle se souvenait plus nettement d'avoir acquiescé à cette proposition, mais elle ne voyait pas pourquoi. Elle n'avait aucune intention de rester ici un jour de plus. Elle allait rentrer chez elle. Même si elle n'avait aucune idée de ce que la vie allait lui réserver désormais, les explications de Bastien, la veille, l'avaient convaincue que son existence allait changer du tout au tout.

De manière comique, à présent qu'elle était prête à admettre qu'elle n'était plus la même, elle ne se sentait pas le moins du monde différente. Elle aimait toujours sa famille et ses buts et ambitions n'avaient pas changé. Elle n'était pas tout à fait sûre de ce que lui faisait le fait d'être une vampire, mais elle se doutait que cela allait lui poser quelques problèmes. C'était une chose d'entretenir le fantasme de ne jamais vieillir et de vivre à jamais – même si, selon ce qu'on lui avait expliqué, cette éternité-là n'était pas forcément… éternelle –, c'en était une autre de se retrouver brusquement confrontée à cette possibilité.

Rachel avait passé la nuit à rêver que le monde évoluait autour d'elle à toute vitesse. Dans son rêve, elle s'était retrouvée au milieu d'un grouillement de gens anonymes qui naissaient, grandissaient, vieillissaient pendant qu'elle demeurait inchangée. Les Argeneau, derrière elle, immuables eux aussi, regardaient la foule de quidams prendre de l'âge avant de tomber finalement en poussière. Et il y en avait toujours d'autres pour prendre leur place, naître et vieillir avant de mourir à leur tour.

Préférant laisser de côté ce rêve sinistre et les inquiétudes bien réelles qu'il mettait en lumière, Rachel acheva de s'habiller et quitta la chambre. Comme à son premier réveil, la maison baignait dans une tranquillité absolue et un parfait silence. Mais, à son grand soulagement, une lumière était restée allumée dans le hall d'entrée, ce qui lui permit de descendre l'escalier sans encombre. Elle ne trouva personne au rez-de-chaussée. Apparemment, la famille d'Étienne avait décidé de regagner ses pénates. D'instinct, elle se dirigea vers la cuisine, où elle découvrit sans surprise qu'un rai de lumière filtrait sous la porte menant au sous-sol.

Rachel l'ouvrit et descendit sans hésiter, décidée à trouver son hôte. Elle était prête à partir. Tout de suite. En parvenant au bas de l'escalier, cependant, elle ralentit le pas au souvenir de ses précédentes rencontres avec Étienne Argeneau. Comment allait-elle pouvoir le regarder dans les yeux après s'être conduite avec lui de manière aussi scandaleuse ? L'espace d'un instant, elle envisagea de s'éclipser discrètement sans lui dire adieu mais ne put s'y résoudre. Comment aurait-elle pu se montrer aussi grossière ? Ne lui avait-il pas sauvé la vie, après tout ? Rachel n'en était pas encore au point d'apprécier le moyen qu'il avait utilisé pour ce faire, mais il n'en demeurait pas moins qu'il l'avait sauvée. Elle lui devait au moins quelques remerciements et elle devait lui faire savoir qu'elle s'en allait.

Après s'être convaincue qu'elle ne pouvait, en toute bonne conscience, s'enfuir sans demander son reste, Rachel se força à poursuivre son chemin. La porte n'était pas fermée et, en la repoussant, elle nota qu'il s'agissait d'une porte de sécurité en métal d'une quinzaine de centimètres d'épaisseur. Elle eut l'impression de pénétrer dans la salle des coffres d'une banque et songea distraitement que l'endroit semblait bénéficier d'un concentré de haute technologie sécuritaire. Puis elle découvrit Étienne installé à son bureau. Assis sur son fauteuil à roulettes, il passait d'un moniteur à l'autre, effectuant quelques ajustements sur un poste de travail avant d'en revenir au premier. Au moins ne dormait-il pas dans son cercueil cette nuit…

Rachel laissa son regard dériver jusqu'à la sinistre boîte oblongue. Aurait-elle à dormir là-dedans, elle aussi ? se demanda-t-elle en fronçant les sourcils. Une telle perspective n'était pas pour la réjouir. Elle avait toujours été légèrement claustrophobe.

— Oh ! Vous êtes levée ?

Rachel reporta son attention sur son hôte, qui avait fait pivoter son siège pour lui faire face et qui lui souriait gaiement. Elle avait remarqué qu'il n'était pas avare de ses sourires et paraissait d'une nature joyeuse. Mais, après tout, comment aurait-il pu en être autrement ? Il jouissait d'une certaine aisance, avait un physique de rêve, ne vieillissait pas et n'avait apparemment que peu de soucis pour lui pourrir l'existence. Se rendant compte qu'elle demeurait figée sans réagir, Rachel força un sourire sur ses lèvres et s'avança vers lui en demandant :

— Qu'êtes-vous en train de faire ?

— Je travaille.

Il se retourna vers son clavier et enfonça une touche, ce qui amena une nouvelle image sur l'écran. En la reconnaissant, Rachel écarquilla les yeux.

— *Blood Lust* ? lut-elle lentement. (Le titre était composé en lettres de sang dégoulinantes. Mais ce fut ce qu'elle découvrit juste en dessous qui la fit s'exclamer, les yeux exorbités :) *Blood Lust II* ! J'adore la première version. J'ignorais que la nouvelle était sortie…

— Elle ne l'est pas. Pas encore.

— Pas encore ? (Sur le moniteur, la page de titre s'estompa, cédant la place au logo de la firme qui commercialisait le produit. Rachel tourna lentement les yeux pour dévisager Étienne et demanda :) Êtes-vous en train de me dire que vous êtes le créateur de *Blood Lust* ?

Un nouveau sourire éclatant éclaira le visage d'Étienne, qui acquiesça d'un hochement de tête.

— Waouh ! murmura Rachel en retournant à sa contemplation fascinée de l'écran. J'avais entendu dire que le créateur vivait à Toronto, mais…

Mais elle aurait été à mille lieux d'imaginer qu'il s'agissait également d'un vampire. Le jeu leur était consacré : de méchants suceurs de sang pourchassés par une héroïne solitaire décidée à les exterminer.

— J'ai à peu près achevé *Blood Lust II*, expliqua Étienne. À part la bataille finale. Je m'apprêtais à le tester pour traquer les bugs et les faiblesses. Ça vous dit de vous joindre à moi ?

Si Rachel hésita, ce ne fut qu'un très court instant. Elle décida qu'il serait toujours temps de le remercier et de lui faire ses adieux après. L'occasion d'essayer un prototype non commercialisé de son jeu préféré était bien trop tentante.

— Si vous êtes le créateur de *Blood Lust*, j'imagine que vous ne pouvez être entièrement mauvais ! lança-t-elle en ne plaisantant qu'à moitié.

Prenant place dans le fauteuil qu'il était allé lui chercher à l'autre bout de la pièce, elle le regarda regagner le sien et lui répondre, l'air amusé :

— Eh bien… merci !

Puis il pianota sur son clavier pour charger le jeu.

— Est-ce ainsi que Pudge a découvert que vous êtes un vampire ? s'enquit Rachel.

Elle regardait ses doigts danser sur les touches à une vitesse impressionnante. Elle-même tapait à deux doigts à une allure d'escargot.

— Pas exactement, répondit-il. Même si cela a pu lui faciliter les choses. Ce qui m'a réellement trahi, c'est le cercueil, mon habitude de ne pas m'exposer à la lumière du jour et le fait que je donne l'impression de ne jamais manger.

Rachel le dévisagea avec ahurissement et s'étonna :

— Mais… comment a-t-il fait pour apprendre tout ça ?

Étienne haussa les épaules, concentré sur ce qu'il était en train de faire.

— Pudge est un fondu d'informatique, reprit-il. Je pense que mon succès l'a rendu jaloux. Il a fini par faire une sorte de fixation sur moi. Il voulait à toute force que je l'embauche, mais je préfère travailler seul. (Avec une grimace éloquente, il précisa :) Cela fait plus d'un an qu'il me traque. Il m'a même proposé de travailler pour moi gratuitement. Quand j'ai persisté à refuser son offre, il s'est mis à me suivre partout, à s'introduire chez moi en mon absence, etc. Je pense qu'il devait chercher de l'information, mais je suis à peu près sûr qu'il ne s'attendait pas du tout à ce qu'il a fini par trouver. Il n'en a apparemment pas fallu davantage pour le convaincre de me tuer et de m'achever à la mode d'autrefois.

Rachel supposait qu'il faisait ainsi référence à la tentative de Pudge pour le décapiter.

— N'est-ce pas la méthode traditionnelle pour tuer un vampire ? s'étonna-t-elle.

— En lui plongeant un pieu en bois dans le cœur et en lui coupant la tête, approuva Étienne. Je suppose qu'il a décidé que le pieu n'était pas réellement nécessaire.

Rachel grimaça à son tour à l'idée de ce qui aurait pu se passer si elle n'était pas intervenue. Elle n'avait aucun mal à imaginer le dingue en treillis brandissant la tête dégoulinante de sang d'Étienne et elle était heureuse d'avoir pu éviter cela.

— Seigneur ! murmura-t-elle. Ce Pudge est vraiment un fêlé.

— Oui. Je pense qu'il aurait bien besoin de se faire soigner. En fait, j'en suis sûr.

— Comment cela ? Je veux dire… mis à part le fait qu'il a tenté de vous tuer à plusieurs reprises.

— Il m'est impossible de m'introduire dans son esprit pour le purger de ce qu'il sait où lui dicter sa conduite. (Voyant les yeux de Rachel se plisser d'un air soupçonneux, il s'empressa d'ajouter :) Je ne peux pas non plus lire vos pensées ou influencer votre comportement, mais dans votre cas, je suis sûr que cela n'a rien à avoir avec la folie.

Malgré elle, Rachel se laissa avoir par son ton pince-sans-rire et sourit.

— Ainsi, reprit-elle, il y a certaines personnes dont l'esprit vous est inaccessible. (En le voyant acquiescer, elle suggéra :) Peut-être en fait-il partie, tout comme moi ?

Étienne secoua négativement la tête.

— Je me suis mal expliqué, s'excusa-t-il. Je suis capable de m'introduire dans sa tête, mais c'est tellement douloureux de s'y risquer que je préfère y renoncer. (Son regard se fit lointain quand il ajouta :) Il a l'esprit confus, les pensées embourbées, ou plus exactement fragmentées. C'est la meilleure description que je puisse en donner. Il y a un tel fatras sous son crâne que je n'ai pu faire quoi que ce soit. Tandis qu'en ce qui vous concerne, il ne m'est tout simplement pas possible de lire vos pensées.

— Mmmm…, marmonna Rachel, qui n'était pas sûre de comprendre. Votre mère, elle, ne semble avoir aucune difficulté à le faire.

— Ne m'en parlez pas !

Cela paraissait l'irriter.

— Comment se fait-il qu'elle le puisse et que vous ne le puissiez pas ? insista-t-elle.

Elle n'était pas entièrement persuadée qu'il lui était impossible de s'introduire sous son crâne. Cela aurait été moins embarrassant pour elle d'imaginer que son accès de nymphomanie s'expliquait par une contrainte extérieure. Malheureusement, elle ne parvenait pas tout à fait à s'en convaincre.

Étienne ne lui répondit pas.

— Nous y voilà…, dit-il, ramenant l'attention de Rachel sur ce qui se passait à l'écran. Niveau un.

Rachel regarda avec fascination la séquence d'ouverture, un sourire de joie anticipée au coin des lèvres. Elle était secrètement accro aux jeux vidéo. Ses horaires de travail rendant aléatoire toute vie sociale, elle avait passé des jours entiers à y jouer. Le fait qu'Étienne soit le créateur d'un de ses jeux préférés le faisait grandement remonter dans son estime. Séduisant *et* brillant ? Il devenait à ses yeux de minute en minute plus attirant, et il l'avait déjà été diablement dès l'origine. Même en tant que cadavre.

Ils se lancèrent dans une partie acharnée. Étienne se révéla un véritable tyran, n'autorisant aucun code de raccourci et ne lui donnant aucune indication sur ce qui l'attendait. Il avait également insisté pour faire l'économie du degré de difficulté « débutant » pour démarrer directement à « expert ».

Ils formaient une équipe chargée de chasser et d'éliminer à coups de pieux en bois une grande variété de vampires.

Rachel décida de ne pas s'appesantir sur le fait que le but du jeu consistait à anéantir autant de vampires que possible. Malgré tout, elle ne pouvait s'empêcher de grimacer chaque fois qu'il lui fallait réduire en poussière un de ses ennemis. Étienne finit par le remarquer et lui expliqua que les méchants qu'ils devaient abattre étaient des vampires dévoyés et non de braves vampires comme eux. Ces types adoraient se nourrir à la mode d'autrefois et prendre des vies ce faisant. Ensuite, elle parvint à se détendre suffisamment pour entrer réellement dans le jeu. Au point que, quand Étienne s'éclipsa un instant, elle ne le remarqua pas jusqu'à ce qu'il pose un mug près de sa main.

Soudain consciente qu'elle était assoiffée, Rachel s'empara machinalement de l'anse et but… avant de recracher aussitôt avec un cri de dégoût. Le goût métallique du sang épais et froid lui poissait la langue.

— Désolé ! s'excusa Étienne. (Alors qu'en fait il ne paraissait pas l'être du tout. En riant sous cape, il lui prit le mug des doigts et attrapa une boîte de Kleenex au bout de son bureau. Il la regarda éponger le sang qu'elle n'avait pas réussi à recracher dans le récipient et expliqua :) C'est un goût auquel on finit par s'habituer. J'aurais dû vous prévenir.

En grimaçant, Rachel s'essuya la bouche et dit :

— Je ne pense pas pouvoir m'y habituer un jour.

— Mmmm…, marmonna-t-il. (Troublé, il but à son tour, avant d'écarter son mug et de préciser :) Si besoin est, nous pouvons toujours vous nourrir par intraveineuse.

Rachel laissa fuser un soupir de découragement.

— Cela fait un peu… poule mouillée.

Étienne haussa les épaules.

— C'est contraignant mais faisable. Lissianna a dû s'en contenter jusqu'à récemment.

— Votre sœur ?

Rachel fut surprise de l'apprendre. Lissianna lui avait semblé être une jeune femme forte, pas délicate au point où elle se sentait l'être elle-même.

— Elle souffrait d'hémophobie depuis l'enfance, expliqua Étienne en hochant la tête. La vue et l'odeur du sang la faisaient s'évanouir. Elle ne pouvait se nourrir qu'en ayant recours à la morsure ou à l'intraveineuse.

— La morsure ? s'étonna-t-elle. N'avait-elle pas tout de même le goût du sang en bouche, de cette façon ?

— Non. En s'y prenant correctement, ce sont les canines qui absorbent le sang. Il n'entre pas en contact avec la langue.

— Dans ce cas, pourquoi ne se contentait-elle pas de mordre des poches de sang, comme je vous ai vu le faire aujourd'hui ?

— Elle ne supportait pas non plus la vue du sang, lui rappela-t-il. Et elle pouvait difficilement fermer les yeux et mordre en aveugle dans des poches pleines. Cela aurait fait un beau chantier, si elle avait manqué son coup… Sans compter, ajouta-t-il, le problème posé par l'odeur. Dès l'instant où les canines percent la poche, elle se libère. Le sang conditionné en poche plastique a une odeur très particulière. Pour nous, ce n'est pas un problème, mais cela en était un pour Lissianna.

— Je vois…, murmura-t-elle.

Puis elle prit conscience qu'il scrutait son visage avec attention.

— Comment vous sentez-vous ? demanda-t-il.

Rachel n'en avait pas la moindre idée. Ils avaient joué à *Blood Lust II* pendant des heures et il lui était impossible de se rappeler depuis quand elle n'avait pas mangé. La dernière fois qu'elle avait avalé quelque chose, ce devait être avant l'attaque de Pudge.

— J'ai faim, répondit-elle.

Étienne hocha lentement la tête.

— C'est bien ce qui me semblait. Vous êtes pâle. Rien d'autre ne pourra calmer cette faim qu'une dose de sang.

Rachel fit la grimace et gémit :

— Vous ne mangez donc jamais aucune *nourriture*, vous autres ?

— *Nous ?* fit-il mine de s'étonner en insistant sur ce mot, lui rappelant ainsi qu'elle était à présent une des leurs. Nous sommes tout à fait capables d'absorber de la nourriture, surtout dans l'enfance. Nos enfants ont besoin d'une alimentation solide autant que de sang pour que leur organisme se développe normalement. Ceux qui s'en privent sont habituellement faciles à repérer : ils sont souvent chétifs et émaciés. Mais, une fois atteint l'âge adulte, ce n'est plus une nécessité. Au bout d'environ une centaine d'années, la plupart ne veulent plus s'embêter avec de la nourriture et n'en tirent même plus aucun plaisir. Ils se contentent d'une ingestion régulière de sang et de repas occasionnels pour maintenir la masse musculaire. Mais, selon Bastien, cela ne nous serait même pas nécessaire.

Rachel prit le temps d'assimiler ces informations avant de s'éclaircir la voix pour déclarer :

— Cela signifie qu'il me reste à peine soixante-dix ans avant d'être fatiguée de manger…

Avec un sourire en coin, Étienne conclut :

— Je vais passer un coup de fil au traiteur.

— Au traiteur ? (Les sourcils froncés, elle consulta sa montre à son poignet, qui naturellement ne s'y trouvait plus.) Quelle heure est-il donc ? demanda-t-elle.

— Un peu plus de 10 heures.

— Quoi !

Ils avaient joué toute la nuit et une bonne partie de la matinée. De quoi justifier l'adage qui veut que le temps file vite quand on s'amuse… Pourtant, elle avait du mal à croire que toute la nuit y était passée.

— Qu'est-ce qui vous ferait plaisir ? s'enquit Étienne en composant un numéro sur le poste posé sur son bureau.

Rachel y réfléchit un instant et opta pour un énorme sandwich, des chips et un Coca. Elle se sentait littéralement affamée et l'était davantage de minute en minute à présent qu'elle en avait pris conscience.

En attendant la livraison, ils continuèrent à jouer mais Rachel ne parvint pas à se concentrer et se laissa distraire. Elle fut soulagée d'entendre enfin retentir le bruit de la sonnette dans l'entrée, annonçant l'arrivée de sa commande. Étienne s'excusa et alla ouvrir au livreur. Elle ne put se résoudre à l'attendre dans son bureau, comme elle savait qu'il s'y attendait. Après avoir mis sur pause la partie en cours, elle le suivit au rez-de-chaussée. Elle émergea dans la cuisine à l'instant où il y pénétrait, porteur d'un sac en papier kraft.

Elle parvint à se contrôler le temps qu'il lui trouve une assiette et y dispose la nourriture. Mais, aussitôt que ce fut fait, elle fondit sur le sandwich et les chips avec une voracité assez embarrassante. Elle ne s'arrêta pas avant d'avoir avalé la dernière miette et bu l'ultime goutte de soda. Puis elle s'adossa à sa chaise et fronça les sourcils, désorientée. Son estomac était plein à craquer, pourtant son cerveau continuait à lui envoyer le message qu'elle était affamée.

— C'est de sang dont vous avez soif, expliqua gentiment Étienne, qui semblait savoir ce qui se passait. Bastien disait que vous en auriez besoin durant quelque temps encore. Votre corps est toujours en train de changer.

— Je pensais que c'était terminé.

— Presque terminé, rectifia-t-il. Il reste encore une ou deux bricoles à peaufiner.

— Quoi par exemple ? demanda-t-elle.

Elle était curieuse de savoir s'il allait lui parler d'orgasmes…

— Vos sens vont gagner en acuité. Votre odorat est déjà plus développé, mais il va devenir encore plus subtil. Sans parler de votre vision, naturellement. Vous serez capable de voir dans le noir.

— Votre mère m'en a déjà parlé, admit-elle.

Cela ne paraissait pas trop méchant. En tout cas, c'était déjà mieux que de voir son visage se déformer…

— Venez…, dit-il en se levant. Je vais remettre en place l'intraveineuse.

— Je hais les aiguilles ! gémit Rachel. (Mais elle se leva néanmoins pour le suivre.) Ce ne sont pas des histoires : je ne les supporte pas. C'est presque une phobie, chez moi.

— Vous avez besoin de davantage de sang, la sermonna-t-il. Vous ne vous sentirez pas mieux tant que votre corps n'aura pas eu sa dose.

Étienne se dirigea sans l'attendre vers le hall. Elle lui tira la langue dans son dos, mais elle n'en était pas moins consciente qu'il avait raison : elle avait besoin de davantage de sang. Tout son corps le réclamait avec urgence, d'une manière presque douloureuse. Il devenait pour elle évident que son espoir de partir de cette maison ne pourrait se réaliser tant qu'elle n'aurait pas pris l'habitude de descendre de pleines poches de sang froid, mais cette seule perspective continuait à la faire frémir.

— Ne pourrais-je pas plutôt mordre quelqu'un ? s'enquit-elle. (De manière étrange, un cou bien chaud lui paraissait – marginalement – plus appétissant qu'une poche de sang froid.) Bien sûr, il faudrait que ce soit quelqu'un que je n'apprécie pas.

Étienne lui lança un regard par-dessus son épaule et sursauta en la voyant lorgner sur son cou.

— Hé ! protesta-t-il. C'est moi qui ai créé *Blood Lust*, vous vous rappelez ? Votre jeu vidéo préféré…

— Oui. Mais c'est vous également qui m'avez transformée en ce que je suis devenue, lui rappela-t-elle.

Apparemment, Étienne ne comprit pas qu'elle le taquinait. Une intense culpabilité se peignit sur ses traits et il parut sur le point de se confondre en excuses.

— J'en suis désolé, murmura-t-il. Mais je ne pouvais pas vous laisser mourir sans rien faire.

Ce n'était tout simplement pas drôle de taquiner quelqu'un si prompt à battre sa coulpe... De toute évidence, cette histoire le mettait terriblement mal à l'aise. Haussant les épaules, Rachel le dépassa et poursuivit l'ascension de l'escalier.

— Je m'en remettrai ! lança-t-elle. Je suppose que c'est tout de même mieux que d'être morte, non ?

Le soupir retentissant d'Étienne la fit se retourner vers lui. Elle n'aimait pas le voir malheureux et déprimé ainsi. Elle n'avait pas cherché le moins du monde à le culpabiliser. Le prendre sur le ton de la plaisanterie paraissait encore le meilleur moyen de rattraper sa bévue. Avec un grand sourire, elle ajouta donc :

— Puisque vous ne voulez pas que je vous morde, peut-être pourrais-je aller trouver mon boss à la place ? Après tout, c'est à cause de lui si je me suis tapé le service de nuit durant trois ans.

Étienne parut encore plus déboussolé.

— Il fait grand jour, protesta-t-il.

Un sourcil arqué, Rachel s'étonna :

— Vous ne m'aviez pas dit qu'il nous est possible de sortir au grand jour ?

— C'est possible. Mais, dans ce cas, il vous faudra encore plus de sang pour réparer les dégâts que le soleil aura infligés à votre organisme. De toute façon, la morsure est *réellement* une pratique que nous évitons à tout prix.

— Savez-vous que vous manquez parfois du plus élémentaire sens de l'humour ? répliqua-t-elle non sans une certaine commisération. (Elle se retourna pour continuer à gravir les marches et poursuivit :) Je plaisantais en prétendant vouloir mordre quelqu'un. Si je ne supporte pas l'idée de mordre une poche de sang, je ne ferai certainement pas mieux avec une personne bien vivante. *Beurk!*

— Oh ! Je me disais bien que vous deviez être en train de plaisanter, mais je n'en étais pas sûr.

Rachel se mit à rire. L'espace d'un instant, elle le trouva véritablement incroyable. Mais peu importait, au fond, qu'il l'ait crue ou non. Elle ne l'avait taquiné que pour oublier la perspective de l'intraveineuse qu'elle allait devoir de nouveau endurer.

Cela avait toujours étonné les membres de sa famille qu'elle puisse travailler dans le domaine médical tout en ayant une sainte horreur des aiguilles et des piqûres. Elle avait cependant fait des progrès au fil du temps. Par exemple, elle ne pleurait plus comme un bébé pendant qu'on la piquait. Prises de sang et vaccins constituaient pourtant toujours une épreuve pour elle, mais elle était bien trop fière pour montrer à Étienne qu'elle avait peur. Aussi le laissa-t-elle opérer en silence. Elle se contenta de fermer les yeux, espérant qu'il y verrait un signe de fatigue plutôt qu'une preuve de couardise.

— Hé bien…, dit-il enfin.

Rachel ouvrit les yeux et l'observa d'un air intrigué. Il en avait terminé avec l'intraveineuse et se tenait debout près du lit, comme s'il ne savait que faire ensuite. Elle remarqua ses yeux rivés à ses lèvres et songea qu'il hésitait peut-être à l'embrasser. Puis il tressaillit légèrement et se détourna d'elle en murmurant :

— Je serai dans mon bureau. Réveillez-moi si vous avez besoin de quoi que ce soit.

Savoir qu'il allait retourner dormir dans cette boîte conçue pour le sommeil éternel des défunts arracha une grimace à Rachel, mais elle se contenta de lui souhaiter bonne nuit dans un murmure et le regarda sortir.

Dès qu'elle fut seule, elle ferma les yeux pour éviter d'avoir à regarder l'intraveineuse. Son esprit se mit aussitôt à vagabonder, tirant de sa mémoire images et sensations récentes. Elle se souvenait dans les moindres détails des instants passionnés qu'elle avait partagés avec Étienne sur ce lit, de la moindre caresse, du plus petit soupir. Mais quand elle revécut l'instant où Marguerite avait fait intrusion dans la pièce, son esprit se rebella et substitua son propre scénario. La brutale interruption n'eut pas lieu. La porte demeura close et Rachel trouva sans peine ce que sa main avait cherché. Dans son esprit, Étienne était aussi bien doté par la nature qu'il avait prétendu l'être. Son sexe était également aussi dur et satiné qu'une pierre polie par le temps, et…

Étienne soupira et s'agita dans son cercueil, assailli par un flot d'images mentales. Il était de retour dans sa chambre. Rachel était à califourchon sur lui, ses seins offerts à son regard affamé, sa main glissée dans sa braguette, chaude et ferme autour de son sexe en érection. Il gronda de plaisir, tressaillit sous ses caresses, auxquelles son corps se prêtait avec enthousiasme. Et lorsque la main de Rachel glissa le long de la hampe de chair, il dut la faire cesser sous peine de se ridiculiser en jouissant prématurément.

Un grondement rauque monta dans sa gorge. Il rua et se redressa de manière à la faire s'allonger sur le dos, puis à rouler sur elle pour prendre le contrôle des opérations. Ce brusque revirement de situation prit Rachel par surprise. Un petit cri lui échappa. Les pans de sa chemise s'écartèrent, libérant les globes de ses seins laiteux. Étienne en tira avantage et pencha la tête pour lécher leurs galbes satinés au goût de sel, comme il mourait d'envie de le faire.

Rachel se mordit la lèvre, réprimant un gémissement, luttant pour libérer ses mains qu'il emprisonnait entre les siennes. Il savait qu'elle ne souhaitait que lui rendre ses caresses, mais il n'avait pas à cette minute suffisamment le contrôle de son propre désir pour le lui permettre. Il la voulait aussi excitée et affamée de lui qu'il l'était d'elle. Il se redressa, prit ses deux mains dans l'une des siennes, puis se servit de l'autre pour déboucler sa ceinture.

— Je peux le faire…, protesta Rachel en s'arc-boutant sous lui.

Tout en s'escrimant d'une main à parvenir à ses fins, il lui sourit et lui répondit par la négative en secouant la tête. Enfin, il parvint à ôter sa ceinture. Après l'avoir enroulée autour des poignets de Rachel, il fit passer l'extrémité dans la boucle et serra fort.

— Qu'est-ce que vous faites ? s'inquiéta-t-elle en le voyant fixer la lanière de cuir au bois de lit. Je ne…

Il la fit taire d'un baiser.

Rachel se raidit sur le lit, l'esprit en proie à la plus totale confusion. D'une manière ou d'une autre, sa petite fantaisie érotique était en train de lui échapper. Tout s'était déroulé parfaitement dans son rêve jusqu'à ce qu'Étienne renverse la situation en la faisant rouler sur le dos. À présent, sa rêverie prenait une tournure qu'elle n'avait pas prévue et dont elle était incapable d'arrêter le cours. Bien sûr, Rachel n'était pas tout à fait sûre d'avoir envie que cela s'arrête. Mais le simple fait qu'une telle chose puisse se produire était déroutant. Elle était certaine d'être seule dans ce lit, en train de rêver. Pourtant, elle pouvait sentir Étienne tout contre elle dans le noir, les effluves musqués de l'eau de toilette coûteuse qu'il portait lui parvenaient aux narines, elle pouvait même le goûter à la faveur de sa langue qui s'aventurait dans sa bouche. Décontenancée, elle décida de ne pas opposer de résistance. Ses lèvres s'écartèrent plus largement. Sa propre langue pointa pour se joindre et se frotter à celle d'Étienne. Elle tirait en vain sur la ceinture qui lui liait les poignets pour se libérer.

La bouche d'Étienne, en se retirant brusquement, la laissa pantelante d'excitation et déçue qu'il ait mis fin bien trop vite à ce baiser. Sa déception fut de courte durée. Glissant le long de sa gorge, ses lèvres allèrent se poser sur un de ses seins. La chemise qu'elle portait béait sur sa poitrine, la laissant exposée à son bon plaisir… qui par bonheur était également le sien. Arc-boutée sur le lit, elle se laissa aller à crier de plaisir tandis que sa langue titillait d'abord un de ses mamelons dressés, puis l'autre. Et quand il reprit sa lente exploration, que ses lèvres sillonnèrent son ventre, Rachel frissonna en gémissant. Elle était douloureusement consciente de la caresse de ses doigts sur sa peau, qui traçaient la route à sa bouche, s'attardant sur la proéminence de sa hanche, puis sur l'extérieur de sa jambe, avant de remonter caresser le haut de sa cuisse.

Les jambes de Rachel paraissaient ne savoir comment se comporter sous la caresse et s'agitaient sans cesse. Tout d'abord, ses cuisses se pressèrent l'une contre l'autre, avant de s'écarter légèrement, puis elles se mirent à trembler et à se contracter sous les doigts d'Étienne. Rachel n'était pas une excellente chanteuse, mais le cri qu'elle poussa quand ses caresses parvinrent à destination valait tous les contre-ut. Elle se cabra, gémit et secoua la tête sur le lit, d'autant plus quand sa bouche se fit un devoir de remplacer ses doigts.

Elle eut du mal à aligner deux pensées cohérentes après cela. Elle ne parvint à en formuler qu'une seule : Étienne paraissait particulièrement doué pour les jeux de l'amour. Mais il était vrai qu'il avait trois siècles de pratique derrière lui… ce qui se voyait. Rachel n'avait jamais ressenti rien de tel. Il lui avait expliqué que ses sens de vampire n'étaient pas encore parvenus à maturation, mais elle avait pourtant l'impression de vivre une expérience bien plus intense que toutes celles qu'elle avait connues jusqu'alors. Son plaisir n'était peut-être pas vingt fois plus puissant que ce qu'il avait été au plus fort de l'extase, mais déjà au moins deux ou trois fois. C'en était presque effrayant. Presque seulement…

Ce fut la sonnerie du téléphone qui tira Étienne du sommeil. Ses yeux s'ouvrirent d'un coup et il se retrouva immédiatement pleinement réveillé, physiquement aussi bien que mentalement. Bien sûr, s'il fallait en juger d'après son sexe érigé, son corps semblait ne pas avoir été totalement endormi… Ignorant la clameur lancinante de ses sens, il repoussa le couvercle de son cercueil et se redressa en position assise. L'instant d'après, il bondit à travers la pièce pour décrocher.

—Allô ! aboya-t-il, incapable de masquer son irritation. (Silence à l'autre bout de la ligne. Les yeux plissés, Étienne tendit l'oreille. Dans cette absence de réponse, il sentit la manifestation d'une colère sourde et d'une malveillance certaine.) Pudge ? hasarda-t-il enfin.

Il obtint un clic et une sonnerie intermittente pour toute réponse. Étienne reposa lentement le combiné, les sourcils froncés. Ce dingue de Pudge n'avait pas appelé depuis qu'il lui avait fait comprendre de la manière la plus ferme qu'il ne voulait pas l'embaucher. Les tentatives d'assassinat avaient commencé peu après. Dans l'esprit d'Étienne, il ne faisait pas l'ombre d'un doute que l'appel émanait de lui. Il ne savait pas ce qui l'avait poussé à composer son numéro, mais il se doutait que ce n'était pas bon signe.

Il se retourna et jeta un coup d'œil irrité à son cercueil. L'idée d'y retourner ne lui était en rien agréable. Son rêve l'avait mis à cran. Il se sentait à présent trop agité pour dormir, du moins seul dans le noir, enfermé dans une boîte en bois. Soudain, cela ne lui paraissait plus être le lieu confortable et sûr où il pouvait réfléchir et méditer, mais simplement un endroit où il faisait sombre et froid. Et où il était seul.

Dans un soupir, Étienne sortit de son bureau et gravit l'escalier. Il allait s'assurer que tout allait bien pour Rachel et changer la poche de sang de l'intraveineuse. Ensuite, peut-être pourrait-il se mettre au travail. Il ne pensait pas pouvoir retrouver le sommeil de sitôt.

Il trouva son invitée profondément endormie. Elle avait le visage renfrogné, ce qui le surprit. Il l'avait vue adopter une telle expression à plusieurs reprises à l'état de veille, mais il ne se serait pas attendu à la retrouver sur ses traits alors qu'elle était plongée dans l'inconscience. Qu'est-ce que cela pouvait bien signifier ? Au lieu de se diriger vers le réfrigérateur, il gagna la tête de lit. Peut-être s'agissait-il de l'expression d'un déplaisir, car le lit était un champ de bataille sur lequel draps et couvertures se mêlaient, en partie à terre, en partie enroulés autour de son corps. Manifestement, Rachel avait un sommeil aussi agité que le sien. Puis il remarqua que ses mains demeuraient levées au-dessus de sa tête, positionnées à peu près de la même façon que dans son rêve. Ce rêve qui lui avait semblé tellement réel…

D'un coup, il comprit de quoi il retournait, mais le doute s'insinua aussitôt en lui. Étienne décida de tester la validité de son hypothèse. Fermant les yeux, il se concentra et tendit ses pensées en direction de celles de Rachel. Mais au lieu du mur opaque qu'il rencontrait habituellement, il eut la surprise d'avoir sans aucune difficulté un aperçu très clair de ce qui se passait sous son crâne. Bien vite, effrayé par son audace, il battit en retraite. Tout se passait comme si l'esprit de Rachel, qui lui demeurait fermé lorsqu'elle était éveillée, s'ouvrait grand à lui dans son sommeil. Ce qui signifiait que la petite fantaisie onirique qu'il venait de vivre constituait sans doute une expérience partagée. Soit il avait été attiré dans le rêve de Rachel, soit c'était lui qui l'avait attirée dans le sien.

Étienne songea qu'il importait peu, au fond, de déterminer qui était à l'origine du phénomène. Seul comptait le fait qu'en dépit de tout Rachel continuât à se sentir attirée par lui. Impossible de confondre les gémissements que ses caresses lui avaient arrachés – du moins en rêve – avec des protestations de répulsion ou de dégoût. Ce qui était pour lui une bonne nouvelle. Il était sans l'ombre d'un doute attiré par elle et l'espoir renaissait en lui. Peut-être, après tout, n'aurait-il pas à passer sans compagne à ses côtés le reste de sa vie de vampire. Peut-être tout finirait-il par s'arranger. Il allait néanmoins falloir un peu de temps pour le vérifier de manière définitive. Et, pour l'obtenir, il allait devoir la convaincre de rester chez lui.

Sans doute aurait-il pu la courtiser selon les bonnes vieilles méthodes humaines : l'inviter à sortir avec lui, lui offrir un bon dîner, une bouteille de grand vin, et profiter de la soirée pour la séduire. Mais il y avait quelques complications à prendre en considération. Pudge continuait à se tenir en embuscade. Rachel devait également continuer à apprendre à vivre sa nouvelle vie. Parvenir à maîtriser les réactions spontanées de son corps constituait la plus urgente des leçons qu'il lui fallait apprendre.

Étienne alla ouvrir le réfrigérateur et en tira une nouvelle poche de sang, qu'il mit en place sur le support pour remplacer celle pratiquement vide qui s'y trouvait. Une fois cette tâche accomplie, il se pencha de nouveau pour observer Rachel dans son sommeil. Instinctivement, il chassa du bout des doigts une mèche écarlate qui avait glissé sur son visage et sourit de la voir soupirer et tourner la tête pour chercher son contact. Il trouverait un moyen pour la convaincre de rester près de lui, se promit-il. Même si elle ne paraissait pas être du genre à se laisser dorloter par un homme, il tenait coûte que coûte à la protéger.

Après avoir remis un peu d'ordre dans la literie et remonté la couverture sous le menton de Rachel, il quitta la pièce sans faire de bruit. Il lui fallait à présent rassembler ses idées et trouver un argumentaire convaincant pour la persuader de rester une ou deux semaines chez lui. Il devait également la décider à prétendre que Pudge l'avait enlevée, comme sa famille le souhaitait. Pudge demeurait effectivement une grande menace pour elle, et Rachel avait encore énormément à apprendre.

Chapitre 8

Il faisait déjà noir lorsque Rachel s'éveilla. Ce n'était cependant pas une nouveauté pour elle. Elle y était habituée, surtout à la fin de l'automne ou en hiver, quand la nuit tombait tôt. L'une des choses qui lui avait le plus fait détester le travail de nuit, c'était de rentrer chez elle à 7 heures à la saison froide et de devoir dormir durant les rares heures où il faisait grand jour. De manière étrange, avoir dormi cette fois si longtemps ne la dérangeait pas. Elle se réveilla revigorée et pressée d'entamer une nouvelle journée… ou, plus exactement, une nouvelle nuit.

Étant donné le choix limité offert par sa garde-robe, Rachel se résigna à passer de nouveau le jean étroit et le tee-shirt que Marguerite était allée chercher pour elle. Puis elle repartit à l'assaut de la penderie d'Étienne pour y trouver une chemise à manches longues. Après l'avoir enfilée par-dessus le tee-shirt, elle en noua les pans ouverts à sa taille et passa un moment à la salle de bains à se brosser les dents et les cheveux. Brièvement, elle envisagea de se servir du fond de teint et du rouge que Marguerite avait été assez attentionnée pour joindre à ses vêtements, avant de s'apercevoir qu'elle n'en avait aucunement besoin. Sa peau semblait éclatante de santé et sa bouche lui paraissait plus rouge que de coutume. Il y avait apparemment d'autres bénéfices que ceux répertoriés par Étienne à être une vampire : elle allait économiser une fortune en cosmétiques.

Le sourire aux lèvres, Rachel quitta la chambre et dévala l'escalier. Arrivée dans la cuisine, elle n'y trouva pas Étienne et poursuivit jusqu'au sous-sol. Le bureau était plongé dans le noir, à l'exception des économiseurs d'écran qui jetaient leurs lueurs changeantes sur les murs. Elle put néanmoins constater que la pièce était vide et que le cercueil était fermé. Le maître des lieux, lui, ne s'était manifestement pas encore réveillé.

Les yeux de Rachel se posèrent sur le bureau et le combiné téléphonique qui s'y trouvait. Elle n'en avait pas remarqué d'autre dans la maison. L'envie lui vint de passer un rapide coup de fil à sa famille, juste pour faire savoir à ses parents qu'elle allait bien. Elle n'aimait pas l'idée qu'ils puissent s'en faire pour elle.

Elle fit un pas en direction du téléphone avant de se raviser. Passer ce coup de fil allait réveiller Étienne et, s'il se réveillait… eh bien… elle ne savait pas en fait à quelle réaction s'attendre de sa part. Il se lèverait bientôt, de toute façon. Elle pourrait alors lui demander la permission de téléphoner. Après être sortie en silence de la pièce, elle rebroussa chemin.

Un instant, Rachel se demanda que faire, avant de décider de partir en exploration. Elle déambula au hasard, de pièce en pièce, au rez-de-chaussée. Elle admira la décoration de style moderne et éclectique mais ne fit pas de halte avant de déboucher dans la bibliothèque. Elle était depuis toujours une dévoreuse de livres. Alors qu'elle passait en revue le contenu des étagères, l'un d'eux attira son attention. Elle s'installa alors dans un des confortables fauteuils pour commencer à lire, ses jambes repliées sous elle. Ce fut dans cette position qu'Étienne la découvrit.

— Je pensais que vous dormiez encore, dit-elle en refermant le livre et en se levant pour le ranger sur son étagère.

— Non, la détrompa-t-il. Je suis allé vous chercher quelques vêtements supplémentaires. J'ai pensé que vous aimeriez vous changer.

— Oh ! C'est aimable à vous. (Rachel nota sur son visage l'expression d'un certain malaise. Puis elle posa les yeux sur le sac qu'il portait, avant de le regarder de nouveau fixement.) Comment, exactement, avez-vous fait, vous et votre mère, pour vous introduire dans mon appartement ? s'étonna-t-elle. Les vampires seraient donc capables d'ouvrir les serrures par la seule force de la pensée, ou quelque chose comme ça ?

Cela le fit sourire.

— Non, dit-il. Nous avons simplement utilisé vos clés. Elles se trouvaient dans votre sac.

— Ah…, murmura-t-elle. Mon sac est ici. C'est bon à savoir.

Elle en aurait besoin quand elle déciderait de s'en aller.

— Je l'ai monté dans votre chambre avant de partir cet après-midi, précisa-t-il.

— Vous voulez dire : *votre* chambre, rectifia-t-elle. (Puis, en penchant la tête d'un air interrogateur :) Cela m'y fait penser… Vais-je devoir moi aussi dormir dans un cercueil quand ma transformation sera achevée ?

— Non, répondit-il en secouant vivement la tête. Nous n'en avons plus réellement besoin. Les demeures, autrefois, étaient pleines de courants d'air, et il n'était pas facile d'en chasser toute lumière. Sans compter qu'il fallait également se prémunir de la curiosité des serviteurs et autres étrangers. De nos jours, une bonne paire de volets, une serrure et une alarme digne de ce nom suffisent à régler le problème.

— Oh, je vois… (Rachel le rejoignit et lui prit des mains le sac qu'il avait préparé à son intention avant d'ajouter :) Je crois que je vais au moins aller changer le haut. Comme ça, vous pourrez récupérer votre chemise.

— D'accord. (Il attendit qu'elle soit sortie dans le hall pour la rappeler.) Rachel ?

Elle se retourna vers lui pour lui répondre.

— Oui ?

— Revenez me voir quand vous serez prête. Nous avons à parler, tous les deux.

Rachel se cantonna dans le silence, mais au bout d'un instant elle acquiesça d'un hochement de tête et se dirigea vers l'escalier. La mine grave qu'arborait Étienne la rendait nerveuse. De quoi voulait-il lui parler ? Elle ne pouvait se défaire de l'impression qu'elle n'allait pas aimer ce qu'il avait à lui dire… Peut-être y avait-il certains inconvénients à sa nouvelle condition qu'il avait passés sous silence ?

Décidant qu'elle ne pourrait pas le deviner – et que, même si elle le pouvait, elle ne pourrait vérifier son hypothèse qu'après lui avoir parlé –, Rachel se pressa de regagner sa chambre et posa le sac sur le lit. En vidant son contenu, elle découvrit un assortiment représentatif de sa garde-robe plutôt limitée. Pantalons et chemisiers se taillaient la part belle, le tout lui ayant servi principalement pour aller au boulot. Avec la vie sociale quasiment inexistante qui était la sienne, elle n'avait pas eu besoin de beaucoup plus que d'un peignoir confortable et d'une paire de chaussons fourrés.

Rachel choisit l'un des chemisiers et se changea mais ne prit pas la peine de remplacer son jean par un autre pantalon. À force d'être porté, celui-ci, bien qu'encore un peu trop serré, s'était confortablement adapté à ses formes. Elle en venait à supposer qu'elle ne l'avait trouvé à l'origine trop petit que parce qu'elle s'était habituée aux pantalons amples et pratiques qu'elle portait au travail. Après avoir rapidement observé son reflet dans la salle de bains, elle prit une grande inspiration, redressa les épaules et se dirigea vers le rez-de-chaussée.

En chemin, elle s'efforça de se préparer mentalement aux mauvaises nouvelles dont Étienne avait vraisemblablement à lui faire part. Mais, comme elle ignorait de quoi il s'agissait, il n'y avait pas grand-chose qu'elle pût faire pour s'en protéger.

Étienne faisait les cent pas dans la bibliothèque, l'esprit bourdonnant comme une ruche, s'efforçant de mettre en ordre ses arguments. Il s'était décidé à tenter prioritairement de convaincre Rachel de rester chez lui. Ensuite, s'il y parvenait, il aurait tout le temps nécessaire pour aborder le problème posé par Pudge. En dépit des objections qu'elle avait soulevées, il pensait pouvoir la décider sans trop de difficulté à accuser ce dingue de l'avoir enlevée. Après tout, il en allait aussi de son propre intérêt.

Il avait également conclu qu'il lui fallait en premier lieu chercher à mieux la connaître et à sympathiser avec elle. Rachel devait s'inquiéter pour son travail et le risque qu'elle encourait de le perdre. Elle devait en outre s'en faire pour sa famille, ses amis et l'inquiétude qui devait être la leur. Elle avait peut-être même un petit ami qui se faisait un sang d'encre à son sujet.

Cette éventualité le prit de court. Jusqu'à cet instant, l'idée qu'un rival puisse lui disputer l'affection de Rachel ne l'avait jamais effleuré. Il lui déplaisait d'avoir à envisager cette hypothèse, mais il ne pouvait l'écarter d'emblée, et c'était quelque chose qu'il lui fallait absolument vérifier.

Après lui avoir expliqué qu'il comprenait ses inquiétudes et les trouvait légitimes, il ferait valoir à Rachel que le souci prioritaire devait rester sa santé et son bien-être, de même que ceux de ses proches. Ensuite, il lui ferait comprendre que son retour immédiat chez elle et à son travail pouvait représenter une menace pour elle. Il y avait d'abord Pudge à prendre en considération. Il saurait qu'elle était devenue une des leurs s'il la voyait revenir en pleine santé après ce qui lui était arrivé, ce qui ferait d'elle une nouvelle cible pour lui. En deuxième lieu, elle devait prendre en compte son inexpérience de vampire néophyte et le peu de contrôle qu'elle exerçait sur son corps. Que ses canines sortent à l'improviste, ou que sa faim la submerge au mauvais moment, et elle se trahirait en se mettant en péril elle-même autant que son entourage. Pire encore, incapable comme elle l'était pour l'instant d'exercer un contrôle mental sur les esprits, elle serait dans l'impossibilité d'effacer les traces des dommages qu'elle causerait. Enfin, le problème posé par son approvisionnement en sang ne pouvait être ignoré. Ne pas être capable de se nourrir soi-même demeurait une difficulté majeure.

— Me voilà !

Étienne se détourna de la fenêtre et regarda Rachel. Elle avait gardé son jean mais elle avait remplacé la chemise par un corsage vert qui mettait en valeur la couleur de ses yeux. Ainsi habillée, elle lui parut bien mieux que splendide : époustouflante… Tous les arguments qu'il avait en l'attendant soigneusement alignés sous son crâne s'étaient envolés, le laissant vide et désemparé.

— Vous vouliez me parler ? reprit-elle en s'avançant à sa rencontre, tandis qu'il demeurait statufié à l'admirer.

— Oui, répondit-il. Parler.

Mais ce fut tout ce qu'il fut capable d'articuler. Une masse s'abattant sur son crâne ne lui aurait pas fait plus d'effet.

Pour quelle raison ? s'étonna-t-il. Ce n'était pas la première fois qu'il la voyait. Et il avait été frappé par sa beauté dès leur première rencontre. Peut-être l'attraction toute particulière qu'il ressentait naissait-elle de l'incertitude qui se lisait sur ses traits et de la légère inquiétude qu'il devinait au fond de ses yeux. Ou de sa façon un peu enfantine d'agacer sa lèvre inférieure entre ses dents. Ou de ce chemisier, qui avait remplacé son tee-shirt, dont les trois premiers boutons défaits laissaient à nu la naissance de ses seins. Ces seins qu'il avait dans ses rêves – dans leurs rêves partagés – dévorés de baisers…

— Qu'avez-vous à me dire ? insista-t-elle.

Étienne se reprit et se secoua mentalement pour pouvoir lui répondre.

— Écoutez, je… je me disais que vous étiez probablement inquiète de ne pouvoir contacter votre famille, vos amis et votre fi… Au fait, s'interrompit-il. Avez-vous un petit ami ?

— Pas pour le moment.

— Oh, bien !

Rachel arqua un sourcil et s'étonna :

— En quoi est-ce si bien que cela ?

— En quoi ? (Étienne resta un instant interdit, avant de marmonner maladroitement :) Eh bien… cela fait un problème en moins à régler, non ? (Elle hocha lentement la tête, visiblement perplexe.) Quoi qu'il en soit… (Il s'éclaircit la voix avant de conclure :) Je sais que vous êtes chagrinée à cause de tout cela, mais…

— Mais je dois apprendre à me nourrir avant de pouvoir m'en aller d'ici, l'interrompit-elle.

— Vous en êtes consciente ? demanda-t-il, surpris.

— Naturellement. Je n'aimerais pas que mes dents n'en fassent qu'à leur tête en plein travail ou que l'envie me prenne de croquer le cou d'un de mes collègues, d'un membre de ma famille ou du prêtre de notre paroisse…

— Oui, naturellement, ce serait une catastrophe…, approuva Étienne avec un grand sourire.

Il était soulagé et ravi qu'elle se montre aussi raisonnable.

— Donc, conclut-elle, vous feriez peut-être bien de m'apprendre au plus vite à me nourrir.

— Oui.

Il acquiesça avec enthousiasme de la tête, mais il demeura figé, à la regarder, jusqu'à ce qu'elle montre des signes d'impatience en fronçant les sourcils.

— Où cela va-t-il se passer ? demanda-t-elle. À la cuisine ?

— Oui, naturellement.

Étienne se força à bouger, mais son esprit battait la campagne. Rachel paraissait déterminée à résoudre son problème, ce qui était une bonne chose, mais il ne tenait pas à ce qu'elle y parvienne trop vite. Il avait besoin qu'elle reste chez lui un petit moment encore.

Il existait bien un moyen pour la retarder dans son apprentissage, songea-t-il, mais cela impliquait de passer au préalable un coup de fil à Bastien.

— Pourquoi ne vous reposeriez-vous pas un instant, suggéra-t-il sur le seuil. Nous allons devoir attendre une nouvelle livraison de sang.

— Vous n'avez donc pas de quoi soutenir un siège ? s'étonna-t-elle.

— Non, mentit-il. J'ai épuisé mes stocks cette nuit avec votre intraveineuse.

— Oh ! lança-t-elle dans un soupir. D'accord. Je vais lire un peu en attendant.

Souriant, Étienne la laissa s'installer et se rua hors de la pièce.

— Oh, Seigneur ! (Rachel recracha le sang qu'elle n'était pas parvenue à avaler dans le mug et repoussa celui-ci sur la table.) Comment pouvez-vous boire ça ? C'est dégoûtant ! Répugnant ! Ça pue le bouc ! Vous êtes sûr qu'il n'est pas devenu impropre à la consommation ?

Étienne fit de son mieux pour ne pas paraître coupable. Le sang qu'il lui offrait n'était pas *devenu* imbuvable. Il l'était depuis l'origine. C'était un sang mis au rebut, un condensé de l'hémoglobine épaisse et coagulée de fumeurs de cigarettes et de celle chargée de résidus toxiques de consommateurs de cannabis, auquel s'ajoutait un soupçon de sang de patients sous Valium. Il restait nourrissant et ne pouvait lui faire de mal, mais il était déplaisant à consommer et avait pour effets secondaires de donner la nausée et de faire tourner la tête.

Rachel, qui l'ignorait, attribuait naturellement l'aversion que lui inspirait ce sang à un blocage psychologique l'empêchant de le boire. Étienne s'était bien gardé de la détromper. Il avait aussi insisté pour qu'elle le boive au verre plutôt que directement à la poche, affirmant qu'elle devait être préparée à toutes les occasions avant de partir de chez lui pour retrouver son monde. Au cours des deux derniers jours, depuis que ce sang de rebut avait été livré, elle s'était efforcée d'en consommer à chacun des trois repas, le recrachant chaque fois à la première gorgée. Après chaque tentative infructueuse, ils avaient passé le temps en jouant à la dernière version du jeu d'Étienne, en discutant ou en lisant tous deux, confortablement installés dans la bibliothèque.

À part les déplaisantes tentatives d'ingestion de sang pourri, ils avaient donc passé ensemble deux jours agréables. Hélas, pour ne pas éveiller les soupçons de Rachel, Étienne avait dû se forcer à consommer le même sang qu'elle. Il s'étonnait d'y être parvenu sans vomir.

— Restons-en là pour aujourd'hui, suggéra-t-il avec compassion. Vous avez fait un gros effort. Demain, peut-être…

— Il se passera demain la même chose qu'aujourd'hui, prédit Rachel d'un ton lugubre. Je ne m'habituerai jamais à ce truc.

Étienne cherchait un moyen de lui remonter le moral et de l'encourager – et accessoirement de la distraire suffisamment pour lui éviter d'avoir à achever son propre mug – lorsque la sonnerie de la porte d'entrée retentit.

Il ne fut pas surpris de découvrir sa mère sur le perron. En revanche, il s'étonna qu'elle oublie de le saluer pour lui demander de but en blanc :

— Où est Rachel ?

— Je suis là.

Étienne jeta un coup d'œil par-dessus son épaule et la vit approcher.

— Y a-t-il un problème ? s'enquit-elle d'un air anxieux.

— Non, pas du tout…, la rassura Marguerite d'un ton léger. Je me disais simplement que vous deviez commencer à devenir folle, claquemurée ici. (Après avoir rapidement examiné la tenue de Rachel, elle ajouta:) Cela ira très bien comme ça. Voulez-vous venir vous amuser un peu?

—Je ne crois pas…, intervint Étienne.

Rachel passa devant lui et l'interrompit:

—Où cela, exactement?

—À la petite fête que donne Lissianna à l'occasion de son prochain mariage. Notre branche de la famille uniquement. Cela vous donnera l'occasion de rencontrer d'autres jeunes femmes semblables à vous.

Étienne sentit tous ses espoirs pour la soirée s'envoler, ne laissant derrière eux qu'une morne perspective de solitude.

—Qu'est-ce que c'est? interrogea Rachel d'un ton suspicieux.

Mirabeau, une amie de Lissianna, lui tendait une assiette contenant ce qui ressemblait fort à une part de gâteau.

—Bavarois aux sept couches de chocolat, ma chère…, répondit Marguerite.

—Du vrai gâteau? insista-t-elle.

En saisissant l'assiette, elle murmura ses remerciements à Mirabeau.

—Naturellement, répondit la mère d'Étienne en riant. À quoi vous attendiez-vous?

—Je n'en sais rien, avoua-t-elle avec une grimace d'excuse. À du forêt-noire au sang, peut-être…

Marguerite et toutes celles qui l'entouraient éclatèrent d'un rire joyeux.

—N'est-elle pas adorable? demanda-t-elle quand les rires se turent.

Rachel se sentit rougir tandis que se faisait l'unanimité autour d'elle sur ce point.

Elle était surprise de passer un aussi bon moment depuis qu'elle était arrivée à cette petite sauterie. En chemin,

Marguerite l'avait accompagnée dans un magasin chic afin d'y choisir un cadeau pour Lissianna, insistant pour payer à sa place lorsqu'en arrivant à la caisse Rachel s'était aperçue qu'elle avait oublié son sac. En fait, malgré ce qu'Étienne lui avait affirmé, elle ne se rappelait pas l'avoir vu dans sa chambre. Il était vrai qu'elle n'y avait pas prêté attention non plus. Depuis qu'elle avait été infantée, elle n'en avait jamais eu besoin pour quoi que ce soit. Cette fois, elle se promit pourtant de se lancer à sa recherche dès son retour chez Étienne, car elle tenait à rembourser sa mère sans tarder. Elle s'était montrée incroyablement gentille et prévenante avec elle, et pour rien au monde elle n'aurait voulu abuser de sa bonté.

— Quelle femme en ce monde pourrait se passer de chocolat ?

Rachel posa les yeux sur celle qui venait de s'exprimer. Bien qu'elle ne leur ressemblât en rien, Jeanne était aussi belle que Marguerite et Lissianna. Son visage était plus rond, sa bouche un peu plus fine. Ses yeux avaient une touche plus exotique que les leurs et ses cheveux étaient noirs comme la nuit. C'était une cousine de Lissianna et une nièce de Marguerite, et, bien que Rachel les aimât toutes les trois, Jeanne était celle dont elle aurait pu le plus assurément faire l'une de ses meilleures amies. La jeune femme travaillait dans les laboratoires des Entreprises Argeneau et l'avait régalée de savoureuses anecdotes sur son boulot. Elle était tout d'abord restée assez vague, avant de se rendre compte que Rachel n'avait aucun problème à suivre ce qu'elle lui disait. Alors, excitée de pouvoir parler à quelqu'un qui avait une connaissance professionnelle du jargon et des techniques qu'elle employait au jour le jour, elle s'était lancée dans une description fascinante et minutieuse des tests qu'elle effectuait. Les Entreprises Argeneau semblaient tout aussi portées sur la recherche médicale que toute autre entreprise du secteur.

Les deux jeunes femmes n'avaient cessé de discuter que lorsque les jeux avaient débuté. Au grand étonnement de Rachel, ils ne différaient en rien de ceux qui se pratiquaient habituellement dans ce genre de circonstance. À cet instant de la soirée, tout ce qui l'entourait lui avait paru à ce point normal qu'elle aurait pu oublier qu'il ne se trouvait que des vampires dans l'assistance. Il y avait une grande variété de femmes parmi les invitées : grandes ou petites, magnifiques ou quelconques. Quant aux personnalités, le mélange était plus flagrant encore. Il se trouvait là deux ou trois dames sophistiquées dont les paroles aussi bien que les regards semblaient tomber de très haut. Mais il y avait aussi des jeunes femmes tout à fait ordinaires, douces et gentilles ; quelques intellos qui ne se sentaient pas à leur place et s'exprimaient avec concision et rareté ; il y avait même une vamp époustouflante en grande tenue, toute de noir vêtue, qui n'arrêtait pas de taquiner la future mariée à propos de sa nuit de noces à venir. En somme, le mélange habituel à ce type de fête.

Rachel, qui avait oublié que Marguerite pouvait lire ses pensées, fut très surprise de l'entendre lui déclarer après s'être penchée vers elle :

— Comment pourrait-il en être autrement, ma chère ? Nous sommes des gens normaux, tout comme vous.

— Sauf que vous êtes toutes vieilles de plusieurs siècles et que vieillir davantage ne vous fait pas peur, objecta Rachel.

— Ce qui sera également votre cas…, répliqua Marguerite, amusée. Mais cela ne nous empêche pas d'être des gens tout ce qu'il y a d'ordinaire. Vous n'avez qu'à penser à nous comme à de vieilles voitures bénéficiant d'un revêtement anticorrosion particulièrement performant qui nous fait durer plus longtemps. Mais au final nous restons des voitures comme les autres, servant au même usage et connaissant les mêmes tracas qu'un véhicule lambda. De toute façon, ajouta-t-elle pour conclure, il y a ici quelques jeunes femmes qui n'ont pas cent ans. Jeanne, par exemple, n'en a que quatre-vingt-douze.

Rachel considéra un instant la jolie technicienne de labo et déclara en secouant la tête :

— En tout cas, c'est la – presque – centenaire la plus sexy que j'aie jamais vue.

Jeanne, qui avait tout entendu, répliqua :

— Une presque centenaire qui trouve le forêt-noire au sang aussi peu appétissant que vous…

Ramenée à la conversation en cours, Rachel plongea sa cuiller dans le gâteau au chocolat et renchérit :

— S'il n'y avait que ça… Je ne sais pas comment vous faites pour ingérer du sang. Étienne dit qu'on s'y habitue avec le temps, mais cela ne semble pas être mon cas. S'il n'y avait pas ces crampes et ces accès de faiblesse quand je m'en prive totalement, je laisserais tomber.

Elle porta un morceau de gâteau à sa bouche et commença à mâcher. Puis, voyant Marguerite et Jeanne échanger un regard, elle s'arrêta. Rachel ignorait si c'était parce que ses instincts gagnaient en acuité, mais elle avait la certitude que les deux femmes s'entretenaient mentalement à son sujet. Un sourcil arqué, elle demanda :

— Qu'est-ce qu'il y a ?

— Rien, ma chère… (Marguerite lui tapota gentiment l'avant-bras en souriant et ajouta :) Savourez votre gâteau. Et tenez… buvez donc un peu de thé.

Rachel accepta la tasse de thé qu'on lui tendait. Elle mangea et but un moment en silence, écoutant simplement ce qui se disait autour d'elle. Dans un creux de la conversation, elle interrogea la mère d'Étienne :

— Combien de temps vous a-t-il fallu pour vous habituer à boire du sang ?

Cette fois, elle n'eut plus aucun doute en voyant les deux femmes échanger un regard complice : elles *étaient* réellement en train de parler d'elle dans le secret de leurs pensées.

— Je m'y suis habituée relativement rapidement, répondit Marguerite avec un petit sourire d'excuse. Mais c'était différent, à l'époque. Il n'y avait pas de banques du sang. Nous devions nous nourrir « à la source », comme nous le disions alors.

Rachel ne tenta même pas de cacher sa réaction horrifiée.

— « À la source » ! répéta-t-elle.

— Eh bien… (Marguerite s'excusa d'un nouveau sourire, puis haussa les épaules.) Vous n'hésitez pas, quant à vous, à considérer un cadavre carbonisé comme de la « viande grillée » pour mettre la mort à distance. Nous avons, de la même façon, à nous protéger émotionnellement d'avoir à nous nourrir sur le dos de personnes autrement parfaitement agréables.

— Oh ! Je vois…, murmura Rachel.

Elles reprirent leur dégustation du gâteau en silence. Rachel se laissa gagner par l'idée déplaisante que des gens tout à fait semblables à sa famille et à ses amis constituaient dorénavant sa principale source de subsistance. N'était-ce pas assez répugnant ? C'était en tout cas l'un des aspects négatifs de sa nouvelle condition. Elle était presque soulagée que la morsure soit proscrite dans le monde des vampires. Mordre « à la source » s'avérait plus pratique et faisait moins de vaisselle, mais au moins une anonyme poche de sang pouvait-elle lui donner l'illusion de ne pas manger son semblable. La différence était la même, lui semblait-il, qu'entre aller abattre et débiter une vache soi-même et aller acheter un steak à la boucherie.

Lissianna ouvrit ses cadeaux dès que la collation s'acheva. Elle eut droit à quelques très beaux présents et parut adorer le négligé couleur crème que Rachel avait choisi pour elle.

Des boissons furent ensuite servies : celles que Rachel redoutait de voir apparaître depuis le début de la soirée. Des plateaux de coupes à vin hautes sur pied emplies de sang commencèrent à circuler. Rachel prit le sien mais s'abstint d'y goûter. Elle ne tenait pas à vomir ou à être plongée dans l'embarras d'une quelconque manière au milieu de toutes ces inconnues qui l'entouraient. Elles étaient toutes trop aimables et bien élevées pour s'étonner de voir ses canines pointer chaque fois qu'une odeur de sang flottait jusqu'à ses narines. Ce fumet avait beau n'exercer aucun attrait sur elle, ses dents, elles, paraissaient l'apprécier. Manifestement, il allait lui falloir résoudre très rapidement ce problème. Étienne prétendait que ce n'était pas aussi important que d'apprendre à se nourrir, mais après en avoir souffert ce soir-là elle n'était plus de cet avis et comptait bien le lui faire savoir dès qu'elle rentrerait à la maison.

Cette pensée la cueillit par surprise et modifia le cours de ses réflexions. « À la maison » ? Elle avait naturellement eu en tête la maison d'Étienne, qui n'était pas la sienne. Elle commençait décidément à se sentir trop à l'aise chez lui. Et peut-être même trop à l'aise avec Étienne lui-même… Cet homme lui avait sauvé la vie pour la récompenser d'avoir sauvé la sienne, mais, pour autant qu'elle pouvait en juger, il n'existait entre eux pas d'autre relation que celle-là. Il ne lui avait pas témoigné autre chose que de l'amabilité et un peu d'amitié.

Du moins… au cours de la première nuit. Ensuite, c'était elle qui lui avait sauté dessus. Et, à son grand désappointement, il lui fallait reconnaître qu'il n'avait pas semblé s'intéresser depuis à elle autrement que de manière platonique. Mais ce qui était vrai lorsqu'elle était éveillée ne l'était plus quand elle s'abandonnait au sommeil. Dans ses rêves, Étienne revenait chaque nuit la tourmenter. Il la couvrait de baisers et de caresses enivrantes, qui toutes la laissaient offerte et insatisfaite, car tout s'arrêtait soudain avant que Rachel ait pu connaître l'orgasme. En matière de rêves érotiques, il semblait bien qu'elle n'avait pas encore saisi le truc… Elle savait que Sylvia, elle, ne se réveillait en rien frustrée après en avoir fait un. Il devait donc y avoir un paramètre qu'elle ne maîtrisait pas. Pour quelque raison qui lui échappait, son inconscient se refusait à l'extase.

— C'était un plaisir de faire votre connaissance, Rachel ! s'exclama Jeanne. J'espère que nous nous reverrons au mariage. Vous y serez, n'est-ce pas ?

Rachel s'arracha à ses pensées et regarda autour d'elle avec surprise. Tout le monde se préparait à partir. Il semblait bien que la petite fête était terminée.

— En tout cas, elle est invitée…, précisa Lissianna, qui venait de se joindre à elles. Et *j'espère* qu'elle pourra venir.

— Cela dépend de la manière dont nous pourrons résoudre le problème en cours, intervint Marguerite d'un ton évasif. (L'air songeur, elle ajouta :) Bien que si nous parvenons à changer suffisamment son apparence, et si nous l'appelons R.G. au lieu de Rachel, il y aurait moins de risque que les membres de la famille de Greg puissent reconnaître en elle la légiste disparue à l'hôpital. (Avec un hochement de tête, elle conclut :) Oui, nous pouvons sans doute arranger cela.

— Tant mieux ! se réjouit Lissianna. (Elle serra Rachel contre elle et conclut :) J'aimerais tant que vous y soyez. Je crois que nous pouvons devenir de très grandes amies, toutes les deux. Un peu comme des sœurs…

Rachel lui répondit d'un sourire mais ne manqua pas de noter l'échange de regards entre elle et sa mère. Elle allait devoir de toute urgence demander à Étienne de lui apprendre à lire dans les pensées. Chez les vampires, les conversations mentales avaient l'air tout aussi importantes – sinon plus – que les échanges verbaux.

— Bon sang !

Rachel posa violemment le mug de – mauvais – sang sur la table et le contempla fixement d'un œil noir. Boire une goutte de plus de cet infâme breuvage lui était tout simplement insupportable. Au prix d'un effort surhumain, elle était parvenue à en avaler deux petites gorgées, mais le goût en était si détestable et l'odeur si infecte que son esprit se rebellait tout autant que son estomac à remettre ça.

— Cela va déjà mieux, assura Étienne d'un ton encourageant. Bientôt, vous y parviendrez sans problème.

Rachel lui lança un regard mauvais puis se leva pour aller se planter devant la fenêtre de la cuisine et contempler le ciel nocturne piqueté d'étoiles. Depuis la fête donnée par Lissianna, deux jours auparavant, elle n'avait plus mis le nez dehors. Elle commençait à devenir dingue, enfermée entre quatre murs, avec pour seule occupation de lire et d'essayer de boire du sang. Elle en était presque malade. Ella avait besoin d'air frais et un peu d'exercice ne lui ferait pas de mal non plus. Ses rêves érotiques n'avaient pas cessé et lui apportaient toujours aussi peu de satisfaction. Chaque fois qu'elle était sur le point d'atteindre le point de fusion auquel elle aspirait, le rêve s'arrêtait brusquement. Résultat : elle avait les nerfs en pelote.

— Je dois sortir d'ici, annonça-t-elle en se tournant résolument vers Étienne, comme s'il était responsable de sa nervosité. J'ai besoin de prendre l'air, de me bouger un peu et… simplement de sortir d'ici. Tout de suite.

Étienne garda le silence un instant. Après avoir paru réticent à lui donner satisfaction, il finit par hocher la tête.

— D'accord, dit-il. J'ai une idée. Attendez-moi ici. Je reviens tout de suite.

La mine renfrognée, Rachel le regarda quitter rapidement la pièce. Elle craignait qu'il lui propose une gentille promenade au clair de lune, tranquille et apaisante. Elle n'avait que faire de la tranquillité et de l'apaisement. Elle avait besoin d'un exercice brutal et de suer un peu pour évacuer la tension sexuelle qui nouait tout son corps. Si on lui avait dit, avant d'être infantée, qu'une vie de vampire pouvait être aussi ennuyeuse, jamais elle n'y aurait cru…

Chapitre 9

— Super ! Exactement ce qu'il me fallait…

L'excitation de Rachel fit sourire Étienne. Il la guida jusqu'à une table libre où ils purent s'asseoir. Son idée avait été manifestement inspirée. Il n'était pas un habitué du *Night Club* – une boîte très privée, réservée aux vampires, ouverte du coucher au lever du soleil –, mais il avait parfaitement saisi ce dont Rachel avait besoin. Lui-même était à cran. Après plusieurs nuits de rêves partagés interrompus chaque fois par un coup de fil, il se sentait prêt à exploser.

Que Pudge puisse être responsable de ces mystérieux appels téléphoniques ne faisait plus l'ombre d'un doute pour lui, mais il ne savait comment y remédier. Il avait envisagé de laisser le téléphone décroché, mais la crainte que sa famille puisse avoir à le joindre en cas d'urgence l'en avait empêché. Par conséquent, chaque fois qu'il allait se coucher et qu'il rejoignait Rachel pour un de ces rêves érotiques comme il n'en avait jamais fait de semblables, celui-ci prenait fin abruptement au moment crucial. Si la frustration ressentie par Rachel était aussi grande que la sienne, seule une petite visite au *Night Club* était de nature à les soulager.

Au moins espérait-il que cela fonctionnerait, pour leur plus grand bien à tous les deux. Il lui fallait relâcher un peu la pression, sans quoi il allait finir par lui sauter dessus, ce dont il préférait s'abstenir tant qu'il n'aurait pas une meilleure idée de ce qu'elle ressentait à son égard. L'impossibilité de lire dans l'esprit de l'autre rendait plus difficiles les relations amoureuses. Étienne n'avait jamais été du genre à contrôler l'esprit d'une femme pour l'amener à le désirer. Mais s'il en trouvait une à son goût et qu'il lisait dans ses pensées que cet intérêt était réciproque, cela lui permettait d'appréhender avec une certaine confiance la situation. Avec Rachel, il avait l'impression d'avancer, les yeux bandés, dans un champ de mines.

Naturellement, il se rendait compte qu'il ne la laissait pas indifférente, mais il en était encore à se demander si ce n'était pas sa façon de lui exprimer sa gratitude pour lui avoir sauvé la vie. Et, d'une femme, il attendait bien plus que de la reconnaissance. Il avait compris qu'elle ferait pour lui une parfaite compagne et il était décidé à devenir pour elle un bon compagnon. C'était ce à quoi il aspirait, mais il n'avait aucune expérience dans ce domaine et il avait l'impression d'avancer à tâtons dans le noir. Étienne ne s'était encore jamais senti à ce point désavantagé, et il n'avait jamais eu autant à perdre, ce qui n'était pas pour lui plaire.

— Waouh ! ajouta-t-elle. Quel endroit branché…

Étienne sourit de la voir s'agiter avec enthousiasme sur son siège, claquer des doigts et taper du pied en rythme avec la musique en observant la salle. Il était manifeste qu'elle avait envie – ou plus exactement qu'elle avait besoin – de danser. Il ouvrit la bouche pour l'inviter, mais il s'en abstint en découvrant sur la piste l'agitation frénétique qui y régnait. En son temps, il avait été une sorte de dandy, toujours au fait des danses les plus à la mode. Mais quand il avait commencé à trouver ennuyeuses les femmes interchangeables avec lesquelles il sortait, il avait laissé sa vie sociale se dissoudre progressivement, jusqu'à ce qu'il n'en reste rien. Il n'avait à présent pas la moindre idée de ce que faisaient les couples de danseurs. La moitié d'entre eux semblaient victimes de crises d'épilepsie.

— Yo, cousin !

Étienne tourna la tête pour voir qui l'interpellait ainsi. Un sourire chaleureux se dessina sur ses lèvres lorsqu'il reconnut son cousin Thomas qui s'approchait. Il se leva et donna l'accolade à son cadet en lui tapant affectueusement dans le dos.

— Toi, ici ! s'exclama Thomas. Je n'arrive pas à y croire… Tu parles d'une surprise ! Cela fait… combien de temps, au juste, que tu n'es pas venu ? Une centaine d'années ?

— Tu exagères…, répliqua sèchement Étienne. Pas tant que ça.

— Presque ! insista-t-il. (Puis, en examinant Rachel avec intérêt :) Vous devez être Rachel. Jeanne m'a parlé de vous. Je suis son frère, Thomas. Vous pouvez m'appeler Tom.

Rachel lui sourit et serra la main qu'il lui tendait.

— J'aime beaucoup votre sœur, déclara-t-elle. J'ai vraiment apprécié de discuter avec elle à la petite fête de Lissianna. (Du regard, elle examina les cheveux coiffés à la dernière mode, le tee-shirt noir ajusté et le pantalon en cuir qu'il portait.) Laissez-moi deviner, reprit-elle d'un ton badin. Vous devez être son *petit* frère : si elle a quatre-vingt-douze ans, vous en avez vingt-huit ou vingt-neuf, tout au plus.

— Perdu ! lança-t-il en souriant. Je suis plus vieux qu'elle : deux cent six ans. Mère voudrait un autre enfant, mais il va encore lui falloir attendre une petite dizaine d'années.

— Ah, oui ! s'exclama-t-elle en faisant la grimace. J'oubliais la règle des cent ans…

Thomas lâcha un petit rire satisfait et examina Rachel comme elle l'avait examiné lui-même. Mais, au lieu de s'intéresser à sa mise, il nota comment ses jambes, ses bras – et presque son corps tout entier – vibraient avec la musique. C'était tout juste si elle ne dansait pas sur place.

— Si quelqu'un ne se décide pas à faire quelque chose pour vous, commenta-t-il d'un ton léger, vous allez finir par grimper sur la table pour danser. Vous avez tout l'air d'une femme qui a grand besoin de s'éclater…

Rachel se mit à rire et plaisanta :

— Comme c'est perspicace de votre part de l'avoir noté !

— Que voulez-vous… je suis un petit futé ! répliqua-t-il. (Puis, lui prenant la main :) Venez. Je serai le chevalier bardé de cuir qui vous mènera jusqu'à la piste de danse.

Étienne se renfrogna en voyant Rachel suivre son cousin sans même jeter un coup d'œil dans sa direction. Aussitôt, il se reprocha amèrement d'avoir hésité. Il aurait dû l'inviter tout de suite à danser. C'était ce dont ils avaient besoin tous les deux.

— *Tu te décides ou tu prends un bide, cousin !*

Ces paroles moqueuses sous son crâne rappelèrent à Étienne qu'il se trouvait dans un antre de vampires où les plus puissants étaient capables de lire ses pensées, à commencer par son cousin. Il s'était manifestement trop habitué à n'avoir que lui pour seule compagnie, ce qui l'avait déshabitué à se tenir mentalement sur ses gardes.

Fâché contre lui-même, Étienne barricada son esprit pour prévenir toute nouvelle intrusion. Puis il se cala dans son siège et regarda Thomas et Rachel avoir leur propre crise d'épilepsie sur la piste de danse.

— Alors ? Comment vous entendez-vous avec mon cher cousin ?

Rachel sourit et haussa brièvement les épaules.

— Bien. C'est un chic type.

— Malédiction ! (Thomas posa une main sur sa poitrine, comme si elle venait de le poignarder en plein cœur.) « Un chic type » ? répéta-t-il. C'est le baiser de la mort… (Rachel rit de bon cœur de sa petite comédie mélodramatique, encore plus amusée quand il ajouta en fronçant les sourcils :) Il est manifeste qu'Étienne est en train de laisser passer sa chance.

Il a besoin qu'on le titille un peu. Venez, nous allons faire ce qu'il faut.

À la grande surprise de Rachel, Thomas ne trouva rien de mieux pour « titiller » Étienne que de la prendre dans ses bras. Au mépris du *beat* hypnotique du morceau de hip-hop qui passait, il l'entraîna dans un slow langoureux.

— Euh… Thomas ? (Rachel dut crier pour se faire entendre au-dessus de la musique.) Ce n'est pas un slow, vous savez…

Rachel sentit les mains du cousin d'Étienne glisser le long de son dos et venir se poser sur ses fesses.

— Je le sais ! confirma-t-il en riant et en l'attirant plus près de lui encore. Et, croyez-moi, Étienne l'a remarqué aussi… Le voilà qui arrive, remonté comme un coucou. Vous me remercierez plus tard, beauté. Un jour ou l'autre, je serai votre chevalier bardé de cuir.

Il conclut son petit discours en lui assenant une tape sur les fesses avant de la lâcher à l'instant où Étienne les rejoignit. En lui lançant un regard innocent, il cria :

— Tu m'empruntes ma partenaire ?

Étienne, fulminant de colère, darda sur lui un regard qui lançait des éclairs, au grand étonnement de Rachel. S'était-elle réellement demandé si elle lui était indifférente ? La jalousie et la fureur qui déformaient ses traits semblaient ne laisser planer aucun doute quant à l'intérêt qu'il lui portait. Pourtant, il ne se conduisait jamais avec elle que de manière amicale, lorsqu'ils se trouvaient en tête à tête.

Elle n'eut pas le temps de réfléchir plus longuement à ce mystère. À l'exemple de son cousin, Étienne la prit dans ses bras. Elle n'aurait pas cru cela possible, mais il la tint encore plus serrée contre lui que Thomas. Et alors que les mains de celui-ci s'étaient posées légèrement sur son arrière-train, les siennes l'empoignèrent fermement tandis qu'il l'entraînait à travers la piste. Plaquée à lui comme elle l'était, Rachel ne pouvait ignorer le moindre creux ou le moindre relief de son anatomie. Au bout de quelques minutes seulement, elle se sentit brûlante, à bout de souffle et elle eut désespérément besoin d'un verre.

À son grand soulagement, quand elle en fit part à Étienne, il n'émit pas d'objection et la reconduisit à leur table aussitôt. Thomas avait apparemment décidé de se joindre à eux et s'y était installé. Tout sourires, il les regarda approcher.

Étienne lui décocha un regard mauvais tout en tirant la chaise de Rachel pour la lui présenter, attention que jamais aucun de ses petits amis n'avait eue pour elle.

— Soyez sages ! lança-t-il enfin. Je reviens tout de suite.

Rachel le regarda s'éloigner avec surprise. Il disparut derrière une porte marquée d'un sigle que de par le monde tous les hommes connaissent : celui des toilettes.

— Et pour vous, qu'est-ce que ce sera ?

Prise de court, Rachel reporta son attention sur la serveuse qui lui souriait. Puis, d'un regard suppliant, elle réclama l'aide de Thomas.

— Je ne sais pas trop quoi commander, confessa-t-elle.

Étant donné qu'il s'agissait d'une boîte réservée aux vampires, elle supposait qu'on y servait du sang. Mais y avait-il également d'autres boissons ?

— Si je peux me permettre…, glissa-t-il. (Rachel aurait été soulagée de son offre s'il n'avait eu sur les lèvres un sourire espiègle.) Deux Sweet Ecstasy, ajouta-t-il à l'intention de la serveuse. Et un Virgin Mary.

— Qu'est-ce qu'un Virgin Mary ? s'enquit Rachel d'un ton suspicieux quand la serveuse s'éloigna.

Elle supposait que le Virgin Mary était pour elle et les Sweet Ecstasy pour les deux hommes. La réponse de Thomas vint la détromper.

— Sang, Worcestershire et Tabasco avec un zeste de citron. J'aime les boissons épicées qui ont du caractère, précisa-t-il en souriant.

— Oh..., commenta vaguement Rachel.

Le cocktail paraissait surtout dégoûtant. Elle était presque effrayée d'avoir à demander la composition du Sweet Ecstasy.

— Parfois, il vaut mieux ne pas savoir.

Thomas s'était penché vers elle afin de ne pas avoir à crier. Il avait manifestement lu en elle. C'était plutôt ennuyeux de ne pouvoir penser quoi que ce soit sans que les gens autour de vous puissent en avoir aussitôt connaissance. Rachel se sentait bien plus à l'aise en compagnie d'Étienne, qui affirmait ne pas en être capable. S'il lui mentait et qu'en réalité il lisait en elle à livre ouvert, il avait au moins la politesse de ne pas le montrer.

— Cela ne fait rien, répliqua-t-elle. J'aurais dû vous prévenir de ne rien commander pour moi s'ils ne servent ici que du sang. Je ne maîtrise pas encore tout à fait la technique pour parvenir à l'ingérer.

Elle frissonna rien que d'y penser.

Thomas la dévisagea quelques instants. Rachel le suspecta de passer son cerveau au crible pour découvrir l'origine du problème. Puis elle le vit hocher la tête.

— Ne vous en faites pas, dit-il. Ma belle-sœur avait le même problème. Nous avons trouvé un moyen d'arranger ça. Je vous montrerai quand la serveuse apportera nos verres.

Rachel sentit un fol espoir se lever en elle à l'idée qu'il avait peut-être la solution à tous ses problèmes. Puis ses pensées la ramenèrent à la composition du cocktail au nom évocateur de Sweet Ecstasy qu'il avait commandé pour elle.

— Ils servent ici toutes sortes de cocktails, expliqua Thomas, qui avait manifestement une fois de plus fait intrusion sous son crâne. Certains sont de simples mélanges – comme le Virgin Mary, composé de sang normal relevé par quelques additifs –, mais d'autres sont élaborés à partir de spécialités sanguines, comme le Sweet Tooth.

— Le Sweet Tooth ? répéta Rachel d'un air interrogateur.

— On utilise pour le préparer le sang des diabétiques, précisa-t-il en hochant la tête. Tante Marguerite a un petit faible pour le Sweet Tooth. Il existe aussi des sangs enrichis en fer ou en potassium. Sans oublier le High Times : un cocktail préparé à partir du sang des fumeurs de cannabis.

— Sans blague ! s'exclama Rachel, les yeux ronds.

— Je vous assure. De quoi planer sans se flinguer les poumons, ajouta-t-il en riant de sa réaction.

Incrédule, elle le dévisagea un long moment avant de reprendre :

— Si je vous suis, j'imagine qu'on sert également ici du sang alcoolisé.

— Oui, bien sûr ! On appelle ça le Wino Reds. Le père d'Étienne adorait cette boisson. Il l'adorait même un peu trop.

La façon dont il avait dit cela amena Rachel à demander :

— Il était alcoolique ?

— Hélas, répondit Thomas d'un ton solennel. Nous avons nos alcooliques et nos drogués, tout comme le reste de la population. Il leur faut juste consommer leur came dans le sang.

— Des vampires alcooliques..., murmura Rachel, qui avait du mal à y croire.

— Je vais vous dire un secret. (Thomas se pencha de nouveau sur la table, jusqu'à ce que leurs têtes se touchent presque.) Pendant un moment, la famille d'Étienne a redouté que Lissianna suive les traces de son père.

— Non ! protesta Rachel en se reculant. La sœur d'Étienne ?

— Elle-même, renchérit-il avec un hochement de tête. Elle était hémophobe depuis l'enfance.

—Oui. Étienne me l'a raconté. Elle buvait pour surmonter sa phobie, ou pour…

—Non, l'interrompit-il. Elle ne buvait pas. Du moins, pas au sens où vous l'entendez. Lissianna a dû vivre cloîtrée et se nourrir exclusivement par intraveineuse pendant ses deux premières centaines d'années. C'était si grave qu'elle ne pouvait même pas se débrouiller toute seule. Marguerite devait contrôler son esprit et la plonger dans le sommeil pour pouvoir la nourrir. Mais quand ce vieux Jean-Claude est mort…

—Jean-Claude?

—Le mari de Marguerite. Après avoir bu trop de Wino Reds, il s'est assoupi une cigarette allumée à la main et il est mort carbonisé.

—Le feu peut donc nous tuer? s'étonna Rachel.

—Oui. Nous pouvons mourir par le feu, par la décapitation ainsi que par arrêt cardiaque… (Thomas attendit un instant, pour s'assurer qu'elle n'avait pas d'autre question, et poursuivit son récit.) La mort soudaine et tragique de Jean-Claude a représenté un choc terrible pour Lissianna. Vous savez, la mort est si rare chez nous que lorsqu'elle survient, elle ébranle tout le monde. Quoi qu'il en soit, à la suite de cette épreuve elle a décidé qu'elle devait être plus indépendante. Elle avait besoin de «vivre sa vie», comme elle disait. Elle a repris des études à l'université, dans le social, a trouvé un job dans un refuge local, et déménagé pour vivre seule.

—Comment se nourrissait-elle si…

—C'était là le problème. Nous ne sommes pas autorisés à pratiquer la morsure de manière courante, sauf exceptions: en cas d'urgence, par exemple. Et, à cause de son hémophobie, Lissianna a bénéficié d'une tolérance. (Il jeta un rapide coup d'œil en direction de la porte des toilettes pour hommes. Puis, constatant qu'Étienne ne réapparaissait pas, il reprit :) Le problème venait du choix de ses victimes. Elle se nourrissait du sang des pensionnaires du refuge. Ils étaient à portée de main et faciles à attraper. Mais il y avait dans leurs rangs beaucoup d'alcooliques et de drogués. Lissi essayait de les éviter, mais parfois…

Sans conclure sa phrase, il haussa les épaules.

— Vous me disiez que sa famille s'inquiétait pour elle ? murmura Rachel.

Thomas hocha longuement la tête.

— Il y a un an de cela à peu près, raconta-t-il, Marguerite en a eu assez et a décidé de kidnapper un humain – un psychologue – pour traiter son hémophobie.

— De le kidnapper ! se récria Rachel.

Ce qui fit rire Thomas.

— Ne vous inquiétez pas, la rassura-t-il. Lissianna a fini par lui rendre sa liberté. Enfin… si l'on peut dire. Le psychologue en question se trouvait être Gregory Hewitt.

— Son fiancé ?

Rachel secoua la tête tant elle avait du mal à y croire.

— On divulgue des secrets de famille ?

Rachel et Thomas se redressèrent d'un air coupable en voyant Étienne se rasseoir sur son siège.

— Eh bien… elle fait pratiquement partie de la famille, non ? répliqua Thomas, sur la défensive.

Rachel regarda les deux hommes se défier du regard. Il y avait dans cette conversation des sous-entendus qu'elle ne comprenait pas. Elle n'avait pas la moindre idée de ce que Thomas avait voulu dire. Était-elle à présent considérée comme une des leurs simplement parce qu'elle était une vampire ? Les Argeneau l'avaient de toute évidence prise sous leur aile pour l'aider à surmonter les difficultés de son infantement, mais devait-elle voir en eux une nouvelle famille qui perdurerait bien longtemps après que se serait éteinte celle dans laquelle elle était née ?

L'arrivée à point nommé de la serveuse mit fin à ce moment embarrassant.

— Et voilà ! Pour qui est le Virgin Mary ? s'enquit-elle.

— Pour moi, répondit Thomas en acceptant avec un charmant sourire le verre qu'elle lui tendait.

— Ces deux-là sont donc pour vous, conclut-elle en disposant les deux autres verres devant Rachel et Étienne.

— Qu'est-ce que c'est ? demanda celui-ci dès qu'elle se fut éclipsée.

— Attends un peu, éluda Thomas en se lançant à la poursuite de la serveuse.

Un instant plus tard, il revint avec deux pailles, qu'il alla plonger dans le verre de Rachel. Après avoir élevé celui-ci vers elle, il lui dit en souriant :

— À présent, vous allez ouvrir cette jolie bouche.

Rachel hésita un instant avant de faire ce qu'il demandait, un peu embarrassée de sentir comme de coutume ses canines réagir spontanément à l'odeur du sang.

— Pas de quoi être gênée, assura-t-il en fixant les pailles à l'extrémité de ses dents. Voilà, cela devrait faire l'affaire. À présent, détendez-vous. Vous allez voir : elles vont accomplir tout le travail pour vous.

Rachel demeura immobile, même quand il eut retiré ses mains et qu'il eut regagné son siège. Elle eut l'impression que rien ne se passait, puis elle vit Thomas lui sourire en assurant :

— Ça marche !

— En effet…, commenta Étienne, attirant l'attention de Rachel.

Cela ne paraissait pas le ravir. D'une gorgée, il descendit la moitié de son verre.

— Vous voyez ? reprit Thomas, triomphant. Je vous avais dit qu'il y avait un moyen de régler le problème. Étonnant, le pouvoir que peuvent avoir ces dents de vampire…

Rachel se risqua à baisser la tête pour surveiller ce qui se passait dans son verre. Elle s'arrangea pour le faire sans déloger les pailles et fut stupéfaite de constater qu'il avait raison : son verre était déjà à moitié vide. Il fallut seulement une ou deux minutes de plus à ses canines pour achever de vider le cocktail. Dès l'instant où ce fut fait, elle se débarrassa des pailles et se pencha au-dessus de la table pour embrasser son bienfaiteur avec effusion.

— Merci, Tom ! s'exclama-t-elle. Cela fait des jours que j'essaie de boire ce truc, mais le goût est trop horrible. Maintenant je n'ai plus à m'en faire. (En se rasseyant, elle adressa un grand sourire à Étienne et ajouta :) Nous pourrons aller plus loin dans mon apprentissage. Par exemple, vous pourrez m'apprendre à contrôler les réactions intempestives de mes dents.

— Mmmm…, marmonna-t-il vaguement. (Il n'avait décidément pas l'air ravi, mais Rachel ne comprenait pas pourquoi. Après avoir vidé son verre et l'avoir reposé sèchement, il maugréa :) Allons danser.

Ce n'était pas vraiment une requête. Il lui prit la main et tira sur son bras pour l'inciter à se lever. Rachel dut quasiment se mettre à courir pour le suivre sur la piste. Cette fois, la sono diffusait une musique douce. Étienne la prit dans ses bras, la tint serrée contre lui et commença à danser. Il respecta d'abord entre eux une distance à peu près convenable, mais à chaque nouveau morceau leurs corps se rapprochèrent, de sorte qu'ils furent bientôt plaqués l'un contre l'autre. Rachel se laissa faire de bonne grâce et finit par se couler contre lui avec un soupir de bien-être. Elle laissa sa tête reposer sur son épaule. Elle exprima en un long murmure son plaisir de sentir les mains d'Étienne parcourir son corps pour lui prodiguer des caresses et la presser contre lui à la fois.

Rachel se sentait dans un état fantastiquement… fantastique. De petits ruisseaux de plaisir naissaient dans tout son corps partout où les doigts d'Étienne se posaient, laissant dans leur sillage des frissons d'excitation. Lorsque sa main se glissa dans ses cheveux, qu'il tira gentiment, elle laissa sa tête basculer en arrière. Elle ouvrit mollement les yeux et vit ses lèvres descendre vers les siennes. Ce qui commença comme un baiser langoureux dégénéra rapidement en une recherche effrénée et excitante du plaisir. Sans même qu'elle s'en soit rendu compte, ils s'étaient arrêtés sur la piste, renonçant à faire semblant de danser pour se tenir simplement aussi étroitement enlacés que deux ados découvrant l'amour.

—J'ai envie de toi…, dit Étienne d'une voix grondante, mettant un terme au baiser pour laisser ses lèvres s'aventurer le long du cou de Rachel.

—Dieu merci ! lâcha-t-elle dans un souffle.

Il lui semblait qu'elle allait en mourir s'il ne se décidait pas à lui faire l'amour bientôt.

—Maintenant ! ajouta-t-il d'une voix ferme.

—Maintenant ?

Elle ouvrit les yeux et le vit jeter aux alentours un regard courroucé.

—Oui, maintenant ! insista-t-il. Mais pas ici.

Gardant un bras autour de sa taille, il l'entraîna rapidement hors de la piste de danse. Rachel crut qu'il allait la guider jusqu'à leur table, au moins le temps de faire leurs adieux à Thomas, mais il paraissait n'avoir même pas le temps pour cela. À la place, il la conduisit promptement hors du club et jusqu'à sa voiture garée dans le parking. Il lui ouvrit la portière côté passager, contourna le véhicule en toute hâte et s'installa derrière le volant. Il ne put attendre une seconde de plus. Dès que la portière se fut refermée derrière lui, il se tourna vers elle et tendit les bras pour l'attirer contre lui.

Rachel se laissa de bonne grâce entraîner dans son giron, la bouche ouverte et prête à accueillir la sienne quand il baissa la tête pour la conquérir. Elle ne s'était jamais sentie aussi excitée. Partout où ses doigts se posaient, à chaque centimètre carré de peau que son souffle caressait, un incendie se déclarait. Mais c'était entre ses jambes que le désir le plus criant s'était installé, moite et gorgé de sang.

— J'ai besoin de toi ! gémit-elle doucement quand il mit un terme au baiser.

Étienne lui répondit par une sorte de grognement rauque. Il tira sèchement sur son chemisier pour le libérer de la ceinture de son jean. Rachel put alors constater qu'elle n'était pas la seule à être douée pour déshabiller son prochain. En un tournemain, il parvint à déboutonner le vêtement et à défaire l'agrafe de l'ouverture frontale du soutien-gorge.

— Oh ! s'exclama-t-elle tandis que ses seins jaillissaient, aussitôt recueillis entre les mains d'Étienne.

Rachel laissa échapper un nouveau gémissement de plaisir mêlé de souffrance quand il caressa ses mamelons dressés sous ses doigts avant de se mettre à les suçoter. Soudain, elle sentit les mains d'Étienne se porter à la ceinture de son jean. Elle tenta de se redresser pour l'aider à le baisser, mais l'habitacle était trop étroit et leurs corps trop serrés l'un contre l'autre.

Étienne laissa fuser tout bas une bordée de jurons et réinstalla rapidement Rachel dans le siège passager pour mettre les gaz.

— Maison !

Ce fut le seul mot qu'il prononça, et il n'eut pas besoin d'en ajouter d'autres.

Rachel se mordit la lèvre et agrippa le tableau de bord quand la voiture bondit en avant pour sortir du parking. Elle envisagea brièvement de boucler sa ceinture, mais Étienne conduisait si vite qu'elle était certaine qu'ils seraient arrivés avant que ses mains tremblantes y soient parvenues.

Ils furent tout deux hors de la voiture avant même que le moteur se soit tout à fait tu. Étienne la rejoignit à l'avant du véhicule, lui prit la main et l'entraîna dans une course folle jusqu'à la porte de sa maison. Il parvint à la déverrouiller et à l'ouvrir, tira Rachel à l'intérieur, puis fit claquer le vantail avant de la prendre de nouveau dans ses bras. Elle se sentit soudain plaquée contre le mur du hall d'entrée. La bouche et les mains d'Étienne semblaient sur elle partout à la fois. Maladroitement, ils tiraient sur les vêtements l'un de l'autre.

— Je ne peux pas attendre d'être arrivé là-haut…, dit-il avec l'air de s'excuser, tandis que le pantalon de Rachel tombait à ses pieds.

— Restons ici, suggéra-t-elle.

Elle ne se sentait pas non plus le courage d'attendre. Elle avait envie de lui là, tout de suite, sans perdre une seconde de plus.

Étienne ne se le fit pas dire deux fois. D'un geste, il baissa promptement la culotte de Rachel, agrippa à deux mains l'arrière de ses cuisses, la souleva et l'amena de nouveau contre lui. D'un coup, il se glissa en elle, leur arrachant des grognements de plaisir. Grâce aux nombreux rêves érotiques qu'ils avaient partagés, ils avaient l'impression de conclure enfin une étreinte à l'issue différée depuis des semaines.

Étienne marqua une pause, puis pivota sur le côté. Craignant soudain d'être de nouveau plongée en plein rêve, Rachel planta ses ongles dans ses épaules et supplia :

— Continue !

Il la déposa sur quelque chose – sans doute la table du hall – et commença à se mouvoir en elle. Il se retira lentement, pour se ruer de nouveau en elle, puis se retirer encore aussitôt.

Rachel ne se savait pas être capable de crier pendant l'amour. Elle ne l'avait jamais fait auparavant. Mais cette fois, quand son plaisir la submergea, elle cria, avant de mordre à belles dents le cou d'Étienne, buvant le sang de son corps tandis que le sien se convulsait et pulsait autour de son sexe dressé. Jamais aucune étreinte ne lui avait apporté autant de plaisir.

— *Hello.*

Rachel fit papillonner ses yeux lourds de sommeil et regarda avec étonnement l'homme penché au-dessus d'elle. *Étienne...* Elle le reconnaissait, naturellement, mais le changement de décor la perturbait. La dernière chose dont elle se rappelait, c'était de son corps explosant de plaisir sous l'effet du plus puissant orgasme de toute son existence. À présent, elle se retrouvait allongée sur une surface confortable : son lit, s'aperçut-elle finalement, plus perplexe encore. Comment avaient-ils fait pour se retrouver là ?

— Tu t'es évanouie, expliqua gentiment Étienne. J'espère que je n'y suis pas allé trop fort...

— Trop fort ? Non..., lui assura Rachel. (Puis elle se sentit rougir en comprenant ce qui venait de se passer.) Ta mère m'avait prévenue que cela pouvait arriver, ajouta-t-elle.

Marguerite lui avait également expliqué que le plaisir serait vingt fois plus puissant. Rachel n'était pas certaine que le sien avait atteint de tels sommets, mais il avait été au moins dix fois plus fort, et son infantement n'était pas encore achevé...

— Tu m'as mordu, reprit Étienne en effleurant du bout des doigts la pointe d'un de ses seins toujours dressée.

— Désolée..., s'excusa-t-elle.

Elle avait la voix rauque et elle frissonna en réponse à ses caresses.

— Pas de quoi. J'ai aimé ça. (Sa main délaissa le sein de Rachel pour dériver le long de son ventre.) J'aime savoir que tu étais excitée à ce point. J'aime tout, en toi.

— Oh ! Bien..., murmura Rachel, les yeux clos.

Son corps s'arc-bouta quand la main d'Étienne se glissa entre ses cuisses. Elle se mordit la lèvre et s'agita avec impatience sur le lit pour mieux se prêter à ses caresses. Puis, d'un coup, elle rouvrit les yeux et tendit les bras vers lui en décrétant :

— Je crois que j'ai encore envie de toi !

— Je *sais* que j'ai encore envie de toi ! rétorqua-t-il d'une voix grondante. (Rachel laissa sa main descendre le long de son sexe déjà dressé. Impatient, Étienne s'installa au-dessus d'elle, entre ses jambes écartées, mais se figea aussitôt pour demander :) Qu'y avait-il dans ces verres ?

— Ces verres ? répéta-t-elle, confuse.

Ses jambes s'agitèrent nerveusement contre lui. Elle ne voulait pas parler, n'avait même pas envie de préliminaires. Tout ce qu'elle voulait, c'était…

— Oui ! insista-t-il. Les verres que Thomas nous a commandés.

— Oh ! (Elle soupira longuement, incapable de comprendre quelle importance cela pouvait bien avoir.) Euh… Un cocktail : des Becs Sucrés, je crois ? Non. Ça, c'est le péché mignon de Marguerite. Quelque chose de doux, en tout cas. Douce…

— Sweet Ecstasy ? suggéra-t-il.

— Voilà, c'est ça ! Des Sweet Ecstasy. (Rachel sourit, espérant qu'ils allaient pouvoir en revenir à l'essentiel. Mais, à sa grande déception, Étienne gémit et se laissa aller contre elle.) Quoi ? s'inquiéta-t-elle. Qu'est-ce qu'il y a ? Il y a un problème, avec ce cocktail ?

— Un problème ? Non, pas vraiment. Pour te donner une idée, imagine les effets d'un Viagra pour les vampires, ou ceux de la mythique poudre de cantharide [1].

— À ce point-là ? s'étonna-t-elle, piquée par la curiosité.

---

1. Substance réputée aphrodisiaque produite à partir d'un coléoptère appelé « mouche d'Espagne ». (*NdT*)

L'idée n'était pas pour lui déplaire. Elle avait été tellement à cran, sexuellement parlant, ces derniers temps, qu'un peu de rab ne changeait rien à l'affaire. De toute façon, cela leur avait permis de briser la glace et de relâcher enfin la pression. Elle aurait juste aimé qu'il se décide à passer de nouveau à l'action.

Mais Étienne avait trois siècles d'expérience derrière lui et avait apparemment développé un self-control à toute épreuve. Il paraissait également d'humeur à bavarder.

— Oui, à ce point-là, répondit-il. En pire encore. Cette boisson est bourrée d'ocytocine, de dopamine, de norépinéphrine, de phényléthylamine et de Dieu sait quoi encore.

Rachel était impressionnée, plus par le fait qu'il soit capable de prononcer ces mots que de se les rappeler. Quant à elle, elle les connaissait tous. La plupart étaient des hormones jouant un rôle dans l'excitation sexuelle, même si l'ocytocine était également connue comme « la molécule du câlin », que l'on administrait à certaines mères pour les aider à nouer un lien avec leur bébé. On supposait qu'elle pouvait également se montrer efficace au sein d'un couple, mais cela restait à prouver. Tout cela n'en demeurait pas moins impressionnant. Mais elle aurait été plus impressionnée encore si le sexe en érection qui palpitait contre sa cuisse s'était décidé à palpiter en elle.

— Combien de temps l'effet dure-t-il ? s'enquit-elle en se demandant s'il commençait déjà à décliner en lui.

— Des heures…, maugréa-t-il. Je suis désolé. La prochaine fois que je verrai Thomas, je lui ferai payer ça. J'aurais dû vérifier ce qu'il avait commandé avant de te laisser boire. Dans la famille, il a toujours été le plus blagueur et…

— Étienne ! l'interrompit-elle.

— Oui ?

Il la regardait d'un air inquiet, comme s'il s'attendait à la voir se déchaîner contre lui à cause de ce que son cousin avait fait.

Rachel détendit les doigts qu'elle avait crispés dans son dos et lui caressa la joue avant d'ajouter :

— Si tu n'as pas envie de moi, je le comprendrai. J'en mourrai sûrement, mais je le comprendrai. Je…

— Mais bien sûr que si, j'ai envie de toi ! s'empressa-t-il de rectifier. Cela fait des jours que je crève d'envie de toi !

— Tant mieux ! (Un grand sourire illumina le visage de Rachel, rassurée au-delà de toute mesure.) Moi aussi j'ai envie de toi, avec ou sans adjuvant chimique. Alors, si on cessait de perdre du temps à parler de Thomas pour…

Elle ne put en dire davantage. Étienne la fit taire en s'emparant de ses lèvres et en la pénétrant enfin.

Rachel aurait pu soupirer de soulagement si elle n'avait été occupée à gémir de plaisir. Un besoin que lui seul pouvait combler mettait le feu à tous ses sens. Et ce besoin, il s'employait enfin à y répondre. Pourtant, ce n'était pas suffisant. Elle voulait… Sentir Étienne se redresser soudain contre elle interrompit sa rêverie. Il glissa ses genoux entre ses jambes sans rompre pour autant leur union et la souleva de manière qu'elle se retrouve assise dans son giron. Comme d'elles-mêmes, les jambes de Rachel se nouèrent autour de ses hanches.

Leurs corps glissaient l'un contre l'autre. Rachel frissonna de plaisir. Ils étaient désormais au plus proche l'un de l'autre. Ses seins caressaient la poitrine d'Étienne. Ses bras s'étaient refermés autour de ses épaules. Elle enfouit son visage contre son cou, déposant des baisers sur la peau très tendre qui se trouvait là. Puis, tandis que son excitation atteignait de nouveaux sommets, elle le mordilla doucement. Jamais Rachel n'aurait été prise d'une telle envie auparavant.

Pourtant, à cette seconde, elle n'avait plus qu'une idée en tête : planter profondément ses dents en lui.

Elle s'étrangla et lâcha un cri lorsqu'il la battit à ce petit jeu-là. Ce fut une morsure superficielle, qui ne fit sans doute pas couler beaucoup de sang, mais Rachel y vit une permission et referma à son tour ses dents sur le cou d'Étienne. Cette nouvelle jonction entre leurs deux corps, elle s'en servit comme d'un point d'ancrage au milieu du déchaînement de passion auquel ils se livraient. Rachel se sentit faiblir et eut la sensation que le monde s'assombrissait autour d'elle. Cependant, elle tint bon en serrant les dents et sentit une décharge d'excitation et d'énergie la traverser. Cela ressemblait à une drogue ; *c'était* une drogue. Elle se sentit survoltée, puis submergée, et un long gémissement lui échappa lorsqu'elle lâcha le cou d'Étienne pour se livrer tout entière à l'extase qui convulsait son corps.

De nouveau, les ténèbres l'engloutirent.

Chapitre 10

Étienne s'était levé et avait quitté la chambre lorsque Rachel se réveilla. Elle s'étira dans le lit en bâillant, un sourire ravi au coin des lèvres. Elle se sentait en pleine forme. Un peu affamée, peut-être, mais autrement en pleine forme. Il ne faisait pas l'ombre d'un doute pour elle que la nuit qu'elle venait de vivre était bien plus satisfaisante que n'importe quel rêve érotique. La vie sexuelle de Sylvia devait réellement être d'une pauvreté affligeante si elle s'imaginait qu'un rêve valait mieux que la réalité…

Ils avaient fait l'amour toute la nuit et même le petit matin ne les avait pas arrêtés. Midi approchait quand ils avaient fini par s'endormir dans les bras l'un de l'autre, épuisés mais finalement repus.

Rachel sourit de plus belle, les yeux perdus dans les tentures du ciel de lit, puis écarta les draps emmêlés pour s'asseoir au bord du matelas. Étienne était un véritable athlète du sexe. Il avait plus d'énergie que tous les hommes qu'elle avait rencontrés, et trois siècles d'expérience pour en faire bon usage. Il lui avait fait des choses qui l'avaient rendue folle de plaisir et dont le souvenir la faisait rougir. Ce fut donc en frissonnant et en rougissant qu'elle se leva et se précipita dans la salle de bains directement sous la douche.

Au point où elle en était, une douche glacée lui aurait sûrement fait le plus grand bien. C'était difficile à croire après le marathon sexuel auquel elle venait de se livrer, mais c'était pourtant vrai. Elle se glissa néanmoins sous l'eau chaude et resta longtemps sous le pommeau de douche, appréciant le ruissellement sur sa tête et dans son dos avant de se décider à se laver les cheveux. Son corps était encore tremblant et hypersensible. Rachel ignorait si c'était parce que les effets du Sweet Ecstasy se faisaient encore sentir ou si le souvenir du plaisir que lui avait offert Étienne troublait ses sens, mais chaque caresse du gant de toilette sur sa peau la faisait frissonner et aspirer à le rejoindre. Cet homme était comme une drogue pour elle. Une bonne dope…

Une fois sortie de la douche, Rachel se sécha, s'habilla et passa une brosse dans ses cheveux. Cela fait, elle s'adressa une grimace dans le miroir et se rua hors de la salle de bains pour se lancer à la recherche d'Étienne. Elle avait un profond besoin de le revoir, juste pour se sentir proche de lui. Peut-être également pour faire un petit câlin… et plus si affinités.

En descendant quatre à quatre l'escalier, Rachel sourit de la tournure coquine prise par ses pensées. Le silence qui régnait dans la maison ne fut pas pour la surprendre ni l'inquiéter. Sachant qu'Étienne ne pouvait que s'y trouver, elle se dirigea directement vers le sous-sol. Sans doute travaillait-il déjà sur son ordinateur.

Elle le trouva dans son bureau, mais bien qu'il fût assis dans son fauteuil, tous les écrans étaient éteints. Le dos tourné vers elle, l'écouteur collé à l'oreille, il se trouvait en grande conversation au téléphone. Rachel alla se placer derrière lui et posa timidement les mains sur ses épaules. Aussitôt, il posa sa main libre sur l'une des siennes sans cesser de parler. S'apercevant à cc moment-là qu'elle n'avait pas été jusqu'alors tout à fait sûre de l'accueil qu'il allait lui réserver, Rachel sourit et se détendit. Il avait affirmé qu'il avait envie d'elle depuis des jours, mais cela ne voulait pas dire grand-chose. Il aurait pu affirmer cela sans vraiment le penser. Il aurait pu également avoir perdu tout intérêt pour elle après avoir satisfait ses appétits. Manifestement, cela ne s'était pas produit.

— Super ! Je vais guetter son arrivée…, lança-t-il avant de raccrocher.

Dès l'instant où le combiné fut reposé sur son support, il se leva, se retourna et la prit dans ses bras pour un baiser de bienvenue.

— Bonjour, beauté…, murmura-t-il quand leurs lèvres se séparèrent à regret. Comment te sens-tu, ce matin ?

Rachel rougit et lui embrassa le bout du nez.

— Affamée, répondit-elle.

Cela le fit pouffer de rire et s'exclamer :

— Tu es insatiable !

— Oui, je le suis. Mais je voulais dire que je meurs *réellement* de faim.

— Ah ! (Étienne laissa fuser un petit soupir et la serra une nouvelle fois dans ses bras, avant de l'entraîner par la main hors de son bureau.) Oui, moi aussi, avoua-t-il. Malheureusement, nous sommes à cours de sang. J'étais justement en train de demander à Bastien de nous en faire parvenir. Le ravitaillement devrait arriver d'ici peu, mais d'ici là…

Alors qu'ils venaient de pénétrer dans la cuisine, Étienne s'était figé et brusquement tu. Rapidement, il rejoignit la porte vitrée donnant sur l'arrière et se mit à scruter les ténèbres nocturnes.

— Que se passe-t-il ? s'enquit Rachel avec curiosité.

Elle le rejoignit et examina avec lui le grand jardin qui occupait tout l'arrière de la maison. Elle l'avait déjà souvent observé, de jour comme de nuit, et il lui avait semblé fort agréable chaque fois, avec sa grande fontaine, sa rocaille et pas mal d'arbres.

— J'ai cru voir quelqu'un là-dehors, murmura-t-il. (Après avoir serré brièvement la main de Rachel dans la sienne, il ajouta :) Attends-moi ici. Je veux juste jeter un rapide coup d'œil.

Il se retrouva à l'extérieur avant qu'elle ait pu ajouter quoi que ce soit. Elle tint la porte ouverte afin de pouvoir mieux observer ce qui se passait et le regarda s'éloigner. L'intention de Rachel avait été d'ouvrir l'œil au cas où un rôdeur se serait tenu en embuscade, mais ses yeux se posèrent aussitôt sur le fessier d'Étienne et parurent décidés à ne plus en bouger. Sachant qu'il avait de toute façon une meilleure vision nocturne, elle décida de ne pas lutter. D'autant qu'elle avait vraiment une belle vue, et même une très belle vue… Rachel ne s'était jamais rendu compte à quel point le cul d'un homme pouvait être beau. Elle aurait voulu l'attraper, le pétrir entre ses mains et…

— Ce doit être encore les effets du Sweet Ecstasy…, maugréa-t-elle en secouant la tête.

Mais son regard revint se polariser sur le derrière d'Étienne dès qu'elle risqua les yeux dans sa direction. Plutôt que de rester là à saliver, la langue pendante, Rachel décida qu'elle ferait mieux de le rejoindre. Elle laissa la porte se refermer doucement derrière elle et marcha silencieusement vers lui.

— Tu as vu quelque chose ? demanda-t-elle dans un murmure, un peu distraite par son odeur.

Étienne sentait vraiment bon. Délicieusement bon. Elle l'avait déjà remarqué chaque fois qu'elle avait niché son visage au creux de son cou, mais dorénavant elle le sentait tout aussi bien en restant simplement debout à côté de lui. Sans doute, comme prévu, ses sens avaient-ils gagné en acuité, songea-t-elle avec plaisir. Peut-être serait-elle bientôt capable de contrôler ses dents, et même de boire du sang. Ce truc avec les pailles que lui avait montré Thomas fonctionnait parfaitement, mais elle aurait préféré pouvoir boire directement au verre, comme ils le faisaient tous. Tant qu'elle n'en serait pas capable, elle aurait l'impression d'être une ado sirotant son soda.

— Non, répondit Étienne. J'ai dû me laisser abuser par un jeu d'ombres.

— Mmmm…

Rachel renifla doucement et se rapprocha de lui. De lui-même, son regard glissa le long de son cou. Il sentait réellement *délicieusement* bon. Il était même… à croquer. Pour une raison qui lui échappait, il lui faisait penser à un bon gros chateaubriand bien saignant.

À la source… Les paroles de Marguerite firent écho dans sa mémoire. En se les remémorant, Rachel ouvrit de grands yeux épouvantés.

— Que se passe-t-il ? s'étonna Étienne en la voyant se détourner brusquement de lui. Tu as vu quelque chose ?

— Non…, répondit-elle, assaillie par la culpabilité. Non, pas du tout. Nous devrions rentrer, maintenant, tu ne crois pas ? Il fait un peu froid dehors.

Il était vrai qu'il faisait un peu frais pour la saison et qu'ils ne portaient ni l'un ni l'autre de veste. Mais elle n'en aurait pas fait mention si cela n'avait constitué une parfaite diversion.

— Tu as froid ? s'inquiéta-t-il.

— Non, admit-elle, la tête penchée sur le côté. Pourquoi n'ai-je pas froid ? Je devrais être gelée. La nuit est tout de même assez fraîche, non ?

— Ton corps est mieux armé pour résister au froid, expliqua-t-il. Tu n'auras plus à t'en inquiéter, pas plus que du gel ou des engelures. Mais nous ferions tout de même mieux de rentrer. Ton métabolisme va consommer davantage de sang pour te maintenir au chaud. Il te faudra te nourrir plus tôt, et je sais que tu es déjà affamée.

— Désespérément affamée…, approuva Rachel, dont le regard se porta de nouveau sur le cou d'Étienne.

Mal à l'aise, elle détourna les yeux.

— Un peu de patience, le livreur sera bientôt là avec le petit déjeuner, répliqua-t-il d'un ton assuré. Ce sera probablement Thomas. Il se propose souvent pour des courses de ce genre.

— Oh ! C'est gentil de sa part, commenta-t-elle. (Elle marqua une pause en voyant Étienne tourner deux fois de suite la poignée de porte de la cuisine.) Que se passe-t-il ? s'inquiéta-t-elle.

— Euh… Rachel ? répondit-il, l'air ennuyé. Tu as bien déverrouillé la porte, avant de sortir ?

— Moi ? Mais non ! C'est *toi* qui as déverrouillé la porte pour l'ouvrir. Je l'ai simplement laissée se refermer derrière moi.

Étienne fit la grimace et précisa :

— À moins d'ôter le cran de sûreté, la porte se verrouille automatiquement en se refermant. Nous voilà coincés ici.

— Quoi ? (Rachel le rejoignit et essaya à son tour de faire tourner la poignée, mais à sa grande consternation la porte demeura fermée.) Ce n'est pas possible ! s'énerva-t-elle. Nous ne pouvons tout de même pas être enfermés dehors !

— J'en ai bien peur.

Étienne paraissait bien plus amusé qu'agacé.

Rachel, quant à elle, ne trouvait pas cela amusant du tout. Elle se sentait réellement morte de faim, au point qu'il ressemblait de plus en plus à ses yeux à une irrésistible friandise. Et si le froid accentuait encore son besoin de sang… Dardant sur lui un regard sévère, elle suggéra :

— Tu n'as qu'à passer par une fenêtre.

Il secoua catégoriquement la tête et répondit fermement :

— Désolé. La maison est équipée d'un système d'alarme sophistiqué. Il se mettra en route si je tente quoi que ce soit de ce genre.

— Eh bien… Tu ne pourrais pas couper quelques fils, ou quelque chose comme ça ?

— Bien sûr, que je le pourrais, mais pourquoi saboter un aussi coûteux dispositif pour s'épargner quelques minutes d'attente dans le froid ? Le livreur qui ne va pas tarder à arriver aura sans doute un portable sur lui. Je pourrai appeler Bastien pour lui demander de m'apporter mon trousseau de clés de secours. Nous n'aurons pas plus de quelques minutes à patienter, je te le jure. Et la nuit est belle, non ? Je pourrais te faire visiter mon jardin. Tu ne l'as vu que depuis la maison jusqu'à présent. J'ai de beaux spécimens de plantes à floraison nocturne qui...

— Étienne ! l'interrompit Rachel avec irritation.

Mais, au dernier moment, elle tint sa langue. Elle ne se sentait pas le courage de lui avouer qu'il ressemblait pour elle à un alléchant beefsteak. Les morsures érotiques qu'ils avaient échangées semblaient avoir atténué la répulsion qu'elle éprouvait auparavant à l'idée de mordre qui que ce soit. Le temps était sans doute venu pour elle de vérifier qu'elle pouvait se contrôler. Elle ne tenait pas à attaquer un de ses collègues une nuit où elle aurait un petit creux.

— Qu'est-ce qu'il y a ? demanda Étienne, surpris par son soudain mutisme.

— Rien du tout, dit-elle enfin. Montre-moi ton jardin.

Souriant, Étienne lui prit la main et lui fit contourner la fontaine pour rejoindre le jardin. Le terrain était si grand que Rachel en conclut qu'il était situé en périphérie de Toronto. Elle ne pouvait avoir de certitude, cependant, car une grande palissade entourait la propriété. Prenant note mentalement de lui poser la question plus tard, elle le suivit au long des allées et l'écouta lui nommer les plus beaux spécimens de plantes qu'il lui montrait du doigt.

C'était un adorable jardin, manifestement conçu pour être visité de nuit, ce qui pouvait se comprendre. Des spots et des réverbères étaient installés par endroits – pour l'ambiance sans doute –, mais aucun n'était allumé. Seul le clair de lune éclairait leurs pas, ce qui n'empêchait pas Rachel d'y voir clair. Sans doute sa vue était-elle en train de s'améliorer, comme Marguerite avait dit qu'elle le ferait. Si elle n'avait pas eu aussi faim, elle aurait pu s'en réjouir. Son besoin de se nourrir était tel qu'elle en avait des crampes dans tout le corps. Étant donné qu'Étienne ne paraissait pas connaître le même problème, elle en concluait que son corps n'avait pas achevé sa transformation et avait encore besoin de davantage de sang que le sien.

— Pourquoi me regardes-tu comme un cochon de lait tout juste sorti du four avec une pomme dans la gueule ?

Rachel détourna difficilement les yeux de son si séduisant cou et força un sourire sur ses lèvres.

— Parce que tu as l'air tellement délicieux…, avoua-t-elle d'un ton léger.

Sans réfléchir à ce qu'elle faisait, elle se rapprocha de lui. Après avoir laissé ses mains courir sur sa poitrine, elle les noua derrière sa nuque et attira sa tête à elle pour l'embrasser.

Étienne se laissa faire de bonne grâce, s'emparant de ses lèvres avec une passion comparable à la sienne. Tout contre sa bouche, Rachel soupira de soulagement en constatant qu'il était si facile d'obtenir ce qu'elle voulait. Puis elle interrompit le baiser et laissa ses lèvres remonter le long de sa joue jusqu'à son oreille, qu'elle mordilla légèrement.

— Tu sens bon…, susurra-t-elle. Si bon qu'on en mangerait !

À ces mots, Étienne eut un petit rire amusé, qui mourut rapidement quand Rachel le sentit se raidir entre ses bras. Du bout des dents, elle avait commencé à lui mordiller le cou.

— Euh… Rachel ? Chérie ? dit-il d'une voix tendue. Il me semble que tu confonds l'appétit sensuel avec l'appétit tout court. Ce ne serait pas une bonne idée de… Aaaaah !

Son avertissement mourut sur ses lèvres. Une main fermement posée sur son entrejambe, Rachel venait de trouver – et de serrer – ce qu'elle cherchait à travers la toile du jean. Le souffle d'Étienne se fit court. Elle commença à le caresser et il se mit à haleter contre son oreille.

— Mordiller ne peut pas faire de mal, reprit-elle d'un ton mutin. Qu'en dis-tu ?

Rachel laissa fuser un rire rauque et lui lécha le cou. Elle n'avait pas la moindre idée de ce qu'elle était en train de faire. Elle se contentait de suivre son instinct, et son instinct lui dictait de lui lécher le cou. En fait, elle aurait aimé le lécher partout… Étienne était pour elle une sucette géante. Peut-être une sucette fourrée. Elle aurait aimé savoir combien de temps il lui aurait fallu le lécher pour atteindre le cœur, mais elle n'aurait pas été sûre de ne pas céder à l'envie de le mordre avant de parvenir jusque-là.

Rachel lécha de nouveau son cou, sa langue suivant la veine saillante qui y courait, devinant son tracé avec une assurance qui l'effrayait. Elle avait si désespérément envie de le mordre… Elle était affamée, tenaillée par la faim. Sans doute ce qu'elle ressentait n'était-il pas très éloigné de ce que ressentait une junkie en manque attendant son fix. Elle crevait d'envie de le mordre, mais sans doute cela aurait-il été malséant de le faire et elle ne put s'y résoudre. Elle l'avait mordu plusieurs fois, au cours de la nuit précédente, mais toujours sous l'empire de la passion. Rachel se sentait assez passionnée par lui pour l'heure, mais peut-être pas de la bonne manière. Il lui fallait arranger ça.

Renonçant à l'emprise qu'elle exerçait sur lui, elle laissa ses mains remonter le long de son torse, attrapa sa chemise par le col et l'ouvrit d'un geste sec. Étienne sourit en voyant les boutons céder et se répandre autour de lui. Elle ne s'était pas attendue à cela : tout juste avait-elle imaginé que le premier bouton s'arracherait et qu'il lui faudrait défaire les autres manuellement. Mais apparemment, elle était en train d'acquérir la force surhumaine qui lui avait été promise…

Sa surprise ne la ralentit dans son entreprise qu'un court instant. En découvrant la poitrine d'Étienne dénudée, dont le clair de lune soulignait les reliefs d'une lueur argentée,

Rachel entendit un ronronnement presque animal monter de sa gorge. Ses mains aussitôt caressèrent les plages de chair exposées à ses regards. La peau, sous ses doigts, était lisse et fraîche ; douce comme le velours mais recouvrant des muscles aussi durs que l'acier. Avec un soupir de plaisir, elle se pencha pour poser ses lèvres à l'endroit où battait son cœur. Sous sa bouche, elle sentit distinctement les battements sourds. Le pouls était fort et régulier ; Étienne était vivant et puissant et elle le désirait.

Rachel rejeta la tête en arrière, glissa une main derrière sa nuque et attira son visage vers elle. Elle couvrit ses lèvres avec les siennes, les effleurant doucement tout d'abord, puis ouvrant la bouche pour mordiller entre ses dents sa lèvre inférieure. Elle tira dessus jusqu'à la sentir lui échapper avec un petit « plop » qui les fit rire tous deux. Ensuite, Étienne en eut manifestement assez de jouer et la prit avec urgence dans ses bras pour un baiser qui n'avait plus rien de tendre ni de ludique. Il s'empara de sa bouche, puis ouvrit la sienne et fit pointer sa langue pour inciter Rachel à entrouvrir ses lèvres. Elle s'ouvrit à lui sans hésiter et lança à son tour sa langue à l'assaut de la sienne. Un grondement de plaisir à demi étouffé monta de sa gorge tandis que leurs langues se mêlaient.

Étienne lui fit écho, ce qui la fit sourire et mettre un terme au baiser. Elle laissa ses lèvres glisser le long de son menton, puis de sa gorge, inhalant au passage son odeur délicieuse mais préférant ne pas s'attarder pour ne pas se laisser tenter par la promesse alléchante de sa jugulaire. Elle couvrit ensuite sa poitrine d'un chapelet de baisers, ne s'arrêtant que pour titiller l'une après l'autre ses aréoles du bout de la langue. Simultanément, ses ongles griffaient la peau de son dos, suffisamment pour qu'il puisse le sentir mais pas assez pour faire jaillir le sang.

Étienne grogna plus longuement encore et se contorsionna pour échapper à la caresse. Il tendit les bras vers elle, sans doute pour la hisser de nouveau contre lui et l'embrasser de plus belle, mais elle se déroba avec un rire coquin et tomba à genoux devant lui. Dans cette position, elle se retrouva face à son entrejambe. La tête rejetée en arrière, elle lui adressa un sourire malicieux et porta les mains à la ceinture de son jean. Ses doigts s'activèrent pour défaire le bouton de sa braguette. Étienne prit une longue inspiration tremblante, puis retint son souffle lorsqu'elle baissa la fermeture Éclair.

Rachel lui adressa un nouveau sourire, plus large encore, avant de glisser sa main dans le pantalon pour mettre son sexe à l'air. Elle reconnut son erreur dès qu'elle le mit en bouche. Son membre avait entre ses lèvres un goût et un fumet qui rendaient irrésistible l'envie de le mordre. Sous le mince rempart de peau protégeant la hampe de chair dressée, elle pouvait véritablement sentir le sang circuler et pulser sourdement.

Seigneur Dieu ! songea-t-elle faiblement. *Mordre là-dedans, ce serait comme mordre dans une saucisse…* Le fluide vital coulerait, épais et chaud, dans sa bouche, puis glisserait le long de sa gorge pour apaiser la faim atroce qui tourmentait son corps. Cette idée lui parut curieusement érotique. Elle lui sembla également parfaitement horrible. Rachel avait du mal à croire qu'à genoux devant un homme, elle puisse envisager sérieusement de croquer le membre viril qui lui avait donné tant de plaisir la nuit précédente. Bon sang ! Il était manifeste qu'elle n'était pas prête à retourner au boulot. Si elle se sentait capable de telles extrémités, personne ne serait à l'abri de ses appétits.

— Rachel ?

Elle leva les yeux le long du corps d'Étienne et finit par croiser son regard troublé. Elle s'aperçut alors que, tout en gardant son sexe en bouche, elle s'était figée depuis un moment déjà. Décidée à se ressaisir, Rachel serra à sa base le sexe d'Étienne entre ses doigts et laissa ses lèvres descendre lentement sur toute sa longueur, une fois, puis une autre encore. Elle en était capable, tentait-elle de se convaincre. Elle pouvait résister à la tentation. Elle le devait. Elle devait se prouver qu'elle surmonterait n'importe quelle difficulté, que ses collègues seraient en sécurité autour d'elle, que, confrontée à une tentation aussi proche – aurait-elle pu l'être davantage qu'au fond de sa bouche ? – elle pouvait triompher de ses nouveaux instincts. Étienne poussa un long gémissement qui lui donna du courage. De nouveau, elle suça son sexe dressé sur toute sa longueur, sa langue explorant ses contours avec un intérêt qui se focalisait sur la veine saillante dont elle suivait le tracé. Son esprit jouait les démons tentateurs. Une voix insidieuse murmurait en elle : *juste une petite morsure, pas plus, un tout petit pinçon de rien du tout…* Vaillamment, elle repoussa la tentation et sortit très lentement son membre de sa bouche. Progressivement, elle devenait consciente des réactions d'Étienne à ses caresses. Rachel avait déjà expérimenté cette sensation étrange plusieurs fois avec lui – leur excitation respective confluant en une seule, grandissant pour chacun d'eux en un raz-de-marée de passion et de désir. Cette fois, cependant, était différente. L'esprit de Rachel, préoccupé comme il l'était par la nécessité de se nourrir, n'était pas sexuellement excité. Aussi le plaisir qu'elle ressentait n'était-il que celui d'Étienne. Il lui inondait l'esprit comme s'il avait été le sien, l'emplissant de toutes les sensations qui l'assaillaient et lui procuraient des voluptés presque insupportables.

Sentir sa propre bouche, moite et chaude, aller et venir au-dessus de lui était une expérience qu'elle n'aurait pu connaître avec autant d'intensité en tant qu'humaine. Le frottement de ses dents contre la chair d'Étienne offrait un piment supplémentaire qui les faisait gémir tous deux. Rachel serra ses cuisses l'une contre l'autre pour résister à cette nouvelle sensation à la limite de la souffrance qui naissait entre elles. Le mélange de douleur et de plaisir était tel qu'elle le refit plusieurs fois, jusqu'à être sûre qu'ils ne pourraient ni l'un ni l'autre en supporter une de plus sans se dissoudre complètement.

Consciente que ces pensées reflétaient l'état d'esprit d'Étienne autant que le sien et ne souhaitant pas conclure si vite, Rachel imprima un rythme différent à ses caresses. Elle sourit de sentir le désappointement d'Étienne l'assaillir tout comme son plaisir l'avait fait. Glissant sa main libre le long de ses jambes gainées de jean, elle affermit sa prise à la base de son sexe et laissa sa langue s'enrouler autour de lui.

— Rachel…

Dans la bouche d'Étienne, c'était une supplique pour qu'elle le délivre, mais elle avait décidé d'être sans cœur. Elle était affamée, de plaisir autant que de sang. Elle voulait faire de cette expérience un souvenir qu'il n'oublierait jamais. Et puisqu'elle la vivait avec lui, sachant exactement comment elle l'affectait, elle était certaine d'arriver à ses fins.

Toute femme aurait dû pouvoir faire l'expérience de cette capacité unique à ressentir le plaisir de l'autre, songea-t-elle vaguement. Ainsi, aucune n'aurait plus jamais douté de ses capacités à donner du plaisir à un homme, ou bafouillé en lui demandant d'indiquer ce qui lui plaisait ou non. Toute femme aurait simplement su, et agi en conséquence, tout en partageant la jouissance de chaque partenaire.

— Bon sang, Rachel !

De nouveau, elle ignora sa plainte. Sachant parfaitement comment il réagissait aux allées et venues de sa bouche, elle sentait qu'il était sur le point de jouir. Prête elle-même à le suivre, Rachel ne changea ni de rythme ni de technique. Cette fois, ses appétits ne seraient pas trompés.

Étienne poussa un cri et jouit dans la bouche de Rachel un battement de cœur avant que se déclenche son propre orgasme. Elle sentit leurs jouissances mêlées embraser son esprit, puis ses nouveaux instincts prirent le dessus et elle planta ses canines dans la veine avec laquelle sa langue avait joué. Elle sentit la réaction de recul d'Étienne, puis le bonheur que lui procurait le sang baignant ses dents fit écho en lui. Les deux sensations se mêlèrent, rebondirent de l'un à l'autre, prirent à chaque nouvel échange une puissance qui finit par les dépasser.

Voyant Étienne commencer à vaciller, Rachel laissa ses dents se rétracter et le libéra. Puis elle se laissa tomber en arrière sur ses fesses tandis que lui-même tombait à genoux devant elle. Son cerveau luttait pour assimiler le tsunami de plaisir qui lui tombait dessus, mais simultanément elle sentit une grande faiblesse s'abattre sur elle. Était-ce la sienne ?

Étienne l'encercla de ses bras, mais elle le sentit à peine. Quand il s'adressa à elle, ses paroles lui parurent si déformées qu'elle fut incapable de le comprendre. Puis il commença à s'effondrer sur le dos. Rachel tenta de le rattraper pour l'aider à se tenir à genoux mais elle n'en trouva pas la force. Elle se sentit glisser dans les ténèbres liquides qui l'engloutissaient chaque fois qu'ils faisaient l'amour.

Pourtant, rien n'était pareil. Les fois précédentes, Rachel avait été la seule à perdre pied. Étienne – plus fort et plus aguerri après trois siècles d'existence – avait constitué son ancrage et son point de repère. Cette fois, il semblait sombrer dans l'inconscience avec elle. Cette découverte lui fit très peur. Elle aurait été incapable de dire si cette frayeur était la sienne ou celle d'Étienne, mais en s'évanouissant avec lui elle comprit que quelque chose de grave leur était arrivé.

Rachel s'éveilla lentement, ignorant ce qui l'avait dérangée dans son sommeil. Elle demeura quelques instants immobile, les yeux fermés, la joue posée sur une surface dure et fraîche. Elle se sentait incroyablement faible – quasiment épuisée, vraiment –, et elle ne comprenait pas pourquoi. Quand les souvenirs de ce qui s'était passé dans le jardin émergèrent progressivement de sa mémoire, elle se surprit à sourire. Ce sourire s'éteignit rapidement et elle se renfrogna. Elle n'aurait pas dû se sentir aussi faible. Elle avait absorbé un peu du sang d'Étienne, et cela aurait dû la fortifier, pas l'affaiblir, non?

—Étienne?

Ce cri lointain la tira de son état de langueur. Rachel ouvrit les yeux sur les formes sombres du jardin qui l'entouraient. Au milieu des plantes à floraison nocturne, elle reposait, la joue calée contre la poitrine d'Étienne. Avec une prudente lenteur, elle parvint à se redresser suffisamment pour regarder au-dessus des buissons qui bordaient le chemin en direction de la maison. Rien de particulier ne se signala à son attention. Tout paraissait aussi tranquille et désert que lorsqu'ils s'étaient retrouvés enfermés dehors.

Rachel soupira et s'autorisa à se laisser aller de nouveau contre le sol glacé. Elle était à la fois choquée et un peu effrayée par la faiblesse qui l'accablait. Tournant la tête sur le côté, elle aperçut la forme pâle d'Étienne. Allongé à côté d'elle dans l'herbe humide de rosée, son corps paraissait briller au clair de lune. Rachel parvint à tendre le bras pour toucher doucement sa poitrine, sans obtenir aucune réaction.

Elle sentit l'inquiétude se faire jour en elle.

—Étienne? (Elle le secoua un peu plus fort et insista:) Étienne?

—Étienne! lança une voix masculine, en écho à la sienne. (Elle avait retenti plus près d'elle, cette fois, mais elle semblait toujours un peu assourdie, comme si elle l'avait entendue de très loin ou à travers des oreillettes.) Rachel? reprit cette même voix. Où êtes-vous tous les deux? Bon sang, répondez-moi! Je sens votre présence, mais trop faiblement pour vous repérer.

Malgré tout, la voix semblait se rapprocher. Rachel eut à peine le temps d'observer sa tenue pour vérifier qu'elle était décente avant d'entendre la porte arrière de la maison claquer sèchement. Elle se força à se redresser sur son séant à l'instant où Bastien apparut dans son champ de vision.

— Vous voilà enfin ! s'exclama-t-il en s'empressant de les rejoindre. J'étais malade d'inquiétude quand Tom m'a dit qu'il n'obtenait pas de réponse et que toutes les portes étaient verrouillées. Je me suis précipité avec le trousseau de secours et... Mais qu'est-ce qui vous est arrivé ? s'enquit-il d'un air inquiet lorsqu'il découvrit la silhouette prostrée de son frère à côté de Rachel. (Puis il écarquilla les yeux et conclut simplement :) Oh !

Rachel tourna la tête vers Étienne et rougit en se rendant compte que sa braguette était restée ouverte. Son pénis au repos en sortait, marqué par une paire de perforations éloquentes qui ne pouvaient que trahir une morsure de vampire.

— Oh, mon Dieu ! reprit Bastien. Vous l'avez mordu, hein ?

Sous le coup de l'humiliation autant que de la faiblesse qui l'empêchait de se relever, Rachel se laissa glisser sur le sol en gémissant et couvrit son visage de son bras.

— Tom ! cria Bastien. Apporte du sang !

Alertée, Rachel laissa retomber son bras. Comme s'il ne suffisait pas que Bastien soit le témoin de son humiliation, il fallait en plus que le cousin d'Étienne les rejoigne... Elle se calma un peu en voyant Bastien s'accroupir près d'Étienne et le rendre plus décent en rajustant ses vêtements.

— Comment vous sentez-vous ? s'inquiéta-t-il ce faisant. C'est pas la grande forme, hein ?

Surprise par sa sollicitude, Rachel lui jeta un coup d'œil en biais.

— Non, admit-elle. Bien que je ne comprenne pas pourquoi.

— Vous devez avoir ingéré trop de sang, expliqua-t-il. (Il jeta à son frère inconscient un regard courroucé et ajouta :) Étienne aurait dû vous prévenir. Il sait pourtant à quoi s'en tenir.

— Il était… euh… un peu distrait, précisa-t-elle en rougissant de plus belle. (Après s'être éclairci la voix, elle demanda :) Pourquoi n'aurais-je pas dû…

— Vous avez dans votre système sanguin un certain nombre de nanos, répondit-il en la comprenant à mi-mots. Le nombre idéal en fonction de votre corpulence. Ce contingent se régule automatiquement de manière à remplacer les nanos qui font défaillance ou à éliminer ceux qui seraient en surnombre. Un afflux soudain de nanos en provenance d'un autre vampire dérègle ce mécanisme et il faut du temps à votre système pour retrouver son équilibre. Sans compter que ce surplus de nanos brûle encore plus d'hémoglobine. Ce n'est déjà pas drôle quand cela arrive à quelqu'un de bien nourri, mais Étienne m'a confié que vous aviez du mal à vous alimenter parce que vous ne supportez pas le goût du sang. Et, pour ne rien arranger, vous n'avez pas pu déjeuner en vous réveillant ce soir. D'ailleurs, c'est ce qui a conduit Thomas jusqu'ici.

Comme par un fait exprès, l'intéressé s'avança vers eux à cet instant d'un pas nonchalant, porteur d'une glacière médicale. Il remarqua tout d'abord la forme inconsciente de son cousin, puis l'état de faiblesse et les cheveux en désordre de Rachel, mais il ne fit aucune remarque et se contenta de dire en souriant :

— *Hello*… On dirait que j'arrive à temps.

Il ouvrit la glacière et en tira deux poches de sang. Après en avoir tendu une à Bastien, il prit le temps de récupérer deux pailles dans sa poche de poitrine et de les insérer dans la poche qu'il avait gardée.

—Je me doutais qu'Étienne n'en aurait pas chez lui, expliqua-t-il en la lui tendant. Et je savais que tu en aurais besoin. Alors je me suis arrêté dans un magasin en route.

Rachel le remercia d'un sourire et fixa rapidement l'extrémité des pailles à ses dents. Le contenu de la poche baissa rapidement. Elle soupira de soulagement. La douleur refluait rapidement et elle se sentait sortir de son état de faiblesse.

—Une autre poche, Thomas! ordonna Bastien.

Il retira la poche déjà vide dans laquelle il avait planté les dents d'Étienne et la remplaça par celle que lui tendait Thomas. Puis, laissant son regard inquiet courir de son frère à Rachel, il demanda:

—Quelle quantité avez-vous prise?

Rachel lui répondit d'un haussement d'épaules embarrassé. Elle n'en avait pas la moindre idée.

—Tu l'as mordu? s'enquit Thomas avec un regard compatissant. Cela arrive souvent aux néophytes. (Bastien émit ce qui pouvait ressembler à un grognement d'approbation, mais Rachel n'y prêta pas attention. Elle surveillait du coin de l'œil Thomas, qui observait son cousin évanoui.) Où l'as-tu mordu? reprit-il. Je ne vois pas les marques.

—Donne-lui plutôt une autre poche de sang! intervint Bastien en tapotant amicalement le genou de Rachel.

Elle rougit et s'agita sur son séant, la bouche hermétiquement close. Pour rien au monde elle n'aurait admis à quel endroit elle avait mordu Étienne.

—D'accord, répondit Thomas.

Il lui prit des mains la poche vide, ôta les pailles, les fixa sur une nouvelle, qu'il lui tendit en souriant. Apparemment, il avait oublié sa question précédente, mais Rachel n'était pas dupe. Elle avait surpris un échange de regards entre les deux cousins et elle était à peu près sûre qu'ils avaient communiqué par la pensée. Elle espérait juste que Bastien avait réussi à convaincre Tom de ne pas insister, même si une lueur d'espièglerie faisait étinceler ses yeux.

Rachel poussa un soupir misérable et fixa une nouvelle fois les pailles à l'extrémité de ses canines pour laisser celles-ci absorber le sang dont elle avait tellement besoin.

À sa grande surprise, Thomas vint lui tapoter amicalement l'épaule.

— Faut pas t'en faire, petite sœur…, lui dit-il gentiment. C'est ma faute, pas la tienne.

Rachel passa un sale moment en se rappelant que ces hommes étaient non seulement capables de communiquer entre eux par la pensée, mais aussi de lire dans l'esprit de leur prochain. Bastien n'avait sans doute pas eu à révéler à son cousin à quel endroit du corps elle avait mordu Étienne. Sans le savoir, elle avait dû s'en charger elle-même… Puis le sens de ses paroles la frappa et elle le dévisagea avec curiosité. Comment pouvait-il dire que toute était sa faute ? Avant qu'elle ait pu libérer ses dents des pailles pour le lui demander, un gémissement poussé par Étienne attira son attention.

— Relax…, ordonna Bastien en voyant les yeux de son frère s'ouvrir d'un coup et en assistant à sa lutte pour se redresser. Tu as besoin de plus de sang avant de faire des efforts physiques.

Étienne se laissa retomber sur le sol mais ses yeux fouillèrent les alentours tant qu'il n'eut pas repéré Rachel. Puis sa main quitta son estomac pour venir se poser en un geste de consolation sur son genou. Elle supposa – ou plus exactement elle espéra – qu'il s'agissait d'un message silencieux de sa part pour lui faire comprendre qu'il ne lui en voulait pas, et elle se sentit mieux.

— Cela devient une mauvaise habitude, Étienne. (Avec étonnement, tous deux reportèrent leur attention sur Bastien, qui venait de s'exprimer tout en fourrant une nouvelle poche de sang dans la bouche de son frère.) C'est… quoi ? La troisième fois que je dois venir te sauver la mise, dernièrement ?

Étienne parvint à proférer un juron retentissant en gardant la poche de sang en bouche, ce qui impressionna grandement Rachel. Elle se sentait incapable de ce genre d'exploit, mais il était vrai qu'Étienne avait sur elle une paire de siècles d'avance, question expérience. Elle se demanda néanmoins s'il n'était pas impoli, chez les vampires, de parler la bouche pleine. Elle avait été quant à elle élevée avec la certitude que ça l'était. Pour les humains, du moins.

— Vous êtes à présent l'une des nôtres, Rachel…, fit valoir tranquillement Bastien. (Comme elle ne lui répondait pas, il se tourna vers Étienne et reprit :) Ainsi, tu penses avoir vu Pudge traîner dans le coin ?

Cette fois, Étienne retira la poche de sa bouche avant de protester :

— Arrête de lire mes pensées ! Ce n'est pas poli.

— L'info était disponible à la périphérie de ta conscience, répliqua-t-il en haussant les épaules. Laisse-moi te dire qu'il était plutôt imprudent de… euh… te laisser distraire avec le risque que Pudge puisse vous surprendre. Il aurait pu s'en prendre à vous pendant que vous étiez inconscients tous les deux.

— J'ai dû me faire des idées, maugréa Étienne. J'ai fouillé le jardin et je n'ai pas trouvé trace de lui. Puis nous avons laissé la porte se refermer derrière nous. Nous attendions que Thomas arrive afin qu'il t'appelle pour te demander de rappliquer avec mes clés.

— Et c'est comme ça que vous avez décidé en m'attendant de vous réchauffer en échangeant des fluides corporels…, intervint Thomas. (Il rit, s'attirant un regard noir d'Étienne. Haussant les épaules, il se tourna vers Rachel et s'excusa :) Désolé. Elle était trop tentante, je n'ai pas pu m'en empêcher.

— Avez-vous absorbé suffisamment de sang pour retourner dans la maison et achever de vous remettre tout seuls ? demanda Bastien brusquement.

— Ouais, ouais…

Étienne lui tendit la poche qu'il venait de vider et se remit debout avec son aide.

Rachel accepta la main que lui offrait Thomas et se leva elle aussi. Elle sentit un peu de l'embarras et du malaise suscités en elle par la situation se dissiper quand Étienne lui prit la main pour la conduire jusqu'à la porte. Cela avait été une expérience toute nouvelle pour elle, mais il était vrai que celles-ci ne manquaient pas ces derniers temps. Sa vie avait définitivement pris un tournant décisif.

— Alors ? s'enquit Bastien quand ils eurent tous regagné la cuisine. As-tu parlé à Rachel de…

— Non ! l'interrompit brusquement Étienne.

— Eh bien, es-tu décidé à…

— Je le ferai, le coupa-t-il de nouveau. Bientôt.

Bastien laissa fuser un soupir mais décida apparemment de laisser tomber le sujet, quel qu'il ait pu être. Sur ce, il posa la main sur l'épaule de Thomas et l'entraîna vers la porte.

— Vous allez avoir besoin de davantage de sang, annonça-t-il. Pour réparer les dégâts que vous vous êtes infligés, vous allez sans doute consommer rapidement celui que Thomas vient de vous apporter. Je l'enverrai vous en fournir une nouvelle réserve un peu plus tard. Essayez de ne pas vous tuer l'un l'autre d'ici là…

Étienne lui répondit d'un vague grognement.

Son frère et son cousin quittèrent la cuisine et traversèrent le hall d'entrée. Quand la porte principale claqua derrière eux, Rachel vit la tension qui l'animait le quitter et ses épaules s'affaisser. Dans la glacière que Thomas avait déposée sur la table, il alla chercher une poche de sang, qu'il lui tendit.

— Alors ? demanda-t-elle tranquillement en l'acceptant. De quoi devais-tu me parler ?

Étienne dévisagea Rachel. Cela aurait sans doute été une bonne idée de lui parler pour tenter de la convaincre qu'il était de son intérêt d'accuser Pudge de l'avoir enlevée. Mais il hésitait à gâcher la relation qui s'était établie entre eux depuis leur visite au *Night Club*. Ce lien était encore si nouveau, si fragile, qu'il redoutait de le mettre à mal à cause d'une dispute. Distraire son attention grâce à un subterfuge susceptible plutôt de les rapprocher paraissait une meilleure option.

— Tu n'aimes pas la nuit, déclara-t-il à brûle-pourpoint.

À en juger d'après l'expression qui passa sur le visage de Rachel, il put se féliciter de l'avoir déconcertée.

— Ce n'est pas que je ne l'aime pas, commença-t-elle. C'est juste… (Les sourcils froncés, elle haussa les épaules et expliqua :) Je n'aime pas travailler de nuit, quand tout le monde dort. Je préférerais dormir la nuit et travailler dans la journée, comme tout le monde.

— Pourquoi ?

— Eh bien… (Manifestement ennuyée par sa question, elle lui jeta un regard noir.) Ce n'est pas si terrible de travailler la nuit, reconnut-elle enfin. Le problème, c'est que je garde le même rythme les jours de relâche. Je reste debout toute la nuit et je n'ai rien d'autre à faire qu'à me tourner les pouces ou à jouer toute seule à des jeux vidéo. Tous ceux que je connais – à part mes collègues du service de nuit – ont des horaires de travail normaux. Et, la nuit, il n'y a rien à faire.

— Rien à faire ? répéta Étienne en écarquillant les yeux. (Il secoua la tête d'un air désapprobateur et conclut :) Toute une éducation à refaire !

Rachel accueillit la déclaration péremptoire d'Étienne avec un certain scepticisme. Cela faisait trois ans qu'elle travaillait de nuit, et elle doutait qu'il puisse avoir quelque chose à lui apprendre sur le sujet. Elle avait désespérément cherché un moyen de s'occuper durant ses week-ends. Et même s'il lui était encore possible d'écumer les galeries commerciales ou d'aller voir un film en début de soirée, elle avait beaucoup plus de mal à remplir les heures creuses de la nuit, de 23 heures à 7 heures. Il n'y avait que les bars pour fermer à 2 heures du matin et elle n'avait rien d'un pilier de bar. Aussi ne lui restait-il d'autre choix que de déambuler dans son appartement, solitaire et désœuvrée.

— Va te changer, lui ordonna Étienne. Un pantalon et un top sombres. Sans oublier une petite laine. Il fait un peu frisquet. (Voyant qu'elle se contentait de le regarder fixement, il la chassa d'un geste de la main et insista :) Allez ! Va te changer !

Avec un nouveau haussement d'épaules, Rachel jeta sa dernière poche vide dans la poubelle et sortit de la cuisine. Puisqu'il tenait à ce qu'elle se change, décida-t-elle, elle allait se changer. Mais elle ne croyait pas une seconde qu'il allait parvenir à lui apprendre quoi que ce soit à propos de la nuit qu'elle ne sût déjà.

Chapitre 11

— Je ne suis jamais venue sur une plage de nuit, reconnut Rachel dans un soupir.

Elle s'accouda en arrière, allongée dans le sable, laissant une brise tiède lui caresser les bras. C'était la deuxième fois qu'Étienne la faisait sortir pour l'habituer à la vie nocturne. Leur première balade les avait conduits dans les bois. Ils s'y étaient promenés main dans la main, l'oreille aux aguets pour écouter les animaux, ayant parfois de brefs aperçus de certains d'entre eux. De manière surprenante, Rachel n'avait éprouvé aucune difficulté à cheminer sur les pistes inégales à peine tracées dans la terre. L'acuité de ses sens semblait véritablement s'améliorer, au point qu'elle avait presque été capable d'y voir comme en plein jour.

Les yeux argentés d'Étienne luisaient dans le noir – ou peut-être réfléchissaient-ils simplement la lumière de la lune –, aussi se demanda-t-elle s'il en allait de même pour les siens. En lui souriant, Étienne hocha la tête affirmativement, ce qui lui fit prendre conscience qu'elle était désormais une créature de la nuit, une vampire, une prédatrice.

Plutôt que de l'alarmer comme cela avait été le cas il y avait peu encore, cette idée lui donna de l'assurance. Femme de son temps dans un monde violent, travaillant de nuit, elle était accoutumée aux menaces que faisaient peser sur sa sécurité les dingues et les pervers de tout poil. Elle avait passé la majeure partie de sa vie d'adulte à jaillir de sa voiture pour foncer vers l'endroit où elle devait se rendre, prête à faire face à tout danger. À présent, elle goûtait aux premiers délices de sa force et de son agilité toutes neuves.

Sa vision n'était pas la seule chose qui s'était améliorée en elle. La nuit précédente, ils avaient grimpé, couru et joué dans les bois. Ainsi avait-elle pu constater que son corps était plus fort et plus rapide qu'il ne l'avait jamais été. Beaucoup plus fort. Inhumainement fort, même si elle ne parvenait pas à comprendre comment les nanos permettaient un tel prodige. Elle n'avait pas cherché à creuser le sujet. Elle appréciait trop ses nouvelles facultés pour s'en soucier.

— Quelle nuit splendide ! s'extasia Étienne à côté d'elle. Tu veux aller nager ?

Rachel laissa courir son regard sur la plage déserte et sur l'eau à la surface de laquelle se reflétait la lune. Il était vrai que c'était une belle nuit. En dépit de la saison il avait fait anormalement froid la veille, mais ce soir il faisait aussi chaud que par une nuit d'été, et la perspective d'un bain de minuit paraissait séduisante. Hélas, ils n'avaient pas pris de maillots.

Elle sourit pour elle-même en jetant un nouveau coup d'œil sur la plage. Ils en disposaient pour eux seuls, ce qui aurait été impossible en pleine journée. Les quelques policiers en patrouille de nuit ouvraient l'œil pour repérer des mineurs en goguette qui étaient déjà passés par là et qu'Étienne avait fait déguerpir. Avec lui, un maillot de bain n'était vraiment pas nécessaire. Ne l'avait-il pas déjà vue nue, à plusieurs reprises ?

Plutôt que de répondre à sa question verbalement, Rachel lui jeta un regard coquin. Puis, saisissant l'ourlet de son tee-shirt à deux mains, elle le fit passer d'un grand geste par-dessus sa tête.

— Magnifique..., murmura Étienne en découvrant ses seins nus.

Sa mine soudain très sérieuse la fit rire. Après avoir jeté son tee-shirt dans son giron, elle se dressa sur ses jambes. Elle ne s'était pas encombrée avec un soutien-gorge. En fait, elle n'avait plus réellement besoin d'en porter. Pour quoi faire ? Ses seins étaient fermes et pointaient plus fièrement qu'ils ne l'avaient jamais fait. Les nanos allaient faire en sorte qu'ils le demeurent. À l'avenir, elle allait économiser des fortunes en lingerie.

Debout devant Étienne, Rachel déboutonna son jean et se trémoussa pour s'en débarrasser. Ce faisant, elle ne put s'empêcher de rougir, même si la voir nue n'était plus une nouveauté pour lui, et même si elle était consciente que son corps était dorénavant sans défaut. C'était de nature à rendre une femme sûre d'elle-même. Enfin… presque. Peut-être lui serait-il possible un jour d'effectuer un strip-tease sans virer au rouge pivoine, mais cela restait une lointaine perspective pour elle.

Une caresse aussi légère qu'une plume sur son mollet lui fit baisser les yeux. À ses pieds, Étienne levait vers elle un regard de braise en laissant ses doigts courir sur la peau hypersensible de l'intérieur de la jambe de Rachel. Si elle lui en laissait l'occasion, elle savait qu'ils rouleraient enlacés dans le sable dans la minute qui suivrait, grognant comme des bêtes en rut. Mais c'était lui qui avait lancé l'idée d'un bain de minuit et à présent elle en avait réellement envie. Elle esquissa un pas de danse pour se soustraire à lui et, le laissant assis sur la couverture où reposait leur panier de pique-nique, elle se retourna et se lança dans un sprint léger jusqu'au rivage.

Son premier pas dans le lac fut un choc pour elle. La nuit était peut-être chaude, mais l'eau était froide… Elle la sentit glacer son pied mais ne se laissa pas arrêter pour autant. Rachel poursuivit de manière déterminée sur plusieurs mètres, jusqu'à avoir de l'eau jusqu'à la taille, puis elle leva les mains et plongea sous les courtes vagues qui venaient lécher la rive. Elle nagea sous l'eau pendant ce qui lui parut durer une éternité, surprise de pouvoir le faire. Quand elle refit surface finalement, ce ne fut pas tant par manque d'air qu'animée par la curiosité de savoir quelle distance elle avait pu parcourir.

Songeant qu'elle allait avoir un tas d'autres questions à poser à Bastien sur les nanos, elle fit demi-tour dans l'eau. Soudain, elle cessa de faire du surplace et faillit couler en découvrant à quel point elle s'était éloignée de la plage. Il ne suffisait plus pour décrire les métamorphoses que subissait son corps de dire qu'il était « plus fort » et « plus rapide » qu'avant. Sans avoir fourni d'effort particulier, elle s'était propulsée incroyablement loin au large.

Une forme sombre creva la surface du lac sur sa droite. Rachel sourit en reconnaissant Étienne. L'eau plaquait ses cheveux sur son crâne et ses yeux reflétaient toujours la lumière de la lune. Il nagea jusqu'à elle et lui dit d'un ton solennel :

— Tu es magnifique.

Rachel baissa les yeux pour s'observer. Ses seins restaient à demi visibles au-dessus de l'eau et l'astre de la nuit semblait couvrir sa peau d'un voile nacré. Étienne se rapprocha encore et lui prit la main pour l'attirer à lui. Quand les seins de Rachel touchèrent sa poitrine, il se mit sur le dos, l'entraînant avec lui de telle sorte qu'elle se retrouva avec le torse en partie couché sur le sien et la moitié inférieure de son corps flottant à côté de lui. Il commença à battre des pieds, les ramenant en direction de la terre ferme.

Rachel entoura la taille d'Étienne de ses bras et glissa avec lui en surface, battant des pieds sans enthousiasme pour l'aider. Enfin, Étienne cessa de nager et se leva. Le niveau de l'eau arrivait juste au-dessus de ses seins quand Rachel l'imita, mais elle eut à peine le temps de s'en faire la remarque avant qu'il la prenne dans ses bras. Elle se laissa entraîner sans résister, le visage levé vers lui pour se prêter au baiser qu'il lui réclamait. D'abord, elle laissa ses jambes effleurer les siennes sous l'eau, mais rapidement, elle les noua autour de ses hanches et verrouilla ses bras autour de son cou. Elle s'arc-bouta contre lui. Son corps s'étirait et s'éveillait. Elle était consciente de plusieurs sensations qui se mêlaient : l'air de la nuit à présent un peu froid sur sa peau mouillée ; l'eau elle-même, tiède et soyeuse autour d'elle depuis qu'elle s'était habituée à sa température ; le corps d'Étienne, brûlant partout où il était en contact avec le sien ; la passion qui la rendait fébrile à mesure qu'elle montait en elle.

Ils avaient fait l'amour à de nombreuses reprises, désormais, chaque fois plus explosive et meilleure que la précédente. Aussi l'excitation que ressentait Rachel était-elle irrésistible. Elle avait déjà connu cela – cette faim dévorante de lui, ce plaisir d'être avec lui, ce désir – mais cette étreinte liquide et nocturne serait encore plus réussie. Leurs esprits s'ouvrirent l'un à l'autre et leurs désirs confluèrent. Elle fut prise de court par l'afflux initial dans son système nerveux, qui lui fit tourner la tête.

Elle entendit jaillir de la gorge d'Étienne ce qui tenait à la fois du grondement de fauve et du ronronnement quand elle passa les doigts dans ses cheveux et lui érafla du bout des ongles le cuir chevelu. Ce qu'il éprouvait fit écho en elle et elle lui répondit sur le même mode. La sensation était si agréable qu'elle répéta son geste, encore et encore, avant de laisser finalement ses mains descendre le long du cou d'Étienne et ses ongles griffer le haut de son dos et ses épaules. Rachel n'aurait jamais imaginé qu'un geste aussi simple puisse être porteur d'une telle charge érotique mais, en écho à ce qu'il ressentait, ses propres muscles frémissaient de plaisir.

Les mains d'Étienne ne demeuraient pas inactives pendant ce temps. Elles parcouraient le corps de Rachel, caressant son dos, dessinant les courbes de ses hanches, prenant possession de ses fesses et les serrant brièvement avant de glisser le long de ses jambes. La combinaison de leurs caresses et des sensations mêlées qu'elles faisaient naître en eux la fit rapidement trembler de désir. Étienne s'était débarrassé de ses vêtements sur la plage. Elle pouvait sentir son sexe érigé, dur et vibrant, à la jonction de leurs deux corps. Serrant les jambes autour de ses hanches, Rachel se souleva légèrement. En se frottant contre lui, elle se raidit et laissa fuser un grondement rauque tandis que le besoin d'Étienne de s'enfouir en elle lui inondait l'esprit.

Elle se rappelait parfaitement que, chaque fois qu'ils avaient fait l'amour, elle s'était évanouie. Sachant cela, elle aurait voulu interrompre leur baiser et suggérer de sortir de l'eau pour rejoindre la couverture du pique-nique. Mais mettre un terme à cette étreinte lui semblait impossible. Il lui semblait qu'elle lui était indispensable pour respirer.

— *Rachel.* (Son nom prononcé dans un grondement rauque n'avait pu retentir que sous son crâne, car Étienne l'embrassait toujours et n'avait pu parler. Il fallut un moment à Rachel pour comprendre qu'il s'adressait à elle mentalement, que leurs esprits enfiévrés par le désir et ouverts l'un à l'autre n'avaient plus besoin de la parole pour communiquer.) *J'ai envie de toi.*

Rachel soupira et s'efforça de lui répondre par le même canal qu'elle avait elle aussi envie de lui, mais elle ne put être sûre qu'il avait reçu le message. Elle ignorait si elle avait déjà acquis cette faculté. Pourtant, elle n'eut pas à effectuer de seconde tentative. Étienne mit brusquement un terme au baiser et la poussa en hâte en direction du rivage. Elle eut la certitude qu'il allait la ramener sur la couverture, mais il s'arrêta alors qu'ils se trouvaient encore dans l'eau et lui fit faire surface. Elle flottait sur le dos, les genoux fléchis, quand Étienne la surprit en lui attrapant les jambes et en les écartant.

Sous l'effet de la surprise, elle faillit boire la tasse. Elle tendit les bras pour se maintenir à flot, mais ses mains rencontrèrent le fond sableux et elle se rendit compte qu'Étienne avait fait en sorte de les rapprocher suffisamment de la rive pour qu'elle puisse maintenir le haut de son corps hors de l'eau. Entre ses jambes, il s'accroupit et pencha la tête pour explorer avec la langue sa chair moite et brûlante.

Rachel se raidit, ses pieds battant l'eau et projetant des éclaboussures alentour. Elle se sentit passer en un éclair par une myriade d'émotions : la stupéfaction, l'embarras, et le bref mais intense désir de se soustraire à la volupté qu'il lui offrait. Puis le plaisir prit le dessus.

En gémissant de plaisir, elle réussit à caler la plante de ses pieds sur les omoplates d'Étienne et se servit de ce point d'appui pour faire pivoter ses hanches. Elle écarta les cuisses encore plus pour lui faciliter la tâche. C'était… elle aurait été incapable de dire ce que c'était. Jamais elle n'avait connu un plaisir aussi intense. Elle craignit, l'espace d'un instant, d'en mourir. Mais le risque devait être assez minime, décida-t-elle tandis que déferlait sur elle son premier orgasme, dont l'écho alla cueillir Étienne et lui revint, intensifié par cet échange.

Un petit rire tendre lui fit reprendre conscience. Rachel sentit qu'Étienne reposait par terre ses jambes qui étaient restées sur ses épaules. Il s'allongea sur elle, sur le sable humide où elle était étendue. De toute évidence, il avait profité de son évanouissement pour la ramener sur la terre ferme, ce qui était probablement une bonne chose. Elle se serait sans doute noyée, s'il ne l'avait pas fait. Ainsi, songea-t-elle, une fois de plus elle avait perdu connaissance. Elle n'avait d'ailleurs toujours pas retrouvé la force de dresser la tête ou quoi que ce soit d'autre. Il lui fallait même faire un effort pour ouvrir les yeux, mais elle s'y obligea et dévisagea Étienne d'un air étonné.

— Comment ? s'étonna-t-elle d'une voix pâteuse. Où as-tu appris ? Quand ?

Étienne lui sourit et balaya une mèche humide de son visage avant de répondre :

— Tu te rappelles, dans le jardin ?

L'esprit de Rachel était encore tellement embrouillé qu'il lui fallut réfléchir un instant. La lumière se fit enfin sous son crâne lorsqu'elle se rappela avoir distinctement perçu ce qu'il ressentait alors qu'à genoux devant lui elle le caressait avec sa bouche. Manifestement, la même chose venait de lui arriver, ce qui lui avait permis de faire exactement ce qu'il fallait au bon endroit et au bon moment pour l'envoyer en un rien de temps au septième ciel. Elle prit conscience que lui aussi avait sûrement joui, puisque c'était ce qui s'était produit quand les rôles avaient été inversés.

— Oh ! s'exclama-t-elle dans un souffle. (Elle se surprit à sourire aux anges. Les voluptés démultipliées du sexe ajoutaient décidément un plus à la vie d'une vampire. Et encore n'en était-elle qu'au début de ses découvertes. Pourquoi avait-elle fait tant d'histoires, au début ?) Tu es doué, conclut-elle.

Étienne lui rendit son sourire.

— Oui, je le suis. Et toi aussi tu l'es. Nous faisons la paire, tous les deux.

— Et comment !

Rachel soupira joyeusement et s'étira sous lui, arquant le dos de telle façon que ses seins s'élevèrent à quelques centimètres de la bouche d'Étienne. Elle sourit de sentir contre elle son sexe durcir aussitôt. Elle savait déjà d'expérience que l'énergie d'un vampire était sans limite. Un autre bonus… Elle commençait à croire que ceux-ci étaient eux aussi illimités.

Profitant de ce qu'elle était arc-boutée, Étienne glissa un bras au creux de son dos, s'agenouilla sur le sable et passa son autre bras sous ses genoux. Puis, la soulevant, il se leva. Rachel laissa fuser un rire rauque et noua ses mains derrière sa nuque pendant qu'il la transportait jusqu'à leur couverture. Il prit un instant pour remettre celle-ci en place avec le pied, puis il tomba à genoux et la déposa dessus. Pour l'empêcher de se redresser, Rachel affermit sa prise sur son cou et l'attira à elle dans l'espoir de l'embrasser.

Étienne se laissa faire, mais seulement durant quelques secondes. Puis il rompit le baiser et murmura :

— Manger…

En le regardant ouvrir le panier, Rachel songea que, si elle avait faim, ce n'était pas de nourriture. Elle n'avait pas envie de sang non plus, ce qui était plutôt surprenant, puisqu'elle n'avait cessé d'en ressentir le besoin depuis qu'il l'avait infantée. Elle se demanda brièvement s'il fallait en conclure que sa métamorphose était achevée, mais elle fut bientôt distraite en voyant Étienne déballer leur pique-nique.

— Des fraises ? s'étonna-t-elle.

Il venait de déposer un grand bol de fruits bien rouges sur la couverture.

— Exact, répondit-il avec un sourire empreint de fierté. Plus exactement, des fraises nappées de chocolat. On appelle ça une « fondue », je crois, ou quelque chose comme ça.

Rachel haussa un sourcil en le voyant tirer du panier un gros tube de sirop au chocolat qu'il déposa à côté du bol. En le voyant refermer le panier et le mettre de côté, elle fit de son mieux pour dissimuler son amusement mais ne put s'empêcher de demander :

— Le principe de la fondue n'est-il pas de tremper les fraises *dans* du chocolat chaud ?

Étienne haussa les épaules.

— Rachel, chérie…, protesta-t-il d'un air ennuyé. Je ne suis qu'un homme. Un homme de trois cents ans, certes, mais un homme tout de même. Pour moi, *c'est* de la fondue.

Ce qui la fit bien rire.

Étienne prit une fraise, l'aspergea de chocolat et la projeta dans sa bouche. Il en attrapa une seconde, recommença l'opération et la lui tendit. Rachel ouvrit la bouche pour l'accepter, puis secoua la tête d'un air amusé en la mâchant et en l'avalant.

— C'est étrange, commenta-t-elle. Je ne pense pas t'avoir déjà vu avaler de la nourriture auparavant.

Avec un haussement d'épaules, Étienne expliqua en souriant :

— Cela ne m'arrive pas très souvent. Seulement pour des occasions très spéciales. Je me disais qu'un panier de pique-nique rempli de poches de sang n'aurait aucun charme.

Rachel fit la grimace.

— Ce n'aurait pas été aussi romantique, reconnut-elle.

Étienne rit de sa mine déconfite et suggéra :

— Peut-être que si nous avions bu notre sang dans la même flûte à champagne…

Rachel le toisa en arquant les sourcils. Un même sourire de dérision se dessina simultanément sur leurs lèvres. Étienne secoua négativement la tête et ils conclurent dans un bel ensemble :

— Non…

Un instant plus tard, il reprit avec bonhomie :

— Tant pis. Je suppose que t'impressionner avec ma nature romantique est hors de question. (Poussant les fraises et le panier sur le côté, il ajouta :) Mes prouesses sexuelles devront donc suffire.

Rachel éclata de rire.

Étienne jaillit pour s'allonger sur elle et couvrit sa bouche avec la sienne. Au rire de Rachel succédèrent bientôt des gémissements de plaisir. Puis elle se redressa et parvint à le faire rouler sur le dos. Sans doute dut-elle sa réussite au fait de l'avoir pris par surprise. Peu désireuse de renoncer à son avantage, elle se hâta de grimper à califourchon sur lui. Les deux mains posées sur sa poitrine, elle sourit de le voir tellement ébahi.

— Dis-moi…, susurra-t-elle. Ça ne te fait rien que je prenne le dessus, n'est-ce pas ?

La surprise d'Étienne céda le pas à la passion. Il secoua la tête pour lui répondre par la négative et demanda :

— Maintenant que tu es là, qu'as-tu l'intention de faire ?

Rachel fit mine d'y réfléchir.

— Je ne sais pas, répondit-elle. Peut-être te chevaucher comme un poney sauvage ?

Incrédule, Étienne écarquilla les yeux. Puis, hurlant de rire, il la renversa sur le dos, s'empara de ses poignets et les maintint d'une seule main au-dessus de sa tête.

— J'aurais dû apporter des menottes, dit-il en dardant sur elle un regard menaçant.

— Des menottes ! s'exclama-t-elle. Ça paraît un peu pervers, non ?

— Mmmm… (Étienne baissa la tête et attrapa entre ses lèvres la pointe durcie d'un des seins de Rachel, qu'il suçota délicatement. Puis, se redressant, il lui expliqua :) Dans une centaine d'années, quand nous serons fatigués des galipettes classiques, tu apprécieras ma perversité, crois-moi…

Amusée, Rachel secoua la tête. Elle soupira longuement quand il plongea de nouveau pour en revenir à son sein. Elle le regarda passer un coup de langue dessus, puis le mordiller légèrement. Sous l'effet de cette délicate torture, elle s'arc-bouta, gémit, se tortilla sur la couverture, puis ses paroles lui revinrent à la mémoire. *Dans une centaine d'années, quand nous serons fatigués des galipettes classiques, tu apprécieras ma perversité, crois-moi.*

Était-il sérieux, en disant cela ? Envisageait-il réellement qu'elle puisse partager encore son existence un siècle plus tard ? Vivaient-ils plus qu'une aventure ? Ils n'étaient pas ensemble depuis longtemps. Elle savait qu'il était trop tôt pour lui demander ses intentions – si vraiment il y avait un moment approprié pour ce faire dans le monde moderne… – mais la question la taraudait. Où allaient-ils, tous les deux? Qu'était-elle d'autre pour lui que la femme à qui il avait sauvé la vie après qu'elle eut sauvé la sienne, celle que son cousin avait conduite par ruse jusque dans son lit?

—Qu'est-ce que je fais de travers? s'enquit-il soudain.

En proie à la plus grande confusion, Rachel sursauta et soutint le regard d'Étienne.

—Qu'est-ce que tu veux dire?

—Ton esprit m'est fermé, expliqua-t-il tranquillement. Cela signifie que tu n'es pas excitée. Je fais quelque chose de travers, mais quoi?

Rachel parvint à lui sourire et secoua négativement la tête.

—Rien du tout, répondit-elle. J'étais juste songeuse.

Avant qu'il ait pu lui demander à quoi elle songeait si fort, Rachel redressa la tête et s'empara de ses lèvres. Elle n'avait aucune envie de lui faire partager le secret de ses pensées. S'il avait des intentions ou s'il formait des vœux pour leur avenir commun, elle ne voulait pas le placer en situation de devoir les lui avouer avant qu'il y soit prêt. Et, s'il n'avait aucune intention de ce genre, elle préférait encore ne pas le savoir pour ne pas gâcher l'instant présent. Apparemment, même pour les vampires, la vie n'offrait aucune garantie.

Ils se livrèrent à leurs ébats et firent l'amour sur la plage toute la nuit, puis décidèrent de rentrer à la maison pour se nourrir. *À la maison d'Étienne*, corrigea mentalement Rachel en ramassant la couverture pour la plier. Étienne était parti rincer le bol et les deux flûtes au bord de l'eau. Ils avaient mangé toutes les fraises et jusqu'à la dernière goutte de chocolat, utilisant de temps à autre leurs corps comme assiettes pour cela. Ensuite, Étienne avait tiré du panier une bouteille de champagne et deux verres. Rachel avait été curieuse d'observer quel effet l'alcool avait sur elle à présent qu'elle était une vampire. Elle n'avait jamais été une grande buveuse : deux verres suffisaient généralement à la faire rouler sous la table. Il apparut pourtant que faire l'amour au clair de lune donnait soif, car elle était parvenue à vider la moitié de la bouteille sans ressentir la moindre ivresse.

Étienne acheva de ranger leurs affaires dans le panier, le souleva et se redressa en tendant une main vers elle.

— Laisse-moi prendre ça, dit-il.

Rachel lui tendit la couverture pliée et le regarda la poser sur le dessus du panier, entre les poignées. Elle plaça sa main dans la sienne quand il la tendit de nouveau dans sa direction et ils traversèrent la plage en direction du parking.

Le chemin qu'ils remontèrent pour le rejoindre était étroit. Il leur fallut s'y engager l'un derrière l'autre. Puisqu'il connaissait mieux les lieux, Rachel laissa Étienne prendre la tête. Ils n'avaient fait que quelques pas sous le couvert des arbres lorsqu'il se tourna vers elle et lui murmura :

— Regarde...

Rachel vint se placer à côté de lui et tourna les yeux vers l'endroit qu'il pointait du doigt. Dans les ténèbres dansaient quantité de points lumineux très brillants.

— Qu'est-ce que c'est ? demanda-t-elle dans un souffle.

— Des lucioles.

— Des lucioles ? s'étonna-t-elle.

Incrédule, Rachel secoua la tête. Ces lucioles ne ressemblaient pas à celles qu'elle avait pu observer auparavant. Elles semblaient beaucoup plus grosses et brillantes : presque comme de petites étoiles. Elle avait du mal à croire que ces petits astres dansants puissent être des insectes. Étienne semblait avoir saisi l'origine de son trouble.

— C'est ta vision qui est différente, expliqua-t-il. Tu ne les vois plus du tout de la même façon qu'avant la transformation.

— Oh ! (Le regard rivé sur les lucioles, Rachel sentit à peine la main d'Étienne enserrer la sienne. Il l'attira doucement à lui et ils demeurèrent là un long moment à admirer le spectacle.) C'est magnifique ! reconnut enfin Rachel tout bas.

— Oui, approuva Étienne.

Après avoir brièvement serré sa main dans la sienne, il se pencha pour déposer un baiser sur son front.

Surprise, Rachel leva les yeux sur lui, mais il était déjà retourné à sa contemplation. Elle le dévisagea en silence, ne sachant comment interpréter son geste. Ce baiser n'avait rien à voir avec ceux qu'il lui donnait sous le coup de la passion ou quand ils faisaient l'amour. Il semblait avoir été motivé par une certaine affection… et pouvait même être interprété comme un gage d'amour. C'était la première fois qu'Étienne lui montrait qu'il pouvait ressentir autre chose que du désir pour elle, et elle se surprit à chérir cette idée. Ses propres sentiments pour lui étaient un peu confus, mais elle savait qu'ils allaient au-delà de la simple attirance sexuelle. Rachel éprouvait des sentiments pour Étienne Argeneau. Elle avait également beaucoup de respect pour lui et elle apprenait progressivement à lui faire confiance. Elle commençait à penser que les choses étaient susceptibles de devenir sérieuses entre eux, du moins en ce qui la concernait. Mais elle ne pouvait avoir aucune certitude le concernant et cela la rendait nerveuse.

— Nous devrions y aller, suggéra Étienne dans un murmure. Le soleil ne va pas tarder à faire son apparition et je n'ai apporté aucune poche de sang.

Rachel acquiesça d'un signe de tête et se redressa avant de lui emboîter le pas le long du chemin sous les arbres. Cette fois, elle n'essaya même pas de ne pas lorgner sur son arrière-train tandis qu'ils marchaient. Étienne avait réellement une paire de fesses à faire se damner une sainte.

Chapitre 12

— Je crois que celle-ci fera l'affaire, murmura Rachel. Elle s'observait dans le miroir et la stupéfaction se lisait sur ses traits tandis que Marguerite arrangeait quelques mèches blondes autour de son visage. Elle avait du mal à croire qu'une simple perruque puisse faire une telle différence. Elle se reconnaissait à peine et elle était quasiment sûre que personne d'autre ne le pourrait.

— Oui, c'est très bien comme ça…, approuva la mère d'Étienne après avoir poussé un soupir de satisfaction. (Elle adressa un sourire au reflet de Rachel dans la glace et ajouta :) Ainsi, vous pourrez assister au mariage de Lissianna… de même qu'Étienne.

Rachel parvint à ne pas tiquer. À sa grande consternation, elle avait appris aujourd'hui qu'Étienne – qui devait être l'un des témoins de la noce – avait raté la répétition générale la veille sous prétexte qu'il ne voulait pas la laisser « seule et sans protection ». Rachel avait tout ignoré de cette histoire jusqu'à ce que Marguerite débarque ce jour-là, déterminée à l'emmener faire du shopping. Elle avait également affirmé que contre vents et marées Étienne assisterait au mariage de sa sœur, même s'il fallait pour cela déguiser Rachel en chèvre ! Elle s'était empressée d'ajouter à son intention qu'il ne serait pas nécessaire d'en arriver à de telles extrémités, et que ce n'était de sa part qu'une façon de parler.

Rachel, quant à elle, avait été trop occupée à foudroyer Étienne du regard pour prêter attention à ces paroles rassurantes. À présent, assise devant ce miroir, elle était heureuse de pouvoir admettre qu'arriver au mariage de Lissianna déguisée en chèvre ne serait pas nécessaire.

— Très bien ! se réjouit Marguerite. Reste le maquillage et les ongles, et nous en aurons terminé. (En se tournant vers la jeune femme qui avait aidé Rachel à choisir sa perruque, elle demanda :) Où est Vicky ?

— Elle vous attend, assura celle-ci. Je vais vous conduire.

Marguerite se poussa pour laisser Rachel se lever.

En suivant l'employée du magasin, Rachel ne fut pas spécialement surprise de voir la mère d'Étienne venir aussi. C'était le genre de femme à prendre les choses en main, songea-t-elle en pénétrant dans un petit salon aux murs crème. Elle allait superviser la séance de maquillage avec autant de poigne et d'efficacité que pour le choix de la perruque.

À dire vrai, elle avait pris la direction des opérations dès l'instant où elles avaient quitté la maison d'Étienne. Pour commencer, elle l'avait emmenée faire un tour chez son fournisseur de vêtements attitré. Rachel n'avait pas mis longtemps à deviner que Marguerite était l'une des clientes préférées de la couturière : celle-ci s'était quasiment répandue en courbettes devant elle. Une Altesse royale n'aurait pas reçu meilleur accueil. Cette femme était une vampire également. Rachel l'avait tout de suite deviné. Elle ne savait pas comment, mais elle avait été capable de le sentir. Sans doute s'agissait-il d'un autre de ces instincts nouveaux dont personne n'avait jugé utile de lui parler. Il fallait reconnaître que celui-ci pouvait être de quelque utilité. Comme elle en avait fait l'expérience, se nourrir du sang de ses congénères pouvait occasionner quelques problèmes.

Rachel était demeurée silencieuse et patiente tandis qu'on la parait d'une robe coûteuse après l'autre, qu'elle allait soumettre ensuite à l'appréciation de Marguerite. Elle avait insisté pour prendre en charge tous les frais de leur petite expédition, soutenant que cela lui faisait plaisir. De toute façon, avait-elle ajouté, elle subodorait que Rachel n'aurait jamais assisté à quelque chose d'aussi ennuyeux qu'un mariage sans la nécessité d'y accompagner Étienne.

Rachel avait tenté de discuter pour faire valoir son point de vue, mais Marguerite lui avait assené l'argument imparable qu'elle ne pouvait se servir de sa carte bancaire. Cela aurait suffi à amener directement la police jusqu'à elle, et, comme elle n'était pas encore capable de contrôler ses canines, cela ne pouvait être une option. En se promettant qu'elle rembourserait ses dettes aussitôt que la situation serait redevenue normale, Rachel avait dû acquiescer. Et, puisque Marguerite Argeneau finançait son relooking – au moins de manière temporaire –, il paraissait normal qu'elle ait son mot à dire sur la question.

Fort heureusement, la robe qu'elle finit par choisir était également celle que préférait Rachel. Taillée dans une dentelle bleu marine sur une doublure en soie, elle était dotée d'un corset et de longues manches qui laissaient les épaules dégagées. Même si la jupe était légèrement trop longue, elle se sentait absolument magnifique dans cette tenue. Et une paire de souliers assortis à talons hauts avait permis de régler le problème de longueur.

— Vous y voilà…, annonça l'employée qui s'était occupée des perruques en maintenant ouverte une porte devant Rachel et Marguerite.

Une jeune femme, assise à une table couverte de cosmétiques, les attendait à l'intérieur. Elle bondit à leur entrée dans la pièce et s'empressa de les accueillir. Après s'être assurée qu'elles ne souhaitaient pas de rafraîchissements, elle leur demanda ce qu'elles désiraient. Marguerite lui expliqua tout ce qu'elle avait besoin de savoir à propos du mariage, de la couleur de la robe, etc. Quelques instants plus tard, l'employée était déjà au travail sur le visage de Rachel, s'extasiant tout bas de la bonne santé de sa peau et de l'éclat de son teint.

Rachel ne prit pas la peine de répondre à ces compliments, tout occupée qu'elle était à observer avec fascination son reflet dans le miroir. Elle avait déjà remarqué qu'il ne lui était plus vraiment nécessaire d'avoir recours au maquillage, mais elle n'avait pas encore pris le temps d'y regarder de plus près. Son épiderme avait un aspect aussi doux et satiné que celui des fesses d'un bébé. Elle ne cessa de s'en émerveiller tandis que l'esthéticienne travaillait, répondant à ses questions d'un air absent et approuvant la plupart de ses suggestions.

Marguerite proposa l'ajout d'un faux grain de beauté afin de la rendre plus méconnaissable encore. Sitôt dit, sitôt fait, au-dessus de sa lèvre supérieure, côté gauche. Ce petit signe distinctif, combiné au savoir-faire de Vicky, faisait vraiment toute la différence. Quand tout fut terminé, Rachel elle-même se trouva d'une beauté exotique. En passant dans une autre pièce tapissée de miroirs où leurs ongles devaient être faits, elle ne put s'empêcher de s'admirer longuement.

— On s'est bien amusées, se réjouit Marguerite quand elles regagnèrent la limousine.

— Oui, approuva Rachel. (Elle se sentait jolie et dorlotée, mais en même temps un peu coupable de n'avoir rien payé.) Merci.

— De rien, ma chère. Et, s'il vous plaît, arrêtez de vous sentir coupable. C'était un plaisir pour moi de faire tout cela.

Pour faire bonne mesure, elle exerça une influence mentale sur elle, de telle sorte que Rachel sentit immédiatement sa culpabilité refluer. Malgré tout, elle décida de ne pas en vouloir à la mère d'Étienne d'avoir fait intrusion sous son crâne. Ce n'était pas drôle du tout de se sentir coupable…

— Nous y voilà ! annonça finalement Marguerite.

Rachel jeta un coup d'œil par la vitre de la limousine qui était en train de s'arrêter devant une grande maison qui n'était pas celle d'Étienne.

— Où sommes-nous ? s'étonna-t-elle, surprise.

— Mais… chez moi, ma chère, répondit Marguerite. (Le chauffeur quitta le volant et contourna le véhicule pour venir ouvrir la portière.) Étienne va nous rejoindre ici pour aller à l'église, poursuivit-elle. Ainsi, je pourrai décider quels bijoux vous devez porter.

— Oh !

Rachel la suivit hors de la limousine, curieuse de découvrir quels bijoux pouvait avoir amassés une vampire de 736 ans.

Étienne desserra sa cravate, avant de resserrer aussitôt le nœud, puis de tirer dessus avec irritation une nouvelle fois. Il détestait porter une cravate. Tout comme il détestait devoir porter un smoking. Pourquoi avait-il accepté de participer à cette noce ? Il était plutôt du genre à traîner en jean et en tee-shirt, ce qui expliquait en partie pourquoi il appréciait de travailler en tête à tête avec un ordinateur. Il n'avait pas besoin de consentir à des efforts vestimentaires pour cela. Il lui fallait simplement veiller à sa tenue quand il participait à des réunions de travail dans les locaux de la société qui produisait et distribuait ses jeux.

Étienne rajusta sa cravate une dernière fois et poussa un long soupir en faisant les cent pas dans le salon de sa mère. Il était à supposer que la cravate était déjà préférable à ces foulards qu'il avait été obligé de porter lorsqu'il était plus jeune. La plupart des vêtements en vogue au début du XVIIIe siècle avaient été d'un dandysme échevelé, même s'il lui fallait reconnaître qu'ils avaient parfaitement mis en valeur ses jambes musclées…

Cette pensée légèrement égocentrique lui arracha un sourire. Puis le bruit de talons hauts sur le carrelage de l'entrée le fit se tourner vers la porte. Ce devait être sa mère. Marguerite se préparait toujours en un rien de temps pour de telles occasions. Il ignorait si c'était dû au fait d'avoir des siècles d'expérience, ou s'il lui fallait vraiment peu de temps pour se faire belle, mais il en avait toujours été ainsi, aussi loin que portaient ses souvenirs.

Mais ce n'était pas sa mère. C'était la blonde la plus incendiaire qu'il ait jamais eu l'occasion de croiser. Il lui fallut un bon moment pour s'apercevoir que celle qui venait d'entrer n'était autre que Rachel affublée d'une perruque. Elle lui donna l'impression de flotter à travers la pièce, apparition surnaturelle vêtue de soie et de dentelle bleue.

— Ta mère m'envoie te dire que Lissianna est presque prête. Elle t'informe également qu'il se fait tard et que tu ferais mieux d'aller avec Bastien chercher Greg et Lucern pour les amener à l'église.

— Excellente idée ! approuva Bastien en pénétrant à son tour dans la pièce. (Rachel se tourna vers lui et lui adressa un sourire, qu'il lui rendit, non sans avoir manifesté sa surprise de la reconnaître sous cette apparence.) Vous êtes adorable, Rachel. Aussi adorable en blonde que vous l'êtes en rousse.

— Merci…

Un charmant rougissement apparut sur ses joues. Sans s'attarder davantage, elle contourna Bastien et sortit de la pièce, laissant Étienne contempler stupidement sa sortie. En séducteur impénitent qu'il était, il ne lui avait pas dit un mot de son apparence. Il comprit alors qu'il ne suffisait pas d'avoir accumulé des siècles d'existence et de connaissances pour ne pas être un idiot de première classe.

— Bien joué, frérot…, ironisa Bastien, tout sourires. Je constate que ta légendaire langue de velours est toujours aussi efficace.

Étienne poussa un grognement et s'affala en se prenant les pieds dans une chaise.

Son expression inconsolable fit rire son frère, qui le rejoignit et lui assena une tape sur l'épaule.

— Allez, viens…, dit-il. À l'heure qu'il est, Lucern doit avoir toutes les peines du monde à s'occuper de Greg, qui doit être dans ses petits souliers. Allons l'aider à fourrer le futur marié dans une voiture pour l'amener à l'église.

Étienne se remit sur ses pieds. En suivant Bastien hors de la pièce et jusqu'à la porte principale, il laissa ses yeux fureter dans le hall, espérant apercevoir Rachel et pouvoir lui adresser le compliment qu'il avait omis de lui faire. Mais, naturellement, elle n'était nulle part en vue. Il avait manqué sa chance. Et s'il était une chose qu'il avait apprise au cours de ses trois siècles et des poussières d'existence, c'était que la vie repassait rarement les plats.

— Ils font un couple charmant, mais ce n'est pas avec lui qu'elle voudrait être.

Étienne détourna les yeux de la piste de danse – où selon son point de vue Bastien serrait Rachel d'un peu trop près – et se tourna vers son cousin. Thomas venait de faire halte à côté de lui et observait lui aussi le couple danser. Après l'avoir fusillé du regard pour lui apprendre à vivre, il en revint à sa contemplation morose des danseurs, s'efforçant d'ignorer la jalousie et le ressentiment qui grandissaient en lui.

Le mariage s'était déroulé sans anicroche. Le banquet terminé, la réception battait son plein. Pourtant, Étienne n'avait pas encore eu l'occasion d'échanger un seul mot avec Rachel. Il tenait vraiment à réparer sa bourde et à lui dire – entre autres choses – à quel point elle était magnifique. Malheureusement, en sa qualité de témoin, il avait été forcé de prendre place à la table principale avec les mariés. Rachel, quant à elle, avait été placée à celle de Jeanne et Thomas. Cela avait d'abord déplu à Étienne, mais elle avait paru bien s'amuser. Du moins, chaque fois qu'il avait regardé dans sa direction, il l'avait vue en train de rire d'une chose ou d'une autre, aussi présumait-il qu'elle avait passé un bon moment. Quant à lui, il s'était ennuyé à pleurer et n'avait aspiré qu'à pouvoir la retrouver. Malheureusement, Bastien avait été plus rapide et avait rejoint Rachel le premier. Il l'avait immédiatement enlevée et l'avait conduite sur la piste de danse, ce qui de l'avis d'Étienne constituait un comportement déloyal de la part d'un frère.

—Allez, Étienne…, plaida Thomas, que la situation amusait beaucoup. Ils ne font que danser.

Il n'appréciait pas que Thomas s'introduise dans ses pensées, mais il était déjà assez remonté contre son cousin. Avoir goûté contrairement à lui à la compagnie de Rachel pendant le repas constituait déjà un motif pour lui en vouloir, mais, sachant sa jalousie ridicule, Étienne l'ignora et maugréa plutôt :

—On a un compte à régler, cousin.

—Oh, oh ! s'exclama Thomas, plus souriant que jamais. (De toute évidence, il n'était pas très inquiet.) Qu'est-ce que j'ai encore fait ?

—Sweet Ecstasy… Ça te dit quelque chose ? C'était quoi, ce coup tordu ?

—Il était manifeste que c'était ce dont vous aviez besoin, répondit Thomas sans s'excuser le moins du monde. Et ça a marché, non ?

Confronté au silence d'Étienne, Thomas se mit à rire et lui assena une tape dans le dos.

—Pas la peine de me remercier ! s'exclama-t-il. Je suis sûr que tu y serais parvenu même sans les cocktails. Tu me paraissais juste un peu rouillé, alors j'ai décidé de te donner un coup de pouce.

—Ah oui ? Et si, elle, elle n'avait pas voulu…

—Aucune chance, mon pote ! l'interrompit-il. J'ai lu dans ses pensées. La sœurette était mûre pour toi. (Après avoir secoué la tête, il ajouta :) Même moi – dépravé comme je le suis – j'étais presque gêné de ce que j'ai découvert sous son crâne.

— Vraiment ? s'étonna Étienne.

— Et comment ! (Thomas eut un grand sourire puis demanda, un sourcil arqué :) Mais pourquoi me critiquer maintenant ? Tu n'as rien dit quand je vous ai porté le sang chez toi. Y aurait-il déjà de l'eau dans le gaz ?

— Non ! (Étienne regarda en direction de Rachel, qu'il dévora des yeux sous sa robe bleue. Il savait exactement ce que cachait le vêtement, ce qui ne la rendait que plus désirable. Puis, reportant son attention sur son cousin, il ajouta :) Je t'aurais bien passé un savon la nuit où nous nous sommes retrouvés coincés dehors, mais… je n'étais pas en forme.

— Oui, c'est peu de le dire…, approuva Thomas. Disons même que tu étais complètement pompé… à tous les sens du terme !

Sur ce, il éclata d'un rire sonore et s'éloigna, laissant Étienne à sa mine renfrognée. Il ne resta pas seul longtemps.

— Tu devrais aller la chercher.

Étienne se retourna et trouva sa mère derrière lui. Un sourire joyeux s'épanouissait sur ses lèvres. Préférant temporairement ignorer son conseil, il déclara :

— Tu as l'air heureuse.

— Je le suis, approuva-t-elle. Lissi est le premier de mes bébés à se marier et à se lancer dans la vie. *Enfin !*

Sa façon d'insister sur ce mot le fit rire. Il avait entendu des humains se plaindre que leurs enfants mettaient un temps fou à se mettre en couple et à s'établir. S'ils avaient su…

— Alors ? demanda Marguerite. Vas-tu te décider à aller la chercher ou non ? Elle aussi en a envie.

— Tu crois ?

Étienne vit sa mère se concentrer un instant, le sourire aux lèvres, puis hocher la tête et répondre avec douceur :

— Mais naturellement, mon fils. Rachel a apprécié le repas et elle s'amuse bien, mais elle préférerait être dans tes bras. C'est avec toi qu'elle voudrait danser à l'heure qu'il est. Bastien s'en rend compte également et son ego en souffre. Tu devrais aller le délivrer.

Étienne laissa son regard dériver de nouveau jusqu'à Rachel en hochant longuement la tête.

— Merci.

Sans rien ajouter, il traversa la piste de danse jusqu'au couple qui tournait lentement.

Bastien l'accueillit d'un hochement de tête, puis s'écarta de Rachel, la salua en inclinant le buste et quitta la piste.

— Salut ! dit-elle d'une voix douce.

— Salut.

Étienne ouvrit les bras en guise d'invitation et poussa un soupir lorsqu'elle vint s'y lover. C'était là, tout contre lui, qu'était son point d'ancrage : il le sentait. En trois siècles d'existence, il ne s'était jamais senti aussi comblé auprès d'une femme. Il avait fait le bon choix en infantant Rachel, se félicita-t-il. Elle était faite pour lui.

— Tu es absolument époustouflante, lui murmura-t-il à l'oreille. De toute ma vie, aucune femme ne m'a jamais semblé aussi belle.

Du coin de l'œil, il la vit rougir, puis se blottir plus étroitement contre lui avant de répliquer :

— Cela me semble difficile à croire. Au cours d'une aussi longue vie, tu as dû croiser des quantités de femmes.

— Mais aucune d'elles ne m'a semblée aussi adorable que toi, assura-t-il de manière solennelle. Blonde ou pas.

Rachel s'arrêta de danser et scruta attentivement son visage, comme si un doute la prenait.

— Merci, déclara-t-elle enfin avec un vague sourire. (Son sourire s'élargit et elle lui retourna le compliment.) Toi-même, tu n'es pas mal non plus.

— Tu crois ?

— Oh, oui ! renchérit-elle. Très séduisant, et même sexy en diable, vraiment ! Tu as un regard coquin, un sourire malicieux, et tu es très intelligent. J'ai toujours eu un faible pour les hommes intelligents.

— Ah oui ? demanda-t-il, un grand sourire aux lèvres. Tu aimes les intellos, hein ?

— Mmmm. (Rachel acquiesça d'un signe de tête. Avec un sourire amusé, elle précisa :) L'intelligence me fait des choses…

— Vraiment ? (Étienne haussa les sourcils et lui rendit son sourire sur le mode facétieux.) Onomatopée ! lança-t-il enfin. (Interloquée, Rachel cligna des paupières mais n'eut pas le temps de s'étonner.) Encéphaline ! (La stupeur de Rachel s'accentua. À quoi jouait-il, au juste ? Grâce à ses études médicales, elle savait que l'encéphaline était une substance similaire à la morphine présente dans le cerveau et que l'on pensait active dans la réponse à la douleur. Mais elle n'avait aucune idée de la raison pour laquelle il lui jetait ce terme à la figure. Avant qu'elle ait pu le lui demander, il ajouta :) Oxymore !

— Euh… Étienne ? parvint-elle à l'interrompre. Qu'est-ce que tu fais, au juste ?

— Je t'abreuve de grands mots pour t'éblouir avec mon intelligence. Ça te fait des choses ?

Totalement prise au dépourvu, Rachel rit à gorge déployée, attirant l'attention des danseurs autour d'eux.

Tout sourires, Étienne hocha la tête à l'intention de ceux-ci et reporta son attention sur elle. Il renifla et feignit un air mécontent avant de protester :

— Tu n'es pas censée rire d'un type qui fait de son mieux pour te séduire.

— Est-ce ce que tu es en train de faire ? fit-elle mine de s'étonner.

— Oui. Ça marche ?

Rachel gloussa brièvement et posa la tête sur son épaule.

— Je n'en suis pas sûre, répondit-elle. Peut-être. Pourquoi n'essaierais-tu pas encore un ou deux grands mots ?

— Tu es insatiable, hein… (Étienne la serra plus fort contre lui.) Voyons voir… Mégalocéphalie ! Sarcelle !

— Qu'est-ce que c'est que ça ? s'étonna Rachel en redressant la tête.

C'était le premier mot qu'elle ne connaissait pas.

— Un oiseau. Plus exactement, un palmipède.

— Ah !

— Dois-je continuer ?

— Vaudrait mieux pas. (Rachel et Étienne sursautèrent sous l'effet de la surprise en entendant Lucern les interpeller ainsi. Debout à côté d'eux, le visage grave, il expliqua :) On m'a demandé de vous informer qu'oncle Lucian voudrait parler à Rachel.

À ces mots, Rachel avait senti Étienne frémir contre elle.

— Tu as un oncle ? demanda-t-elle, curieuse, en le dévisageant.

— Oui. (Après avoir poussé un bref soupir de résignation, il ajouta :) Et c'est un vieux croûton plutôt hargneux.

— Il est peut-être ce que tu dis, commenta Lucern, mais il est aussi le chef de notre clan. Et il veut parler à Rachel.

— Et ce qu'il veut, il l'obtient…, suggéra-t-elle.

— J'en ai bien peur, soupira Étienne avec un pâle sourire d'excuse.

En un geste protecteur, il entoura sa taille de son bras.

— Ça ira, dit-elle en lui adressant un sourire rassurant. J'ai un bon contact avec les gens.

— Oncle Lucian ne fait pas partie des « gens », rétorqua-t-il d'un air sinistre.

Laissant retomber son bras, Étienne la saisit par le coude et lui fit traverser la piste de danse. Lucern leur emboîta le pas et alla immédiatement se placer de l'autre côté.

Ce témoignage de loyauté de sa part fit sourire Rachel. Alors qu'on la menait devant celui qui semblait être le patriarche de la famille, elle se sentait vraiment protégée. Elle savait, pourtant, ne pas en avoir besoin. Elle n'avait pas exagéré en disant avoir un bon contact avec les gens. Et elle était certaine que le « vieux croûton hargneux » ne ferait pas exception. Elle en resta persuadée tant qu'elle n'eut pas à faire face à un bel homme blond qui tenait compagnie à une table à la mère d'Étienne.

Ce fut l'appréhension qu'elle lut sur le visage de Marguerite qui finit par avoir raison de son assurance. Elle ne l'avait jamais vue dans cet état, et cela ne semblait pas bon signe. Redressant les épaules, Rachel se força à adresser un sourire poli à l'homme qui devait être l'oncle d'Étienne.

Lucian Argeneau était vraiment un bel homme. On pouvait même dire de lui que, de tous ceux qui participaient à la noce, c'était lui le plus séduisant. Avec ses cheveux d'un blond très pâle et ses traits ciselés, il correspondait à l'image que l'on se fait généralement d'un dieu grec. Mais, tandis qu'il l'observait, ce qui la frappa surtout, ce fut son expression glaciale et dénuée de tout sentiment humain. Si cet homme avait jamais eu en lui une once d'amour ou de tendresse, il n'en restait plus rien depuis très longtemps. Les yeux qu'il dardait sur elle semblaient aussi vides et noirs que des puits sans fond.

Rachel soutint son regard et attendit de sa part une quelconque forme de salutation qui ne vint pas. Il ne lui fallut qu'un instant pour comprendre pourquoi. Ce type était en train de lire dans son esprit. Du moins était-ce une manière polie d'exprimer ce qu'il faisait. En vérité, il était occupé à mettre à sac son cerveau, remuant sentiments et pensées avec un sans-gêne et un manque d'égards qui lui coupèrent le souffle. Elle pouvait réellement le sentir saccager sans le moindre remords ce qu'elle avait de plus intime en elle.

— Tu ne lui as pas encore parlé.

Les premiers mots de Lucian Argeneau s'adressaient à Étienne, mais il n'avait pas quitté Rachel des yeux.

— Non.

Étienne avait fait cette confession d'un ton aussi glacial que celui employé par son oncle.

— Tu n'as pas voulu la mettre en colère, poursuivit celui-ci. Tu as cherché à lui plaire pour la mettre de ton côté dans *l'espoir* qu'elle accéderait à tes vœux.

Rachel sursauta et se tourna vers Étienne. Le visage fermé, il ne démentait rien. Elle sentit la joie et le plaisir qu'elle avait retirés de cette soirée s'enfuir d'elle comme l'air d'un ballon percé. Leurs rires, leur complicité, la passion qu'ils avaient partagée : tout cela n'avait-il été aux yeux d'Étienne qu'un moyen pour arriver à ses fins ?

— Tu es l'une des nôtres, désormais.

Rachel revint fixer son attention sur Lucian. Ce constat lui était destiné. Elle y répondit en hochant sèchement la tête et en disant :

— Oui. Je suis l'une des vôtres.

— Si tu tiens à rester l'une des nôtres, poursuivit-il, tu feras ce qui est dans l'intérêt de notre clan.

— Ah oui ? répliqua-t-elle d'un air bravache. Il existe donc un moyen pour me rendre de nouveau humaine ?

— La mort constitue le seul moyen.

— Est-ce unc menace ?

— C'est un constat, répondit-il simplement. Un don t'a été accordé. Si tu l'apprécies, tu agiras en conséquence.

— Sinon ? s'enquit-elle en plissant les yeux.

— Sinon tu seras considérée comme une menace.

— Et éradiquée ?

— Si nécessaire.

Pas la moindre trace de remords ou d'excuse dans cette réponse. Il s'agissait d'un fait, qu'il énonçait de la même manière que s'il s'était agi d'affirmer que le soleil se levait chaque matin. Ses paroles n'en paraissaient que plus effrayantes.

— Je vois, reprit-elle. Et que suis-je censée faire ?

Marguerite posa soudain la main sur l'avant-bras de Lucian. Et, même si Rachel était incapable de la saisir, elle comprit qu'une conversation silencieuse s'était engagée entre eux. Finalement, Lucian Argeneau hocha brièvement la tête et annonça :

— Étienne te le dira. Et, si tu sais où se situe ton propre intérêt, tu l'écouteras.

— Ah, te voila !

Rachel sursauta quand ce cri joyeux vint faire irruption dans leur conversation. Il fut immédiatement suivi par l'arrivée d'une grande et mince blonde qui rejoignit Lucian et commença à lui caresser l'épaule et le bras comme s'il était un chat. Rachel ne put s'empêcher de remarquer que c'était elle, cependant, qui donnait l'impression de ronronner.

— Lissianna ! reprit la blonde incendiaire. Tu aurais pu nous dire qu'il y avait tant d'hommes magnifiques dans ta famille ! Tes frères sont craquants au possible et ton cousin est absolument délicieux.

D'abord surprise d'entendre parler de Lucian comme d'un cousin, Rachel se rappela ensuite qu'il avait été convenu de cacher aux membres de la famille de Greg les réels liens de parenté des Argeneau. Trop de questions gênantes auraient été posées si Marguerite avait été présentée comme la mère de la mariée et Lucian comme son oncle. Pour ce qu'en savaient les Hewitt, il ne subsistait de cette lignée que la plus jeune génération.

— J'ai grandi au milieu d'eux, Deeanna…, répondit la sœur d'Étienne. Je ne remarque même plus leur apparence. Je ne fais attention à eux que lorsqu'ils se conduisent comme des salauds au cœur de pierre.

Rachel jeta un coup d'œil par-dessus son épaule. Le nouveau couple, accompagné de Bastien, les avait rejoints et se tenait derrière elle. Elle ne les avait pas entendus approcher. Une fureur froide se lisait sur le visage de la mariée. Lissianna désapprouvait la conduite de son oncle et ne se gênait pas pour le lui faire savoir.

— Viens, dit Étienne en tirant avantage de l'interruption. Allons-y.

Elle le suivit en silence, l'esprit vrombissant comme une ruche. Étienne cherchait à lui plaire pour essayer de la convaincre de lui faire dire ou faire ce qui l'arrangeait. Cette pensée ne cessa de tourner en boucle sous son crâne tandis qu'il l'escortait en direction de la sortie. S'il y avait une chose que Rachel détestait en ce monde, c'était bien d'être instrumentalisée.

Elle monta dans la voiture quand Étienne eut déverrouillé les portières. Puis elle boucla sa ceinture en le regardant contourner le véhicule et venir s'installer au volant dans un silence tendu. Toujours sans parler, il manœuvra pour quitter le parking.

Ils se dirigèrent vers sa maison, naturellement, afin d'y discuter tranquillement de ce qu'il avait à lui dire. Rachel le savait. Elle savait également que la discussion qu'ils auraient en arrivant chez lui serait déplaisante, et même pénible. Même si cette perspective n'était pas pour lui plaire, Lucian Argeneau avait fait en sorte qu'elle ne puisse y échapper. Tout ce qu'elle pouvait espérer, c'était sortir de cette situation en conservant son amour-propre. Il lui semblait douteux que son cœur puisse y survivre.

Dans le secret de ses pensées, Étienne maudit son oncle durant tout le trajet. Lucian avait toujours été un dur à cuire. Dans la famille, nombreux étaient ceux à dire qu'il n'avait jamais eu de cœur, mais ce qu'il avait fait ce soir remportait le pompon. Si Étienne avait encore la moindre chance avec Rachel désormais, il en serait fort surpris. Lucian avait fait en sorte de lui rendre la vie très compliquée.

Malheureusement, il en était le seul responsable et il le savait. S'il était parvenu à parler de Pudge à Rachel avant le mariage, comme il aurait dû le faire, rien ne serait arrivé. Mais il ne l'avait pas fait, et à présent il ne lui suffisait plus de la convaincre d'accuser Pudge de l'avoir enlevée, il lui fallait également passer outre à sa colère. Et, à cet instant même, celle-ci n'était pas à négliger. Même s'il lui était impossible de lire dans ses pensées, de hauts niveaux de passion suffisaient apparemment à lever toute barrière mentale entre eux. Et pas seulement quand ils faisaient l'amour. Rachel, depuis qu'ils avaient quitté la noce, diffusait les siennes autour d'elle comme si elle émettait sur la bande FM.

Étienne se gara dans son allée et coupa le contact. Puis il resta immobile sur son siège un moment pendant que Rachel débouclait sa ceinture. Constatant qu'il ne faisait pas mine de sortir, elle se tourna vers lui et le dévisagea avec ce qu'il aurait pu prendre pour une certaine patience s'il n'avait été en contact direct avec le maelström bouillonnant de son cerveau.

— Je n'ai pas couché avec toi pour te convaincre de faire ce que j'avais envie que tu fasses, déclara-t-il enfin.

Ce qui semblait être la crainte principale qu'il avait captée sur Radio Rachel.

— Dans ce cas, répondit-elle, *pourquoi* as-tu couché avec moi ?

Étienne ne se laissa pas abuser par le calme apparent de ses paroles. Elle ne le croyait pas une seule seconde et elle demeurait furieuse. Il se cantonna dans un silence prudent pour réfléchir à sa réponse. Pourquoi avait-il couché avec elle ? Cela devait être la question la plus stupide qu'une femme puisse poser à un homme. Ou peut-être ne l'était-ce pas quand elle était posée à un homme *normal*. L'un d'eux aurait pu répondre évasivement : « Parce que tu le voulais bien… », ou « Pourquoi pas ? ». Mais Étienne avait depuis longtemps dépassé le stade où l'on couche avec tout ce qui bouge. Hélas, au fil du temps, le sexe avait fini par ressembler pour lui à la nourriture : d'abord excitant et terriblement varié, il était devenu avec l'habitude plus ennuyeux qu'autre chose. Du moins en avait-il été ainsi pour lui avant de faire la connaissance de Rachel. D'un coup, l'appétit lui était revenu et il s'était employé à le satisfaire en renonçant à penser aux conséquences.

Le seul souvenir de leurs ébats suffisait à l'exciter de nouveau. Bon sang ! À l'instant même, il se sentait dur comme pierre sous son jean. Mais comment lui faire comprendre tout cela d'une manière qu'elle pourrait appréhender ? Étienne baissa les yeux sur son entrejambe, puis reporta son attention sur Rachel et l'inspiration le visita. Il tendit le bras, lui prit la main et la posa fermement sur sa braguette en répondant enfin :

— Parce que tu me fais ça.

Rachel retira vivement sa main, comme s'il venait de l'ébouillanter, et se rua hors de la voiture.

— D'accord, marmonna Étienne. Ce n'était peut-être pas le meilleur argument.

La portière claqua et fit longuement vibrer le véhicule. Manifestement, songea-t-il, en dépit de ses trois siècles d'existence, il n'avait pas encore vécu assez longtemps pour comprendre les femmes.

Chapitre 13

— Rachel !

Étienne claqua sa portière et remonta le trottoir en courant jusqu'à sa porte.

— Ne t'avise même pas de m'adresser la parole ! lança-t-elle d'une voix rageuse.

Pas de doute. Elle était vraiment en colère. Étienne la rattrapa sur le perron et lui prit le bras pour l'obliger à lui faire face.

— Tu ne m'as pas laissé terminer, protesta-t-il.

— Terminer ? répéta-t-elle d'un air incrédule. Qu'y a-t-il à ajouter ? J'ai bien compris que je te donne la trique. Mais vous autres hommes, un rien vous fait bander. J'ai entendu mes collègues de travail discuter, figure-toi. « Ferme les yeux et elles ressemblent toutes à Marilyn Monroe… » C'est ça ? (Elle laissa un poing rageur s'abattre sur le vantail et s'écria :) Ouvre !

Conscient qu'il valait mieux achever cette conversation à l'intérieur, Étienne sortit ses clés et s'empressa de déverrouiller la porte. En la repoussant du pied, elle l'ouvrit immédiatement. Étienne la suivit à l'intérieur et fit une nouvelle tentative.

— Rachel… Je ne suis pas comme ça. J'ai pu l'être à une époque de ma vie, mais c'était il y a bien longtemps. Je… où est-ce que tu vas ?

Rachel s'élança dans l'escalier sans prendre la peine de lui répondre et piqua un sprint qui la conduisit sur le palier en un rien de temps. En proie à une frustration grandissante, Étienne se lança à sa poursuite dans le couloir et jusqu'à sa chambre.

— Il fut un temps où j'aurais pu coucher avec tout ce qui bouge, reconnut-il sur ses pas. Mais j'étais célibataire depuis au moins trente ans avant de te rencontrer. Le sexe ne m'excitait plus du tout. Tu as changé tout cela.

— Ravie d'avoir pu te rendre service !

Étienne fit la grimace. Rachel avait la langue acérée quand elle était en colère. Et ce n'était pas pour lui déplaire.

— Écoute, reprit-il. Je… mais qu'est-ce que tu fais ?

— À ton avis, que suis-je en train de faire ? répondit-elle avec une douceur caricaturale.

Rachel était en train de fourrer ses vêtements au fond du sac dans lequel la mère d'Étienne les avait apportés.

— On dirait que tu fais tes bagages.

— En plein dans le mille ! s'exclama-t-elle. Tu es tellement futé… Tu veux encore me jeter quelques grands mots à la figure pour m'impressionner ?

Venait-il vraiment de s'imaginer qu'il aimait sa langue de vipère ? Étienne lui jeta un regard noir et décréta :

— Tu n'iras nulle part. Nous devons réparer ce malentendu. Et nous devons aussi parler de Pudge.

— Ah, ah ! triompha-t-elle en se tournant d'un bond vers lui. Je *savais* qu'il allait être question de lui : Pudge ! Tu voudrais que je mente en affirmant qu'il m'a kidnappée…

— C'est la meilleure façon de traiter cette affaire, assura-t-il d'un air grave.

Rachel lâcha un grognement sarcastique.

— Tu veux dire que c'est la façon la plus simple *pour vous* ! rectifia-t-elle. Mais il ne m'a pas kidnappée. Et il n'a même pas essayé de me tuer. J'étais juste là où il ne fallait pas.

— Cet homme est dangereux, Rachel…

— Oh, s'il te plaît ! Ton oncle vient tout juste de menacer de « m'éradiquer », et il supprimerait Pudge d'un claquement de doigts !

— Oui, c'est vrai, reconnut-il. Mais ma famille préfère n'en arriver à des solutions aussi extrêmes qu'en dernier ressort. Et, dans le cas qui nous occupe, ce n'est pas nécessaire parce qu'un simple mensonge suffirait à garder Pudge en vie tout en supprimant la menace qu'il représente en le mettant derrière des barreaux. Mais tu préfères peut-être le savoir mort ?

Étienne tira un minimum de satisfaction en voyant le visage de Rachel s'assombrir sous l'effet de la culpabilité. Un point pour lui ! Chapeau l'artiste…

— Je suis incapable de mentir…, plaida-t-elle. Je n'exagère pas en disant cela. C'est littéralement vrai. Je suis une menteuse déplorable. Dès que je m'y risque, mon visage me trahit et je me mets à glousser nerveusement.

— Tu pourrais au moins essayer. Tu tiens la vie de cet homme entre tes mains. Tu peux mentir et lui permettre de continuer à vivre, ou refuser et hâter sa fin.

Rachel en resta un instant bouche bée.

— C'est moi qui ai droit de vie et de mort sur lui, à présent ! se récria-t-elle. Comme si tout était ma faute ! Et puis quoi, encore ? Si l'Apocalypse se déclenche, j'en serai responsable aussi ?

— Eh bien… Si tu vis assez longtemps, cela pourrait bien être le cas, oui.

— Oh ! (Elle se retourna pour flanquer quelques vêtements supplémentaires dans le sac tout en s'exclamant :) Tu es *tellement* charmant… C'est un miracle que tu n'aies pas réussi à me faire faire ce que tu voulais.

Étienne passa une main nerveuse dans ses cheveux et se récria :

— Je n'ai jamais cherché à te faire faire ce que je voulais. Pour éviter, précisément, ce qui est en train de se produire. Je ne voulais pas ruiner ce qui se passe entre nous.

Sa réplique eut le mérite d'attirer l'attention de Rachel, qui cessa de faire ses bagages. Elle se retourna même vers lui et demanda d'une voix incertaine :

— Quoi ?

— J'ai des sentiments pour toi, Rachel. Et je te désire. Constamment, ajouta-t-il sèchement. Je ne couchais pas avec toi pour te convaincre de faire ce que je voulais que tu fasses à propos de Pudge. En fait, c'est pour ne pas gâcher notre relation que j'ai renoncé à aborder ce sujet avec toi. Ma famille ne cessait de me pousser à le faire. Bastien y a même fait allusion en ta présence la nuit où nous sommes restés enfermés dehors. Mais je n'ai pu m'y résoudre. Je ne *voulais* pas le faire. Je ne cessais de remettre au lendemain. Malheureusement, j'ai joué ce petit jeu suffisamment longtemps pour que Lucian finisse par en entendre parler. Et, à présent, nous voilà au pied du mur.

Rachel se dandina d'un pied sur l'autre, l'esprit en déroute. Elle se rappelait parfaitement Bastien demandant à son frère s'il lui avait parlé de… Il n'avait pas pu achever sa phrase. Étienne l'avait interrompu en lui assurant qu'il allait le faire. Mais il ne l'avait pas fait, ni cette nuit-là ni celles d'après. Peut-être lui disait-il la vérité. Elle souhaitait de tout cœur pouvoir croire qu'il avait des sentiments pour elle, mais c'était un tel chantier sous son crâne qu'elle ne savait plus que penser. Elle avait besoin d'un peu de temps loin de lui. Sa proximité avait le fâcheux effet négatif de la troubler.

Étienne ajouta à sa confusion en déposant un baiser léger sur ses lèvres.

— Je ne pense pas être un jour capable de pouvoir te résister, murmura-t-il. Tu éveilles mes sens comme aucune femme n'a su le faire en trois cents ans. Tu as réveillé mon appétit. Tu es magnifique.

Étienne la prit dans ses bras et Rachel n'eut pas le courage de lui résister. Elle réfléchirait le lendemain matin, se promit-elle quand il l'embrassa de nouveau. Elle y verrait beaucoup plus clair, le lendemain.

Étienne était un très bel homme. Rachel avait pu le constater au premier regard, mais, allongée près de lui, alors que la lumière venue de la salle de bains éclairait le lit, elle prit le temps de le vérifier minutieusement une fois encore.

Il lui avait fait l'amour une bonne partie du reste de la nuit. Elle s'était évanouie, comme d'habitude, mais, troublée comme elle l'était, elle n'avait pas dormi très longtemps. Elle n'avait jamais été capable de dormir en de tels moments de tension. À présent, il était près de 10 heures et elle se sentait pleinement réveillée tandis que, l'esprit bouillonnant de questions, elle admirait son amant endormi.

Étienne lui avait assuré qu'il l'aimait bien et qu'il était attiré par elle. La première partie de cette affirmation était crédible – elle s'était toujours sentie être quelqu'un d'assez aimable –, mais la seconde ? La trouvait-il réellement aussi belle et désirable qu'il le proclamait ? Rachel soupira, se retourna sur le dos et s'abîma dans la contemplation du plafond plongé dans la pénombre. Il lui suffisait de jeter un coup d'œil dans un miroir pour constater qu'elle paraissait plus belle que jamais – grâce à l'infantement et aux nanos –, mais au fond d'elle-même elle ne parvenait pas à se sentir véritablement désirable.

Durant toute sa scolarité, elle avait été la fille trop grande, l'asperge gauche et empruntée bien plus sujette aux moqueries qu'aux regards flatteurs et aux demandes de rendez-vous des garçons. Son fiancé, Steven, avait été son premier véritable petit ami, et il lui avait fallu attendre l'université pour le trouver. Avec lui, elle s'était enfin sentie jolie et désirée… jusqu'à ce qu'elle le retrouve un jour au lit avec sa camarade de chambrée.

Sa vie amoureuse n'avait pas rencontré beaucoup plus de succès depuis lors. Ses horaires de travail décalés pouvaient être tenus pour responsables de cet état de fait, mais en partie seulement. Non, Rachel ne se sentait pas à l'aise dans la peau d'une séductrice. Ces quelques dernières semaines avaient été pour elle une sorte de rêve devenu réalité. Qu'un homme aussi séduisant et sexy qu'Étienne puisse s'intéresser à elle était inespéré. Mais il était difficile de croire aux rêves, une fois éveillée, et beaucoup plus facile de se persuader qu'il n'avait cherché à la séduire que pour arriver à ses fins.

Étienne poussa un soupir et s'agita dans son sommeil, attirant son attention. Le regard de Rachel caressa son corps nu et s'arrêta à hauteur de sa taille enroulée dans le drap. Même endormi, il restait pour elle un sujet de distraction. Elle avait besoin de s'éloigner de lui. Bon sang ! Peut-être même avait-elle besoin d'une thérapie…

Grimaçant à l'idée de ce que pourrait donner une cure de cette sorte, Rachel quitta discrètement le lit et commença à rassembler ses affaires. Une promenade dans le jardin, ou quoi que ce soit de ce genre, était ce qu'il lui fallait. Cela l'obligerait à consommer davantage de sang ensuite pour réparer les dégâts dus au soleil, mais ce n'était plus un problème pour elle à présent qu'elle pouvait se servir de pailles.

Sans doute ferait-elle mieux, songea-t-elle, de rentrer chez elle. C'était pour elle le refuge dans lequel elle se protégeait du monde, et où il lui était possible de réfléchir sereinement. Elle aurait également aimé pouvoir au moins appeler sa famille, pour qu'ils cessent de s'en faire pour elle, mais même ce risque elle n'était pas prête à le prendre – pas tant qu'elle n'aurait pas réglé cette affaire.

Rachel parvint à récupérer ses vêtements et à gagner la salle de bains sans réveiller Étienne. Une fois la porte fermée, elle se détendit un peu et s'habilla rapidement. Puis elle passa un coup de brosse dans ses cheveux, se lava le visage et étudia son reflet dans le miroir.

— Pudge m'a kidnappée...

Elle avait prononcé ces mots à voix haute, à titre d'expérience, mais ses lèvres s'étaient aussitôt tordues en un rictus gêné et un gloussement nerveux s'était échappé de sa gorge.

Les épaules de Rachel s'affaissèrent sous l'effet du découragement. Elle avait toujours été une piètre menteuse. C'était parfois un inconvénient, mais la plupart du temps cela lui simplifiait la vie. Ne pas mentir signifiait ne jamais être pris en flagrant délit de mensonge. L'honnêteté restait la meilleure ligne de conduite. Elle y avait toujours cru. Mais, confrontée désormais au problème que lui posait Pudge, elle ne pouvait s'empêcher de penser qu'en l'occurrence un mensonge aurait arrangé tout le monde. À commencer par Pudge lui-même.

Rachel se détourna du miroir et gagna la porte, qu'elle ouvrit lentement. Son regard tomba immédiatement sur le lit. Étienne n'avait pas changé de position depuis qu'elle s'était levée. Elle se surprit à sourire en le regardant dormir, tellement il paraissait adorable avec ses cheveux tout emmêlés, son torse nu et le drap enroulé autour de sa taille. À regret, elle ferma la lumière dans la salle de bains, se glissa dans la chambre et gagna à pas de loup la porte donnant sur le couloir.

En se faufilant hors de la pièce et jusque sur le palier, elle se fit l'effet d'être une voleuse mais elle n'en redoubla pas moins de prudence pour ne pas faire craquer les marches de l'escalier. Elle venait d'atteindre la porte de la cuisine lorsqu'un grincement léger de bois malmené attira son attention. Debout sur le seuil, elle passa la pièce au crible, avant de surprendre du mouvement derrière la fenêtre. Rachel se figea comme une biche aux abois surprise par les phares d'une voiture. Le châssis avait été relevé et quelqu'un était en train de pénétrer par effraction dans la maison. L'intrus avait déjà passé une jambe et s'apprêtait à introduire le reste de son corps à l'intérieur.

Rachel sentit ses cheveux se dresser sur sa nuque. Une sensation de chaleur intense fondit sur elle tandis que l'adrénaline coulait à flots dans ses veines. Sans réfléchir, elle fit ce que lui dictait son instinct et alla trouver refuge dans la plus proche cachette disponible : le placard à balais de l'entrée. Elle en refermait la porte derrière elle lorsqu'elle prit conscience de ce qu'elle était en train de faire. Dans la sécurité relative de sa planque, son cerveau reprit ses droits et elle comprit son erreur : elle, Rachel Garrett, vampire toute-puissante, n'avait pas à se cacher d'un vulgaire voleur.

Aussitôt, elle sentit toute peur la quitter. Comment avait-elle pu réagir aussi bêtement ? En tant que vampire, créature de la nuit extraordinaire et redoutée, elle avait toutes les armes pour donner à ce crétin la frousse de sa vie. Il lui était même possible de lui infliger une leçon qu'il n'oublierait jamais, songea-t-elle avec amusement. Elle était en train d'entrebâiller doucement la porte quand le cambrioleur passa devant le placard. Rachel s'immobilisa en reconnaissant son visage : l'homme de la morgue, le maniaque en kaki qui avait voulu trancher la tête d'Étienne. *Pudge*…

Cela suffit à lui faire refermer la porte aussitôt. Il ne s'agissait plus d'affronter un vulgaire voleur mais un homme qui connaissait Étienne et sa famille. Il était au courant de l'existence des vampires, et il savait comment les tuer. Sans doute était-ce d'ailleurs, comprit-elle, ce qu'il était venu faire ici. La panique la submergea de nouveau. Il lui fallut perdre de précieuses secondes à réfléchir à la situation. Plus question de balade dans le jardin. Il lui fallait remonter à l'étage pour prévenir Étienne. Et elle devait y parvenir avant que Pudge ait réussi à le trouver.

Mais, en entrebâillant de nouveau la porte et en le voyant se diriger vers l'escalier, elle comprit qu'il était trop tard pour cela.

Rachel entendit une marche craquer et sut qu'elle pouvait quitter sa cachette. L'escalier tournait sur la droite, ce qui lui permettait de sortir du placard sans être repérée. Le hall d'entrée lui parut plus sombre que précédemment, mais le soleil brillait toujours à l'extérieur. Les fenêtres laissaient pénétrer des rais de lumière dans lesquels dansait la poussière, qu'il lui faudrait prendre garde d'éviter. Refusant de s'arrêter à ces détails sans importance, Rachel s'apprêta à s'élancer derrière Pudge, non sans avoir auparavant cherché dans le placard une arme à se mettre sous la main. Elle n'y trouva rien de mieux qu'un balai-brosse et un balai à franges. Un instant, elle envisagea de faire un saut à la cuisine où elle pourrait au moins trouver un bon couteau, mais elle dut y renoncer faute de temps. En outre, elle avait pu constater que Pudge était armé jusqu'aux dents. Sur lui, elle avait repéré un fusil, un revolver dans son holster, un couteau assez long pour être une courte épée et divers autres articles offensifs. Pour faire le poids face à lui, c'était un bazooka qu'il lui aurait fallu trouver.

Préférant au balai-brosse muni d'un manche en aluminium le balai à franges monté sur un solide manche en bois, Rachel traversa le hall d'entrée et grimpa l'escalier aussi vite et aussi silencieusement que possible.

Le couloir du premier se révéla désert quand elle y parvint, ce qui ne la rassura en rien. Elle ignorait si Pudge connaissait l'emplacement de la chambre d'Étienne et s'y trouvait déjà, ou s'il examinait une pièce après l'autre. Dans ce cas, il pouvait être dans l'une d'elles à cette minute et surgir derrière elle à n'importe quel moment.

Espérant qu'il resterait dans une de ces autres chambres – s'il s'y trouvait – suffisamment longtemps pour lui permettre de prévenir Étienne, Rachel rassembla son courage et remonta le couloir sur la pointe des pieds. Parvenue à destination, elle prit le temps de jeter un coup d'œil derrière elle avant d'ouvrir prestement la porte. Elle le fit juste à temps pour voir Pudge brandir à deux mains un pieu en bois au-dessus de sa tête. Rachel réagit de la seule façon possible pour elle : poussant le cri le plus retentissant et le plus long qu'elle ait jamais poussé, elle se rua vers lui.

Pudge se figea, tourna vivement ses yeux écarquillés par la surprise vers elle et son balai à franges, puis sur Étienne qui s'éveillait en criant :

— Quoi ? Qu'est-ce qu'il y a ?

Horrifiée, Rachel vit alors Pudge abattre violemment le pieu.

Le cri de fureur qu'elle poussa semblait venir d'un endroit en elle dont elle n'avait même pas connu l'existence. Il retentit à ses oreilles comme un cri primal – presque un rugissement – tandis qu'elle abattait sur le crâne de l'agresseur d'Étienne son balai à franges. Malheureusement, celui-ci la vit venir et plongea pour l'éviter.

Emportée par son élan, Rachel tituba. Quand elle parvint à retrouver son équilibre pour repartir à l'attaque, Pudge fonça sur elle tête la première et la cueillit à l'abdomen, lui coupant le souffle. Elle tomba en arrière et heurta violemment la moquette, aussitôt écrasée par la chute de son assaillant sur elle qui acheva de vider ses poumons.

Pudge fut plus rapide qu'elle à recouvrer ses esprits et plaqua la lame de son long couteau contre sa gorge avant qu'elle ait rien pu tenter pour se libérer.

— Ne bouge pas, beauté, ou je te coupe la tête ! lança-t-il dans un souffle.

Rachel s'immobilisa. Elle pouvait survivre à un tas de blessures, mais se retrouver décapitée n'en faisait pas partie.

Tous les deux pantelants, ils se dévisagèrent un moment avant qu'un mouvement sur le lit finisse par attirer leur attention. Bien que mal en point, Étienne n'était pas mort. Dans la précipitation, Pudge avait raté son coup. Étienne était même en train de se redresser, le pieu pointant de son torse à quelques centimètres au-dessus du cœur. Rachel faillit sangloter de soulagement en le voyant arracher d'un coup sec le pieu de sa poitrine.

Pudge se montra moins enthousiaste. Après avoir juré entre ses dents, il aboya à l'intention d'Étienne :

— Toi aussi, tu restes où tu es, Argeneau !

Étienne marqua un temps d'hésitation, puis se rassit sur son lit, les yeux plissés. Manifestement, c'était l'impasse...

— Et zut ! marmonna Rachel en se rendant compte que Pudge avait la main.

Elle n'avait pas l'impression de s'être très bien débrouillée. Manque d'entraînement, sans doute.

— Que comptes-tu faire, Pudge ? s'enquit Étienne.

Il paraissait aller déjà un peu mieux. Rachel songea que les nanos devaient s'activer comme des dingues pour réparer les dégâts. Ce qui signifiait qu'il allait avoir besoin de beaucoup de sang pour les sustenter. Pourtant, il paraissait plutôt serein pour quelqu'un qui venait de se faire planter un pieu dans le torse et dont la petite amie était menacée de se faire couper la tête par un dément. Si elle pouvait se considérer comme sa petite amie. Coucher avec un homme suffisait-il à justifier de pouvoir se considérer comme telle ? Ou ne voyait-il en elle qu'une... *N'y pense même pas !* s'admonesta-t-elle mentalement. Le moment paraissait plutôt mal choisir pour se livrer à ces introspections.

— Si tu lui coupes la tête, tu perds ton bouclier, reprit Étienne. (Pudge ne lui répondit pas, mais son visage refléta une certaine confusion. Rachel sentit la lame peser plus fortement contre sa gorge.) Je me suis montré extrêmement patient avec toi, poursuivit-il. Principalement parce que je trouvais jusqu'à maintenant tes pitreries assez amusantes. Mais tu commences à devenir fatigant. Je te suggère de t'en aller et de ne jamais revenir. Sans quoi je serai dans l'obligation de mettre un terme à tes petits jeux. Définitivement.

Il était stupéfiant pour Rachel de voir son amant assis là, avec une plaie béante au thorax, et paraître néanmoins menaçant. Elle leva les yeux pour voir si Pudge était aussi impressionné qu'elle et fut un peu rassurée de voir la sueur perler à son front. Pourtant, elle ne pouvait être sûre que c'était bon signe pour elle.

— Debout ! lui lança-t-il sèchement.

Consciente que sa vie ne tenait qu'à un fil, Rachel s'empressa de se lever. L'envie lui vint d'oser quelque subtile manœuvre pour se libérer, mais sa tentative malheureuse pour sauver Étienne avait sapé sa confiance en elle. Elle eut peur de tout faire rater comme elle l'avait fait précédemment.

Une fois qu'ils furent debout tous les deux, Pudge passa dans son dos sans cesser de la menacer de son arme, l'utilisant comme ce bouclier humain dont Étienne avait parlé.

— Argeneau, tu restes où tu es !

L'ordre avait été lancé d'une voix ferme mais s'était achevé sur une note tremblante qui trahissait sa peur. Rachel n'eut pas besoin de cela. Elle *sentait* la trouille de Pudge se déverser par tous les pores de sa peau. Elle ignorait comment cela était possible. Sans doute s'agissait-il d'une de ses nouvelles facultés. La plupart des prédateurs l'avaient : les chiens, notamment, et les chats aussi. Il était à supposer que les nanos renforçaient les petits talents les plus utiles à leurs hôtes.

Et celui-ci devait sans conteste être très utile aux vampires au temps où il leur fallait chasser leurs proies.

— Relâche-la ! ordonna Étienne.

— Reste où tu es !

Pudge commença à se diriger à reculons vers la porte, entraînant Rachel avec lui.

— Je ne te laisserai pas partir avec elle ! prévint Étienne.

— Reste où tu es ou je lui coupe la tête ! menaça Pudge.

— Ne lui fais pas de mal. C'est à cause de toi que j'ai été obligé de la transformer en vampire. Elle serait morte de ce coup de hache que tu lui as donné si je ne l'avais pas fait.

Cela fit réagir Pudge, qui s'immobilisa. Rachel vit qu'il baissait la tête afin de la dévisager et retint son souffle.

— Vous êtes la légiste de l'hôpital ! (Il paraissait surpris. Étant donné qu'elle sortait d'une grippe carabinée quand il l'avait croisée, sans doute n'avait-elle pas eu l'air en aussi bonne santé. Elle vit une certaine culpabilité s'afficher sur son visage, ce qui lui donna un peu d'espoir.) Je suis réellement désolé de vous avoir blessée, reprit-il. Mais vous n'auriez pas dû vous interposer. J'ai essayé de vous dire ce qu'il est.

— Relâche-la ! répéta Étienne.

Pudge se raidit et Rachel sentit son espoir s'effondrer. Elle vit son visage se durcir. La pression du couteau se fit plus insistante contre son cou. Apparemment, sa culpabilité avait fait long feu.

— Je ne lui ferai pas de mal si tu restes où tu es, affirma-t-il.

Il paraissait un peu plus maître de lui. Rachel ne put décider si c'était parce qu'il avait davantage confiance en lui ou parce que les menaces répétées dont il faisait l'objet l'avaient convaincu d'être en position de force.

— Si tu la blesses, menaça Étienne, je te pourchasserai et te tuerai de mes mains nues.

Rachel reporta son attention sur lui. Il en paraissait capable. Il ne restait rien, à cette minute, de la façade d'affabilité du charmant fondu d'informatique. Jusqu'au bout des ongles, il avait tout d'un dangereux prédateur.

Ils demeurèrent tous trois silencieux quelques instants en attendant que Pudge décide d'une conduite à tenir. Rachel n'avait pas la moindre idée de ce qu'il *pouvait* faire. Il lui était impossible de la relâcher, ce qui limitait ses options. Elle observa de nouveau Étienne. Sa plaie ne saignait plus, mais le tour de sa bouche paraissait gris. Tout le sang qui lui restait devait être mobilisé pour réparer les dégâts causés à son organisme, supposa-t-elle. De ce qu'on lui avait expliqué, elle pouvait déduire qu'il n'allait pas tarder à avoir besoin de se nourrir, si ce n'était pas déjà le cas. Le manque allait mobiliser tout son corps, ce qui allait le rendre terriblement faible et vulnérable.

Le seul côté positif de l'affaire, décida-t-elle, c'était que Pudge n'était pas censé le savoir.

— Vous feriez mieux de vous décider rapidement, conseilla-t-elle. Son corps a presque terminé de se guérir, et qui sait quelle force il aura bientôt.

Rachel doutait qu'il lui en reste beaucoup, mais si Pudge allait au cinéma et regardait la télé, il pouvait penser le contraire. Du moins l'espérait-elle. Et, à en juger d'après sa réaction – il sursauta et resserra sa prise sur elle –, elle put estimer avoir visé juste.

Il lui était impossible de voir son visage, mais elle sentit sa perplexité quand il demanda :

— Suis-je supposé croire que vous essayez de m'aider ?

Rachel s'efforça de se détendre et parvint à hausser les épaules sans se blesser sur la lame.

— Croyez-le ou pas, mais j'étais en train de filer quand vous avez fait effraction, répondit-elle sincèrement. (Cela n'avait été que pour une balade dans le jardin, mais elle ne prit pas la peine de le préciser. En lisant dans le regard perçant d'Étienne qu'il se sentait trahi, elle regretta de ne pouvoir le faire. Elle détestait devoir lui faire de la peine, mais elle se força à poursuivre :) J'ai été contrainte de rester ici depuis… ce qui s'est passé à la morgue. Je voulais faire savoir à ma famille et à mes amis que j'allais bien, mais les appeler était hors de question. (Ce qui était rigoureusement vrai, tenta-t-elle de se convaincre tandis qu'un gloussement nerveux menaçait de s'échapper de sa gorge. Elle avait bien été obligée de rester auprès d'Étienne, ne serait-ce que pour apprendre à maîtriser ses dents, et appeler qui que ce soit s'était avéré impossible. Elle n'avait pas à préciser que c'était d'elle-même qu'elle était parvenue à ces conclusions.) Donc, je me suis tenue tranquille et j'ai attendu mon heure pour partir. C'est ce que je m'apprêtais à faire, dans la cuisine, quand vous avez fait irruption. En fait, vous avez ruiné mon plan.

Étienne paraissait furieux. Rachel décida de ne pas y prêter attention. Elle attendit patiemment que Pudge ait digéré ses paroles.

— Si ce que vous dites est vrai, demanda-t-il enfin d'un air méfiant, pourquoi ne pas vous être contentée de partir ? Pourquoi m'avoir suivi pour tenter de le sauver ?

Rachel se risqua à un autre haussement d'épaules.

— Ma conscience ne me l'aurait pas permis, répondit-elle. Je ne pouvais pas vous laisser le massacrer dans son sommeil alors qu'il m'a sauvée de la blessure mortelle que *vous* m'avez infligée. (Elle avait insisté sur sa responsabilité, espérant faire renaître en lui la culpabilité qu'elle avait déjà observée. Quand elle en discerna la manifestation au fond de ses yeux, elle décida d'enfoncer le clou.) Merci beaucoup, au fait ! Devenir un démon suceur de sang n'a jamais figuré au nombre de mes rêves et de mes espoirs, et je ne peux vous dire à quel point je suis ravie d'être condamnée à un service de nuit éternel.

Cette fois, Pudge tiqua ostensiblement.

— Je suis désolé, s'excusa-t-il d'un ton plein de regret. (Puis il marqua une pause, tourna les yeux vers Étienne et ajouta :) Que suggérez-vous de faire de lui, pour pouvoir sortir d'ici ?

Rachel prit le temps d'y réfléchir. Elle ne croyait pas un seul instant qu'il la considérait à présent comme une alliée. Sans doute essayait-il de la tester. Si elle lui donnait une réponse qui ne lui plaisait pas, elle allait être dans de beaux draps. Mais il était vrai aussi que c'était probablement déjà le cas. Pudge paraissait se prendre pour une sorte de Van Helsing des temps modernes, voué à débarrasser le monde de la sale engeance des vampires. Elle ne pouvait perdre de vue que cela la plaçait elle-même sur sa liste rouge. Son seul espoir consistait à le convaincre qu'elle était trop stupide pour s'en apercevoir et qu'elle s'imaginait être à présent du même côté que lui. Pour y parvenir, elle pesa soigneusement ses mots en lui livrant sa réponse.

— Eh bien… Je ne tiens pas à le voir mort, puisqu'il m'a sauvé la vie. Si vous voulez vraiment le tuer, il vous faudra essayer de le faire une autre fois en mon absence, ou me tuer d'abord et tenter ensuite votre chance avec lui. Mais je ne m'y risquerais pas, si j'étais vous. À sa puissance normale, il est aussi rapide, agile et fort que dix hommes. En ce moment, il n'est pas dans son état normal, mais moi je le suis. Contre nous deux vous n'avez aucune chance.

Pudge l'écoutait attentivement. L'entendre avouer honnêtement qu'elle refusait de le voir tuer Étienne parut le convaincre. Rachel lui laissa à peine le temps de méditer cela avant d'ajouter :

— N'oubliez pas, également, que cette maison est équipée d'une alarme sophistiquée. Plusieurs de ses congénères sont déjà probablement en route pour nous rejoindre. Vous ne disposez donc que de très peu de temps. (Cette fois, il la croyait sur parole. Une expression de panique intense déforma son visage.) Si vous l'attachez, poursuivit-elle, il n'aura probablement aucun mal à briser ses liens et nous tombera dessus avant que nous ayons pu sortir d'ici. (Ou plus exactement, ajouta-t-elle pour elle-même, il le ferait après avoir avalé deux ou trois poches de sang.) Il me semble que la meilleure chose à faire... serait de l'enfermer dans son bureau. Il en a fait un bunker imprenable. (Puis, pour rendre l'appât plus séduisant encore, elle ajouta :) Cela vous donnera aussi l'occasion de détruire sa dernière création...

— J'aurais dû te laisser mourir !

Les paroles glaciales d'Étienne ramenèrent l'attention de Rachel sur lui. Elle aurait pu le féliciter mentalement pour sa performance d'acteur, mais elle n'était pas sûre qu'il s'agissait d'un numéro. Elle venait d'admettre avoir voulu s'éclipser de la maison pendant qu'il dormait, et même si elle espérait que ce n'était pas le cas, il pouvait s'imaginer que c'était vrai. Non. Cela ne tenait pas debout. Il savait qu'elle en connaissait suffisamment à propos des vampires pour ne pas s'imaginer qu'il était en train de reprendre des forces. Sûrement avait-il compris qu'elle menait Pudge en bateau pour lui sauver la vie.

D'un autre côté, s'aperçut-elle soudain, sa colère pouvait avoir une autre origine. S'il n'avait effectué aucune sauvegarde de son travail, il risquait de le perdre à cause de l'idée qu'elle venait de planter dans le crâne de Pudge... Mais la préoccupation principale de Rachel avait été de faire en sorte que celui-ci l'enferme quelque part où il lui serait possible de trouver une réserve de sang.

Seigneur ! songea-t-elle, catastrophée. Si Étienne n'avait pas eu la bonne idée d'effectuer une copie de sauvegarde de sa dernière création, il allait réellement lui en vouloir à mort. Mais mieux valait être vivant et fou de rage que mort et créateur regretté d'un jeu vidéo intact.

Pudge se redressa et fit passer son couteau d'une main dans l'autre. Elle ne comprit ce qu'il faisait qu'en le voyant pointer son fusil sur Étienne.

— Je sais que cela ne pourra pas t'arrêter, dit-il. Mais je parie que cela te fera très mal quand même. Et je suis sûr que cela te ralentira. Alors fais ce que je te demande et je n'aurai pas à te tirer dessus. Nous descendons dans ton bureau.

Un soulagement mêlé d'horreur envahit Étienne. Il y avait du sang dans le réfrigérateur de son bureau. Il pourrait se nourrir et guérir rapidement une fois qu'il y serait enfermé. Ensuite, il lui serait possible de sortir et de donner la chasse à Pudge. L'horreur qu'il ressentait venait de ce que, si ce plan allait le sauver, il allait également mettre Rachel en péril. Il n'avait aucune idée de ce que ce dingue allait pouvoir faire avec elle une fois qu'il en aurait la possibilité, mais il présumait que cela serait horrible. Rachel était déjà dix fois plus forte qu'elle l'avait été, mais cela ne la rendait pas pour autant invulnérable. Et il redoutait qu'elle se lance dans quelque manœuvre périlleuse une fois qu'elle le saurait en sécurité.

— Bouge-toi de là !

Pudge marqua sa détermination en lui tirant dessus.

Sous la violence de l'impact, Étienne partit en arrière sur le lit et poussa un grognement de douleur. La balle l'avait atteint au bras, traversant le muscle et l'os. Il vit Rachel commencer à se débattre mais se figer aussitôt après. Il comprit pourquoi en notant le trait rouge qui venait d'apparaître et s'épaississait contre son cou. Ce salaud l'avait tailladée... Pas suffisamment pour causer de sérieux dégâts, mais assez pour la faire saigner.

Une rage noire s'empara d'Étienne, qui lui donna la force de se mettre debout. Il eut envie de foncer à travers la pièce pour sauter sur Pudge, mais cela ne lui servirait pas à grand-chose tant qu'il menaçait Rachel de son arme. Qui plus est, le risque était grand que sous le coup de la panique ce taré lui tranche la tête pour éliminer la menace qu'elle représentait et pouvoir se défendre contre lui. Il ne pouvait prendre ce risque.

Rachel serra les dents mais parvint à lancer d'un air menaçant :

— Je vous ai prévenu que je ne vous laisserai pas lui faire de mal. Si vous lui tirez encore dessus, je risquerai ma tête pour vous tuer.

— Ferme-la ! (Mais Pudge paraissait déjà moins sûr de lui. En agitant son fusil, il fit signe à Étienne de le suivre et recula vers la porte, traînant Rachel avec lui.) En route ! ajouta-t-il.

Étienne se dirigea docilement vers la porte et fit de son mieux pour masquer la faiblesse qui le gagnait. À cause de cette nouvelle blessure, il avait désespérément besoin de sang. Son organisme puisant toute l'hémoglobine disponible pour s'auto-réparer, il n'avait déjà plus les idées très claires. Il dut fournir un gros effort de concentration pour parvenir à poser un pied devant l'autre tandis qu'ils traversaient la maison jusqu'au sous-sol. Il fit de son mieux pour réfléchir à un moyen de les tirer de là, mais rien ne lui venait – rien qui n'ait pas davantage encore mis en danger la vie de Rachel, en tout cas.

— Waouh ! s'exclama Pudge, manifestement impressionné, en découvrant sa station de travail au sous-sol. (Étienne fit halte au milieu de la pièce et se retourna pour voir une lueur de convoitise flamber dans les yeux de ce dingue.) Putain ! lança-t-il d'une voix chargée de ressentiment. Si j'avais tous ces joujoux, je serais le roi des jeux vidéo, moi aussi. (Puis son regard tomba sur le cercueil, à côté de la porte, et son expression changea. Il fallut un moment à Étienne pour comprendre que Pudge était envieux.) Rentre là-dedans ! ordonna-t-il.

Étienne hésita un instant, puis s'exécuta en le voyant brandir de nouveau son fusil vers lui. Rachel s'agita et poussa un grondement menaçant. Pudge baissa immédiatement son arme et la fit taire en provoquant une nouvelle coupure contre son cou, là où la précédente venait à peine de guérir.

— J'y vais, grogna Étienne en se promettant de lui faire payer chaque blessure qu'il infligeait à Rachel.

— Ferme le couvercle ! aboya Pudge lorsqu'Étienne se fut assis dans le cercueil.

Étienne se coucha, laissant avec réticence le couvercle retomber sur lui. Quand le noir se fit, il sursauta en entendant une détonation assourdissante. D'abord, il crut que l'imbécile le canardait à travers le cercueil. Mais, en l'absence de tout éclatement du bois et de toute douleur, il se dit qu'il devait plutôt viser autre chose. Le bruit que fit un moniteur ou une unité centrale en explosant lui permit de vérifier son hypothèse. Étienne grimaça tandis qu'une odeur de circuits électroniques grillés et de plastique brûlé lui parvenait aux narines.

Chapitre 14

Rachel se mordit la lèvre mais elle parvint à garder son calme tandis que volait en éclats le coûteux matériel d'Étienne autour d'elle. Pudge tirait avec jubilation et détruisait méthodiquement l'appareillage électronique, mais son couteau demeurait trop fermement pressé contre sa gorge pour qu'elle puisse prendre le risque de lui échapper. Elle fut soulagée quand il décida qu'il avait fait suffisamment de dégâts et qu'il l'entraîna hors du bureau.

Parvenu à la porte, il s'arrêta pour examiner le système de fermeture. Elle avait espéré qu'il se contenterait de la laisser se refermer derrière eux, mais il n'était pas aussi stupide. Après l'avoir claquée, il tira une balle dans le panneau de contrôle. Tout espoir qu'Étienne puisse tout de même réparer celui-ci disparut en elle lorsque Pudge l'arracha du mur, sectionnant au passage une poignée de fils multicolores. Étienne se retrouvait réellement prisonnier, songea-t-elle avec effroi en espérant que le matériel détruit ne provoquerait pas un incendie. Périr carbonisé n'était pas une fin très agréable pour un vampire, et c'était de cette manière que le père d'Étienne était mort.

Le côté positif, tenta-t-elle de se rassurer, c'était qu'il disposait de sang à volonté pour se remettre. Heureusement, Pudge n'avait pas songé à fouiller les tiroirs. En outre, Bastien et Lucern allaient probablement arriver tôt ou tard. Ils libéreraient leur frère et l'aideraient à se lancer sur la piste de

Pudge. Tout ce qu'elle avait à faire d'ici là, c'était de parvenir à rester en vie. Ce qui aurait été plus facile si son ravisseur n'avait pas été au courant de sa condition de vampire.

Garder la tête sur les épaules allait constituer un bon début. Rachel n'aurait cependant rien eu contre le fait d'obtenir un peu plus : éviter qu'il s'obstine à lui entailler le cou, par exemple. Les blessures qu'il lui avait infligées jusqu'alors n'avaient en rien mis sa vie en danger, mais elles lui avaient fait un mal de chien. Être une vampire ne signifiait apparemment pas être à l'abri de toute souffrance. En fait, il lui semblait même que sa sensibilité à la douleur s'était accentuée. Après tout, puisqu'elle était plus réceptive au plaisir, il paraissait logique qu'il en aille ainsi.

— Bordel ! (L'exclamation de Pudge tira Rachel de ses pensées. Après avoir gravi l'escalier, ils se tenaient dans la cuisine, devant la porte donnant sur le jardin.) J'avais oublié que tu ne supportes pas la lumière du jour, expliqua-t-il.

Rachel se sentit soudain plus légère. Une courte exposition au soleil ne pouvait pas lui faire grand mal, mais pour rien au monde elle ne le lui aurait révélé.

— Dans ces conditions, suggéra-t-elle, vous pourriez peut-être me laisser ici et…

Elle ne put en dire davantage. En la tirant derrière lui, il rejoignit la table de la cuisine. Elle ne comprit ce qu'il avait en tête qu'en le voyant arracher la nappe d'un geste sec, envoyant un vase de fleurs se fracasser sur le sol.

— Vous n'allez tout de même pas… (Rachel poussa un gros soupir. Il venait de lui installer la nappe sur la tête.) Et si…, conclut-elle avec fatalisme. Vous l'avez fait.

À présent, elle avait non seulement un couteau sous la gorge, mais elle était de plus incapable d'y voir quoi que ce soit. Seigneur ! songea-t-elle. La situation était loin de s'arranger. Elle devenait même de seconde en seconde plus dangereuse. Au moindre faux pas, elle risquait de se trancher la tête toute seule. Un instant, elle envisagea de révéler à Pudge que la lumière solaire n'était pas mortelle pour elle, mais elle y renonça de crainte qu'il utilise plus tard cette information contre elle.

— Nous allons faire vite, lui dit-il en l'entraînant de plus belle, sans doute en direction de la porte d'entrée. Je ne voudrais pas que tu partes en flammes, alors essaie de suivre.

— Vous pourriez peut-être cesser de me menacer avec ce couteau ?

Mais la question de Rachel se perdit dans le bruit de la porte qui s'ouvrait. Puis Pudge la poussa devant lui à toute allure. Consciente qu'elle risquerait la mort en trébuchant, elle fit de son mieux pour calquer sa marche sur la sienne, levant haut les jambes devant elle. Mais, en dépit de tous ses efforts, elle s'emmêla les pinceaux et poussa un cri de douleur lorsque la lame pénétra dans sa chair plus profondément qu'elle ne l'avait fait jusqu'alors. Elle entendit ce qui ressemblait à une vague excuse de Pudge, assourdie à la fois par la toile qui lui couvrait la tête et par le bourdonnement de ses tympans. Soudain, il s'arrêta.

— Monte là-dedans ! ordonna-t-il après avoir ôté le couteau de sa gorge.

Rachel se sentit poussée vers le bas. Un obstacle vint heurter ses genoux. Elle chuta, jambes ployées, en avant. Profitant de ce que plus aucune lame ne la menaçait, elle tenta de se débarrasser de la nappe qui l'aveuglait mais fut récompensée de ses efforts par un coup sur la tête.

— Ne fais pas ça ! la prévint Pudge. Le soleil…

Quelque chose de froid se referma sur le poignet de Rachel, qui entendit ensuite un déclic. Elle tira sur son bras et fronça les sourcils en découvrant qu'il était entravé. Le déclic d'un autre bracelet de menotte sur l'autre poignet lui arracha un cri de dépit.

— Elles sont en acier galvanisé, annonça Pudge. Et très épaisses. Tu pourrais probablement les briser, mais je l'entendrais aussitôt. Si tu t'amuses à ça, je te tirerai dessus depuis mon siège. Et pas avec un flingue : avec un tire-pieu, en plein cœur !

— Un tire-pieu ? marmonna Rachel.

Elle entendit le bruit d'une portière coulissante qui se refermait, suivi d'un grand silence. Elle commençait à se demander s'il était judicieux pour elle de se débarrasser de la nappe et de jeter un coup d'œil autour d'elle lorsque lui parvint le bruit d'une autre portière. Celle-ci était située sur sa droite, à l'avant de ce qui avait tout l'air d'un van. Sous ses genoux, le sol oscilla lorsque Pudge grimpa dans le véhicule.

Rachel s'efforça de se détendre et se maudit de ne pas avoir écouté plus attentivement ce qu'Étienne avait tenté de lui expliquer. Mis à part le fait qu'elle était plus forte et plus rapide qu'un simple mortel et qu'il lui était possible d'endurer sans danger bien des blessures, elle ignorait quelles étaient précisément ses nouvelles capacités. Si elle avait bien compris, sauf à périr dans un incendie ou la tête tranchée, rien ne pouvait la tuer. Mais un pieu dans le cœur pouvait provoquer l'arrêt de celui-ci et plonger les nanos dans une stase dont seule l'extraction du pieu pouvait les tirer.

C'était bon à savoir, bien sûr, mais Rachel ignorait à quel point exactement elle était plus forte et rapide. Était-elle capable de se libérer et de sortir du van avant que Pudge ait pu se servir de son « tire-pieu », quoi que ce truc puisse être ? L'idée de s'y risquer était tentante, mais celle d'être transpercée de part en part – même s'il louperait probablement le cœur – avait de quoi refroidir ses ardeurs. Rachel détestait souffrir et ne pouvait pas voir une aiguille en peinture. Alors un pieu ? Sachant à quel point elle pouvait être une véritable mauviette, elle préféra ne pas s'y risquer.

Rachel profita du trajet assez court qui s'ensuivit pour tenter de mettre au point un plan d'évasion. Elle n'avait aucune idée de l'endroit où Pudge la conduisait. Il avait tout d'abord eu besoin d'un bouclier – ou s'était imaginé en avoir besoin –, mais une fois qu'Étienne avait été bouclé cela n'avait plus été le cas. Elle était surprise qu'il n'en ait pas profité tout de suite pour la supprimer.

Rachel supposa que la culpabilité qu'il ressentait d'avoir causé sa transformation en vampire suffisait à expliquer sa mansuétude. Mais cela ne lui disait pas ce qu'il avait l'intention de faire d'elle à présent. Quand elle y réfléchissait, rien de bon ne lui venait à l'esprit. Parvenir à s'échapper paraissait encore la meilleure option. Restait à découvrir comment.

Parvenu à destination, il allait sans doute se garer, puis revenir l'extraire du véhicule en la menaçant de nouveau avec son couteau. Cette fois, Rachel craignait de ne pouvoir faire l'économie d'une blessure. Ce n'était pas pour l'emballer, mais elle était prête à le supporter si cela pouvait lui permettre de s'enfuir.

Quand le van finit par s'immobiliser, elle décida que l'heure de la liberté avait sonné pour elle. Tout son corps se raidit quand le véhicule pencha du côté droit. Pudge était en train de descendre du véhicule, comprit-elle, ce que confirma aussitôt un claquement de portière. Rachel fit un essai pour tirer sur ses menottes et fut surprise d'entendre s'élever un bruit de métal malmené. Elle s'apprêtait à remettre ça plus fort encore lorsque les portières s'ouvrirent à l'arrière.

Maudissant sa trop grande prudence, elle s'immobilisa et attendit, surprise de sentir soudain qu'on lui arrachait la nappe de la tête.

— Il n'y a aucune fenêtre dans ce garage, annonça fièrement Pudge. Tu n'as rien à craindre du soleil.

Comme s'il avait acheté le garage et la maison qui devait y être attenante dans le seul but de lui être agréable…

Rachel n'en fut pas le moins du monde impressionnée. Son regard s'était immédiatement fixé sur l'arme qu'il braquait sur elle. Le « tire-pieu » se révéla être une arbalète armée d'un long pieu en bois en lieu et place de l'habituel carreau. Cela ne faisait pas grande différence. À en croire Étienne, tout projectile logé en plein cœur et qui y demeurait suffisamment longtemps (balle, flèche, pieu ou autre) suffisait à mettre fin à l'existence d'un vampire. Au temps pour ses velléités de fuite… du moins dans l'immédiat.

— Allez, viens…

Pudge recula, attentif à garder l'arme braquée sur le cœur de Rachel. De sa main libre, il fit un geste pour l'inviter à sortir du van.

Rachel haussa les sourcils et leva les mains devant elle, faisant cliqueter les courtes chaînes qui la reliaient à la paroi du véhicule.

— Oh ! s'exclama Pudge.

Il hésita un instant, puis, décidant apparemment qu'il n'avait pas envie de s'approcher suffisamment pour se faire terrasser, il lui lança un trousseau de clés.

Rachel parvint à l'attraper entre son bras et l'un de ses seins et entreprit de déverrouiller ses menottes. Maintenant qu'il lui était possible de les voir, elles paraissaient impressionnantes. Il n'avait pas exagéré leur solidité, pourtant elle ne les trouvait pas aussi lourdes qu'elles auraient dû l'être. Rachel supposa que cette impression devait être due à sa plus grande force physique. En ouvrant d'abord un bracelet, puis l'autre, elle se reprocha de ne pas avoir fait à temps de tentative pour s'en débarrasser et se libérer.

— OK. Allez, viens, maintenant, répéta Pudge.

Rachel gardait en tête qu'il n'avait pas hésité à tirer sur Étienne qui ne réagissait pas assez vite à ses ordres.

Elle s'empressa donc de gagner le bord du van et de sauter sur le sol bétonné du garage. Quand elle lui tendit le trousseau de clés, il secoua négativement la tête et précisa :

— Tu vas en avoir besoin pour ouvrir.

D'un coup de menton, il lui fit signe d'aller sur la gauche. Rachel repéra la porte de communication qu'il lui indiquait au premier coup d'œil. Le garage ne pouvait accueillir qu'un seul véhicule et le van ne laissait qu'un étroit passage de part et d'autre. Après s'être faufilée dans celui de gauche, Rachel s'immobilisa devant la tresse d'ail et le crucifix accrochés au panneau central de la porte.

— Désolé…, marmonna-t-il. Recule-toi un peu.

Rachel s'exécuta et Pudge bondit pour décrocher rapidement le grigri.

Elle ne l'informa pas que de telles précautions étaient inutiles. À la place, elle médita sur l'étendue de sa paranoïa pour juger bon d'accrocher ce genre de choses à sa porte.

— OK ! (Plaçant l'ail et la croix derrière son dos, il libéra le passage et lui expliqua :) C'est la grande clé argentée.

Rachel trouva la seule clé qui répondait à cette description et l'inséra dans la serrure. Quand la porte s'ouvrit, elle tourna la tête d'un air interrogateur vers son ravisseur.

— Avance ! ordonna Pudge, sans cesser de la menacer de son arbalète.

Après avoir repoussé la porte avec le pied, Rachel pénétra dans la cuisine et stoppa net. Jamais elle n'avait vu une telle porcherie. Les plans de travail et l'évier débordaient de vaisselle sale. Toutes les surfaces, de la gazinière au réfrigérateur, des placards au sol, étaient couvertes de projections de nourritures sur une couche de crasse. Au-dessus de tout cela s'étalait un uniforme manteau de graisse trahissant la prédilection pour les nourritures frites du maître des lieux.

— Allez, avance !

Un coup sec dans le dos obligea Rachel à faire un brusque pas en avant. Elle traversa la cuisine en prenant garde de ne toucher à rien. C'était déjà assez désagréable de devoir marcher là-dedans... Les semelles de ses baskets collaient au linoléum à chaque pas avec un bruit de succion dégoûtant. La salle à manger ne valait guère mieux, put-elle constater après avoir emprunté un passage cintré.

—Assieds-toi.

—Je préfère rester debout.

Rachel laissa son regard courir sur la table et son chargement d'assiettes sales. Malheureusement, celles-ci ne contenaient pas que de la nourriture. De gras insectes festoyaient joyeusement sur des restes de pizza vieux d'un mois, entre autres reliefs déliquescents. Quant aux chaises – heureusement vierges de toute assiette –, des piles de paperasses et de vieux journaux les encombraient.

—Vous savez, Pudge..., reprit-elle d'un ton prévenant. Vous devriez songer à embaucher une femme de ménage.

—Assieds-toi !

Il devait se sentir plus en confiance à présent qu'ils étaient arrivés chez lui, car il prit le risque de s'approcher suffisamment d'elle pour la saisir par l'épaule et la fourrer de force sur une chaise. Rachel grimaça en sentant le coin chiffonné d'un prospectus publicitaire lui meurtrir les fesses, mais elle ne dit rien en le regardant contourner la table pour s'y s'asseoir lui-même. Ce faisant, il y avait posé l'arbalète en la pointant directement sur la poitrine de Rachel.

Ils se contemplèrent sans rien dire un long moment, se dévisageant ouvertement et prenant la mesure l'un de l'autre. Mais, lorsque le silence finit par devenir éprouvant pour elle, Rachel arqua un sourcil et demanda :

—Alors ?

—Alors quoi ? s'étonna Pudge en plissant le front.

—Vous allez me tuer ? Maintenant ? Un peu plus tard ?

— Oh, non ! s'écria-t-il. (Il parut effaré qu'elle puisse simplement émettre cette hypothèse.) Certainement pas ! Je n'oublie pas que c'est à cause de moi que te voilà devenue une vampire. Ou faut-il dire « vampiresse » ?

En le regardant marmonner et frétiller sur son siège, Rachel tenta de se faire une idée de ce qu'il avait dans le crâne. À en juger d'après sa manière de s'adresser à elle, Pudge paraissait favorablement impressionné par un vampire de sexe féminin. Le fait qu'elle en soit une ne paraissait lui poser aucun problème – bien au contraire –, alors qu'Étienne lui donnait des envies de meurtre. Elle ne parvenait pas à comprendre pourquoi.

— Dis-moi…, reprit-il. (Rachel dévisagea Pudge, rendue curieuse par l'excitation qui s'était emparée de lui. Rien n'aurait pu la préparer à ce qui s'ensuivit.) Tu n'as pas faim ?

Quoique surprenante, la question ne manquait pas d'à-propos. Elle ne pensait pas avoir perdu beaucoup de sang à cause des coupures qu'il lui avait infligées dans le cou, mais elle se sentait néanmoins affamée. Son regard se porta sur le réfrigérateur, dans la cuisine. Contenait-il des poches de sang ? Cela semblait peu probable, mais si ce n'était pas le cas pourquoi lui demandait-il si elle avait faim ? De toute façon, même s'il avait du sang au frais, elle n'était pas certaine qu'il soit sain de le boire dans cette usine à bactéries qu'il appelait sa maison. Elle était plus qu'à demi certaine que cela ne devait pas l'être. Pouvait-il y avoir quoi que ce soit, dans cet endroit, qu'elle puisse porter à sa bouche sans risque ?

— Tu pourrais me mordre…, suggéra Pudge, attirant son attention.

Cette perspective paraissait le combler. Rachel sentit aussitôt tout appétit la quitter.

— Je vous remercie, mais…

— Oh, allez ! protesta-t-il. Tu peux aussi me transformer en vampire, si tu veux…

Ses yeux dérivèrent lentement jusqu'à la poitrine de Rachel.

Elle fit de son mieux pour dissimuler sa répulsion. L'idée d'infliger au monde la présence d'un être immortel dans son genre lui paraissait presque aussi horrible que celle de le mordre. Il lui semblait douteux que Pudge puisse être plus propre que son intérieur. Mais, propre ou non, elle n'avait aucune envie de le mécontenter. Elle ne savait toujours pas ce qu'il comptait faire d'elle et, tant qu'elle n'aurait pas une ouverture pour s'échapper, il pouvait être de bonne politique de le ménager.

— Non, merci…, répondit-elle poliment à son offre.

Rachel dirigea son regard vers le bout de la salle de séjour qu'elle pouvait apercevoir de là où elle était. Les portes-fenêtres donnant sur un balcon, remarqua-t-elle, étaient couvertes de planches consolidées par des barres de fer. Il faisait plutôt sombre, là-dedans… Elle vérifia d'un coup d'œil circulaire que toutes les autres fenêtres étaient obstruées de la même manière. Peut-être Pudge n'avait-il pas toujours eu l'intention d'assassiner Étienne.

— Tu sais, reprit-il d'un air songeur, tu n'es tout de même pas vilaine à regarder. (Rachel reporta son attention sur son ravisseur. Elle ne savait que lui répondre. De la part de tout autre que lui, ces paroles auraient pu être interprétées comme un compliment maladroit. Mais il les avait prononcées avec une sorte de désappointement. Elle en comprit l'origine quand il expliqua :) Tu es plutôt jolie… ce n'est pas ça… mais tu n'es pas tout à fait… comme je m'y attendais. Dans les films, les suceuses de sang sont plus… (Il marqua une pause pour chercher le mot juste et conclut :)… sexy. Tu vois ce que je veux dire : bustiers en vinyle noir, bottes à talons aiguilles jusqu'en haut des cuisses, tout ça…

Rachel vit que le regard de Pudge demeurait rivé à ses seins, comme s'il essayait de deviner si elle portait un bustier en vinyle noir sous son sweat-shirt.

En soupirant, elle songea que cela risquait d'être une très, très longue journée…

Étienne donna un coup de pied rageur à la porte et revint se pencher sur le petit réfrigérateur intégré à son bureau. Il avait déjà bu quatre poches de sang en examinant les dégâts pour voir s'il lui serait possible de tenter une réparation de fortune. Cela avait tout l'air d'être impossible. Pudge avait vraiment réussi son coup. Qui plus est, les dispositifs de sécurité high-tech qu'il avait installés pour transformer cette pièce en refuge inviolable se retournaient à présent contre lui. Il s'en voulait également d'avoir négligé cette alarme dont Rachel avait vanté les mérites. Trop occupé qu'il avait été la veille à tenter de la calmer et à lui faire l'amour, il avait complètement oublié de la réactiver.

Étienne jura entre ses dents, maudissant sa stupidité. Il ne s'était jamais véritablement inquiété auparavant pour sa maison, pour ses biens ou pour lui-même. Il n'y avait jusqu'à maintenant que le fruit de son travail qui lui avait paru avoir quelque valeur et être susceptible d'attirer la convoitise. Être attaqué chez lui ne lui avait jamais inspiré la moindre crainte. Le voleur de base en aurait été pour une surprise désagréable en pénétrant par effraction chez lui, et d'autant plus en s'en prenant à lui. Il y avait aussi, pour expliquer son insouciance, le fait que l'époque où il fallait craindre les chasseurs de vampires était révolue, ou du moins l'avait été jusqu'à l'apparition de Pudge. Mais Rachel avait énormément de valeur aux yeux d'Étienne ; bien plus, même, que ce qu'il avait osé lui avouer. Et, à cause de sa négligence, elle était à présent en danger sans qu'il puisse rien faire pour la secourir.

Étienne avait donc transformé son bureau – la seule pièce sensible à ses yeux – en une sorte de bunker électronique à l'épreuve des humains autant que des vampires. Car, de manière surprenante, tout ce qui touchait à l'informatique avait la cote auprès des siens. Pudge, lui, avait réussi à faire de cette petite merveille de technologie une cage hermétique simplement en arrachant le panneau de contrôle. Sans l'aide d'un chalumeau à acétylène susceptible de percer quinze centimètres d'acier, nul ne pouvait plus sortir de cette pièce ni y entrer. Malheureusement, il n'avait pas eu la prévoyance de conserver un tel équipement à l'intérieur de son bureau. Il resterait cloîtré là-dedans tant qu'il ne viendrait pas à l'idée de Lucern ou Bastien de passer chez lui. Des heures pourraient s'écouler avant qu'il soit libéré, au cours desquelles il pouvait arriver n'importe quoi à Rachel.

Étienne contempla d'un œil morose les milliers de dollars d'équipement détruit de sa station de travail. S'il parvenait à mettre au point un bricolage de fortune pour parvenir à faire fonctionner au moins en partie son matériel, il lui serait possible de donner l'alerte et de hâter l'arrivée des secours. Cela paraissait mission impossible – Pudge n'y était pas allé de main morte – mais ça valait toujours mieux que de rester assis à se morfondre en imaginant les risques que courait Rachel.

En saisissant une nouvelle poche dans le réfrigérateur, il nota machinalement que celui-ci ne semblait plus remplir son office. Apparemment, lui non plus n'avait pas échappé au désastre, ce qui n'était guère un problème pour Étienne. Il avait déjà avalé suffisamment de sang et n'avait rien contre le fait de le consommer un peu tiède.

Sans plus attendre, il se mit au travail avec acharnement sur son équipement.

—Je ne mordrai pas Muffin !

Rachel fusillait Pudge du regard. Il lui agitait sous le nez le petit terrier affolé au bout de sa laisse. Elle n'en revenait pas qu'il puisse lui proposer une chose pareille. Ce type était décidément givré… Interprétant la prudence diplomatique dont elle avait fait preuve à son égard comme un encouragement, il lui avait expliqué qu'il désirait par-dessus tout devenir un vampire. Il se voyait très bien vivre pour l'éternité en prédateur de la nuit, une meute de vamps pulpeuses à ses pieds. Il s'imaginait en star de son propre nanar de série B. Il aurait volontiers échangé sa minable carcasse de ringard graisseux contre celle d'un invincible mais néanmoins nonchalant monstre de la nuit. Comme si l'infantement pouvait changer quelque chose à son comportement et à sa personnalité…

Elle lui avait répondu par un grognement qu'il pouvait interpréter comme une approbation mais qui n'avait été que de dérision. Il s'était excité, lui expliquant qu'il avait planifié minutieusement tout cela depuis qu'il avait découvert la véritable nature d'Étienne. L'un de ses plans consistait à l'éliminer afin de pouvoir assister à ses funérailles incognito, choisir dans la foule « une chouette p'tite vamp » – il ne faisait aucun doute pour lui qu'il n'y aurait que des suceurs de sang au cimetière –, puis de la ramener chez lui pour qu'elle le transforme en vampire en lui mordant la…

Rachel l'avait interrompu pour l'informer que, s'il comptait l'obliger à le mordre à cet endroit, il pouvait tout de suite y renoncer. La tête penchée sur le côté, il lui avait rétorqué :

— Tu oublies que c'est moi qui te menace d'un pieu. C'est moi qui ai le pouvoir. Tu seras obligée de faire ce que je te demande.

Rachel avait plissé les yeux pour observer froidement ce cafard immonde avant de répondre calmement :

— Oui. C'est vous qui me menacez d'un pieu et qui avez le pouvoir. Mais si vous m'obligez à vous mordre *là*, je vous mordrai *vraiment*. Histoire de savoir quel goût peut avoir un chewing-gum au sang…

Elle avait ponctué sa déclaration d'un sourire diabolique en espérant qu'il ne trahissait pas plutôt la nausée qui lui soulevait le cœur.

À le voir pâlir et croiser nerveusement les jambes, Rachel avait estimé que la menace avait dû être suffisamment dissuasive. En tout cas, il avait cessé d'insister pour qu'elle le morde, mais il lui avait en revanche ordonné de se lever et de le précéder jusque dans la cave.

À cet instant, Rachel avait eu peur d'être allée trop loin et d'avoir signé son arrêt de mort en se rendant inutile aux yeux de son ravisseur. Toutefois, il ne l'avait pas tuée, se contentant de l'enchaîner au mur du sous-sol. Il semblait bien avoir projeté d'enlever une « chouette p'tite vamp », et apparemment il avait anticipé que celle-ci ne se montrerait pas immédiatement coopérative. Sans doute avait-il imaginé pouvoir la faire changer d'avis avec le temps. Peut-être comptait-il sur les effets du syndrome de Stockholm ou sur son charme naturel pour lui faire obtenir gain de cause.

Quoi qu'il en soit, il lui avait ordonné d'aller se plaquer contre le mur et de refermer elle-même des anneaux d'acier autour de ses chevilles, de ses cuisses, de sa taille et de son cou. Il avait attendu qu'elle se retrouve ainsi entravée pour s'approcher d'elle avec précaution, l'arbalète toujours pointée sur sa poitrine. Pour finir, il avait bouclé les derniers anneaux autour de ses poignets et de ses épaules. Il l'avait ensuite laissée seule et avait regagné le rez-de-chaussée. Rachel s'était immédiatement mise au travail pour tenter de se libérer, mais les anneaux qui l'emprisonnaient étaient encore plus épais et solides que les menottes du van. Il les avait scellés dans le mur de telle sorte qu'elle demeurait bras et jambes écartés, ce qui l'empêchait de mobiliser toute sa force.

Elle était encore en train de lutter contre ses entraves en jurant tout bas quand elle avait entendu la porte de la cave se rouvrir, quelques instants plus tôt. Pudge avait descendu l'escalier et avait commencé à lui agiter sous le nez la petite boule de poils blancs et frisés du terrier en chantonnant : « Voilà le dîner… »

— Je ne le mordrai pas ! répéta Rachel, plus fermement cette fois. (Puis, incapable d'assister sans réagir au supplice de la petite bête qui étouffait en gigotant au bout de sa laisse, elle rua dans ses bracelets et s'emporta :) Reposez cet animal par terre ! Vous êtes en train de l'étrangler.

— Mais… je dois te nourrir ! protesta-t-il. (Néanmoins, il s'exécuta de mauvaise grâce et alla attacher le chien au pied de la rampe d'escalier.) Sinon, ajouta-t-il d'un ton geignard, comment pourras-tu apprendre à avoir confiance en moi ? (Rachel remarqua avec intérêt qu'il semblait parler tout seul. Il paraissait évident que ce type passait beaucoup trop de temps en solitaire. Ce fut sur le même ton absent qu'il poursuivit :) Ce n'est que le foutu chien de la voisine. En plus, ce petit bâtard a pour habitude de couler un bronze sur ma pelouse chaque fois qu'il le peut. Je ne comprends pas pourquoi tu ne veux pas le croquer et m'en débarrasser une bonne fois pour toutes. Je…

— Pudge ! l'interrompit-elle sèchement pour mettre un terme à son délire. Jamais je ne « croquerai » le mignon petit animal de compagnie de qui que ce soit.

Il se tourna vers elle et la dévisagea un instant avant de suggérer :

— Et que dirais-tu d'un rat ? Je m'en fais livrer toutes les semaines pour mon serpent, mais…

La voyant frissonner de dégoût et secouer négativement la tête, il n'insista pas. Rachel ne prit pas la peine de lui répondre. Elle, mordre dans un rat ? *Seigneur Dieu !*

— Bon sang, tu fais la difficile ! lança-t-il, exaspéré. Si j'avais su que tu me donnerais tant de soucis, je…

Un carillon venait de retentir à travers toute la maison, mettant un terme à sa diatribe.

Rachel regarda tout autour d'elle, incapable de comprendre ce qui se passait, jusqu'à ce que Pudge aille allumer un moniteur accroché dans un coin de la cave. L'image de la porte d'entrée d'une maison – probablement celle dans laquelle elle se trouvait – apparut aussitôt à l'écran. Tout comme Étienne, le propriétaire des lieux paraissait être fan de gadgets technologiques en tout genre. Un colosse ventripotent en tee-shirt siglé aux armes d'une marque de bière enfonçait d'une main le bouton de sonnette et tambourinait de l'autre sur la porte.

—Mon frère, annonça Pudge d'un ton lugubre. (Sa visite ne paraissait pas le ravir, mais soudain il s'anima et se tourna vers elle.) Tu pourrais lui sucer le sang! suggéra-t-il. Je ne l'aime pas vraiment. Tu n'aurais même pas besoin de le transformer en vampire. C'est une vraie plaie doublée d'une sale teigne.

Rachel faillit s'en étrangler d'indignation.

—Je ne mordrai pas votre frère! s'écria-t-elle.

Pour qui la prenait-il? Son exécutrice des basses œuvres destinée à le débarrasser de toutes les créatures qui le gênaient? Elle n'avait encore jamais mordu d'être vivant et ne comptait pas s'y mettre de sitôt. Enfin… à l'exception d'Étienne, bien sûr, mais c'était tout autre chose. Les morsures qu'elle lui avait infligées avaient été de nature plus… intime. Cela n'avait rien à voir. Il était hors de question qu'elle se mette à mordre de parfaits inconnus.

—Mais enfin, il va bien falloir que tu bouffes quelque chose!

Il paraissait de nouveau irrité.

Rachel décida qu'il lui fallait mettre un terme à tout cela.

—Je n'ai pas faim, décréta-t-elle avec fermeté. Je ne mordrai rien ni personne.

—Alors, va au diable!

Ayant apparemment décidé qu'il n'avait pas l'intention d'ouvrir à son frère si elle n'était pas décidée à le mordre, Pudge se détourna du moniteur et se mit à faire les cent pas, ignorant le gaillard qui s'obstinait à cogner du poing et à sonner. Alors que Rachel commençait à penser que tout ce boucan allait la rendre cinglée, l'adipeux géant laissa tomber après un dernier coup de pied dans le vantail et s'éloigna.

Pudge parut se calmer un peu après le départ de son frère. Il cessa de déambuler, s'immobilisa près de ce qui ressemblait à un grand coffre en métal sur lequel il s'assit, et la dévisagea d'un air mécontent. Rachel avait l'impression d'être en tant que vampire sexy une déception majeure pour lui. N'ayant aucune intention de le regretter ni de plaindre son ravisseur, elle entreprit d'examiner plus attentivement le sous-sol. Elle n'y avait jeté qu'un vague coup d'œil en descendant l'escalier et elle avait été trop occupée à tenter de se libérer depuis lors pour y faire attention. À présent, elle pouvait constater qu'un bric-à-brac pseudo-vampirique encombrait l'antre de Pudge. Pour moitié, on y trouvait tout ce qui dans l'imaginaire populaire est susceptible de combattre et tuer un vampire, et pour l'autre, tout ce dont un vampire est censé avoir besoin pour vivre : le cercueil sur lequel il était assis, une cape accrochée à une patère, un dentier posé sur une console, tous les livres jamais publiés sur le sujet. Rachel n'avait aucun mal à l'imaginer passant la cape sur ses épaules et glissant le dentier dans sa bouche pour jouer à Dracula. Consternée, elle secoua la tête longuement. Dire que ce type était dingue était encore loin de la réalité…

— Dans ce cas, reprit-il, *quand* auras-tu faim ? Et qu'est-ce que tu pourras manger puisque tu es si difficile ?

Rachel soutint le regard de son ravisseur et décida de jouer cartes sur table, en espérant qu'il cesserait de lui proposer ses proches et les animaux de ses voisins à boulotter.

— Il est vrai que j'ai un peu faim, mais je n'ai jamais mordu personne… et je ne pense pas que je le pourrai un jour.

Il parut surprit par cet aveu.

— Ah bon ? s'étonna-t-il. Comment fais-tu pour te nourrir, alors ? Tu as bien dû grailler quelque chose depuis qu'Argeneau t'a transformée en vampire. C'était il y a plus d'une semaine ! Tu…

— Nous utilisons des poches de sang, l'interrompit-elle.

— Des poches de sang ? (Cette fois, il paraissait choqué.) Tu veux dire… comme à l'hôpital ? (Voyant qu'elle acquiesçait d'un signe de tête, il grimaça de dégoût et conclut :) Beeeeuurk !

Sa réaction exaspéra Rachel. Il faisait la fine bouche à l'idée de boire en poche ou dans un verre, mais « sucer le sang » de quelqu'un en le mordant ne lui posait pas le moindre problème de conscience. Ah, il ferait vraiment un fameux vampire ! Sans doute l'un de ces parias dont Étienne avait mentionné l'existence. Il était définitivement hors de question qu'elle le morde. Laisser un tel fléau s'abattre sur le monde serait une trop mauvaise action.

— Eh bien, nous allons changer tout ça ! décréta-t-il. Tu vas…

Le carillon de la porte d'entrée vint priver Rachel d'un conseil qu'elle n'aurait sans doute pas aimé entendre. Pudge fit volte-face pour observer l'écran lorsqu'il retentit de nouveau avec insistance. Rachel l'imita et vit une petite vieille dame aux cheveux blancs qui criait à tue-tête en enfonçant le bouton et en toquant avec insistance contre la porte.

Cette fois, Pudge s'empara d'une télécommande et haussa le son pour entendre ce que disait la nouvelle venue. Ses paroles saccadées et pleines de rage emplirent aussitôt la pièce.

— Ouvre tout de suite cette porte, Norman Renberger ! Je sais que tu es là et que tu as pris mon Muffin ! Je t'ai vu l'attraper dans ma cour. Tu m'ouvres cette porte tout de suite ou je vais appeler la police !

— Merde ! marmonna Pudge en se levant pour se précipiter au rez-de-chaussée.

Rachel reporta son attention sur le moniteur, un peu inquiète de voir de quelle manière il allait accueillir sa voisine. Il n'avait pas pris la peine d'emporter le chien avec lui et elle suspectait que ce n'était pas bon signe.

Elle vit la porte s'ouvrir lentement et le sourire mielleux de Pudge apparaître dans l'entrebâillement.

— Salut, madame Craveshaw !

— Je ne te salue pas, Norman ! Où est mon Muffin ?

Le chien, qui avait reconnu la voix de sa maîtresse, se mit à aboyer furieusement au pied de l'escalier. Rachel fit la grimace. Pudge avait laissé ouverte la porte de la cave et apparemment le son porta jusqu'au perron car Mme Craveshaw se mit aussitôt à crier :

— Muffin ! (Repoussant Pudge avec le bras, elle s'engouffra résolument dans la maison, sortant du champ de la caméra.) Où est-il ? Où est mon bébé ? Muffin ? Muffin ! (Au fur et à mesure de sa progression, sa voix se rapprochait.) Muffin !

Ce dernier cri avait retenti au sommet de l'escalier. La vieille dame s'encadrait à présent dans la porte ouverte. Ses yeux s'illuminèrent quand elle découvrit celui qu'elle cherchait attaché au bas de la rampe, aboyant de toutes ses forces.

— Sauvez-vous ! Appelez la police ! se mit à crier Rachel.

Mais il était déjà trop tard. Mme Craveshaw n'avait d'yeux et d'oreilles que pour son Muffin. Elle dévala l'escalier à toute vitesse, au risque de se rompre le cou, pestant contre Pudge qui la poursuivait. Elle avait atteint la dernière marche et entreprenait de délier la laisse lorsqu'il la rejoignit et l'assomma d'un coup d'arbalète sur la tête. Il n'en fallut pas davantage pour que parte le pieu qui l'armait. Rachel sursauta et tenta de se pousser sur le côté. Malheureusement, ses entraves ne lui laissaient aucune marge. Un bref cri de douleur lui échappa lorsque le projectile se ficha en plein cœur.

Chapitre 15

— Bon retour parmi nous !

Rachel fit la grimace en entendant ces mots et cligna des yeux avant de parvenir à les ouvrir. L'espace d'un instant, elle ne sut où elle se trouvait, puis le visage de Pudge se précisa devant elle et la mémoire lui revint. Baissant les yeux pour voir ce qu'il regardait, elle grimaça de plus belle en découvrant sa chemise ouverte sur la dentelle ensanglantée de son soutien-gorge.

— J'ai enlevé le pieu…, expliqua Pudge en laissant ses yeux caresser avec fascination la peau lisse de son sein. Tu cicatrises à la vitesse de l'éclair ! D'abord, le saignement a cessé, puis la plaie s'est refermée, et enfin même la cicatrice est partie. Waouh ! Un vrai tour de magie…

Rachel tourna la tête avec lassitude pour ne plus voir sa face rouge d'excitation. Magie ou pas, elle avait désormais désespérément besoin de sang. Elle ne pouvait tenir et récupérer d'une blessure aussi grave sans en consommer une grande quantité. Déjà, son corps à l'agonie et en proie au manque hurlait sa soif de l'élixir de vie. Elle pouvait sentir l'odeur d'hémoglobine qui émanait de lui. Elle avait même l'impression de l'entendre courir dans ses veines. S'il commettait l'erreur d'approcher d'elle un peu plus, elle n'était pas certaine de pouvoir se retenir de le mordre, en dépit de sa ferme résolution de s'en abstenir. Son corps était dans un tel état de faiblesse qu'elle se sentait capable de cet exploit pour y remédier.

Rachel secoua vivement la tête et se reprocha mentalement de s'être laissé aller à y penser. Elle n'était pas un démon suceur de sang incapable de maîtriser ses instincts. Étienne lui avait assuré que ce n'était pas le cas. Il lui suffisait juste de convaincre cet aspirant vampire manieur de pieu d'aller cambrioler une banque du sang pour elle. Mais pour rien au monde elle ne le mordrait.

Un gémissement venu de l'autre bout de la pièce incita Pudge à jeter un coup d'œil par-dessus son épaule puis à s'éloigner. Rachel fut tellement soulagée qu'il emmène avec lui son alléchante odeur de sang qu'elle ferma les yeux et ne prit pas garde à ce qu'il était parti faire. Lorsqu'il revint, l'odeur revint avec lui, plus forte encore.

— Et voilà ! s'exclama-t-il. Je pensais la tuer, mais j'ai décidé de l'épargner pour toi. Tu as besoin de sang, ne me dis pas le contraire. Mords-la ! Donne-lui le baiser du vampire !

Rachel gémit et tourna désespérément la tête sur le côté tandis que Pudge maintenait à bout de bras devant elle Mme Craveshaw, pâle et hébétée, jusqu'à la lui mettre quasiment sous le nez. La pauvre femme devait être restée inconsciente durant tout ce temps, ce qui valait sans doute mieux : au moins n'avait-elle pas été témoin de sa guérison « magique ». Le problème était qu'à présent du sang coulait de la blessure que Pudge lui avait infligée à la tête. Il avait coulé dans ses cheveux et le long de son cou jusqu'à tacher l'épaule de son corsage à motif fleuri. Le fumet qui s'en élevait était grisant, tentateur, torturant. Rachel sentit faiblir son self-control. Puis elle reporta son attention sur le visage de la vieille dame en l'entendant gémir. Ce n'était pas elle que regardait Mme Craveshaw, mais Pudge. Elle lui jetait un regard effrayé qui en disait long sur sa certitude d'être tombée entre les pattes d'un malade mental. Comment l'en blâmer ? songea-t-elle avec lassitude. Tout le monde savait que les vampires n'existaient pas.

— Allez ! Mords-la ! insista Pudge d'une voix geignarde qui trahissait son impatience.

Rachel se contenta de fermer les yeux en faisant « non » de la tête. De nouveau, elle détourna le nez en une vaine tentative pour échapper à l'odeur tentatrice. Elle préférait mourir plutôt que de tuer un être vivant, et elle avait bien peur en se décidant à mordre cette femme de ne pas s'arrêter avant de l'avoir vidée de son sang. Pour rien au monde elle ne prendrait ce risque.

— Pas encore assez faim ? maugréa-t-il, désappointé. Je vais te la laisser là jusqu'à ce que l'appétit te… *Oh !*

Cette exclamation attira de nouveau sur lui le regard de Rachel. À son grand soulagement, Pudge entraînait sa voisine à l'autre bout de la pièce. L'odeur de sang restait perceptible, mais elle s'était atténuée jusqu'à devenir moins entêtante. L'expression de jubilation qu'affichait Pudge n'était cependant pas pour la rassurer.

— Je parie que tu es fatiguée, hein ? reprit-il en ligotant Mme Craveshaw. Je n'y avais pas pensé, mais il fait jour et tu souffres sans doute de cette léthargie du vampire incapable de rester éveillé après le lever du soleil… (Rachel ne se donna pas la peine de le détromper sur ce point. Elle estimait préférable qu'il n'en sache pas davantage sur les vampires que ce qu'il connaissait déjà.) Allez, viens…

Il revint vers elle et ouvrit rapidement les anneaux qui lui enserraient le cou, les épaules et la taille. Puis il se pencha pour libérer de la même façon ses cuisses et ses chevilles. Rachel baissa les yeux et le regarda faire, songeant la mort dans l'âme que, si elle n'avait pas été aussi faible, elle aurait pu en profiter pour s'enfuir. C'était tout son corps qui lui semblait amorphe, et ses membres lui donnaient l'impression d'être en caoutchouc. À peine capable de se tenir debout, comment aurait-elle pu donner à ce petit branleur un grand coup de pied dans le cul et s'enfuir à toutes jambes ?

— Tu pourras dormir dans mon cercueil, annonça Pudge en se redressant pour détacher ses poignets.

Il était conscient de son état de faiblesse, sans quoi il ne se serait jamais approché d'elle sans son arbalète, mais il en rendait manifestement responsable la supposée léthargie des vampires au grand jour davantage que l'hémorragie due à sa blessure. Elle n'avait pas dû saigner beaucoup, et il ignorait que le sang qui lui manquait avait été utilisé pour réparer les dégâts infligés par le pieu.

En la soutenant pour la conduire jusqu'au grand cercueil qu'elle avait repéré précédemment, il expliqua, volubile :

— À l'origine, je pensais enlever Étienne et le garder prisonnier ici. Je me disais que comme ça je pourrais lui piquer toutes ses idées de jeux et lui amener tous ceux que je n'aime pas pour qu'il les morde. Il y a un tas de gens que je déteste. J'aurais pu le garder ici un bon moment. Mais finalement je me suis dit qu'il était trop fort pour prendre ce risque.

Il souleva le couvercle du cercueil en métal et l'ouvrit complètement, révélant un capitonnage de satin rouge. Rachel contempla avec perplexité l'énorme chose, assez grande pour accueillir deux ou trois personnes.

— Je l'ai fait faire sur mesure, poursuivit Pudge, confirmant ses doutes. Je le voulais assez grand pour moi et deux ou trois de mes poulettes suceuses de sang quand je serai un vampire.

Cette précision la consterna. La tête lui tournait un peu, mais elle gardait assez de jugeote pour savoir qu'il n'y avait plus rien à faire pour ce type : il était définitivement passé à l'ouest…

— Rentre là-dedans ! lui ordonna-t-il.

Rachel était épuisée et n'aurait pas demandé mieux que de s'allonger, mais il n'y avait aucun risque qu'elle s'installe de sa propre volonté dans ce cercueil. Plutôt dormir sur le béton.

— Non...

Sa réponse avait fusé si faiblement de ses lèvres que Pudge ne l'entendit pas.

— Allez ! insista-t-il. Rentre là-dedans...

— Je ne dormirai pas dans ce cercueil, parvint-elle à répliquer un peu plus fort.

— Bien sûr que si ! Allonge-toi là. Tu dormiras mieux.

Rachel secoua la tête et darda sur lui un œil noir. Elle ne fut pas surprise de le voir se rembrunir. Puis le visage de Pudge s'illumina et il lança, l'air menaçant :

— Obéis ou je tue Crabbyshaw !

Les épaules de Rachel s'affaissèrent. Elle devait bien s'avouer vaincue. Elle tenta pourtant une dernière parade.

— Je ne pense pas que je pourrai...

Elle ne put en dire davantage. Pudge la souleva brusquement entre ses bras et la fourra *manu militari* dans le cercueil. Sous le coup de la colère – ou parce qu'il était trop faible pour la porter si longtemps –, il la laissa choir au dernier moment. Elle se réceptionna durement sur ses coudes et sur ses fesses. Un surcroît de douleur l'assaillit, qui lui arracha un cri. Profitant de cet instant de détresse, Pudge fit claquer un nouvel anneau autour de sa cheville.

— La chaîne est assez longue pour te permettre de sortir et d'aller mordre cette vieille Crabbyshaw quand tu auras faim, expliqua-t-il. Mais elle ne l'est pas assez pour te permettre de t'enfuir. Dors bien !

Le couvercle du cercueil se referma bruyamment.

Rachel sentit d'étouffantes ténèbres se refermer sur elle. Elle tenta faiblement de se redresser et sa main s'enfonça dans l'épaisseur satinée du capitonnage. La panique faillit la submerger. Elle avait toujours été un peu claustrophobe, mais enfermée là-dedans elle le devenait complètement… S'obligeant à respirer à fond, elle laissa retomber sa main sur sa poitrine et s'efforça de se calmer. Elle allait se reposer un petit moment, décida-t-elle. Cela lui permettrait de récupérer et de se reprendre un peu, et quand Pudge aurait quitté le sous-sol, elle sortirait de ce cercueil et…

À ce stade de sa réflexion, le fil de ses pensées se tarit. Elle sortirait de ce cercueil et quoi ? Privée de sang comme elle l'était, elle n'allait pas pouvoir récupérer ses forces. Bien au contraire, elle allait devenir de plus en plus faible et… *Seigneur Dieu ! Où est passé Étienne ?* Pourquoi n'était-il pas déjà là pour la tirer de ce mauvais pas ? Elle lui avait sauvé la mise en faisant en sorte qu'il se retrouve bouclé dans son bureau où il pourrait disposer du sang dont il avait besoin. Le moins qu'il pouvait faire en retour, c'était de rappliquer le plus vite possible pour lui donner un coup de main.

Il lui devenait difficile de respirer. Il ne semblait pas y avoir suffisamment d'air dans ce cercueil. Elle allait épuiser ses réserves en quelques minutes, songea-t-elle, affolée. Elle allait suffoquer et mourir là-dedans…

Rachel se força à se calmer en se disant qu'il devait s'agir d'un symptôme de sa claustrophobie. Elle n'allait pas mourir. Personne ne lui avait mentionné la suffocation comme un risque mortel pour un vampire. Elle avait juste besoin de se calmer et d'attendre. Étienne allait finir par arriver…

Étienne fronça les sourcils et se tourna vers la porte de son bureau. Il n'en était pas certain, mais il pensait avoir entendu quelque chose. Délaissant le chantier de circuits imprimés dans lequel il lui semblait patauger depuis des heures, il se leva pour aller coller son oreille contre l'acier.

— Étienne !

L'appel était très faible, presque inaudible, mais il l'avait néanmoins perçu. Enfin, ils étaient arrivés… Le premier instant de soulagement passé, il se demanda pourquoi son frère n'avait pas tenté de communiquer avec lui par la pensée. Au moment où il se posait cette question, il prit conscience de différentes sollicitations télépathiques qui l'atteignirent simultanément. Alors il comprit que, trop occupé à rafistoler son ordinateur, il avait dû sans s'en apercevoir fermer son esprit à toute pensée étrangère.

— *Étienne ? Est-ce que tu vas bien ?*

— *Que s'est-il passé ?*

— *Nous n'arrivons pas à ouvrir la porte…*

Ces pensées se déversèrent en même temps sous son crâne, dans un concert un peu confus, mais il comprit que Bastien, Lucern et leur mère se trouvaient tous trois derrière la porte.

— *Pudge a saboté le panneau de contrôle,* expliqua-t-il mentalement. *Je n'ai rien mais il a enlevé Rachel. Il va vous falloir forcer la porte.*

— *Comment ?*

La question était simple et claire, même si des échos dissonants provoqués par un accès de colère contre Pudge et d'inquiétude pour Rachel l'accompagnaient. Étienne y réfléchit rapidement. S'il s'était trouvé à l'extérieur avec eux, peut-être aurait-il pu rebrancher les fils nécessaires à l'ouverture de la porte. Mais les autres membres de la famille n'avaient jamais été très portés sur la technique… Incapable qu'il était de se faire une idée plus précise des dégâts et de leur donner les instructions pour les réparer, il ne restait qu'un moyen.

— *Vous allez avoir besoin d'un chalumeau à acétylène. Il vous faudra découper l'acier autour de la serrure.* (Il attendit pour être sûr qu'ils avaient bien compris et que l'un d'eux se chargeait d'aller chercher ce qu'il fallait, puis il ajouta :) *Quelle heure est-il ?*

— *Un peu plus de 18 heures*, lui fut-il répondu.

Ce n'était pas une certitude, mais il pensait que Pudge avait fait irruption chez lui aux alentours de midi. Ce qui signifiait que Rachel était en son pouvoir depuis plus de six heures. *Seigneur!* Il ne pouvait qu'espérer qu'elle allait bien.

Un air de rock à plein volume tira Rachel de son sommeil. Elle ouvrit les yeux et tenta de percer les ténèbres opaques. Son souffle, immédiatement, se fit haletant, comme si tout l'air contenu dans le cercueil avait fini par s'épuiser. La panique la submergea de nouveau. Cette fois, cela joua en sa faveur : la décharge d'adrénaline qui en résulta lui donna la force nécessaire pour ouvrir le cercueil. Elle était si faible qu'elle ne parvint qu'à l'entrebâiller de quelques centimètres. Pour empêcher qu'il se referme, elle dut se résoudre à le laisser retomber sur ses doigts. Elle grimaça de douleur, mais le filet d'air qui lui parvenait lui fit du bien. Rassemblant ses forces, elle se redressa, forçant le couvercle à s'ouvrir suffisamment pour lui permettre de voir ce qui se passait dans la pièce.

Elle vit tout d'abord Mme Craveshaw, ligotée et appuyée contre le mur. La vieille dame était éveillée et observait, les yeux ronds, quelque chose à l'autre extrémité de la pièce. Rachel tenta de distinguer de quoi il s'agissait mais ne put distinguer qu'une porte ouverte. La position du cercueil ne lui permettait pas de voir grand-chose de la pièce voisine : juste un petit aperçu. Elle ne vit Pudge nulle part. En se hissant et en se tirant à la fois, Rachel commença à escalader la paroi du cercueil. Soudain, le souvenir de son premier réveil dans la maison d'Étienne lui revint. Quelle n'avait pas été sa surprise de le voir s'asseoir dans cette boîte et en sortir souplement... Elle aurait aimé avoir la force de faire la même chose, mais sans doute pouvait-elle s'estimer heureuse de parvenir à s'en extraire péniblement. Une détermination sans faille lui permit de passer outre à sa faiblesse. Elle avait un besoin impérieux de sang. Il lui fallait sortir de là.

Un grognement lui échappa lorsqu'elle parvint à se sortir suffisamment de la bière de métal pour que la gravité fasse le reste. Rachel tomba lourdement sur le sol. La chaîne attachée à sa cheville fit un tintamarre d'enfer en dépit de la musique qui parvenait de la pièce voisine. Elle se figea et ferma les paupières pour reprendre son souffle, s'attendant à tout instant à ce que Pudge surgisse pour mettre un terme à sa tentative d'évasion.

Rachel rouvrit les yeux et observa Mme Craveshaw, qui partageait dorénavant son attention entre elle et ce qui se passait à l'autre bout de la pièce, le visage figé par une frayeur intense. Rachel ignorait si la voisine avait peur d'elle ou peur pour elle, mais elle savait qu'il lui fallait faire quelque chose.

N'ayant pas la force de se lever, elle se dirigea vers elle à quatre pattes, traînant la chaîne dans son sillage.

— Est-ce que ça va ? s'enquit-elle.

Mme Craveshaw parvint à lui adresser un faible sourire.

— Oui, ma chère. Mais j'ai bien peur que Norman soit devenu complètement fou. Il semble s'imaginer qu'il est un vampire…

Rachel suivit son regard jusqu'à la porte, à temps pour voir Pudge passer devant l'entrebâillement. La longue cape qu'elle avait vue accrochée à une patère s'enroulait à présent autour de son corps. Le faux dentier de vampire étincelait de blancheur dans sa bouche.

— Complètement marteau…, commenta Mme Craveshaw d'un air dégoûté.

Pudge s'arrêta soudain et fit volte-face, tirant le bord de sa cape devant lui jusqu'à son menton, les yeux rivés à ce qui devait être un miroir. Malgré le tintamarre de la musique, Rachel l'entendit s'exclamer, en une très mauvaise imitation de Dracula :

— Je vais sucer tout ton sang, *baby*…

— Oui, approuva-t-elle. Complètement marteau.

— Nous ne pouvons pas appeler la police. Qu'est-ce que nous leur dirions ?

Étienne était à bout de patience. Depuis qu'ils étaient enfin parvenus à le libérer, ses frères ne cessaient de perdre du temps à discuter. Cela ne faisait peut-être après tout que quelques minutes, mais il avait l'impression qu'il s'était écoulé des heures. Chaque seconde perdue lui était insupportable : il devait retrouver Rachel.

— Écoutez…, dit-il en s'efforçant de rester calme. Appelez la police ou non, comme ça vous chante, mais moi je file jusqu'à la maison de Pudge. C'est là qu'il a dû l'emmener.

— Tu n'iras pas tout seul, intervint fermement Marguerite. Nous y allons tous.

— Et qu'est-ce qu'on fait pour la police ? insista Bastien. C'est l'occasion ou jamais de se débarrasser de Pudge. Cette fois, il a réellement enlevé Rachel. Ils vont le foutre en prison.

— Le problème de Pudge sera réglé d'une manière ou d'une autre ! assena Étienne avec détermination.

Sans s'attarder une seconde de plus, il s'élança vers l'escalier.

— Tu as ton portable, Bastien…, fit valoir Lucern. Tu pourras appeler la police en route. Cela peut rester un appel anonyme : tu as vu un type faire entrer une femme de force chez lui en la menaçant d'une arme.

— Bonne idée ! approuva Bastien en pénétrant en dernier dans la cuisine. Quelle est son adresse, Étienne ?

Étienne hésita. L'image de Rachel, s'efforçant de paraître brave en dépit du filet de sang que la lame du couteau faisait couler sur sa gorge, ne cessait de le hanter. Pour la première fois depuis qu'il se trouvait en butte à ces enfantillages, le besoin le submergeait d'abréger l'existence de la créature pitoyable que tout le monde appelait Pudge.

— Étienne !

La voix de sa mère était ferme et son ton menaçant. Marguerite savait manifestement à quoi il pensait. Il ne parviendrait à passer outre à ses menaces que pour se retrouver avec Bastien et Lucern sur le dos, le retenant « pour son bien » jusqu'à ce qu'il se décide à cracher le morceau. L'impossibilité dans laquelle il se trouvait de quitter seul cette pièce le rendait fou. Aurait-il pu le faire, Pudge aurait déjà été mort à l'heure qu'il était, et Rachel saine et sauve.

Auparavant, tuer Pudge pour se débarrasser du problème qu'il représentait lui avait paru être une solution extrême. Ce type motivé uniquement par la jalousie et la colère lui avait semblé tellement pathétique qu'il en était presque arrivé à le plaindre… jusqu'à ce jour. Désormais, il regrettait amèrement de ne pas lui avoir réglé son compte lorsqu'il en avait eu l'occasion.

— Je vous donnerai l'adresse en chemin, marmonna-t-il en s'élançant en direction du garage. Je veux être sur place avant la police. Leur intervention pourrait la mettre en danger. Je veux être là avant eux pour m'assurer qu'elle va bien et pouvoir la protéger.

Rachel luttait contre la corde qui entravait les poignets de Mme Craveshaw, distraite de temps à autre par l'imbécile qui paradait toujours dans la pièce voisine. Il ne cessait de passer devant la porte ouverte, prenant la pose et dansant sur ce qui ressemblait à la bande originale de *Génération perdue*[1]. Fort heureusement, il était trop occupé à exhiber ses crocs et à débiter de très mauvaises répliques de films de vampires pour remarquer qu'elle était sortie du cercueil et qu'elle s'efforçait de libérer sa voisine… en vain.

1. *The Lost Boys*, film de Joel Schumacher (1987) ayant pour sujet un gang de jeunes vampires. (*NdT*)

Rachel soupira et reporta son attention sur la corde. Pudge avait réussi à faire des nœuds solides qu'elle n'avait pas la force de dénouer. Elle prit appui contre le mur, à côté de la vieille dame, et redoubla d'efforts. Outre qu'elle lui permettait de ne pas être vue, cette position était aussi la seule qui l'empêchait de s'effondrer. Elle devenait plus faible de minute en minute, et son esprit s'engourdissait. Pour ne rien arranger, elle se retrouvait ainsi à deux doigts de la gorge si diablement alléchante de Mme Craveshaw, à laquelle la transpiration donnait l'éclat du diamant. Rachel pouvait sentir l'anxiété et la peur qui émanaient d'elle, mais plus entêtante encore était l'odeur du sang. Elle devait lutter contre l'instinct qui la poussait à mordre, tout en continuant à lutter avec la corde, et ces deux batailles lui semblaient perdues d'avance. Elle ne put s'empêcher de jeter un nouveau coup d'œil au cou ridé et pourtant si séduisant. *Juste une petite morsure…*, susurrait un diable tentateur au fond de son crâne. *Un léger suçon… De quoi reprendre des forces afin de pouvoir la libérer.*

— Non ! lança-t-elle tout haut.

— Non quoi, ma chère ? s'étonna sa voisine.

Rachel secoua la tête et détourna précipitamment le regard. Soudain, Muffin lâcha un aboiement. Terrifiée qu'il puisse attirer l'attention de Pudge, elle s'efforça de le calmer.

— Chut, Muffin ! Gentil chien…

Le terrier se rassit mais garda les yeux fixés sur le sommet de l'escalier, la queue battant à tout-va. Rachel se contorsionna pour voir ce qui l'avait alerté. Elle eut l'impression que son cœur allait exploser de joie. Étienne était en train de descendre les marches pour les rejoindre. Enfin il était arrivé !

— Merci, mon Dieu ! gémit-elle en se laissant couler contre le mur.

On pouvait dire qu'il arrivait à point nommé. Une minute de plus et elle aurait sans doute commis ce dont elle n'aurait jamais pu se pardonner. Et il y avait fort à parier que Mme Craveshaw ne lui aurait jamais pardonné non plus…

— Rachel…

Ses yeux papillotèrent. Elle sentit qu'Étienne déposait un baiser sur son front.

— Dieu merci, tu es venu ! murmura-t-elle dans un souffle.

Ses lèvres, en se posant sur les siennes pour un doux baiser, presque révérencieux, l'empêchèrent d'en dire plus.

— Naturellement, je suis venu ! protesta-t-il à mi-voix. Je tiens à toi !

Les yeux de Rachel s'étaient refermés tandis qu'il l'embrassait, mais ils se rouvrirent dès qu'elle eut entendu cela.

— Tu tiens à moi ? répéta-t-elle.

Sa réaction le fit sourire. Étienne écarta du bout des doigts quelques mèches du visage de Rachel et reprit :

— Comment pourrait-il en être autrement ? Tu es magnifique, courageuse, intelligente, et têtue comme une mule. (Il sourit en voyant ses lèvres se pincer et ajouta :) En plus de ça, tu aimes le jeu que j'ai créé. Cela prouve que tu as très bon goût.

De nouveau, leurs lèvres s'unirent longuement.

— Hum, hum !

Rachel et Étienne se séparèrent à regret en entendant Mme Craveshaw s'éclaircir bruyamment la voix. Elle leur adressa un sourire contrit et marmonna :

— Je sais bien que chacun doit trouver sa chacune, mais il y a un temps et un endroit pour tout, et il me semble que pour ce genre de déclaration… (Elle jeta un coup d'œil dégoûté autour d'elle avant de conclure :)… ce n'est ni le lieu, ni l'heure…

— Désolé, m'dame…, s'excusa Étienne en lui adressant un sourire charmant.

— J'avais un peu de mal à la détacher, l'informa Rachel.

—Elle est affreusement faible, la pauvre! poursuivit Mme Craveshaw tandis qu'Étienne dénouait ses liens. Je ne sais pas depuis combien de temps il la retient prisonnière ici, mais il la laisse visiblement mourir de faim. Il la prend pour une vampire et il voudrait qu'elle boive mon sang et celui de mon Muffin! Norman a complètement perdu la tête.

—Norman? s'étonna Pudge, surpris. Vous voulez dire Pudge?

—Pudge! (La vieille dame fit claquer sa langue contre son palais pour marquer son dégoût.) C'est lui qui insiste pour qu'on l'appelle comme ça. Sa mère – Dieu ait sa pauvre âme en Sa sainte garde! – détestait ce sobriquet. C'était quelqu'un de très bien, vous savez... Et une excellente voisine. Quel dommage qu'elle soit morte prématurément, laissant Norman livré à lui-même ici. Norma – sa mère – le faisait se tenir à carreau de son vivant, mais je savais que dès qu'elle ne serait plus là il tournerait mal. J'espérais qu'il allait finir par partir, mais non: il s'est accroché ici. Son frère n'en était pas ravi et je ne peux pas l'en blâmer... La maison aurait pu être vendue et le produit de la vente être réparti entre eux deux. Mais qui voudrait l'acheter vu le taudis que Norman en a fait? Je pense qu'il fait exprès de la garder dans cet état. Et son frère est de cet avis aussi. Il...

—Euh... m'dame? l'interrompit Étienne. Vous êtes libre, à présent. Vous pourriez peut-être aller appeler la police pendant que je libère Rachel?

—Oh! Je crains fort que vous n'y parveniez pas sans la clé, jeune homme. Mais, naturellement, je vais de ce pas appeler la police.

La vieille dame était restée assise si longtemps qu'elle eut besoin d'aide pour se redresser. Étienne lui prêta assistance et la conduisit jusqu'à son chien, que pour rien au monde elle n'aurait laissé derrière elle. Puis il leva les yeux pour la voir disparaître en haut de l'escalier et s'empressa d'en revenir à Rachel.

— C'est dur ? s'enquit-il en s'accroupissant de nouveau près d'elle. Quelle question ! Je vois bien que tu souffres... Est-ce qu'il t'a encore fait mal ?

Rachel acquiesça d'un signe de tête.

— C'était un accident, expliqua-t-elle. L'arbalète s'est déclenchée toute seule quand il l'a utilisée pour assommer Mme Craveshaw. J'ai reçu un pieu dans le cœur.

Un juron retentissant glissa des lèvres d'Étienne. Il sortit de sous sa chemise une poche de sang.

— Il va être tiède et il n'y en a pas assez, prévint-il, mais cela devrait au moins suffire à atténuer un peu ta douleur.

Il aurait pu s'agir de sang contaminé, Rachel n'en avait rien à faire. Elle porta la poche à ses lèvres et mordit dedans. Le liquide disparut si rapidement qu'elle eut du mal à croire qu'elle l'avait ingéré si vite. Elle se sentit néanmoins rapidement mieux, même si ce n'était qu'un peu. Elle souffrait moins et se sentait peut-être un peu plus forte. Au moins, elle n'avait plus l'impression de pouvoir tomber dans les pommes d'un instant à l'autre.

Rachel but jusqu'à la dernière goutte puis froissa le contenant vide et le fourra dans sa poche tandis qu'Étienne ouvrait l'anneau à sa cheville. Il le fit aussi aisément que s'il avait été en carton. Grâce à la réserve de sang du sous-sol, il avait de toute évidence retrouvé toute sa force.

— Comment as-tu fait pour sortir de ton bureau ? demanda-t-elle lorsqu'il la souleva pour la remettre debout.

— Ma mère, Lucern et Bastien ont fini par arriver, répondit-il. Ils ont dû percer un trou dans la porte avec un chalumeau à acétylène. Ils nous attendent dehors, dans le van. Il m'a fallu du temps pour les convaincre de ne pas venir avec moi, tu peux me croire... J'ai dû promettre de ne pas le tuer.

La voyant chanceler, Étienne la serra tout contre lui. Une certaine inquiétude passa sur ses traits, sans parvenir à masquer la fureur qui l'animait. En la voyant flamber au fond de ses yeux, Rachel songea que ce serait une bonne idée de le sortir de là avant que Pudge remarque leur présence. Promesse ou pas, elle ne faisait pas confiance à Étienne pour ne pas tenter de le tuer, au risque de se faire tuer lui-même.

— Il y a davantage de sang dans le van de Bastien, reprit-il. Je vais t'y conduire, puis je reviendrai régler son compte à Pudge.

— Non ! s'exclama-t-elle. Laisse la police s'en occuper…

— Je dois…

— Putain de merde !

Rachel et Étienne se retournèrent de concert. À l'autre bout de la pièce, figé dans l'encadrement de la porte, Pudge gardait les yeux rivés sur eux, le visage déformé par la surprise.

Étienne s'élança aussitôt vers lui mais Rachel parvint à le retenir en s'accrochant désespérément à son bras. Ou peut-être, ce faisant, parvint-elle seulement à lui rappeler qu'elle était là. En tout cas, il s'arrêta et baissa les yeux sur elle, avant de la placer derrière lui pour faire face de nouveau à Pudge. Seulement celui-ci avait disparu, profitant de ce que Rachel distrayait Étienne.

— Où diable est-il…

Étienne n'acheva pas sa phrase et se redressa, s'engageant à reculons vers l'escalier en poussant Rachel derrière lui. De son corps, il lui faisait un rempart pour la protéger de Pudge qui venait de réapparaître, son arbalète à la main. Un nouveau pieu y était engagé, et cette fois c'était le cœur d'Étienne qu'il visait.

Chapitre 16

— Il est affreusement long…

Bastien s'agita derrière son volant et leva les yeux pour observer le visage de sa mère dans le rétroviseur. Ses traits reflétaient l'inquiétude qu'il avait perçue dans ses propos et qui le tenaillait lui-même. C'était à contrecœur qu'il s'était résigné à laisser son plus jeune frère pénétrer seul dans la maison de Norman « Pudge » Renberger. Une telle rage froide animait Étienne qu'il ne pouvait que redouter ce qui allait se passer. Mais après tout c'était son problème, pas le sien. C'était sa compagne que l'on retenait prisonnière, sa bataille à mener pour la délivrer. Bastien avait décidé de le laisser prendre en main la situation… jusqu'à ce qu'il se révèle incapable de le faire.

— Cela ne fait pas si longtemps que ça, tempéra Lucern, assis à côté de lui sur le siège passager. N'oublie pas qu'il doit… Hé ! Qu'est-ce que c'est que ça ?

Bastien tourna les yeux vers la maison à temps pour voir une vieille dame en sortir précipitamment. Petite, les cheveux blancs, le visage poupin, elle portait une petite boule de fourrure sous le bras. Ils la regardèrent en silence foncer à travers le jardin et se ruer dans la maison voisine.

— Cela ne sent pas bon…

Marguerite exprimait leur point de vue unanime. Ils s'étaient attendus que Pudge retienne Rachel prisonnière chez lui, mais ils n'avaient pas envisagé que quelqu'un d'autre puisse s'y trouver avec eux. À présent, ils ne savaient plus que penser. Que venait faire cette femme dans cette histoire ? Avait-elle vu Étienne ? Ou Rachel ? À la voir détaler, on aurait pu croire qu'elle avait tous les démons de l'enfer à ses trousses.

— Vous devriez peut-être aller voir si Étienne a besoin d'aide.

Cette fois, leur mère paraissait tout à fait angoissée.

Bastien échangea un regard avec Lucern et découvrit dans ses yeux la même incertitude que la sienne. Ils n'étaient ni l'un ni l'autre convaincus de la nécessité d'intervenir. Étienne allait leur en vouloir s'il avait la maîtrise de la situation. Leur jeune frère n'en avait rien dit, mais il mettait manifestement un point d'honneur à être le premier à découvrir et secourir Rachel. Sans parler de son besoin de régler ses comptes avec l'homme qui avait transformé sa vie en enfer.

— Pourquoi ne lui laisserions-nous pas encore une ou deux minutes ? finit par suggérer Lucern.

Bastien acquiesça d'un hochement de tête. Ils laissèrent le silence retomber dans l'habitacle et reprirent leur surveillance. Ils n'eurent pas longtemps à attendre. Le hululement d'une sirène se fit entendre dans le lointain, les faisant tous trois sursauter, mais ils ne bougèrent pas d'un pouce tandis qu'elle se rapprochait. C'était une grande ville : la sirène pouvait être celle de la police aussi bien que celle des pompiers, et le véhicule qu'elle signalait pouvait se rendre n'importe où.

Bastien et Lucern posèrent néanmoins la main sur la poignée de leur portière en voyant une voiture pie remonter la rue dans laquelle ils stationnaient.

— Attendez ! ordonna Marguerite.

Les deux frères s'immobilisèrent et baissèrent leur vitre tandis que le véhicule de police s'engageait dans l'allée de la maison voisine de celle de Pudge. La vieille dame qui s'y était engouffrée précédemment en ressortit et se précipita vers la voiture de patrouille dans laquelle se trouvaient deux agents.

L'un était petit et blond, l'autre grand et brun. Ce dernier, après s'être extrait de derrière le volant et avoir claqué sa portière, fut le premier à entrer en contact avec elle.

—Il est devenu fou ! cria-t-elle. Il s'imagine être un vampire ! Il a voulu manger mon Muffin !

—J'espère que le muffin en question n'est autre que la boule de poils qu'elle tient sous le bras ! commenta Lucern avec un humour caustique qui fit rire Bastien et fit un peu baisser la tension.

—Qui est devenu fou, m'dame ? s'enquit le policier blond qui venait de contourner le véhicule pour se joindre au duo.

—Norman, répondit la vieille dame. Mon voisin. (D'un coup de menton, elle désigna la maison dans laquelle Étienne était entré.) Il retient une pauvre fille enchaînée là-dedans, poursuivit-elle. Je pense que c'est cette légiste dont ils ont parlé à la télé, celle qui a disparu de l'hôpital il y a une ou deux semaines de ça. Elle est très pâle et ne va pas bien du tout. Il est évident qu'il l'affame. Il a essayé de lui faire manger mon chien !

—Votre chien ? répéta le grand brun.

—Mon Muffin !

Elle leur montra la boule de poils à bout de bras, puis ramena l'animal tremblant tout contre elle et le caressa longuement.

—Était-ce avant ou après qu'il a essayé de manger votre Muffin lui-même ? demanda le petit blond avec une pointe de sarcasme dans la voix qui fit réagir Bastien.

Il était manifeste qu'au moins un des deux hommes prenait la vieille dame pour une excentrique. Il ne fut pas le seul de cet avis. La voisine de Pudge foudroya du regard l'agent de police comme une institutrice sermonnant un galopin fauteur de troubles.

—Ne jouez pas au plus fin avec moi, jeune homme ! se récria-t-elle. Je ne suis pas une vieille imbécile. Il y a deux personnes en ce moment dans cette maison qui sont en grand danger.

— Deux ? s'étonna l'autre policier.

— Oui. Cette mignonne petite rousse qu'on a vue à la télé et un beau jeune homme qui est entré là-dedans et nous a libérés, moi et mon Muffin, pour que je puisse vous appeler.

Les flics jetèrent un coup d'œil appuyé à la maison de Pudge avant de reporter leur attention sur la voisine.

— Pourquoi ne sont-ils pas sortis avec vous ? s'étonna le blond.

— J'étais juste ligotée. Le jeune homme a réussi à me détacher, mais la fille est enchaînée à un cercueil.

— Un cercueil ?

— Je vous ai dit qu'il se prend pour un vampire ! s'emporta-t-elle. Il est fou ! À présent cessez de poser des questions stupides et de lambiner dehors. Allez aider ce jeune homme et sauver cette jeune fille ! C'est votre boulot, non ?

Voyant que ses interlocuteurs hésitaient encore, ne sachant manifestement que faire de ses véhémentes allégations, la vieille dame émit un grognement de dégoût et tourna les talons pour se diriger vers la maison de Pudge.

— Très bien ! lança-t-elle. Je vais aller aider ce courageux jeune homme et les faire sortir de là… s'ils n'ont pas déjà été repérés et assassinés par ce dingue de Norman !

Elle sortit de son jardin et pénétra dans celui qui le jouxtait avant que les deux policiers aient pu revenir de leur surprise et se lancer à sa poursuite. Cette petite vieille ne manquait pas de vélocité quand elle le voulait. Elle parvint à gravir les marches du perron et à entrer dans la maison de Pudge sans avoir été rattrapée.

— Mords-moi !

Rachel se haussa sur la pointe des pieds pour regarder Pudge par-dessus l'épaule d'Étienne. Après le silence tendu qui était retombé à la suite de sa réapparition – et de celle de son arbalète –, cela ne ressemblait à rien de ce à quoi elle s'était attendue.

— Allez…, gémit-il en constatant qu'ils le dévisageaient tous deux d'un air incrédule. Pourquoi vous seriez les seuls à vous amuser ? Mords-moi ! S'il te plaît… (Étienne jeta un coup d'œil perplexe à Rachel.) Transforme-moi en vampire et je t'accorderai le repos, promit-il.

— Le repos ? répéta Étienne avec étonnement.

— Les vampires aspirent toujours au repos, expliqua Pudge d'un air grave. (Puis, après avoir froncé les sourcils, il rectifia :) Enfin, la plupart. Une fois qu'on leur a planté un pieu dans le cœur, ils paraissent apaisés, dans les films. Sauf Dracula. Lui, je pense que ce qu'il veut, ce n'est pas la paix : il veut la vie éternelle. (En dévisageant Étienne avec curiosité, il demanda :) Tu as déjà rencontré ce vieux Drac ?

— Pudge… Tu comprends quelle est la différence entre la réalité et la fiction ?

— Bien sûr, que je la comprends ! répondit-il en se renfrognant. (Puis il ajouta d'un ton impatient :) Contente-toi de me transformer en vampire. Après, je t'accorderai le repos.

Étienne laissa fuser un rire grinçant.

— Entends-tu vraiment ce que tu es en train de me suggérer ? Tu me demandes de te donner la vie éternelle… et en échange tu abrégeras la mienne. Qui te dit que je n'ai pas envie de vivre éternellement, moi aussi ?

— Allez… Tu dois être fatigué, vieux comme tu l'es. Quel âge as-tu, au fait ? Cinq, six cents ans ? Si ce n'est plus… J'ai effectué des recherches sur les Argeneau, et ce nom remonte loin dans le temps. Il est fait référence à un certain Lucern Argeneau dans des archives datant du Moyen Âge. C'est bien ton frère, non ? J'ai aussi retrouvé la trace d'une « lady Marguerite » mariée à un certain « Jean-Claude » : ta mère et ton père, je le sais.

Rachel nota l'expression de stupeur qu'arborait Étienne. Apparemment, il n'avait pas envisagé que Pudge puisse se lancer dans de telles recherches. Il paraissait également évident qu'il n'appréciait pas que sa famille puisse constituer pour son ennemi une nouvelle cible potentielle. L'erreur de Pudge lui fit secouer la tête avec pitié. Malheur à celui qui s'en prenait aux Argeneau en présence d'Étienne. Calme et enjoué la plupart du temps, il avait également une nature profondément protectrice envers ceux qu'il aimait qui ne demandait qu'à faire surface. Un masque de fureur glacée avait remplacé son visage d'ordinaire affable et souriant.

Il s'élança si rapidement qu'il fut en un clin d'œil à l'autre bout de la pièce, serrant ses mains autour du cou de Pudge, qui n'avait rien vu venir et ne put se servir de son arme. L'arbalète partit une fois encore toute seule quand il la lâcha, mais le pieu alla rebondir contre un mur sans faire de mal à quiconque. Rachel vit Pudge plonger la main dans une des poches avant de son jean noir, mais elle ne comprit qu'il fallait s'attendre à du grabuge qu'en le voyant en tirer une télécommande et enfoncer précipitamment plusieurs boutons. Aussitôt, un flot de lumière se déversa dans la pièce, accompagné d'un drôle de vrombissement.

Rachel, bouche bée, leva la tête vers les lampes à bronzer qui crachaient au plafond leurs chaudes lueurs sur eux. Puis un geste réflexe lui fit pencher la tête sur le côté. De justesse, elle évita ainsi la grande croix que venait de libérer une cache dans le mur et qui se balançait comme un pendule en vrombissant dans toute la pièce. Son regard se porta sur Étienne. Aussi surpris qu'elle par l'explosion de lumière, il n'avait pas remarqué la croix de deux mètres de haut qui fondait inexorablement sur lui.

Rachel poussa un cri pour le prévenir, mais il était trop tard. Elle ne réussit qu'à le faire se retourner à temps pour prendre le choc de plein fouet. Projeté violemment en arrière, il alla s'écraser contre le mur le plus éloigné. Elle se mit à courir vers lui, puis elle obliqua, préférant rattraper Pudge en constatant qu'il se redressait. Dès l'instant où Étienne l'avait lâché, il s'était précipité pour récupérer au sol son arbalète. Déjà, il sortait un nouveau pieu d'une poche.

Elle fut sur lui en un rien de temps, mais il était cependant parvenu à recharger son arme quand elle le rejoignit. Il lui tournait le dos et ne l'avait pas vue venir. Elle en profita pour lui sauter dessus. Il se redressa en poussant un cri et tenta de la désarçonner, mais elle s'agrippait à lui comme un singe à son arbre. Une rage animale habitait Rachel. Un bras passé autour de lui, elle se servit de l'autre pour lui agripper la mâchoire. Ce ne fut pas un geste réfléchi qui la poussa à incliner la tête de Pudge sur le côté, exposant sa gorge. Ce fut un pur instinct de prédateur, ce même instinct qui lui fit ouvrir la bouche et prendre de l'élan avec la ferme intention de lui planter ses crocs dans le cou pour le vider de son sang.

— On ne bouge plus !

Dès qu'elle entendit ce cri, Rachel éloigna sa bouche du cou de Pudge sans avoir soutiré la moindre goutte d'hémoglobine. Elle redressa la tête tandis qu'il titubait comme un homme ivre en direction de l'escalier, brandissant dangereusement son arbalète devant lui. Rachel écarquilla les yeux en découvrant les deux hommes en uniforme au bas des marches, leur arme au poing et dirigée vers eux. Puis l'arbalète cracha son pieu.

— Attention ! s'exclama Rachel.

Les agents de police bondirent sur le côté pour se mettre hors de portée du projectile. Un juron retentissant accompagna le bruit de l'impact. Le policier blond avait été touché. D'abord, Rachel crut qu'il avait reçu le pieu dans le bras, mais en le voyant s'escrimer à tirer dessus, elle comprit que celui-ci n'avait fait que planter la manche de sa chemise dans le mur en évitant la chair et l'os.

Rachel observait toujours fixement la scène et ne vit pas Étienne se mettre en mouvement. Soudain, il se retrouva à côté d'elle, l'arracha du dos de Pudge et l'entraîna loin de la zone de tir, avant même qu'elle ait pu penser à se mettre à l'abri. Les policiers, pourtant, ne firent pas feu. Le plus grand, celui qui avait les cheveux sombres, gardait Pudge sous la menace de son arme mais son regard ne cessait d'en revenir à son collègue, qui multipliait les efforts pour se libérer. Cela donna l'occasion à Pudge de tirer tranquillement un nouveau pieu de sa poche arrière et de recharger son arme.

Il venait juste d'achever de le faire et braquait l'arbalète en direction d'Étienne et Rachel quand le policier blond parvint enfin à se libérer. Les deux hommes se séparèrent aussitôt, dirigeant chacun leur revolver sur Pudge.

— Jette ça ! Jette cette arme, mon vieux ! Jette-la vite fait ! cria le blond.

Il avait l'air plutôt en colère. Ou plus exactement, songea Rachel en se laissant mettre à l'abri au coin d'un mur de briques par Étienne, il paraissait vexé. Elle lui était reconnaissante de songer à sa sécurité, mais elle ne pouvait se satisfaire de ne plus rien voir de ce qui se passait. Elle dut se hisser sur la pointe des pieds et se contorsionner dans son dos pour y parvenir. La réaction de Pudge quand il se découvrit la cible des deux agents lui fit presque de la peine pour lui. Il les regardait alternativement, les yeux écarquillés par l'effroi, bouche bée. Manifestement, il ne s'était pas attendu à cela.

— Allez, mon pote…, renchérit le plus grand des deux d'un ton cajoleur. Jette cette arme. Nous n'aimerions pas te tirer dessus, mais nous n'hésiterons pas s'il le faut.

— Me tirer dessus ? répéta Pudge, sidéré. Tirer *sur moi* ? Hé ! C'est moi le gentil, dans cette histoire. Je suis comme Van Helsing… C'est *sur eux*, que vous devez tirer ! Ce sont eux, les vampires !

En surprenant le regard qu'échangèrent les deux policiers à ces mots, Rachel comprit que tout allait bien se passer. Ils ne pouvaient croire un mot de ce qui à leurs oreilles ressemblait à un délire complet. Pourtant, elle ne put s'empêcher de penser que, s'ils étaient intervenus ne serait-ce qu'une minute plus tard, lui laissant le temps de plonger ses canines dans le cou de Pudge, il aurait pu en aller tout différemment.

Du coin de l'œil, elle coula un regard en direction d'Étienne et suspecta qu'il pensait la même chose.

Pudge continuait à crier comme un porc qu'on égorge.

— C'est vrai ! Ce sont des vampires ! Tous les deux !

Les deux hommes en uniforme lancèrent un regard de pure routine en direction d'Étienne et Rachel. Tous deux s'apprêtaient à reporter leur attention sur Pudge quand celui qui avait été épinglé au mur se ravisa. En voyant son visage s'éclairer, Rachel comprit qu'il l'avait reconnue et se raidit.

— Docteur Garrett ? demanda-t-il. Docteur Rachel Garrett ? C'est bien vous ?

Rachel acquiesça prudemment d'un signe de tête mais n'eut pas l'occasion de prononcer une parole. Pudge s'interposa et lança d'une voix excitée :

— Oui, c'est elle ! Elle travaillait à la morgue la nuit où je suis allé achever Argeneau. (Il agita négligemment son arbalète en direction d'Étienne, faisant sursauter Rachel. L'arme s'était déjà déclenchée accidentellement deux fois et pouvait fort bien remettre ça.) Elle s'est interposée quand j'ai voulu lui couper la tête, poursuivit-il. Et c'est comme ça que je lui ai sans le vouloir planté ma hache dans la poitrine. Elle devrait être morte, s'il ne lui avait pas donné le baiser du vampire… (Plus il s'excitait et s'enferrait dans ses explications, plus il avait l'air d'un fou échappé de l'asile.) À présent, conclut-il, ils sont tous les deux des démons sans âme suceurs de sang condamnés à hanter la nuit pour l'éternité…

Rachel se mordit la lèvre. Elle était presque embarrassée pour lui. Naturellement, tout ce qu'il venait de dire était vrai, à l'exception du couplet sur les démons sans âme. Mais, pour ne pas comprendre que nul ne pourrait croire un tel discours, il fallait vraiment qu'il n'ait plus toute sa tête… Elle ne fut pas surprise de voir les deux policiers s'éloigner un peu de Pudge et redoubler de prudence pour le surveiller.

— D'accord, mon pote, répondit celui qui avait les cheveux bruns. Je vois le topo. Ce sont des vampires, et c'est toi le bon gars. Mais nous sommes là, maintenant. Tu es sauvé. Alors jette cette arme et lève les mains. OK ?

Pudge fronça les sourcils. Son regard ne cessait d'aller et venir entre son arbalète, les policiers et Rachel et Étienne.

— Mais…, protesta-t-il enfin. Que faites-vous d'eux ? C'est vers eux que vous devriez pointer vos flingues.

— Sauf que les armes à feu n'ont aucun effet sur les vampires, intervint le policier blond. Tu sais ça, non ? Mais je suis sûr qu'ils nous suivront sans résister. Pas vrai ? conclut-il en lançant à Rachel et Étienne un regard complice.

Tous deux acquiescèrent.

— Tu vois, reprit son collègue d'une voix apaisante. Ils savent qu'ils sont foutus. Ce que tu as de mieux à faire, mon pote, c'est de laisser tomber ton arme.

Voyant qu'il hésitait encore, le petit blond renchérit :

— Nous n'étions pas préparés à ça en arrivant ici. Tu sais, ce n'est pas tous les jours qu'on tombe sur un nid de vampires… Nous ne sommes pas armés comme il le faudrait. Pourquoi tu ne nous confierais pas ton arme pour qu'on puisse les tenir en respect ?

— Oh, ouais, c'est vrai ! approuva Pudge avec un soulagement évident. Vous devriez être armés, vous aussi. (Il commença à faire mouvement vers le flic le plus proche de lui, sans cesser de viser Rachel et Étienne.) J'ai tout ce qu'il faut là derrière : eau bénite, croix, pieux... Je vais aller chercher tout ça pendant que vous les tenez à l'œil.

— Très bonne idée ! approuva le blond.

Il baissa légèrement son revolver et tendit sa main libre pour récupérer l'arbalète.

— Surtout, ne relâchez pas une seconde votre vigilance ! conseilla Pudge en la lui tendant. Vous savez, ils sont super rapides. Et super forts ! Je... Hé ! Qu'est-ce que vous faites ?

Dès que l'arme avait changé de main, le flic s'en était débarrassé en la jetant derrière lui et avait braqué son flingue sur Pudge. Ignorant son expression outrée, il lui fit signe en lui agitant son revolver sous le nez de se retourner.

— Contre le mur ! cria-t-il. Bras et jambes écartés ! Vite !

— Mais...

La protestation de Pudge fut interrompue par le second policier, qui se précipita sur lui et lui retourna le bras dans le dos.

— Tu as entendu ? aboya-t-il d'une voix cette fois exempte de toute gentillesse. Bras et jambes écartés !

Son collègue blond garda son arme braquée sur Pudge lorsqu'il entreprit de débarrasser celui-ci de sa cape et de le fouiller. Il découvrit dans la poche arrière de son jean deux ou trois autres pieux, qu'il confisqua.

Rachel et Étienne le regardèrent en silence menotter ensuite le prisonnier, qui n'avait pas renoncé à protester. En précédant le policier dans l'escalier, il déblatérait encore à propos de démons sans âme et d'erreur judiciaire majeure.

Tandis que son collègue disparaissait à l'étage avec Pudge, le second policier se retourna vers Étienne et Rachel, mais ce fut à elle qu'il s'adressa.

— Bien ! Je suppose que c'est ici que vous étiez depuis votre disparition de l'hôpital, il y a une semaine de cela.

Rachel sentit Étienne se raidir à côté d'elle et tourna les yeux vers lui. Elle savait ce qu'il attendait qu'elle réponde. Lui et toute sa famille désiraient qu'elle prétende que Pudge l'avait emmenée chez lui après l'avoir enlevée dans les locaux de la morgue. Mais ce n'était pas vrai, et elle était une déplorable menteuse. Elle hésita brièvement, réfléchissant à ses options. Il était vrai que Pudge l'avait enlevée. Elle n'était certainement pas venue jusqu'à chez lui depuis la maison d'Étienne de sa propre volonté. D'un autre côté, elle ne pouvait révéler où elle avait passé la semaine précédente sans s'attirer des questions auxquelles il lui serait difficile de répondre. Aussi décida-t-elle de ne dire que la vérité tout en restant évasive.

— Pudge m'a enlevée, m'a amenée ici et m'y a gardée contre mon gré, admit-elle d'un ton solennel.

À côté d'elle, elle sentit Étienne se détendre. Elle faillit se tourner vers lui pour lui signifier qu'ils n'étaient pas encore tirés d'affaire mais elle se retint en voyant le flic hocher la tête et poursuivre son interrogatoire.

— Comment vous a-t-il amenée jusqu'ici, m'dame ?

Après avoir hésité un instant, Rachel répondit :

— Il a fait irruption dans la morgue habillé d'un treillis et d'un trench-coat. Il avait un fusil et une hache sous son manteau et criait quelque chose au sujet d'un vampire et... (De nouveau, Rachel hésita et jeta un coup d'œil à Étienne, qui paraissait retenir son souffle. Elle déglutit péniblement et se retourna vers l'agent de police pour conclure :) J'ai bien peur que ma mémoire soit un peu embrouillée sur ce qui s'est passé ensuite. Tout ce dont je me souviens clairement, c'est que je me suis réveillée ici aujourd'hui enchaînée à ce mur. Ce type n'arrêtait pas de parler de vampires et de choses de ce genre. Il paraissait obnubilé par le jeu d'Étienne.

— Quel jeu ? s'enquit le policier en les observant à tour de rôle avec perplexité.

— Étienne est le créateur de *Blood Lust*, expliqua Rachel. C'est un jeu vidéo qui met en scène des vampires.

— Oh, je vois…, marmonna-t-il. (Mais le ton sur lequel il avait dit cela prouvait que ce n'était pas le cas. Puis, s'adressant cette fois à Étienne, il reprit :) OK. Il faisait une obsession sur votre jeu. (Il revint fixer son attention sur Rachel avant de conclure :) Mais, dans ce cas, pourquoi vous a-t-il kidnappée vous et non pas lui ?

— Parce qu'elle est ma petite amie, répondit Étienne avec le plus grand calme.

Rachel ajouta :

— C'était vraiment déroutant… Une fois sur deux il était convaincu que j'étais une vampire et qu'Étienne en était un aussi, et le reste du temps il affirmait être lui-même un vampire ou vouloir en être un. Le pauvre n'a vraiment plus toute sa tête…

— Ouais. On dirait bien, en effet…, approuva le policier en secouant la tête. Tous les flics de cette ville vous recherchent, m'dame. (D'un coup de menton, il désigna le sommet de l'escalier à présent vide.) Et lui aussi. La fille qui devait remplacer votre assistant est arrivée alors que ce type sortait en trombe de la morgue de l'hôpital. Inquiète, elle est allée chercher la sécurité, mais les vigiles étaient occupés ailleurs et ont mis du temps à rappliquer. La morgue était déserte quand ils ont fini par arriver. On en a conclu qu'il vous avait enlevée. (De nouveau, il secoua la tête et ajouta :) Elle a pu donner une très bonne description de lui. Ils ont établi un portrait-robot qui a été diffusé dans tous les journaux. Je ne comprends pas comment il n'a pas été reconnu plus tôt. Le portrait lui ressemble comme deux gouttes d'eau.

Rachel hocha la tête mais s'abstint de tout commentaire, redoutant de s'attirer de nouvelles questions. Fort heureusement, ce fut vers Étienne qu'il se retourna pour demander :

— Comment avez-vous fait pour vous retrouver ici, m'sieur ? La voisine dit que vous êtes arrivé et que vous l'avez libérée, mais elle ne semble pas savoir d'où vous veniez.

Après un temps d'hésitation, Étienne répondit :

— Je me faisais un sang d'encre pour Rachel depuis qu'elle avait disparu, mentit-il avec aplomb. J'ai remarqué Pu… ce type alors que j'attendais à un feu rouge. Il conduisait un van. Je l'ai reconnu d'après le portrait-robot que j'avais vu dans les journaux et je l'ai suivi jusqu'ici.

Rachel nota avec intérêt qu'Étienne semblait être un menteur émérite. Sans doute cela n'aurait-il pas dû la surprendre. Après tout, il avait eu trois siècles pour perfectionner sa technique.

— Vous auriez dû appeler la police tout de suite, lui reprocha sévèrement le policier.

— J'en avais l'intention, prétendit-il. Mais je voulais d'abord voir ce type de plus près. Je ne voulais pas lancer une fausse alerte. Après m'être garé, je l'ai vu entrer dans cette maison. J'ai espionné à travers deux ou trois fenêtres, dans l'espoir de le voir un peu mieux, mais il avait dû descendre tout de suite au sous-sol. J'ai fait le tour du bâtiment et je suis tombé sur cette fenêtre…

Rachel regarda dans la direction qu'il indiquait d'un geste et fut surprise de constater qu'il existait effectivement dans cette cave de petites fenêtres en soupirail. Elle n'avait pu les remarquer avant, car elles avaient été bloquées par des rideaux occultants dont Pudge avait dû commander l'ouverture en même temps que celle des lampes à bronzer. Elle se demanda comment il avait pu s'arranger avec le fait qu'ils ne s'étaient pas enflammés comme des torches, Étienne et elle, comme ils étaient censés le faire à la lumière du soleil.

— Quand j'ai découvert que Rachel était enchaînée ici, je n'ai pu penser à rien d'autre qu'aller la délivrer. J'ai complètement oublié de vous appeler, je le reconnais… J'avais pu voir ce cercueil et la vieille dame ligotée. Sans parler de ce taré qui se trémoussait, une cape de vampire sur le dos, en exhibant de fausses dents. (Étienne secoua la tête et conclut d'un air dégoûté :) Il était manifeste qu'il était complètement fou et je redoutais de devoir laisser ces deux femmes seules avec lui plus longtemps. Alors, quand j'ai découvert que la porte arrière n'était pas verrouillée, je me suis glissé à l'intérieur et je suis descendu les libérer.

— Ouais. Je peux comprendre votre inquiétude, grommela l'agent de police, mais vous auriez réellement dû nous appeler avant. La voisine nous a raconté qu'elle était simplement ligotée mais que Mlle Garrett était enchaînée et que vous ne pouviez la libérer. Comment avez-vous… (La question mourut sur ses lèvres et l'homme parut soudain absent. Quand il reprit la parole, ce fut d'une voix mécanique et hachée.) Eh bien… Cela fait assez de questions pour l'instant. Après tout ce que vous avez subi… Nous ferions mieux de sortir d'ici.

Rachel adressa un coup d'œil amusé à Étienne. Il s'avérait assez pratique d'être capable de contrôler à volonté l'esprit d'autrui. Elle décida qu'elle allait devoir lui demander de lui apprendre ce tour-là aussi…

— Après toi…

Avec un sourire radieux, il lui désigna d'un geste l'escalier. Manifestement, songea-t-elle, ce n'étaient pas les remords qui l'étouffaient. Il n'éprouvait aucune honte à utiliser ses dons de manière aussi flagrante, et elle n'allait pas le lui reprocher. Elle se sentait épuisée et elle mourait de faim. Les lampes à bronzer, en plus de son épuisement initial, avaient achevé de livrer son corps aux crampes suscitées par le manque. Sortir de cet endroit et regagner la maison d'Étienne pour y partager avec lui un repas de sang figurait pour l'heure au top de ses priorités.

Rachel parvint à gravir l'escalier sans avoir à se faire aider, mais ce fut long et laborieux. Quand ils sortirent de la maison, elle se sentit chanceler légèrement sur ses jambes. Étienne entoura sa taille d'un bras ferme tandis qu'ils traversaient la pelouse.

— Nous allons appeler une ambulance pour vous conduire à l'hôpital, Mlle Garrett..., annonça le policier blond en remarquant sa faiblesse et sa pâleur. Vous avez l'air en mauvaise forme. Vous a-t-il convenablement nourrie depuis votre enlèvement ?

— Non, répondit-elle, soulagée de ne pas avoir à mentir.

— Je me charge de l'emmener à l'hôpital, intervint Étienne.

L'intensité hypnotique de sa voix convainquit Rachel qu'il était une fois de plus en train d'intervenir sous le crâne du flic, sans doute pour y planter l'idée que telle était la meilleure solution.

— Très bonne idée, monsieur..., approuva son interlocuteur. Mon collègue doit déjà avoir demandé des renforts qui vont venir prendre en charge notre ami. (D'un geste, il désigna la voiture pie devant laquelle Pudge se tenait, s'efforçant toujours de convaincre l'autre policier que c'était lui le héros désireux de débarrasser le monde de vampires sans âme.) Nous vous retrouverons à l'hôpital. Si les médecins donnent leur feu vert, vous pourriez ensuite avoir à venir au poste de police pour que nous puissions enregistrer vos dépositions.

— D'accord, déclara Étienne, comme s'il avait son mot à dire.

Ce qui était probablement le cas, conclut Rachel pour elle-même. Il aurait été parfaitement capable d'effacer de la mémoire des deux flics tout souvenir de ce qui venait de se passer, s'il l'avait voulu. Mais la tournure prise par les événements l'arrangeait. Pudge ne constituait plus une menace ni pour lui ni pour son clan.

Clan dont elle faisait désormais partie. Dès que cette pensée eut traversé l'esprit de Rachel, elle comprit qu'elle n'en était pas l'auteur. Son regard se porta sur le van garé de l'autre côté de la rue tandis qu'Étienne finissait de parler au policier et lui prenait le bras pour l'entraîner dans cette direction. Elle reconnut ses deux frères à l'avant du véhicule, mais elle était certaine que ni l'un ni l'autre n'était à l'origine de la voix qui s'était exprimée sous son crâne. C'était une voix de femme qui avait formulé ce constat. Aussi ne fut-elle pas surprise de découvrir Marguerite sur la banquette arrière lorsqu'Étienne ouvrit la portière.

— Venez, ma chère ! lança la matriarche des Argeneau d'une voix compatissante. Vous avez l'air terriblement déshydratée. Étienne, attrape un peu de sang à l'arrière pour cette pauvre enfant. Elle souffre terriblement.

Étienne aida Rachel à se glisser dans l'habitacle, puis l'y suivit et claqua la portière avant de se glisser à l'arrière pour y saisir plusieurs poches de sang dans une glacière médicale.

— Comment vas-tu ? demanda Bastien d'une voix pleine de sollicitude.

Étienne venait de s'asseoir à côté d'elle. Rachel se retrouvait en sandwich entre sa mère et lui.

— Ça peut aller, murmura-t-elle en acceptant sa première poche de sang.

Elle était suffisamment affamée pour se passer de pailles. Elle ouvrit à peine la bouche pour y insérer la poche, laissant ses canines faire tout le travail.

— Tu vas devoir nous raconter ce qui s'est passé, intervint Lucern sur le siège avant. Sans oublier aucun détail.

Rachel le regarda sortir un calepin et un crayon. Il avait manifestement l'intention de prendre des notes. Elle l'avait vu agir ainsi chaque fois qu'il était passé chez son frère. Quand elle avait demandé à Étienne ce qu'il faisait, il avait marmonné que Lucern était un « plumitif », quoi qu'il ait voulu dire par là.

— Plus tard, Lucern ! lança Marguerite d'une voix ferme. Laisse Rachel récupérer un peu avant de la bombarder de questions.

— J'ai cru comprendre qu'on allait à l'hôpital ? interrogea Bastien en se retournant pour mettre le contact.

— Conduis doucement, recommanda sa mère. Rachel a besoin de beaucoup de sang et du temps nécessaire pour l'ingérer. Vous accompagnerez tous les deux votre frère avec elle. D'ailleurs, nous irons tous. Entre le fait qu'elle travaille là et ce qui lui est arrivé, elle va susciter énormément d'attention et de curiosité. Étienne aura besoin de toute l'aide que nous pourrons lui apporter.

— Une aide pour quoi faire ? s'étonna Rachel en retirant la première poche de sang pour la remplacer par celle qu'Étienne lui tendait.

— Ils vont vouloir procéder à des examens médicaux sur toi, répondit-il.

— Et nous ne pouvons tout bonnement pas les laisser faire, poursuivit Marguerite à la place de son fils. Bastien, Lucern et moi, nous allons vous accompagner pour nous assurer que les médecins et les infirmières soient convaincus de vous avoir examinée et de vous avoir trouvée en état de malnutrition et de déshydratation, comme vous devriez l'être. Nous ferons en sorte que tout se passe bien.

D'un hochement de tête, Rachel signifia qu'elle comprenait et laissa ses canines absorber le sang dont tout son corps avait si cruellement besoin. Elle se sentait suffisamment épuisée pour les laisser gérer la situation à leur guise. Elle commençait même à penser qu'elle aurait dû écouter les Argeneau en ce qui concernait l'attitude à adopter vis-à-vis de Pudge. Que cela ait été pour lui plaire ou non, elle aurait dû accepter de mentir à son sujet. Ceux qui l'entouraient vivaient depuis infiniment plus de temps qu'elle. L'expérience qu'ils avaient accumulée devait être phénoménale. La perspective de ce qui aurait pu arriver à la voisine de Pudge, sans parler des risques qu'elle avait encourus avec Étienne, lui était insupportable. Tout cela à cause de son stupide entêtement à ne pas vouloir mentir... Sans doute y avait-il dans l'existence des situations où l'honnêteté n'était pas la meilleure ligne de conduite, et où un petit mensonge pouvait éviter de gros problèmes.

Marguerite, qui avait manifestement lu ses pensées, conclut d'une voix apaisante :

— Vous apprendrez. Ce n'est pas le temps, le grand secret : c'est l'expérience. Un homme peut vivre toute une vie et ne rien apprendre s'il ne sort pas de chez lui pour profiter de l'existence. Un enfant qui aura souffert et vécu sera plus avisé que lui.

Chapitre 17

— Ce sont des vampires, je vous dis !

Les déclarations de Pudge se faisaient bien plus gémissantes que véhémentes. Rachel le regarda passer les doigts dans ses cheveux gras et tirer sur les pointes avec découragement. Elle ne pouvait l'en blâmer. Cela faisait des heures, à présent, qu'ils le questionnaient. Après avoir été directement conduit au poste de police, il avait été placé dans cette petite pièce carrée où on le passait au gril et qu'il n'avait pas quittée depuis lors.

Rachel et les Argeneau n'avaient pu assister aux deux premières heures d'interrogatoire. Il leur avait fallu tout ce temps pour parvenir à quitter les urgences et l'hôpital. Même si elle y était employée – sans parler de sa « célébrité » due au fait qu'elle y avait été enlevée –, Rachel avait dû faire la queue comme tout le monde avant de pouvoir être examinée par un interne. Quand elle avait demandé pourquoi il n'était pas possible d'influencer mentalement le personnel pour la faire passer devant tout le monde, Marguerite était tombée des nues. Son cas n'était pas suffisamment urgent pour avoir recours à de telles extrémités, lui avait-elle expliqué. Ils pouvaient bien se permettre d'attendre un peu.

Rachel s'était sentie honteuse de n'y avoir pas pensé. La mère d'Étienne était immédiatement intervenue sous son crâne pour apaiser son sentiment de culpabilité et lui assurer qu'elle finirait par « apprendre ». Honnêtement, elle ne demandait pas mieux… Elle s'était émerveillée de voir toute la famille l'accompagner dans son périple hospitalier sans jamais susciter ni la réprobation ni l'interrogation. Il y avait réellement de gros avantages à être capable de contrôler l'esprit et les pensées d'autrui. Au final, elle n'avait été examinée par personne mais tout le personnel des urgences pouvait témoigner qu'elle l'avait été. Et, comme Marguerite se l'était promis, tous les rapports mentionnaient qu'elle souffrait de malnutrition et de déshydratation. Il avait été étonnant pour elle d'observer les Argeneau en pleine action. Rachel commençait seulement à prendre conscience de l'étendue des dons qu'Étienne lui avait offerts.

— Ce sont des vampires, hein ? répéta l'agent Carstairs. (Tel était le nom du petit blond qui les avait interrogés. Il se tenait debout à l'extrémité de la table où son collègue et Pudge étaient assis l'un en face de l'autre.) C'est toi qui gardes un cercueil chez toi et qui as des dents de vampire, Norman. Pourtant, tu persistes à prétendre que ce sont Mlle Garrett et M. Argeneau, les vampires ?

— Ce sont des fausses dents, je vous l'ai dit…, marmonna Pudge, l'air harassé. Si vous m'enlevez ces menottes, je pourrai me débarrasser de ce foutu dentier. Les leurs sont vraies ! Les miennes sont fausses.

— Bien sûr, Norman…, approuva Treebech, le flic aux cheveux sombres, d'un ton apaisant. On te croit.

— Arrêtez de m'appeler comme ça ! s'emporta Pudge. Norman… Je déteste ce nom de cinglé [1] ! (Après avoir coiffé les deux hommes d'un regard noir, il ajouta fermement :) Étienne Argeneau est un vampire. Elle aussi en est une. D'ailleurs, elle m'a mordu !

---

1. Le personnage principal de *Psychose* (*Psycho*, 1960), film d'Alfred Hitchcock, dont la mère décédée porte le nom de Norma, tout comme celle de Pudge, s'appelle lui aussi Norman. (*NdT*)

À ces mots, Rachel ne put s'empêcher de tiquer. Elle ne l'avait pas réellement mordu, mais elle avait été plus proche de le faire qu'elle l'avait cru : Pudge en gardait la trace dans le cou, là où une de ses dents l'avait éraflé. Cela ne pouvait être considéré comme une morsure : à peine une égratignure. Pourtant, elle avait été à deux doigts de trahir la promesse qu'elle s'était faite de ne mordre personne. Enfin, sauf peut-être Étienne, bien sûr. Elle aimait bien lui infliger des morsures d'amour quand ils… Rachel interrompit le cours de ses pensées et secoua la tête. Quelles morsures d'amour ? Il s'agissait plutôt de morsures sensuelles – voire sexuelles –, mais elle n'était pas amoureuse d'Étienne, non ? La question tourna en boucle sous son crâne. Il s'ensuivit un déluge de pensées troubles et de sensations douces qui acheva de la plonger dans la confusion. Bon sang ! Elle ne pouvait tout de même pas *l'aimer*…

Rachel prit soudain conscience que Lucern la dévisageait avec intérêt. Puis elle se rappela que ceux qui formaient autour d'elle un cocon protecteur étaient capables de lire en elle à livre ouvert. Repoussant dans un coin de son esprit ses pensées dérangeantes et ses vagues sensations, elle reporta son attention sur ce qui se passait derrière le miroir sans tain. La mine sombre, silencieux, Pudge observait ses interlocuteurs d'un œil mauvais.

— D'accord, elle t'a mordu…, reprit Carstairs. Dans ce cas, penses-tu que tu vas devenir un vampire à ton tour, Norman ?

— Ne m'appelez pas Norm… (Pudge se tut abruptement et écarquilla les yeux. Soudain, il parut moins abattu. L'excitation et l'émerveillement illuminèrent son visage.) C'est vrai ! s'exclama-t-il. Cette suceuse de sang m'a mordu… Vous croyez vraiment que je vais devenir un vampire, moi aussi ?

— Je n'en sais rien, Norman. C'est toi l'expert. Qu'en dis-tu ?

Pudge y réfléchit une minute avant de conclure :

— Je pense que c'est possible. Mais Renfield ne s'est pas transformé en vampire après une seule morsure. Il… (L'horreur se lut sur son visage quand il reprit d'une voix tremblante :) Oh, putain ! Renfield est devenu le serviteur de Dracula après une seule morsure. Il a fait de lui son esclave…

— Je suppose donc que cela fait de toi l'esclave de Mlle Garrett ? demanda Treebech.

Pudge n'écoutait plus, trop préoccupé qu'il était par sa nouvelle lubie.

— Et merde ! gémit-il de plus belle. Renfield bouffait des insectes et un tas de trucs aussi dégueulasses… Je ne sais pas si je pourrai avaler des insectes.

Les deux policiers échangèrent un regard consterné en le regardant secouer la tête, au comble du désespoir.

— Je pense que cela suffit. J'aimerais aller l'interroger.

Rachel regarda l'homme qui venait de s'exprimer. Le docteur Smythe – un psychiatre – travaillait dans le même hôpital qu'elle. Il avait été requis au poste de police pour effectuer une première évaluation de l'état mental de Pudge. Avant de le rencontrer, il avait demandé à pouvoir assister à son interrogatoire, arguant du fait que les malades mentaux tendaient à parler plus librement à des non-spécialistes – même à des policiers – qu'à des professionnels de santé. À présent, il semblait avoir quelques questions à poser lui-même.

Le capitaine Rogers – le supérieur de Carstairs et Treebech – se leva en hochant la tête.

— Certainement, docteur. Suivez-moi, je vous prie.

Rachel les regarda quitter la petite pièce d'observation. Un instant plus tard, la porte de la salle d'interrogatoire s'ouvrit. Le capitaine Rogers fit son entrée, suivi du docteur

Smythe. Rogers fit signe à ses hommes de le rejoindre, se concerta brièvement avec eux et quitta la pièce. Dès qu'il fut parti, le docteur Smythe se présenta et prit possession de la chaise que Treebech venait de laisser vacante. En souriant à Pudge, il lui demanda :

— Norman, comprenez-vous la différence qui existe entre la fiction et la réalité ?

Rachel sourit en entendant cela. C'était la même question qu'Étienne avait posée à Pudge alors qu'ils se trouvaient encore chez lui. Brièvement, elle jeta un coup d'œil sur la porte de la salle d'observation que Rogers venait d'ouvrir pour les rejoindre. Puis elle revint fixer son attention sur Pudge, qui regardait le médecin comme s'il avait été un extraterrestre.

— Hein ?

— Faites-vous la différence entre la fiction et la réalité ? répéta patiemment le psychiatre.

— Bien sûr, grogna Pudge. Je suis pas fou.

— Non, bien sûr que vous ne l'êtes pas, assura-t-il gentiment. Mais pourriez-vous m'expliquer la différence ?

— Facile. La fiction, c'est… eh bien les sorciers, les guerriers invincibles, la magie, ce genre de trucs. Ce n'est pas réel.

— Ah ! Bien… (Le docteur Smythe plissa les lèvres, hocha la tête et ajouta :) Et la réalité ? Pouvez-vous me donner un exemple de ce qu'est la réalité ?

— *Blood Lust*, répondit Pudge sans la moindre hésitation.

— Pardon ? s'étonna le praticien.

— Un jeu vidéo créé par M. Argeneau, expliqua Carstairs. Les vampires, et tout ça…

— Ah ! (Le docteur Smythe en revint à Pudge et lui demanda :) Et pour vous, la réalité, c'est cela ?

— Ouais, pour sûr ! La magie, toutes ces conneries, ça n'existe pas. Mais les vampires existent réellement. Les femmes en sont folles, ils sont super forts, super rapides et ils sont éternels.

— Et, selon vous, insista Smythe, quel est le plus important ?

Pudge n'eut pas à y réfléchir longtemps.

— Vivre éternellement. Sans oublier les poulettes…

— Les femmes et l'immortalité constituent donc ce qui compte le plus à vos yeux. (De nouveau, le médecin hocha longuement la tête et poursuivit :) Il me semble vous avoir entendu dire que votre mère est décédée récemment… C'est bien cela, Norman ?

Pudge acquiesça distraitement et donna l'impression de suivre du regard quelque chose sur la table. Rachel sursauta quand il abattit brutalement sa main sur le plateau, apparemment pour écraser un insecte. Elle ne fut pas la seule à réagir ainsi. Le médecin et les deux agents firent de même.

— Excusez-moi un instant…, dit le docteur Smythe en se levant et en quittant la pièce.

Rachel ne fut pas surprise de le voir revenir un instant plus tard dans la salle d'observation. Dans un premier temps, il demeura debout en silence, à côté du capitaine Rogers, observant ce que faisait Pudge derrière le miroir sans tain. Ils le regardèrent tous en silence ramasser sur la table l'insecte écrasé et l'examiner avec une fascination évidente. Rachel grimaça de dégoût en le voyant finalement le fourrer dans sa bouche et le mâcher d'un air curieux. Au bout d'un instant, il haussa faiblement les épaules.

— Pas mauvais, murmura-t-il. Un petit goût de noisette…

— Nous avons là un jeune homme très perturbé et en proie à la plus grande confusion, annonça enfin le docteur Smythe. J'ai déjà parlé à son frère, qui affirme l'avoir vu devenir étrange et sujet à certaines obsessions, dernièrement. Il estime qu'il devrait être hospitalisé de force, pour son propre bien. Un diagnostic précis nécessitera naturellement des examens complémentaires, mais Norman a déjà démontré qu'il pouvait être un danger non seulement pour lui mais aussi pour les autres, surtout pour ceux dont il décide qu'ils constituent une menace. (Le psychiatre lança un regard lourd de signification à Rachel et Étienne avant de conclure :) Tous ces éléments m'amènent à l'interner, dans un premier temps, pour une durée d'observation de soixante-douze heures.

— Merci de vous être déplacé, docteur…, conclut le capitaine. Il nous reste à boucler les formalités administratives, mais je crois que vous pouvez vous attendre à l'accueillir dans votre service très prochainement.

— Je tiens un lit à sa disposition, assura le médecin gravement.

Ils se serrèrent la main. Le psychiatre s'éclipsa. Après son départ, le capitaine reprit son observation de la salle d'interrogatoire. Il secoua la tête en voyant Pudge abattre une nouvelle fois sa main sur la table et ramasser ce qu'il avait écrasé – quoi que cela ait pu être – pour l'examiner attentivement.

— Complètement fêlé…, murmura-t-il en le voyant projeter l'insecte mort dans sa bouche et le mâcher.

En soupirant, il passa la main au sommet de son crâne chauve et alla ouvrir la porte contre laquelle on venait de toquer. Après s'être entretenu brièvement avec quelqu'un que Rachel ne put voir, il se retourna vers eux.

— Vos dépositions sont prêtes, annonça-t-il. Si vous voulez bien suivre l'agent Janscom, elle va vous emmener les signer.

— Très bien, approuva Étienne. Merci beaucoup.

Puis il prit le bras de Rachel et la conduisit jusqu'à la porte. Elle se laissa emmener en silence, plus que jamais consciente de la présence du clan Argeneau autour d'elle.

Venir à bout des paperasses nécessaires s'avéra une épreuve relativement courte. Rachel avait été séparée d'Étienne et de sa famille et conduite dans une pièce différente pour y signer sa déposition devant témoin. Aussi se sentit-elle un peu perdue lorsque, ces formalités achevées, elle fut ramenée dans le hall d'entrée pour s'y retrouver seule. Les Argeneau avaient formé autour d'elle un rempart protecteur depuis qu'elle était sortie de la maison de Pudge. Elle se sentait soudain déconcertée de ne plus avoir personne auprès d'elle.

Debout au milieu du hall, elle se demanda que faire. Devait-elle attendre, devait-elle partir ? L'agent qui l'avait raccompagnée lui avait signifié qu'elle était à présent libre de s'en aller. Plus perplexe que jamais, elle hésitait toujours sur la conduite à tenir lorsqu'il lui apparut qu'il n'y avait peut-être plus personne à attendre. Étienne en avait sans doute terminé avant elle avec ses obligations. Il devait être rentré chez lui. Après tout, il n'y avait plus aucune nécessité pour eux de s'attarder auprès d'elle. Elle avait appris à se nourrir et à contrôler ses dents. Et, en travaillant dans un hôpital, elle allait pouvoir se débrouiller pour obtenir le sang dont elle avait besoin pour se nourrir. Cela n'allait pas être facile, mais c'était faisable. Peut-être étaient-ils tous soulagés d'être débarrassés de leurs responsabilités vis-à-vis d'elle.

De manière surprenante, cette perspective la plongeait dans la détresse. Elle en avait presque le souffle coupé tant cela lui faisait mal.

— Rachel ?

À l'appel de son nom, elle se retourna vivement. Un profond soulagement se fit jour en elle lorsqu'elle reconnut Lissianna qui se hâtait dans sa direction, Gregory Hewitt sur les talons.

— Est-ce que tu vas bien ? demanda la sœur d'Étienne en la dévisageant avec inquiétude. Le message que mère a laissé sur mon répondeur était plutôt confus. Tout ce que j'ai compris, c'est que tu avais été kidnappée.

— Je vais bien, assura Rachel en se forçant à lui sourire.

— Oh ! Tant mieux… (Lissianna lui rendit son sourire, mais elle ne paraissait pas complètement tranquillisée pour autant.) Où sont tous les autres ? s'enquit-elle. Est-ce qu'Étienne va bien, lui aussi ?

— Oui, il va bien. Mais je serais incapable de te dire où il est, dut-elle reconnaître. Pour ce que j'en sais, il doit en avoir fini avec ses obligations ici et être reparti chez lui.

Lissianna fronça les sourcils en entendant cela. Puis elle jeta un coup d'œil circulaire en annonçant :

— Je vais aller me renseigner.

Sur ce, elle la laissa en plan, s'empressant d'aller chercher réponse à ses questions dans le hall.

— Je suis certain qu'Étienne ne serait pas parti sans vous, affirma Gregory d'un ton solennel.

Rachel se tourna vers lui et força un sourire sur ses lèvres.

— Eh bien… il n'avait plus aucune raison de ne pas le faire, répliqua-t-elle. J'ai appris à contrôler mes canines et je peux me nourrir seule. Il n'a plus besoin de jouer les baby-sitters.

À ces mots, Gregory se rembrunit et son beau visage se troubla.

— Rachel…, reprit-il. Personne ne vous a parlé de notre règle, concernant les compagnons et compagnes de toute une vie ?

Rachel cligna des yeux, surprise par sa question et incapable d'y voir le moindre rapport avec ce qui se passait.

— Je… non, balbutia-t-elle. Personne ne m'a parlé de cette règle.

— C'est bien ce qu'il me semblait, dit-il en hochant la tête lentement. Pourtant, je pense qu'il est important pour vous de la connaître. Cela vous aidera à comprendre où vous en êtes avec Étienne.

Rachel haussa les sourcils. Cela serait un soulagement pour elle de savoir à quoi s'en tenir à ce sujet. Elle commençait à se rendre compte que ses sentiments pour Étienne étaient beaucoup plus profonds qu'elle l'avait imaginé et pouvaient se révéler potentiellement douloureux pour elle.

— Parce que les nôtres tirent leur nourriture de l'ensemble de la population humaine, expliqua-t-il, il est naturellement essentiel que notre nombre n'excède jamais les ressources disponibles.

Rachel acquiesça d'un hochement de tête. Cela paraissait parfaitement sensé.

— Certaines règles ont été établies. Par exemple, chaque couple ne peut avoir qu'un enfant tous les cent ans.

— Marguerite m'en a parlé.

— Je n'en suis pas surpris. Mais ce qu'elle n'a peut-être pas mentionné, c'est que chaque vampire n'a le droit d'infanter – par échange de sang – qu'un seul autre vampire au cours de son existence.

Rachel sursauta et s'étonna :

— Vous voulez dire… que chaque vampire n'a le droit qu'à un compagnon ou une compagne au cours de toute son existence ?

— Oh, non ! Les divorces existent également chez nous. Nous parlons de vies qui durent des siècles, il est donc naturel que des séparations se produisent, même s'il paraît qu'elles sont moins nombreuses chez les vampires que chez les humains. Ce que je veux dire, c'est qu'un vampire n'a le droit de donner à un être humain la qualité de vampire qu'une seule fois. Cette personne est généralement un compagnon ou une compagne mais ce n'est pas une obligation. Et si ce vampire infante un autre vampire qui ne devient pas son compagnon ou sa compagne, il lui sera impossible de recommencer avec quelqu'un d'autre si jamais il finit par trouver chaussure à son pied.

— Mais…, protesta faiblement Rachel. Étienne, lui, n'a pas hésité à m'infanter !

— Oui.

Ils furent interrompus par un cri venu de la porte d'entrée.

— Rachel !

Cette fois, Rachel fut moins prompte à se retourner pour voir qui l'appelait d'une voix stridente. La tête lui tournait et il lui fallut quelques instants pour reconnaître la femme d'un certain âge qui se précipitait à sa rencontre. Ce fut en avisant l'homme aux cheveux gris qui se hâtait derrière elle qu'elle finit par comprendre que ses parents l'avaient retrouvée. Puis des bras aimants se refermèrent autour d'elle et Rachel fut immergée dans un nuage de Poison, le parfum préféré de sa mère.

— Dieu merci ! Mon bébé… j'étais si inquiète. Je n'arrivais pas à y croire quand l'agent Janscom a appelé pour nous dire que tu avais été retrouvée et que tu étais vivante. Oh, chérie ! Nous avons eu si peur de ne plus jamais te revoir… (Elle interrompit ces effusions pour serrer le visage de Rachel entre ses mains et l'embrasser sur chaque joue. Puis elle la dévisagea attentivement et se renfrogna.) Tu as l'air différent…, reprit-elle. Et tu es terriblement pâle. Tu as besoin d'un bon repas et d'une bonne sieste.

— Oui ! approuva son père d'un ton bourru, en lui passant un bras autour de la taille. Nous allons te ramener à la maison.

Rachel garda le silence tandis que ses parents la conduisaient hors du poste de police. Elle n'aurait pas dû être si pâle : elle avait ingéré plus de sang que nécessaire en se rendant à l'hôpital. Sa pâleur devait être due à la nouvelle que Greg venait de lui apprendre, et à l'impact que celle-ci avait sur elle. Afin de lui sauver la vie, Étienne avait renoncé à la possibilité d'infanter une compagne, songea-t-elle avec ébahissement. Seigneur Dieu ! Il l'avait infantée, lui avait donné de son temps et s'était montré patient avec elle pour lui apprendre à contrôler ses nouveaux instincts, tout en sachant que jamais plus il ne pourrait faire de même. Il avait renoncé pour elle à trouver une compagne de vie qu'il aurait pu rendre semblable à lui.

Tout ce que cela lui inspirait, c'était qu'il devait la haïr. Et, si ce n'était pas le cas, c'était uniquement parce qu'il ne s'était pas encore rendu compte du sacrifice qu'il avait consenti pour elle. Dès l'instant où il aurait compris ce qu'il avait fait, il la détesterait. Une vie à ne pas être aimé équivalait pour lui à une éternité de solitude. Les siècles qui s'ajouteraient à ceux qu'il avait déjà vécus seraient vides de tout amour. Et, s'il finissait par trouver la femme de sa vie, il devrait se résoudre à la regarder vieillir et mourir tout en restant à ses côtés éternellement jeune.

Étienne signa le dernier exemplaire de sa déposition et le repoussa impatiemment devant lui pour qu'il puisse être validé par le témoin. Il lui tardait d'en avoir terminé avec cette corvée pour pouvoir sortir de là. Personne n'avait pu rester auprès de Rachel. Tout s'était passé si vite qu'ils n'en avaient pas eu la possibilité. Après qu'on les eut tous fait entrer dans une même pièce, l'agent Janscom était venue demander à Rachel de la suivre dans une autre. Il n'aimait pas la savoir seule. Il ne craignait plus que quelque chose puisse lui arriver, à présent que Pudge était hors d'état de nuire, mais qu'allait-il se passer si quelqu'un lui posait une question piège sans qu'il soit possible d'intervenir mentalement pour réparer les dégâts ? Rachel était une déplorable menteuse. Mais, ce qui l'inquiétait davantage encore, c'était la crainte irrationnelle qu'elle finisse par disparaître et lui échapper. Elle pouvait se nourrir seule, désormais. Elle l'avait même fait directement à la poche dans le van. Elle était également capable de maîtriser les réactions de ses canines. Et, maintenant que Pudge ne posait plus de problème, le dernier prétexte pour la garder près de lui dans sa maison s'était envolé. Et si elle décidait de partir, ou de refuser de rentrer avec lui ? Il ne voulait pas qu'elle s'en aille. Étienne s'était bien trop habitué à sa présence. Il aimait vivre avec elle. Il voulait même passer toute sa vie…

— Nous y voilà! annonça l'agent Janscom, le tirant de ses pensées. (Elle fit une pile bien nette de la liasse de feuillets posés devant elle et ajouta:) Tout est en règle. Quelqu'un prendra contact avec vous si nous avons besoin de quoi que ce soit d'autre, mais vous êtes libre de partir à présent.

Avant même qu'elle ait terminé sa phrase, Étienne avait bondi hors de la pièce. Il lui fallait trouver Rachel au plus vite. Ils avaient à parler, tous les deux. Il avait besoin de savoir ce qu'elle ressentait à son égard. Y avait-il une possibilité pour qu'elle finisse un jour par tomber amoureuse de lui, comme il était en train rapidement de tomber amoureux d'elle?

— Étienne!

Cette exclamation alors qu'il pénétrait dans le hall le fit se retourner d'un bond, mais il fut déçu de constater qu'il ne s'agissait que de sa sœur. Il la salua d'un signe de tête et examina rapidement les alentours. Hélas, Rachel n'était nulle part en vue.

— Est-ce que tu as vu Rachel? demanda-t-il à Lissianna quand elle l'eut rejoint pour le serrer contre elle.

— Oui, répondit-elle. Elle était ici avec Gregory quand je suis partie aux nouvelles pour savoir où vous étiez passés. (Lissianna s'écarta de son frère et adressa à son mari qui approchait un regard interrogateur en lui demandant:) Où est-elle allée, chérie?

— Ses parents sont arrivés et elle est repartie avec eux, expliqua Greg.

Mais quelque chose, dans son expression, ne disait rien de bon à Étienne.

— Que s'est-il passé? voulut-il savoir.

Gregory hésita un instant puis se décida à reconnaître:

— J'ai peut-être commis une erreur.

— Quel genre d'erreur ? s'enquit Lissianna en prenant sa main dans la sienne en un geste protecteur.

— Je lui ai expliqué la règle qui ne nous autorise à transformer qu'un seul être humain en vampire au cours de notre existence. En lui précisant qu'il s'agissait généralement d'une compagne ou d'un compagnon de vie.

— Tu lui as expliqué le sacrifice qu'Étienne a consenti pour elle et elle est partie sans lui dire un mot ? résuma Lissianna, incrédule. Sachant *cela*, elle n'a même pas été capable de lui dire au revoir ? Ni même merci ?

Étienne entendait les paroles que sa sœur prononçait mais il ne pouvait les comprendre. Sans doute y parviendrait-il plus tard. Pour le moment, il se contentait de rester là, pétrifié, en proie à un terrible sentiment de trahison et de solitude. Elle avait fini par faire exactement ce qu'il redoutait. Rachel l'avait abandonné.

Sa mère lui parlait à présent, mais Étienne ne l'écoutait pas davantage. Il avait l'impression d'avoir les oreilles emplies de coton. En fait, tout se passait comme si son cerveau lui-même s'était soudain transformé en grosse boule d'ouate. En quittant le poste de police avec sa famille, il hocha la tête de temps à autre pour donner le change. Étienne se doutait qu'il ne devait tromper personne. Ils devaient tous être en train de lire ses pensées, même s'il paraissait lui-même incapable d'y parvenir. Sans doute dut-il acquiescer quand il le fallait, car nul ne vint le tirer de sa songerie. Tous devisèrent calmement en le laissant tranquille tandis qu'ils regagnaient le van de Bastien et durant tout le trajet du retour.

Devant chez lui, quelqu'un suggéra qu'ils lui tiennent compagnie mais Étienne marmonna quelque chose à propos d'un travail urgent à finir et descendit précipitamment, claquant la portière derrière lui. Il n'avait besoin de personne. Il ne voulait pas parler ni même réfléchir. Tout ce qu'il voulait, c'était ramper dans un trou pour échapper à sa vie, fût-ce brièvement. Et, pour lui, cela signifiait travailler.

Étienne pénétra dans sa maison, qui lui parut soudain très grande et très vide. Trop grande pour une personne seule, pour tout dire. Il avait tout intérêt à la vendre pour acheter un appartement. Il n'avait pas besoin d'énormément d'espace : un bureau, une chambre, un réfrigérateur. Ce n'était pas comme s'il recevait beaucoup.

Son visage se crispa tandis que les souvenirs qu'il avait en commun avec Rachel se rappelaient à sa mémoire : leurs parties de jeu vidéo, leurs tranquilles séances de lecture au coin du feu dans la bibliothèque, leurs crises de rire lors de ses tentatives pour ingurgiter le sang corrompu qu'il lui servait, leur pique-nique au clair de lune… Il referma la porte sur ces souvenirs pour ne pas laisser passer la peur et le sentiment de perte qui leur filaient le train. Mais il ne parvint pas à le faire suffisamment vite pour éviter de se poser quelques douloureuses questions. L'avait-il perdue à jamais ? Avait-elle eu le moindre sentiment pour lui ? Tout cela n'avait-il été qu'un jeu pour elle, une manière agréable de passer le temps ?

Sans prendre la peine de verrouiller la porte derrière lui, Étienne fonça à travers le hall d'entrée, traversa la cuisine et se rua dans l'escalier menant au sous-sol. Le chantier laissé derrière eux par ses frères après leurs tentatives pour le libérer l'accueillit au bas des marches. Il lui faudrait veiller à ce que cette porte soit remplacée. Mais d'abord, il avait un délai impératif à respecter pour achever *Blood Lust II* et il tenait à l'honorer. Entre les problèmes posés par Pudge et l'arrivée de Rachel dans sa vie, tout était devenu tellement chaotique pour lui ces derniers temps qu'il avait fait passer à l'arrière-plan l'achèvement de son projet. Il lui fallait à présent s'y consacrer entièrement. Le travail avait toujours constitué un refuge, pour lui, et il en serait de même une fois de plus.

Étienne s'installa derrière son bureau et contempla le champ de ruines que Pudge avait réussi à faire de sa station de travail. Fort heureusement, il avait appris depuis bien longtemps qu'effectuer chaque jour une copie de sauvegarde ne coûtait pas grand-chose et pouvait rapporter gros. Mais, s'il n'avait rien perdu du travail effectué jusque-là, il lui fallait acquérir un nouveau matériel pour pouvoir poursuivre.

Son regard se porta sur le téléphone, mais il avait déjà pu constater qu'il était hors service lui aussi. Tournant le dos au foutoir qu'était devenu son bureau, Étienne sortit en trombe de sa maison pour rejoindre sa voiture. Il allait acheter de nouvelles machines – quatre, pour remplacer celles qu'il avait perdues – et se mettre à bosser comme un beau diable pour respecter son délai. Une fois qu'il y serait parvenu, il pourrait réfléchir à ce qu'il allait faire à propos de Rachel. S'il y avait encore quelque chose à faire.

— Qu'est-ce que tu comptes faire, à propos de Rachel ?

Étienne se renfrogna en s'entendant poser cette question par sa mère. Il se l'était lui-même posée à de nombreuses reprises depuis que Rachel était sortie du poste de police – et de sa vie – une semaine et demie plus tôt. Et il n'avait toujours pas trouvé de réponse. Il paraissait évident qu'elle ne voulait pas de lui. Elle était partie sans un regard en arrière et n'avait pas tenté d'entrer en contact avec lui depuis lors.

— Et toi ? As-tu essayé de la contacter ? demanda Marguerite, qui avait manifestement lu ses pensées.

Étienne ne s'offusqua même pas de cette intrusion en son for intérieur. À quoi bon ? Comme il n'avait pas beaucoup d'énergie ces derniers temps, ce n'était pas pour aller la gaspiller à mener une bataille qu'il avait déjà perdue à de nombreuses reprises depuis qu'il était tout petit. Sa mère avait toujours lu en lui en dépit de toutes ses protestations, et elle continuerait sans doute à le faire tant que l'un des deux ne serait pas mort.

— Comment veux-tu avoir de l'énergie ? reprit sèchement Marguerite. Tu ne te nourris pas correctement ! À l'instant même, tu es complètement déshydraté. Et regarde-toi : tu ne t'es pas changé et tu n'as pas pris de bain depuis ton retour ici. Tu devrais te réjouir que Rachel n'ait pas tenté de te contacter. Un regard sur toi lui aurait suffi pour tourner casaque et s'enfuir à bride abattue !

— J'ai été occupé ! maugréa Étienne.

D'ordinaire, il n'était pas ronchon. C'était plutôt l'apanage de Bastien et Lucern. Les ours de la famille, c'était de leur côté qu'il fallait les chercher, mais il se sentait un peu grognon, ces temps-ci.

— Mmmm…, marmonna Marguerite.

Elle se contenta de le regarder fixement, et tout d'abord Étienne put s'imaginer qu'elle allait laisser tomber le sujet. Puis il se rendit compte qu'elle était occupée à sonder son esprit. Il fit de son mieux pour se dérober à elle, mais il n'avait jamais gagné à ce petit jeu-là. De toute façon, elle avait déjà trouvé ce qu'elle cherchait.

— Tu ne lui as jamais dit que tu l'aimes.

Étienne grimaça sous le coup de l'accusation, puis fit grise mine.

— J'ignorais que je l'aimais, tenta-t-il de se justifier. Mais elle était chère à mon cœur, je voulais la garder près de moi, et elle le savait sûrement. Manifestement, elle s'en fichait !

— Comment aurait-elle pu le savoir ? répliqua Marguerite. Tu le lui as dit ?

— Non.

— Comment ai-je fait pour élever des enfants aussi stupides ? demanda-t-elle, dégoûtée, en prenant la pièce à témoin.

— Nous pouvions lire les pensées l'un de l'autre quand nous étions… intimes. Elle savait que j'avais des sentiments pour elle et que je voulais nouer une relation sérieuse avec elle.

— Mais qu'est-ce que tu racontes ? (L'expression qu'il lut sur le visage de sa mère fit comprendre à Étienne à quel point elle le trouvait ridicule, ce qui ne fut pas pour le mettre à l'aise.) Comment Rachel aurait-elle pu lire tes pensées ? Elle n'était pas experte en la matière ! Seigneur Dieu… La pauvre fille pouvait à peine contrôler ses dents, du moins jusqu'au dernier jour qu'elle a passé ici. Étienne… La télépathie est un art difficile qui requiert des années d'expérience, tu le sais bien. (Après avoir scruté attentivement son visage, les sourcils froncés, elle demanda :) Et toi ? As-tu lu ses pensées, quand cela t'était possible ?

— Non. Bien sûr que non. Jamais je ne me serais permis de faire intrusion dans son esprit.

— Mais toi, tu estimes qu'elle aurait été non seulement capable mais de plus volontaire pour faire intrusion dans le tien ? (Après avoir poussé un grognement de dérision, elle conclut :) Bien sûr que non, elle ne l'a pas fait ! Tu vas devoir prendre ton courage à deux mains et le lui dire toi-même, mon fils.

Étienne se cantonna dans un silence prudent. Marguerite perçut cependant la peur qui lui paralysait le cœur et l'esprit. Il mourait d'envie d'aller retrouver Rachel, mais il crevait de trouille de se faire rejeter. Elle connaissait son fils et savait que cela ne durerait pas. Un jour ou l'autre, il finirait par se décider. Elle craignait simplement que ce jour-là il soit trop tard. Il lui paraissait de plus en plus évident que, si elle ne voulait pas regarder son fils gâcher sa seule chance d'être heureux, elle allait devoir se résoudre à de discrètes immixtions maternelles.

Grands Dieux ! songea-t-elle, au bord de l'exaspération. Et dire que ce gamin avait trois siècles… Le sacerdoce d'une mère était réellement sans fin.

Chapitre 18

Rachel se redressa sur son siège et reboucha le flacon de vernis avant d'examiner le résultat de ses efforts. Elle avait à présent dix ongles d'orteil laqués de noir. C'était une expérience nouvelle pour elle, mais il était vrai que les innovations n'avaient pas manqué depuis qu'Étienne Argeneau avait fait sa première apparition à la morgue.

Le visage assombri, elle repoussa vaillamment cette pensée. Ce n'était pas une bonne chose pour elle de laisser son esprit se focaliser sur Étienne. Elle tendait à devenir morose et déprimée chaque fois qu'elle se laissait aller à penser à lui et à tout ce qu'ils avaient vécu ensemble. Elle n'était restée que peu de temps chez lui, pourtant elle avait l'impression d'y avoir passé à la fois une éternité et une fraction de seconde. Il lui semblait le connaître depuis toujours, mais aussi d'avoir vécu en sa compagnie toute une vie le temps d'un battement de cœur. Il lui manquait horriblement.

Avec un soupir, Rachel posa sur la table le flacon de vernis à ongles et se leva. Pour éviter que les ourlets de son jean viennent ruiner son œuvre, elle en enroula le bas et traversa la salle de séjour de son appartement en direction de la cuisine. Elle aurait sans doute mieux fait de laisser le vernis sécher avant de se remettre à marcher, mais rester une minute de plus sur ce sofa risquait de l'entraîner dans une spirale de pensées dépressives à propos d'Étienne et de leur courte aventure. Une fois immergée de nouveau dans son train-train, elle avait rapidement compris qu'aborder le sujet suffisait à la plonger en pleine déprime et à lui faire manger des choses ridicules – de la crème glacée, par exemple – dont son corps n'avait plus besoin et dont elle avait compris qu'elle n'avait plus le goût non plus.

S'apercevant qu'elle avait marché tout droit jusqu'au réfrigérateur, qu'elle venait d'ouvrir pour en examiner le contenu, Rachel en referma la porte avec un soupir dégoûté. Puis elle posa les mains sur ses hanches et fit un tour sur elle-même pour examiner la pièce. La cuisine était immaculée. Elle l'avait récurée du sol au plafond, comme tout le reste de son appartement, avant de décider de vernir ses ongles pour passer le temps. Elle avait toujours un peu de mal à occuper les nuits où elle ne travaillait pas. Elle était retournée à sa vie quotidienne pour découvrir que le poste de jour qui lui avait été promis avait été attribué à quelqu'un d'autre en son absence. Son patron s'était abondamment excusé, expliquant qu'on avait craint le pire pour elle après sa disparition. La place ayant besoin d'être occupée rapidement, il l'avait donnée à Tony, qui avait postulé lui aussi. Rachel lui avait assuré qu'elle comprenait, ce qui était effectivement le cas. En fait, à sa grande surprise, cela ne lui avait fait ni chaud ni froid. Les expériences qu'elle avait vécues durant cette courte semaine où elle avait disparu avaient fait d'elle une adepte de la vie nocturne. Elle adorait à présent la nuit et était heureuse de travailler durant cette période. De manière étonnante, ses voisins bruyants ne la gênaient plus pour dormir. D'une manière ou d'une autre, elle parvenait à se barricader contre leurs nuisances pour dormir tout au long du jour du sommeil des morts.

Ses nuits ne lui posaient plus à présent qu'un seul problème : elles lui faisaient invariablement penser à Étienne, ce qui était très triste et merveilleux en même temps. Il lui manquait.

Quelques coups frappés contre sa porte empêchèrent Rachel de trop s'appesantir sur le sujet et de sombrer une nouvelle fois dans la dépression. Résolument, elle plaqua un sourire sur ses lèvres, quitta la cuisine et traversa le hall d'entrée pour aller ouvrir. Elle se demanda lequel de ses voisins pouvait bien venir la déranger à cette heure. Il était plus de minuit, mais personne n'avait actionné l'interphone pour se faire admettre dans l'immeuble, aussi était-elle sûre qu'il ne pouvait s'agir que d'un voisin.

Elle ne prit pas la peine de jeter un coup d'œil par le judas avant d'ouvrir. Sa force et son agilité n'avaient cessé de croître au cours des semaines écoulées depuis son infantement, si bien qu'elle ne craignait plus rien. Cela lui offrait une perspective nouvelle et assez grisante sur l'existence. Après avoir ouvert la porte, elle jeta un coup d'œil à l'extérieur et se pencha pour observer avec étonnement les deux extrémités du couloir désert. Elle était certaine d'avoir entendu quelqu'un frapper, mais il n'y avait personne, ni au seuil de son appartement ni au-delà.

— Je dois perdre la tête…, murmura-t-elle en rentrant chez elle et en verrouillant sa porte par habitude.

Rachel eut à peine le temps de se retourner que le bruit se fit entendre une nouvelle fois. Elle se figea mais ne se retourna pas vers la porte. Ce n'était pas sur elle qu'on venait de toquer : cela paraissait provenir des profondeurs de l'appartement, dans les environs de la salle de séjour. Plus curieuse et étonnée qu'autre chose, elle s'y rendit et laissa son regard courir sur l'ameublement confortable avant que de nouveaux coups secs attirent son attention sur la porte-fenêtre donnant sur un balcon.

Rachel sursauta en découvrant l'homme qui se tenait derrière, puis se précipita pour lui ouvrir en le voyant lui sourire et faire un signe de la main.

— Thomas ! s'exclama-t-elle. (Elle fit coulisser les portes pour lui permettre d'entrer et ajouta :) Comment as-tu fait pour arriver là ?

— J'ai grimpé, naturellement…, répondit-il avec un haussement d'épaules.

Après l'avoir dévisagé brièvement, elle sortit et se pencha pour observer les six autres balcons accrochés à la façade sous le sien. Puis, en se retournant vers lui, elle s'étonna :

— Tu as grimpé sur toute cette hauteur ?

— Bien sûr ! s'exclama-t-il, amusé. J'adore l'escalade.

Rachel jeta un nouveau coup d'œil sur l'à-pic vertigineux. Il ne devait pas être impossible de l'escalader, songea-t-elle, à condition d'être fabuleusement fort et agile et de ne pas craindre de se rompre le cou. Ce qui ne pouvait qu'être le cas d'un vampire vieux de plus de deux cents ans. Bon sang ! Qu'on lui donne encore une paire de siècles, et elle serait capable d'en faire autant elle aussi…

Avec un petit rire de gorge, elle rentra dans l'appartement et y fit pénétrer son visiteur de la nuit.

— Pourquoi ne t'es-tu pas contenté de sonner ? demanda-t-elle. Je t'aurais laissé entrer, tu sais…

Thomas eut un nouveau haussement d'épaules en la regardant refermer derrière eux.

— Je voulais te faire une surprise.

— Ah oui ? Eh bien, c'est réussi ! lança-t-elle d'un ton pince-sans-rire. (Puis, en lui souriant :) À quoi dois-je le plaisir de cette visite ?

— Je voulais te souhaiter une bonne Saint-Valentin, répondit-il avec le plus parfait naturel. Et t'inviter au *Night Club*.

— Euh… Thomas ? protesta-t-elle, désorientée. On est en septembre : la Saint-Valentin est en février.

Sa circonspection le fit rire et répliquer :

— Les vampires ne suivent pas toujours le calendrier habituel, tu sais. Dans quelques siècles, tu comprendras que la Saint-Valentin tombe quand elle doit tomber, et que Cupidon pointe le bout de son nez quand le besoin s'en fait sentir.

— Oh…, marmonna-t-elle vaguement.

Elle n'avait pas la moindre idée de ce qu'il voulait dire, mais elle était si heureuse d'avoir un peu de compagnie – et une occasion de faire quelque chose de sa nuit – qu'elle décida de ne pas s'appesantir sur le sujet.

Rachel avait eu une fois ou deux l'envie de se rendre au *Night Club* toute seule, mais elle n'en avait pas trouvé le courage de peur de tomber nez à nez avec Étienne. Elle avait craint de ne pouvoir s'empêcher de se jeter à son cou ou de se rendre ridicule de quelque autre manière. Elle avait également redouté qu'il lui tourne le dos sous l'effet de la colère. Avait-il compris à présent ce qu'il avait sacrifié pour lui sauver la vie ? La haïssait-il ? Le fait qu'il n'ait même pas pris la peine de lui passer un coup de fil semblait plaider en ce sens.

— Bon ! lança Thomas en claquant dans ses mains, la tirant de ses pensées. Et si tu allais te changer, sœurette ? Dès que tu seras prête, je t'emmène au club. Il devrait y avoir de l'ambiance, cette nuit.

Rachel ne se laissa même pas le temps d'hésiter. Elle acquiesça d'un hochement de tête enthousiaste avec un sourire reconnaissant et se rua hors de la pièce pour se précipiter dans sa chambre. Elle portait le jean étroit que Marguerite était allée récupérer au fond de son armoire lorsqu'elle était arrivée chez Étienne. Elle le trouvait désormais douillet et réconfortant. Il lui rappelait le temps qu'elle avait passé près de lui. Elle savait qu'elle devrait tôt ou tard le remplacer par un autre, mais elle n'était pas pressée.

Après avoir ôté son jean, Rachel enfila une petite jupe en cuir noir achetée récemment dans un moment de faiblesse, quand elle espérait encore qu'Étienne allait la contacter.

Elle avait pensé la porter devant lui pour le rendre dingue. Le coup de fil espéré n'était pas venu et elle avait fini par laisser tomber l'espoir de rentabiliser un jour son acquisition. Thomas lui en fournissait l'occasion. Non pas qu'elle eût l'intention en arborant cette jupe de lui faire sortir les yeux de la tête. Il était adorable, mais Étienne avait déjà dérobé son cœur pour le saccager ensuite, et elle doutait de pouvoir en guérir de sitôt. Mais il y avait toujours une possibilité pour qu'ils tombent au *Night Club* sur Étienne. Et, si c'était le cas, elle tenait à paraître à son avantage. Ne serait-ce que pour lui rappeler ce à quoi il avait renoncé.

Rachel acheva d'ajuster sa jupe et échangea le tee-shirt trop grand qu'elle portait pour un élégant chemisier blanc dont elle glissa les pans dans sa ceinture. Puis elle enfila les sandales qui allaient lui permettre d'arborer ses ongles fraîchement laqués. Un petit détour par la salle de bains lui permit de compléter le tout par un soupçon d'ombre à paupières et une touche de rouge à lèvres. Après avoir passé les doigts dans ses cheveux pour leur donner un petit air décoiffé et sexy, elle termina sa préparation par une goutte de parfum sur la gorge et les poignets.

— Tu as fait vite ! se réjouit Thomas lorsqu'elle le rejoignit dans la salle de séjour. Et tu es splendide ! Allons-y, sœurette. La nuit est à nous !

Au grand soulagement de Rachel, il ne se dirigea pas vers le balcon mais plus conventionnellement vers la porte d'entrée. Elle ne pensait pas être tout à fait prête pour l'escalade des façades… Au passage, elle attrapa son sac et le suivit hors de l'appartement, le pas soudain plus léger. Elle aimait beaucoup Thomas. Pas de la même façon qu'Étienne, naturellement, mais il était drôle et il la faisait rire. Elle était certaine qu'il ferait tout son possible pour lui faire passer un excellent moment. Danser toute la nuit au *Night Club* valait mieux que de rester cloîtrée dans son appartement en ressassant ce qui aurait pu être.

En plus, il lui serait peut-être possible de grappiller quelques informations au sujet d'Étienne. Thomas devait être au courant de ce que faisait son cousin et de son état d'esprit. De manière assez embarrassante, Rachel grillait d'envie d'en savoir plus.

Étienne rangea les disques de *Blood Lust II*, compléta leurs étiquettes et les mit de côté avec un soupir de soulagement. Il avait terminé. Finalement, il y était arrivé. Un long moment, il contempla les boîtiers, l'esprit vide, puis il se leva et quitta son bureau. Il avait travaillé non-stop sur le jeu, évitant de penser à Rachel pour ne pas se laisser ralentir, sauf la nuit où sa mère était venue le harceler. Mais, à présent que son travail était achevé, sa première pensée était pour elle. En se demandant ce qu'elle pouvait être en train de faire, il gravit l'escalier.

Était-elle au travail ? Non, décida-t-il. Elle avait appris qu'elle avait obtenu un poste de jour la nuit où il l'avait infantée. Il était plus de minuit. Sûrement devait-elle dormir, à l'heure qu'il était, confortablement installée dans son grand lit tout chaud. En y songeant, Étienne sentit le désir s'éveiller en lui. Il aurait voulu se trouver dans ce lit avec elle. Bien sûr, il ne l'aurait pas laissé beaucoup dormir si cela avait pu être le cas. Il n'aurait pas pu résister au besoin de la toucher, de la caresser, de…

Étienne préféra étouffer dans l'œuf ces dangereuses pensées. Rêver de faire l'amour à Rachel n'était pas la chose la plus utile au monde, surtout qu'il avait mieux à faire, comme de déterminer comment il allait s'y prendre pour renouer le contact avec elle. Il avait fini par décider que sa mère avait raison. Il devait lui faire part de ses sentiments pour elle et tenter de découvrir quels étaient les siens. La seule incertitude qui lui restait, c'était de choisir comment s'y prendre.

Étienne traversait la cuisine quand le téléphone se mit à sonner. Par réflexe, il fit volte-face pour retourner au sous-sol, avant de se rappeler qu'il avait fait installer des postes à tous les étages quand il avait fait réparer celui de son bureau.

— Allô ! aboya-t-il après avoir décroché le combiné du téléphone mural flambant neuf qui équipait la cuisine.

— Salut, mon pote ! s'exclama la voix guillerette de Thomas. Devine où je suis...

Étienne fit la grimace. Un brouhaha de musique à plein tube et de conversations assourdies l'empêchait presque de l'entendre. Pas besoin d'être un génie pour deviner d'où il appelait.

— Au *Night Club*.

— En plein dans le mille, vieux ! se réjouit bruyamment Thomas. J'y suis en compagnie d'une petite bombe nucléaire de derrière les fagots qui... Mais, au fait, tu dois la connaître : Rachel, ça te dit quelque chose ?

Étienne se raidit. Ses doigts se crispèrent sur le téléphone.

— Quoi ! protesta-t-il.

— Eh oui... (Son cousin paraissait particulièrement fier de lui.) Elle ne faisait rien ce soir... Je ne faisais rien ce soir...

Sa manière suggestive de laisser sa phrase en suspens fit voir rouge à Étienne, qui grogna d'un ton menaçant :

— Thomas...

— Elle est aux toilettes à cette minute, reprit-il d'un ton léger. Elle ignore que je suis en train de t'appeler. Si tu la veux, tu as intérêt à rappliquer vite fait pour te joindre à nous. Et tu ferais bien de ne pas tout faire foirer, cette fois. Je ne jouerai plus les Cupidon pour vous deux. Si tu n'es pas capable de la garder, moi je m'en chargerai. Joyeuse Saint-Valentin, mon pote !

Au déclic dans l'écouteur succéda une agaçante tonalité. Étienne l'écouta au moins pendant une minute sans réagir tant son esprit bouillonnait. Thomas s'avisait une fois de plus de jouer les Cupidon. *Dieu le bénisse!* songea-t-il en raccrochant. Il perdit du temps à tergiverser pour mettre de l'ordre dans ses priorités. Il avait besoin de prendre une douche et de se changer. Il devait aussi impérativement se raser. Il était resté si longtemps sans le faire qu'une barbe lui mangeait presque le visage. Sans doute, également, devrait-il trouver quelque chose à offrir à Rachel. Des fleurs, peut-être... Mais où diable allait-il pouvoir trouver un bouquet à cette heure-ci ? Pourquoi tous les magasins restaient-ils fermés la nuit ? Personne n'avait donc envie de gagner de l'argent, dans cette ville ? Agacé, Étienne sortit en trombe de la pièce.

— Tu es une nana plutôt branchée, sœurette !

Rachel se mit à rire, flattée par le compliment de Thomas. Ils dansaient comme des fous sur la piste au son du rock bruyant qui se déversait de la sono. Elle s'amusait bien. Et même très, très bien... En deux heures de temps, elle n'avait dû penser à Étienne qu'à peu près deux mille fois. C'était bien moins que d'habitude.

— Je suis vanné, sœurette ! décréta Thomas quelques instants plus tard. Allons nous asseoir.

Sans attendre son assentiment, il la prit par la main et l'entraîna hors de la piste. Rachel ne se fit pas prier pour le suivre. Elle s'amusait bien, mais un peu de repos n'était pas de refus.

— Chouette, nos verres sont arrivés ! se réjouit-elle en se laissant tomber sur son siège avec un soupir ravi.

Elle avait décidé d'être brave et de laisser une fois de plus Thomas commander pour elle, en mettant simplement son veto sur les Sweet Ecstasy. Il avait commandé pour elle un Ever Enduring, ce qui ne lui avait pas semblé très risqué.

Quand elle avait tout de même pris la précaution de lui demander ce que c'était, il lui avait répondu avec un sourire mystérieux qu'elle verrait bien. Rachel but une gorgée avec curiosité, surprise de constater que ce n'était pas mauvais du tout. Elle n'avait plus besoin de pailles, désormais.

— Oh ! Regarde qui est là…

Rachel leva les yeux et se figea en découvrant Étienne qui se frayait un chemin vers eux à travers la foule. L'espace d'un instant, une joie intense inonda son cœur, bien vite remplacée par une inquiétude sourde. Étienne ne paraissait pas très heureux de les découvrir là. En fait, s'aperçut-elle en le regardant franchir les derniers pas qui les séparaient pour venir se camper devant elle, il paraissait même plutôt ombrageux. Elle était en train d'en conclure qu'il avait fini par se rendre compte de ce qu'il avait fait et par la haïr lorsqu'il tira de derrière son dos un bouquet de fleurs défraîchies qu'il lui tendit. Stupéfaite, Rachel observa un instant cette piteuse offrande avant de tendre la main pour s'en saisir. Se méprenant sur l'origine de son hésitation, Étienne commença à s'excuser :

— Je voulais t'offrir des fleurs, mais impossible de trouver un fleuriste ouvert à cette heure-ci. J'ai dû écumer six boutiques ouvertes la nuit avant de trouver celles-ci. Elles sont un peu…

— Elles sont magnifiques, assura-t-elle en les acceptant.

Aussi flétries et peu engageantes qu'elles aient pu être, elles étaient chères au cœur de Rachel, car elles étaient symbole d'espoir. En souriant timidement à Étienne, elle les porta à ses narines. Ses roses sentaient…

— Le salami ?

— Le traiteur les conservait dans sa chambre froide…, expliqua-t-il, un peu gêné.

Rachel se mordit la lèvre pour ne pas se mettre à rire. Puis, en lui adressant un grand sourire, elle demanda :

— Comment vas-tu ?

— Pas terrible, répondit-il simplement. Et toi ?

— Pas terrible non plus.

Sur ce, ils échangèrent un nouveau sourire et se détendirent.

— Bien, je crois que mon job est terminé ! lança Thomas en se remettant debout. (Puis il expliqua à Rachel :) On s'est bien marrés, mais je n'étais hélas dans cette histoire que le petit télégraphiste… Je dois t'avouer que c'est tante Marguerite qui m'a demandé de jouer les Cupidon pour vous. Et, comme je t'aime bien, j'ai accepté.

— Les Cupidon, hein ? répéta Étienne, amusé.

— Ouais, tu peux rire…, maugréa Thomas, fair-play. Profite bien de mes bons offices. Mais ne t'avise pas de foirer ton coup avec la sœurette ici présente ! Jouer les Cupidon, pas plus d'une fois tous les cent ans… (Rejoignant Rachel, il se pencha pour la serrer dans ses bras et lui murmura à l'oreille :) Bienvenue dans la famille !

Rachel eut envie de lui demander ce qu'il voulait dire par là, mais Thomas s'éclipsa trop rapidement pour lui en laisser la possibilité. Elle le regarda se fondre dans la foule, puis se retourna vers Étienne, qui se glissait dans le siège laissé vacant par son cousin.

— Tu m'as manqué, avoua-t-il dès l'instant où leurs regards se croisèrent. (Rachel haussa les sourcils. *Tu me l'as bien caché…*, songea-t-elle amèrement. En face d'elle, Étienne eut un petit sourire.) J'ai tout entendu…, reprit-il d'un air amusé.

— Je croyais que tu étais incapable de lire dans mes pensées, répliqua-t-elle d'un ton soupçonneux.

— C'est le cas, assura-t-il. Sauf quand nous sommes intimes tous les deux. Dans ces moments-là, ton esprit s'ouvre au mien.

— Dans ce cas, qu'est-ce qui t'autorise à…

— Je plaide non coupable ! l'interrompit-il en dressant ses mains devant lui. En fait, c'est toi qui as projeté cette pensée dans mon esprit.

— Moi, j'ai fait ça ?

— Oui. C'était accidentel, mais avec un peu d'entraînement, tu devrais être capable de le faire à volonté.

— Tu crois ? Tu pourrais m'apprendre ?

Étienne garda le silence un instant puis déclara :

— J'ai une meilleure idée. Je vais émettre un message mental à ton intention, et tu vas essayer de le capter.

— D'accord ! acquiesça-t-elle, la tête penchée sur le côté. Qu'est-ce que je dois faire ?

— Contente-toi d'ouvrir ton esprit et je ferai le reste.

Étienne se tut et plissa les yeux sous l'effet de la concentration. Quelques secondes plus tard, Rachel parvint à entendre distinctement, comme s'il lui parlait directement sous son crâne :

— *Tu m'as tellement manqué. J'ai tant souffert de ne plus te voir. Mon existence est vide sans toi. Je veux que tu reviennes vivre auprès de moi, dans ma maison, dans mon lit. Je veux m'éveiller chaque soir à tes côtés. Je t'aime, Rachel.*

Rachel le dévisagea sans broncher. Elle avait du mal à croire qu'elle avait perçu le message correctement.

— Dans ce cas, pourquoi n'as-tu pas appelé ? répliqua-t-elle. Si Thomas ne m'avait pas amenée ici ce soir…

— J'aurais trouvé un autre lieu et un autre moment pour t'approcher, l'interrompit-il d'un ton solennel. Je voulais juste faire en sorte d'en avoir fini avec mon jeu pour pouvoir me concentrer uniquement sur toi.

Rachel ne put s'empêcher de trouver l'excuse un peu vaseuse. Il avait d'abord voulu terminer son jeu vidéo ? Elle venait après son travail ? Pour le moins, ce n'était pas très flatteur…

— Tu dois être vraiment en colère, reprit-il en grimaçant. Tu diffuses tes récriminations à plein volume, comme une antenne de radio. (Voyant qu'elle ne réagissait pas, ne lui souriait plus et ne lui offrait aucune échappatoire possible, Étienne soupira et suggéra :) Nous devrions peut-être poursuivre cette conversation dans un endroit plus tranquille ?

Rachel hocha la tête, vida son verre d'un trait et se leva. Ils quittèrent le club et se dirigèrent vers la voiture d'Étienne en silence. Elle ne fit aucune objection lorsqu'il ouvrit la portière côté passager à son intention et ne demanda pas où ils allaient. Elle ne s'étonna pas non plus de le voir finalement se garer devant chez lui. C'était en grande partie dans cette maison qu'ils avaient appris à se connaître et à s'apprécier. Il paraissait approprié qu'ils tentent d'y renouer leur relation.

Rachel suivit Étienne à l'intérieur et jusque dans la bibliothèque. Elle sentit un grand calme tomber sur elle en pénétrant dans cette pièce. C'était là qu'ils avaient passé de nombreuses soirées tranquilles à lire ensemble.

Ils prirent place sur une causeuse et il passa un bras autour d'elle, l'attirant contre lui.

— D'accord, admit-il. Ce n'est pas à cause du travail que je n'ai pas cherché à te contacter plus tôt. (Rachel ne fut pas terriblement surprise par cet aveu. Elle préféra garder le silence et en fut récompensée quand il conclut de lui-même :) J'avais peur.

En revanche, ça, c'était surprenant… Rachel se redressa pour le regarder dans les yeux et s'étonna :

— Tu avais peur de quoi ?

— De souffrir, Rachel…, répondit-il doucement. Je n'aurais jamais imaginé me montrer lâche un jour, mais ce qui s'est passé entre nous était une expérience entièrement nouvelle pour moi. Je n'avais jamais rencontré de femme qui m'attire sans qu'il me soit possible de lire ses pensées.

Cela n'était pas pour me mettre à l'aise. Je me suis senti vulnérable dès le début. Déboussolé aussi, je suppose. Tu ne dois pas oublier que je me suis arrangé pour vivre trois cents ans sans tomber véritablement amoureux. Les sentiments que tu as su éveiller en moi m'ont complètement pris par surprise.

— J'étais moi-même assez surprise également, commenta Rachel en se coulant de nouveau contre lui. Et effrayée par le risque de souffrir aussi. En fait… j'avais peur que tu finisses par te rendre compte à quel sacrifice tu avais consenti pour me sauver la vie et que tu finisses par me haïr, ce qui était…

— Jamais ! l'interrompit-il fermement en la serrant plus fort dans ses bras. Je savais dès le départ ce que je faisais. Je me suis senti attiré par toi dès notre première rencontre, toute pâle, tremblante et prête à t'évanouir que tu étais. (Voyant qu'elle lui adressait un regard indigné, Étienne sourit pour adoucir la sévérité du portrait. Puis, prenant son menton entre le pouce et l'index, il ajouta :) Rachel… Je n'imagine pas vivre ma vie auprès d'une autre femme que toi. Je n'arrive même pas à imaginer ma vie sans toi. Mon cœur t'appartient. Je me rends compte que je suis peut-être en train de te mettre la pression, je sais que tu voudrais sans doute avoir un peu de temps pour y réfléchir, mais…

— Je n'ai pas besoin de réfléchir davantage, assura-t-elle en posant un doigt sur ses lèvres pour le faire taire. Je sais que tout cela est assez précipité, mais tu es l'homme que j'ai désiré toute ma vie. Si j'avais pris le temps d'imaginer l'apparence de l'homme de mes rêves, il t'aurait ressemblé trait pour trait et il aurait possédé toutes les qualités qui sont les tiennes. Je t'aime.

Étienne poussa un long soupir de satisfaction qui fit sourire Rachel.

— Dans ce cas, marions-nous ! lança-t-il comme s'il se jetait à l'eau.

— D'accord, accepta-t-elle sans hésiter.

— Ce n'est pas si simple, ajouta-t-il en secouant la tête. Tu dois d'abord y réfléchir. Ce n'est pas une union de quelques dizaines d'années que je te propose. Le mariage tel que nous le concevons – du moins dans ma famille – doit durer toute une vie. Et la vie, en ce qui nous concerne, peut durer très, très longtemps.

— J'espère qu'il durera éternellement. Je t'aime, Étienne. Je passerai volontiers l'éternité auprès de toi. Car c'est aussi à toi que mon cœur appartient.

Un large sourire illumina lentement le visage d'Étienne.

— Merci, dit-il. Je prendrai soin précieusement de ton cœur chaque jour qu'il me sera donné de vivre.

Ces mots furent à peine un murmure sur ses lèvres avant qu'elles s'abaissent à la rencontre des siennes pour un baiser passionné.

Rachel soupira de plaisir tout contre sa bouche tandis que la sienne s'ouvrait à lui. Ce baiser lui donnait l'impression de rentrer enfin chez elle, et elle était partie depuis trop longtemps déjà. Leurs langues se mêlèrent. Elle se tourna contre lui et laissa ses mains remonter le long de sa poitrine. L'une d'elles grimpa jusqu'à son cou et dans ses cheveux, ses doigts s'entremêlant aux boucles soyeuses. Avec ceux de son autre main, elle agrippa sa chemise pour l'attirer plus près d'elle encore. Son corps semblait se plaquer à celui d'Étienne de sa propre volonté. Le désir coulait en elle, impétueux. Il la rendait exigeante et affamée. Rachel voulait le sentir sous elle, sur elle, en elle tout à la fois. Elle voulait se joindre à lui et sentir sa chair emplir la sienne. Elle voulait l'étreindre et être étreinte ainsi par lui pour l'éternité.

— *Pas de problème…*

Ce message murmuré directement dans l'esprit de Rachel la mit en joie et fit monter dans sa gorge un petit rire joyeux. Mais son amusement fut de courte durée et son rire s'acheva en grondement sourd quand la main d'Étienne trouva sous le tissu de son chemisier son sein à caresser. Soudain, tout devint nettement plus sérieux entre eux…

Rachel se laissa glisser en arrière sur la causeuse, tirant avec plus de force sur la chemise d'Étienne pour lui faire suivre le mouvement. Il s'installa au-dessus d'elle sans se faire prier. Ses mains et ses lèvres se firent plus exigeantes. En quelques instants, le chemisier se retrouva ouvert et les agrafes qui maintenaient son soutien-gorge détachées. Elle frissonna d'un plaisir anticipé et s'arc-bouta sous lui tandis qu'il écartait le tissu soyeux de part et d'autre de ses seins, les révélant pleinement. Puis il se pencha pour prendre entre ses lèvres la pointe d'un mamelon déjà dressée. Les mains de Rachel se refermèrent dans la chevelure d'Étienne pour retenir sa tête contre elle. Soudain, elle lâcha sa prise dans ses cheveux et le repoussa vivement.

L'expression stupéfaite qui passa sur son visage quand il se vit repoussé ainsi valait son pesant d'or, mais Rachel était trop occupée à se battre avec ses boutons pour s'en délecter. Rapidement, elle parvint à les défaire. Les deux pans de la chemise bâillèrent, offrant à ses regards de larges plages de chair sur lesquelles elle s'empressa de laisser courir ses mains. Rachel adorait la poitrine d'Étienne, la dureté des muscles sous la peau, l'impression de force qui en émanait. Elle s'arrêta lorsqu'elle sentit ses aréoles dures sous sa paume. Entre le pouce et l'index, elle les titilla longuement.

Cette caresse arracha un grondement sourd à Étienne, qui se pencha au-dessus d'elle pour s'emparer une fois encore de ses lèvres. La passion flamba entre eux, brûlante et irrésistible. Le temps des explorations était terminé. Leur désir était aussi violent que s'ils étaient restés séparés pendant des années. Il les consumait à la vitesse d'un feu de forêt déchaîné. Leurs baisers se firent presque violents. Rachel planta ses ongles dans son dos et le griffa. Les mains d'Étienne étaient partout sur son corps à la fois. Elle planta ses doigts à l'arrière de ses biceps et retint son souffle lorsque, glissant un bras entre eux, il posa une main sur le cuir de sa jupe.

— J'ai besoin de toi ! lança-t-elle dans un souffle.

C'était une demande, pas une supplique. Et, pour bien se faire comprendre, Rachel joignit le geste à la parole en plaquant sa main de manière possessive sur la braguette de son jean.

La réaction d'Étienne fut immédiate. Il se redressa brièvement pour s'agenouiller sur la causeuse, entre ses jambes, et remonta la jupe sur les quelques centimètres qui lui étaient nécessaires. Plutôt que de prendre le temps de lui ôter sa culotte, il rompit la ceinture d'un geste sec de chaque côté des hanches. Le sous-vêtement sombra comme une épave au fond de l'eau. En un tournemain il eut déboutonné son jean. Puis, une main glissée sous les fesses de Rachel, il la souleva légèrement et se glissa en elle tandis qu'elle refermait ses jambes autour de lui.

Rachel gémit de soulagement lorsqu'il la pénétra. Son corps s'ouvrait à lui pour l'accueillir et se refermait autour de lui pour le retenir tout contre elle. Elle l'entendit grogner longuement de plaisir à son oreille. Puis il commença à se mouvoir en elle et ils se retrouvèrent tous deux engloutis dans l'urgence du moment. Ils s'évertuèrent à trouver la délivrance et luttèrent presque pour chercher l'apaisement. Étienne fit en sorte que Rachel soit la première à verser dans l'extase. Mais, dès l'instant où l'orgasme fut sur elle et qu'elle cria de plaisir, il s'autorisa à la rejoindre.

— Dieu, merci ! grogna-t-il entre ses dents serrées tandis que la jouissance l'emportait.

Puis il s'affaissa sur elle et ils demeurèrent ainsi, pantelants et comblés.

Étienne fut le premier à s'agiter. Lâchant un rire rauque encore un peu essoufflé, il fit en sorte de les installer sur la causeuse de manière qu'il se retrouve dessous et Rachel étalée sur lui, aussi molle qu'une poupée de chiffon.

— Eh bien…, marmonna-t-il. C'était plutôt…

Sa voix était rauque. Il laissa la phrase mourir sur ses lèvres.

— Mmmm…, murmura-t-elle. (Rachel redressa légèrement la tête et demanda avec indolence :) On remet ça ?

Étienne laissa fuser un petit rire ravi et referma ses bras autour d'elle pour la serrer contre lui.

— J'adorerais, répondit-il. Tu te sens prête à remettre ça ?

— Oh, oui ! Je…

Rachel redressa la tête une fois encore, les yeux écarquillés.

— Que se passe-t-il ? s'inquiéta Étienne.

— Je ne me suis pas évanouie ! constata-t-elle, stupéfaite. C'est la première fois que je ne m'évanouis pas.

Étienne se redressa, l'entraînant avec lui.

— Dans ce cas, décréta-t-il, c'est que je n'ai pas fait ce qu'il fallait.

— Oh ! Mais j'ai… euh… apprécié, comme d'habitude. (Rachel se sentait rougir, mais elle ne pouvait s'en empêcher.) Peut-être même plus. C'était plutôt… intense.

— Ah oui, tu trouves aussi ?

Étienne la souleva dans ses bras et lui fit traverser la bibliothèque, un sourire suffisant au coin des lèvres.

Rachel secoua la tête pour s'amuser de cette expression de vanité masculine et posa la joue contre sa poitrine tandis qu'ils s'engageaient dans le hall d'entrée. À mi-hauteur de l'escalier, Étienne s'interrogea soudain :

— Au fait… Qu'est-ce que tu buvais, au club ?

— Un Ever… quelque chose, répondit-elle en jouant sur sa nuque avec quelques mèches de cheveux. Ever Enduring, c'est ça ?

— Ah ! s'exclama-t-il en hochant la tête.

— Qu'est-ce qu'il y a ? s'enquit-elle en se redressant contre lui pour le dévisager avec curiosité.

— Tu ne t'évanouiras pas cette nuit, lui expliqua-t-il d'un air amusé.

— Ah non ?

Après avoir lâché un petit rire satisfait, il reprit :

— En fait, Thomas s'est arrangé pour transformer notre nuit d'amour en marathon. Tu vas être insatiable.

— Vraiment ? demanda-t-elle avec intérêt tandis qu'ils pénétraient dans la chambre. Je crois que j'aime bien ton cousin.

— À cette minute, renchérit-il, je crois que je suis de cet avis aussi.

Et, d'un coup de pied, il referma la porte derrière eux.

Épilogue

Marguerite adressa au passage un grand sourire à la secrétaire de Bastien et pénétra dans le bureau sans se faire annoncer.

— J'ai reçu une carte d'Étienne et Rachel ! annonça-t-elle de but en blanc. Ils sont ravis de leur lune de miel à Hawaï.

Le plus sérieux de ses fils leva les yeux du rapport qu'il était en train de lire et la regarda avec résignation traverser la pièce pour le rejoindre. Elle se pencha pour déposer un baiser sur son front et lui tendit la carte postale. Pendant qu'il la lisait, Marguerite contourna son bureau et s'installa dans un des sièges réservés aux visiteurs.

— Je ne comprends toujours pas pourquoi ils ont choisi Hawaï, commenta Bastien après avoir achevé sa lecture.

Il se leva et rendit la carte à sa mère.

— Douces brises, plages sous la lune… (Marguerite rangea la carte dans son sac et précisa :) En plus, Rachel avait prévu d'y passer ses vacances avant d'être infantée par Étienne. Elle n'y était jamais allée.

— Quant à Étienne, ajouta Bastien en se rasseyant, il voulait surtout lui faire plaisir. Ils vont être heureux, tous les deux.

Marguerite perçut une nuance d'envie dans le ton sur lequel il avait dit cela et le dévisagea, intriguée. À plus de quatre cents ans, Bastien était le second des deux plus âgés de ses fils. Il était également le plus austère et le plus sérieux.

Presque trop, parfois. Il en avait toujours été ainsi. Même dans son enfance, il avait été le plus responsable de ses quatre enfants. Aussi cela n'avait-il surpris personne quand il avait endossé le rôle de patriarche du clan à la mort de Jean-Claude. Lucern en aurait été capable, mais il aurait détesté avoir à exercer ces responsabilités à chaque minute de son existence. Bastien adorait les challenges et aimait résoudre les problèmes et aider les gens. C'était un homme bon. Il avait besoin d'une femme à sa mesure.

— Pourquoi me regardes-tu ainsi ? finit-il par s'impatienter.

Son évidente méfiance incita Marguerite à détourner le regard.

— Je réfléchissais, répondit-elle en haussant les épaules. Je me disais que l'amour est peut-être contagieux... Lissianna et Étienne sont à présent mariés et établis. J'ai de grands espoirs en ce qui concerne Lucern et sa charmante Kate... s'ils ne finissent pas par s'entre-tuer à cette conférence où elle a réussi à le traîner. Peut-être que toi aussi tu trouveras bientôt quelqu'un qui te convienne...

Bastien se cantonna dans un silence prudent en songeant à Lucern et Kate. Son frère aîné s'était laissé piéger par son éditrice, qui avait réussi à l'emmener avec elle assister à un colloque sur la romance. Il avait tout d'abord catégoriquement refusé, mais Kate était une petite bonne femme qui savait se montrer persuasive. Et, lorsqu'elle avait fait alliance avec Marguerite, Lucern avait perdu toutes ses chances d'échapper à la corvée.

De toute façon, songea Bastien, le pauvre vieux n'avait peut-être eu aucune chance dès le départ, avec ou sans leur mère pour prendre le parti de Kate. Pour les avoir bien observés tous les deux lors du mariage d'Étienne et Rachel, il en venait à penser que les espoirs placés en eux par Marguerite n'étaient peut-être pas infondés. Lucern était amoureux. Il ne le savait peut-être pas encore, mais il venait de trouver la femme de sa vie. Bastien espérait pour lui qu'il saurait saisir sa chance et ne ferait pas tout rater.

Son regard revint se fixer sur sa mère, qui l'observait avec grand intérêt. Sachant qu'elle pouvait lire ses pensées, il ne prit pas la peine de lui cacher son propre désir de finir par trouver une compagne. Il aurait aimé avoir quelqu'un près de lui pour l'aider à affronter les défis de l'existence. Mais, en quatre siècles, il n'avait rencontré qu'une femme dont il était réellement tombé amoureux. Malheureusement, celle-ci avait mal réagi en apprenant ce qu'il était et avait catégoriquement refusé de partager avec lui une vie de vampire. Malgré cela, Bastien n'avait jamais cessé de l'aimer. Il avait continué à la suivre de loin en loin, tout au long de sa vie trop brève. Il l'avait vue vieillir, tomber amoureuse d'un autre homme, avoir des enfants, puis des petits-enfants. Et finalement il avait dû se résoudre à la regarder mourir.

Ces années-là avaient été les plus douloureuses de toute son existence. Elles lui avaient appris qu'à cause de sa nature profonde, il était condamné à être le gamin solitaire, de l'autre côté de la haie, regardant tous les autres s'amuser joyeusement dans le jardin d'à côté.

Conscient que sa mère l'observait toujours, Bastien haussa les épaules et reporta son attention sur le rapport qu'il consultait à son arrivée.

— Certaines personnes, dit-il ce faisant, ne sont pas destinées à trouver l'amour et à le conserver.

— Mmmm… (Marguerite garda le silence un instant, avant de décider apparemment de changer de sujet.) Au fait… Le docteur Bobby souhaiterait parler à des membres de ma famille. Étienne et Rachel étant à Hawaï pour leur lune de miel, Lissianna et Gregory en vacances en Europe et

Lucern à sa conférence d'écrivains, cela ne laisse que toi de disponible… Puis-je lui dire que tu vas venir ?

— Pardon ? s'étonna Bastien en redressant la tête. Qui est ce docteur Bobby ?

— Mon thérapeute, très cher…

— Ton thérapeute…, répéta-t-il, choqué. (Puis l'inquiétude prit le dessus et il s'écria :) Tu consultes un thérapeute !

— Bien sûr. C'est très branché, en ce moment. En constatant à quel point Gregory avait été utile pour guérir Lissianna de sa phobie, je me suis dit que quelques conseils ne me feraient pas de mal non plus.

— Pourquoi ? Tu n'as pas de phobies.

— Non. Mais j'ai certaines… difficultés – une en particulier – dont je souhaite me débarrasser.

Elle évitait soigneusement son regard. Bastien ne put s'empêcher de s'étonner :

— Et ton thérapeute veut voir des membres de ta famille… Pour quelle raison ?

— Je n'en sais rien, avoua Marguerite avec un haussement d'épaules. Le docteur Bobby a juste dit que cela pourrait lui être utile. Tu viendras, n'est-ce pas ?

Bastien se renfrogna mais finit par donner son accord. Cela paraissait une bonne idée de découvrir de quelle « difficulté » sa mère souhaitait se débarrasser, et ce qu'elle avait pu révéler de leur vie – sans parler de leur nature – à ce docteur Bobby.

— Bien ! se réjouit-elle avec un grand sourire en se levant. (Comprenant qu'elle s'apprêtait à partir, Bastien commença à se détendre. Mais il se raidit de plus belle en l'entendant conclure :) Ne t'inquiète pas, mon fils. Il y a forcément dans le monde une femme qui t'est destinée. Et j'ai bien l'intention de t'aider à la trouver.

Bastien regarda avec horreur la porte de son bureau se refermer derrière elle. Pour lui, ces paroles ressemblaient furieusement à une menace.

EN AVANT-PREMIÈRE

Découvrez la suite des aventures
de la famille Argeneau :

JF CHERCHE VAMPIRE
(version non corrigée)

Traduit de l'anglais (États-Unis) par Aldéric Gianoly.

Prologue

« 30 janvier

Cher M. Argeneau,

J'espère que cette lettre vous parviendra, que vous allez bien et que vous avez passé de bonnes fêtes. C'est la deuxième fois que je vous écris. Je vous avais envoyé une première lettre peu avant Noël, mais elle s'est visiblement égarée dans la confusion des fêtes de fin d'année. J'aurais voulu vous joindre par téléphone, mais malheureusement votre numéro ne figure pas sur votre fiche, pas plus que dans l'annuaire.

La raison pour laquelle je vous écris est la suivante : la série de livres sur les vampires que vous avez écrits sous le pseudonyme Luke Amirault rencontre un immense succès auprès des lecteurs – bien au-delà de nos espérances – et l'éventualité d'une tournée de dédicace suscite le plus vif intérêt. Nous avons reçu tellement de demandes dans ce sens de la part des librairies que je me suis sentie obligée de vous contacter afin de savoir si cela pouvait vous intéresser et quelle date vous conviendrait le mieux.

Merci de contacter ce bureau pour nous communiquer votre réponse ainsi que votre numéro de téléphone.

Dans l'attente de vos nouvelles, je vous prie de croire en mes sincères salutations.

Kate C. Leever
Agent littéraire
Éditions Roundhouse
New York, NY »

« 1er avril
Chère Mlle Leever,
Non.
Cordialement,

Lucern Argeneau
Toronto, Ontario »

« 11 avril
Cher M. Argeneau,
J'ai reçu votre lettre ce matin et, bien que je comprenne qu'une tournée de dédicace ne vous intéresse pas, je me sens obligée de souligner à quel point l'enthousiasme du public pour vos livres est important. Votre notoriété ne cesse de gagner du terrain. Plusieurs magazines nous ont écrit pour obtenir un entretien avec vous. Je ne pense pas qu'il soit nécessaire de vous expliquer tous les bénéfices qui pourraient être tirés d'une telle publicité.
En ce qui concerne la tournée de dédicace, outre les nombreux appels que nous avons reçus, une célèbre enseigne de librairies, implantée aussi bien aux États-Unis qu'au Canada, nous a laissé entendre qu'elle serait prête à payer pour que vous fassiez une apparition dans ses plus grands magasins. Elle réserverait et paierait vos billets d'avion, vous logerait dans un hôtel à

chacune de vos escales et mettrait à votre disposition un véhicule avec chauffeur pour vos trajets entre l'aéroport, votre chambre et le lieu de la dédicace. C'est une offre très généreuse que je ne saurais trop vous conseiller de considérer attentivement.
Le courrier étant apparemment lent d'ici à Toronto – bien que vos réponses nous parviennent habituellement en moins de dix jours – je vous envoie cette lettre par courrier express. Merci de répondre au plus vite, sans oublier, cette fois, de mentionner votre numéro de téléphone.
Cordialement,

Kate C. Leever
Agent littéraire
Éditions Roundhouse
New York, NY »

« 15 juin
Chère Mlle Leever,
Non.
Cordialement,

Lucern Argeneau
Toronto, Ontario »

« 26 juin
Cher M. Argeneau,
Vous avez, une fois encore, oublié d'inclure votre numéro de téléphone. Par conséquent, je vous saurais gré de bien vouloir appeler ce bureau dès que possible et de demander mon poste, si je suis absente au moment de votre appel, celui de mon assistante Ashley. N'hésitez pas à appeler en PCV si nécessaire,

mais j'aimerais vraiment vous parler pour m'assurer que vous mesurez bien à quel point votre popularité est importante et combien le contact avec vos lecteurs peut être crucial.

Je ne sais pas si vous êtes au courant, mais de nombreux sites de fans fleurissent un peu partout sur Internet et nous recevons chaque jour des tonnes de lettres que nous vous ferons suivre par colis. J'ai évoqué les demandes de séances de dédicace dans mes précédents courriers, mais je dois vous informer que leur quantité atteint maintenant des proportions démentielles. C'est comme si la quasi-totalité des librairies du monde voulaient vous accueillir, certaines de l'immense succès que rencontreraient les dédicaces. Il est évident que vous ne pouvez vous arrêter dans chacune d'elles, mais nous pensons qu'une escale dans chaque grande ville serait un bon compromis.

Je ne saurais également trop vous conseiller de penser à donner quelques interviews et je joins à cette lettre les demandes que nous avons reçues de plusieurs rédactions. Comme vous vous en rendrez compte, ces sollicitations n'émanent pas uniquement de publications spécialisées dans la *bit-lit*. Votre popularité a gagné le grand public, comme en témoignent les demandes d'interview formulées par de nombreux journaux et magazines littéraires. Plusieurs émissions matinales d'information nous ont également manifesté leur intérêt. Si pour de telles émissions votre présence est indispensable, ce n'est pas le cas pour les journaux et les magazines ; en effet, pour ces derniers, vous pouvez parfaitement donner vos interviews par téléphone ou par Internet. Avez-vous un accès Internet ? Si c'est le cas, j'aimerais que vous me donniez votre adresse e-mail et que vous installiez une messagerie instantanée, afin que nous puissions échanger par ce biais. Plusieurs de mes écrivains ont ce logiciel, et c'est effectivement bien pratique et beaucoup plus rapide que le courrier traditionnel.

J'aimerais évoquer avec vous de nombreux autres points. Merci de me rappeler dès que possible, en PCV si nécessaire. Une fois encore, je vous envoie cette lettre en express.

Cordialement,

Kate C. Leever
Agent littéraire
Éditions Roundhouse
New York, NY »

« 1er août

Chère Mlle Leever,

Non.

Cordialement,

Lucern Argeneau
Toronto, Ontario »

Chapitre premier

Jeudi 11 septembre

— Rachel refuse de voir un autre cercueil aussi longtemps qu'elle vivra.

Lucern grommela au commentaire de sa mère tandis qu'avec son frère cadet Bastien, ils déposaient le cercueil par terre dans le sous-sol. Il était parfaitement au courant de la nouvelle aversion de sa future belle-sœur, Etienne lui avait tout expliqué. C'est pour cette raison qu'il avait décidé d'entreposer le cercueil au sous-sol. Etienne avait accepté de le sortir de la demeure pour faire plaisir à sa fiancée, mais pour des raisons sentimentales, il refusait de s'en séparer pour toujours. Il clamait que ses idées les plus brillantes lui venaient quand il reposait allongé dans l'obscurité silencieuse du cercueil. C'était un excentrique. Lucern ne connaissait personne d'autre capable d'apporter un cercueil aux répétitions de son propre mariage. Le pasteur avait été horrifié en voyant les trois frères le transférer du pick-up d'Etienne dans la camionnette de Bastien.

— Merci de l'avoir apporté jusqu'ici, Bastien, dit Lucern en se redressant.

Bastien haussa les épaules.

— Tu n'aurais pas pu le caser dans ta BMW et de toute façon, ajouta-t-il tandis qu'ils remontaient les escaliers, j'aime autant aider à le déplacer que de l'entreposer chez moi. Ma gouvernante aurait fait une attaque.

Lucern sourit vaguement. Il n'avait plus à se soucier d'aucune gouvernante et l'équipe de nettoyage qu'il faisait venir une fois par semaine, ne s'occupait que du rez-de-chaussée. Peu de risque qu'ils tombent sur le cercueil.

— Tout est prêt pour le mariage ? demanda-t-il en suivant sa mère et Bastien dans la cuisine.

Il éteignit les lumières du sous-sol et referma la porte derrière lui, mais ne prit la peine d'en allumer aucune autre. La faible lueur de la veilleuse encastrée dans la cuisinière était suffisante pour se diriger jusqu'à la porte d'entrée.

— Oui. Enfin, déclara Marguerite Argeneau d'une voix où perçait le soulagement. Et malgré les inquiétudes de Mme Garrett au sujet de la précipitation qui a accompagné les préparatifs du mariage et sa crainte que les membres de sa famille ne disposent pas de suffisamment de temps pour organiser leur venue, ils seront tous là.

— Ils sont nombreux ?

Lucern espérait sincèrement qu'il n'y aurait pas autant de Garrett qu'il y avait eu de Hewitt au mariage de Lissianna. Le mariage de sa sœur avec Gregory Hewitt avait été un cauchemar. Le marié avait une famille nombreuse, principalement composée de femmes. Des femmes célibataires qui avaient dévoré des yeux Lucern, Etienne et Bastien comme s'ils constituaient le plat principal du menu. Lucern détestait les femmes entreprenantes. Il était né et avait grandi à une époque où les hommes faisaient le premier pas et où les femmes se contentaient de sourire et de minauder tout en restant à leur place. Il n'était pas parvenu à s'adapter à son temps et redoutait une nouvelle débâcle comme lors du mariage de Lissianna où il avait passé le plus clair de sa journée à éviter les invitées.

Heureusement, Marguerite dissipa une partie de ses appréhensions en déclarant :

— Assez réduite en comparaison de celle de Greg – et majoritairement masculine d'après la liste des convives que j'ai vue.

— Dieu soit loué, murmura Bastien en échangeant un regard avec son frère.

Lucern acquiesça.

— Etienne n'est-il pas trop nerveux ?

— Bizarrement, non, répondit Bastien avec un sourire en coin. Il a l'air de s'éclater en aidant à l'organisation et il meurt d'impatience que le jour du mariage arrive enfin. Rachel semble le rendre heureux.

Son expression se mua en une moue perplexe.

Lucern partageait la perplexité de son frère. Lui non plus ne se voyait pas renoncer à sa liberté pour une femme. Arrivé devant la porte, il s'arrêta, se retourna et surprit sa mère en train de parcourir la pile de courrier posée sur la table, dans l'entrée.

— Luc, tu n'as pas ouvert ton courrier depuis des semaines ! Tu ne le lis pas ?

— Ça t'étonne, maman ? Il ne répond pas non plus au téléphone. Mince, on peut même s'estimer heureux quand il prend la peine de nous ouvrir sa porte.

Bastien avait parlé d'un ton enjoué, mais Lucern n'avait pu s'empêcher d'apercevoir l'échange de regards entre sa mère et son frère. Ils s'inquiétaient pour lui. Il avait toujours été du genre solitaire, mais dernièrement, cela avait pris des proportions telles que la moindre chose semblait lui peser. Tous deux savaient que Lucern commençait à se lasser dangereusement de sa vie.

— Qu'y a-t-il dans ce carton ?

— Je n'en sais rien, reconnu Lucern tandis que sa mère soulevait un énorme paquet de la table et le secouait comme s'il ne pesait pas plus lourd qu'une plume.

— Tu ne crois pas que ce serait une bonne idée de le découvrir ? demanda-t-elle avec impatience.

Lucern leva les yeux au ciel. Si vieille fût-elle, sa mère était toujours prompte à se mêler de sa vie privée. Il s'était fait une raison depuis déjà bien longtemps.

— Je m'en occuperai plus tard, marmonna-t-il. Ce sont soit des gens qui veulent quelque chose de moi, soit de simples sources d'ennuis.

— Et cette lettre de ton agent ? Ça pourrait être important. Elle n'aurait pas été envoyée en express, autrement.

Lucern se renfrogna un peu plus en voyant sa mère s'emparer de l'enveloppe FedEx et l'examiner de près.

— Ça n'a rien d'important. C'est simplement ma maison d'édition qui me harcèle. Ils voudraient que je fasse une tournée de dédicace.

— Edwin veut que tu fasses une tournée de dédicace ? grimaça Marguerite. Je croyais que tu lui avais fait comprendre dès le début que la promotion ne t'intéressait pas.

— Non, pas Edwin.

Lucern ne fut pas surpris que sa mère se souvienne du nom de son précédent agent ; elle avait une mémoire excellente et il avait mentionné Edwin à de nombreuses reprises au cours de ses dix années passées à écrire pour les Éditions Roundhouse. Ses premiers travaux avaient été publiés en tant que textes historiques principalement destinés à être utilisés dans les lycées et les universités. Ces ouvrages circulaient toujours et les gens admiraient le fait qu'ils paraissaient avoir été écrits par quelqu'un qui aurait effectivement vécu à l'époque des événements relatés. Ce qui, évidemment, était bien le cas. Même si peu le savaient.

Les trois derniers livres de Lucern, quant à eux, étaient de nature autobiographique. Le premier racontait la façon dont son père et sa mère s'étaient rencontrés et unis, le deuxième traitait de sa sœur Lissianna, de comment elle était tombée amoureuse de son médecin de mari, Gregory, et le dernier, paru seulement depuis quelques semaines, relatait l'histoire de son frère Etienne et de Rachel Garrett. Lucern n'avait pas eu la moindre intention de les écrire, ils s'étaient simplement déversés de lui. Mais une fois écrits, il avait décidé qu'il fallait les publier, ne serait-ce qu'en guise de témoignages pour plus tard. Il avait donc demandé la permission à sa famille avant de les envoyer à Edwin qui les avait vus comme de brillantes fictions et avait accepté de les éditer en tant que romans de bit-lit. Lucern était devenu auteur de bit-lit. Cet état de fait lui était quelque peu pénible, si bien qu'il évitait autant que possible d'y penser.

— Edwin n'est plus mon agent littéraire, expliqua-t-il. Il est mort d'une crise cardiaque l'année dernière. Son assistante l'a remplacé et elle n'a pas arrêté de me harceler depuis. (Il grimaça de nouveau.) Cette femme cherche à se servir de moi pour faire ses preuves et elle est persuadée que je devrais participer à la promotion des romans.

Bastien semblait sur le point de dire quelque chose, mais il s'interrompit et fit volte-face en entendant une voiture pénétrer dans l'allée. Lucern ouvrit la porte et tous deux observèrent, avec divers degrés de surprise, un taxi venir s'immobiliser à côté de la camionnette de Bastien.

— Fausse adresse ? demanda Bastien qui savait que son frère ne courait pas après la compagnie.

— Très certainement, retourna Lucern.

Il plissa les yeux en voyant le chauffeur sortir de la voiture et ouvrir la porte arrière pour laisser sortir une jeune femme.

— Qui est-ce ? s'enquit Bastien.

La surprise qui transparaissait dans sa voix surpassait celle que son frère ressentait.

— Je n'en ai pas la moindre idée, répondit Lucern.

Le chauffeur de taxi récupéra une petite valise et un sac de voyage dans le coffre de la voiture.

— Je crois qu'il s'agit de ton agent littéraire, déclara Marguerite.

Bastien et Lucern pivotèrent d'un même mouvement pour poser les yeux sur leur mère. Ils la trouvèrent plongée dans la lecture de la lettre expresse, à présent ouverte.

— Mon agent ? Mais de quoi parles-tu ?

Lucern s'approcha de sa mère et lui arracha la lettre des mains.

Ne prêtant aucune attention à ses manières brusques, Marguerite s'avança à côté de Bastien pour regarder dehors avec curiosité.

— Puisque le courrier est si lent et que l'intérêt pour tes romans grandit rapidement, Mlle Kate C. Leever a décidé de venir te parler en personne. Ce que, ajouta-t-elle avec malice, tu aurais su si tu avais pris la peine de lire ton courrier.

Lucern froissa la lettre. Elle n'annonçait rien de plus que ce que sa mère venait de dire à voix haute. À part que Kate C. Leever arriverait de New York par le vol de 20 heures. Il était 20 h 30. L'avion avait dû être à l'heure.

— Elle est plutôt jolie, vous ne trouvez pas ?

Achevé d'imprimer en janvier 2011
Par CPI Brodard & Taupin - La Flèche (France)
N° d'impression : 62275
Dépôt légal : février 2011
Imprimé en France
81120467-1